UNA NOCHE

TRAICIONADA

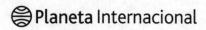
Planeta Internacional

JODI ELLEN MALPAS

TRAICIONADA

Segundo volumen de la trilogía Una noche

Traducción de
Vicky Charques y Marisa Rodríguez

 Planeta

Obra editada en colaboración con Editorial Planeta – España

Título original: *One Night. Denied*

© 2014, Jodi Ellen Malpas
Publicado de acuerdo con Grand Central Publishing, N.Y., EE. UU.
© 2014, Vicky Charques y Marisa Rodríguez (Traducciones Imposibles), por la traducción
© 2014, Editorial Planeta, S.A. – Barcelona, España

Derechos reservados

© 2015, Editorial Planeta Mexicana, S.A. de C.V.
Bajo el sello editorial PLANETA M.R.
Avenida Presidente Masarik núm. 111, Piso 2
Colonia Polanco V Sección
Deleg. Miguel Hidalgo
C.P. 11560, México, D.F.
www.planetadelibros.com.mx

Primera edición impresa en España: octubre de 2014
ISBN: 978-84-08-13307-0

Primera edición impresa en México: febrero de 2015
ISBN: 978-607-07-2603-3

Impreso en los talleres de Litográfica Ingramex, S.A. de C.V.
Centeno núm. 162-1, colonia Granjas Esmeralda, México, D.F.
Impreso en México – *Printed in Mexico*

Para mi abuela, la tía abuela Doll y la tía abuela Phyllis.
La abuela de Olivia ha sacado sus agallas
de ustedes. Las extrañamos.
Besos

AGRADECIMIENTOS

Un millón de gracias a los sospechosos comunes. ¡Ya saben a quiénes me refiero! Soy una chica con suerte porque cuento con todos ustedes. En especial, quiero dar las gracias a Leah, mi editora, que hace que el proceso de edición sea casi un placer. ¡He dicho *casi*! Lo que sí es de verdad un placer es trabajar contigo. Gracias por todo y por haber cazado mis muletillas. Al departamento de diseño tanto de mi editorial en el Reino Unido como en Estados Unidos. Se me da mal describir cómo quiero que sean las cubiertas, pero siempre dan en el clavo. ¡Gracias!

Y a mis chicas. Qué ganas tengo de sacarlas a beber mojitos hasta que tengamos que agarrarnos a los postes.

Espero que les guste *Traicionada*.

Besos,

JODI

PRÓLOGO

William Anderson colgó el teléfono despacio y pensativo, luego se reclinó en su enorme sillón de oficina. Sus grandes manos formaban un campanario a la altura de su boca mientras repasaba mentalmente una y otra vez los diez minutos de conversación, hasta que rozó el límite de la locura. No sabía qué pensar, pero estaba seguro de que necesitaba una copa. De buen tamaño. Con un par de zancadas llegó al mueble bar, un globo terráqueo a la antigua, y lo abrió. No se paró a pensar qué whisky de malta le apetecía más; lo importante era que tuviera alcohol. Llenó el vaso del todo con bourbon, se bebió la mitad e inmediatamente volvió a llenarlo. Tenía calor y estaba sudando. El hombre que no perdía la compostura se había quedado estupefacto con los acontecimientos del día, y lo único que veía ahora eran unos bellos ojos color zafiro. Mirara a donde mirara, allí estaban, torturándolo, recordándole su fracaso. Dio un tirón a su corbata y se desabrochó el botón superior de la camisa de vestir con la esperanza de que el hecho de tener un poco de espacio extra en el cuello lo ayudara a respirar. No hubo suerte. Se le estaba cerrando la garganta. El pasado había vuelto para perseguirlo. Había intentado con todas sus fuerzas no tomarle cariño, que no le importara. Estaba volviendo a suceder.

En su mundo, las decisiones había que tomarlas con la cabeza clara y de un modo objetivo, y normalmente William era un experto en eso. Normalmente. Las cosas sucedían en su mundo por una razón, y por lo general esa razón era que él así lo quería, porque la gente lo escuchaba, lo respetaba. En ese momento, sin embargo, notaba que estaba perdiendo el control y no le gustaba. Especialmente en lo que a ella se refería.

—Ya estoy mayor para esto —gruñó dejándose caer en el sillón.

Después de otro largo y tonificante trago de bourbon, echó atrás la cabeza y miró al techo. Ya había conseguido volverlo loco antes, y ahora estaba a punto de dejar que lo volviera loco de nuevo.

Era un tonto, pero el hecho de que Miller Hart se hubiera sumado a la ya de por sí complicada ecuación no le dejaba alternativa. Como tampoco su sentido de la moral..., ni el amor que sentía por esa mujer.

CAPÍTULO 1

Otra persona consiguió darle la vuelta a mi destino. Todos mis esfuerzos, todo lo cuidadosa que he sido, todos los muros que tanto me ha costado levantar fracasaron el día que conocí a Miller Hart. No tardó en ser evidente que había llegado a un punto en que era de vital importancia que mantuviera mi estilo de vida tranquilo, mi fachada de calma y la guardia bien alta. Porque no cabía duda de que ese hombre iba a ponerme a prueba. Y eso hizo. Eso hace. No había nada más difícil para mí que confiar en un hombre, contarle todos mis secretos y entregarme a él. Hice todo eso y ahora mismo desearía con todas mis fuerzas no haberlo hecho. Me preocupé en vano de que me abandonara por mi pasado. Esa debería haber sido la menor de mis preocupaciones.

Miller Hart se dedica a la prostitución de lujo. Él dijo que era «chico de compañía» pero, por mucho que le cambies el collar, sigue siendo el mismo perro.

Miller Hart vende su cuerpo.

Miller Hart vive en la degradación.

Miller Hart es el equivalente masculino de mi madre. Estoy enamorada de un hombre al que no puedo tener. Pasé demasiado tiempo simplemente existiendo, y él me hizo sentir viva por primera vez, pero ahora se llevó esos maravillosos sentimientos y me ha dejado a solas con mi dolor. Mi espíritu está más muerto ahora que antes de conocerlo.

La humillación de que me hayan demostrado que estaba equivocada se pierde entre tanto sufrimiento. No siento nada más, sólo un dolor que me incapacita. Nunca me habría imaginado que dos semanas pudieran hacerse tan largas, y aún tengo que sobrevivir al resto de mi vida. Sólo de pensarlo me dan ganas de cerrar los ojos y no volver a abrirlos nunca más.

Aquella noche en el hotel se repite una y otra vez en mi cabeza, siento el cuero con el que Miller me ató por las muñecas, la frialdad impasible de su rostro mientras me hacía venirme como un experto, su mirada angustiada cuando se dio cuenta del daño que me había causado. Por supuesto, salí de allí.

Lo que no sabía era que iba a tropezarme con un problema aún mayor: William. Sé que sólo es cuestión de tiempo que me encuentre. Vi la sorpresa en sus ojos al reconocerme, y también reconoció a Miller. William Anderson y Miller Hart se conocen, y William deseará saber cómo es que conozco a Miller y, Dios no lo quiera, qué estaba haciendo yo en el hotel. No sólo he pasado dos semanas en el infierno, sino que además las he pasado mirando atrás, esperando que aparezca en cualquier momento.

Me arrastro a la ducha, me pongo lo primero que encuentro y bajo la escalera como una autómata. La abuela está de rodillas metiendo la ropa en la lavadora. Me siento a la mesa sin hacer ruido, pero es como si ella tuviera un radar que registra todos y cada uno de mis movimientos, las veces que suspiro y las lágrimas que derramo, incluso cuando no estamos en la misma habitación. Me cuida pero está confusa. Me comprende y me da ánimos. Tratar de hacerme ver el lado positivo de mis encuentros con Miller Hart se ha convertido en su misión en la vida, pero yo lo único que veo es un futuro de lamentos y lo único que siento es un dolor que no se va ni un momento. Nunca habrá nadie más. Ningún hombre volverá a encender la chispa, a hacer que me sienta protegida, amada y a salvo.

Es irónico, la verdad. He despreciado a mi madre toda la vida por haberme abandonado por una existencia de hombres, placer y regalos, y luego resulta que Miller Hart es un chico de compañía. Vende su cuerpo, acepta dinero a cambio de proporcionar placer a mujeres. Cada vez que me estrechaba con ternura entre sus brazos para hacer «lo que más le gusta» era para borrar la mancha de un encuentro con otra mujer. Con la de hombres que hay en el mundo que podrían haberme cautivado, ¿por qué tuvo que ser él?

—¿Te gustaría venir conmigo al club de los lunes? —me pregunta la abuela mientras intento tragar unos cereales.

—No, prefiero quedarme en casa. —Hundo la cucharilla en el cuenco y me llevo unos cuantos más a la boca—. ¿Ganaste algo anoche en el bingo?

Ella resopla un par de veces, cierra la puerta de la lavadora y echa detergente en la charola.

—¡Ni una vez! Menuda pérdida de tiempo.

—Entonces ¿por qué vas? —pregunto dándole vueltas a mi desayuno.

—Porque soy la reina del bingo. —Me guiña el ojo, me sonríe y le suplico mentalmente que no me suelte otra charla de las suyas. No obstante, no me hace caso.

—Me pasé años llorando la muerte de tu abuelo, Olivia.

Me sorprenden sus palabras. Lo último que me esperaba era que fuera a mencionar a mi abuelo. Dejo de darle vueltas al desayuno.

—Había perdido a mi compañero, al hombre de mi vida, y derramé un mar de lágrimas. —Está intentando poner las cosas en perspectiva y me pregunto si cree que soy patética por estar tan hecha polvo por un hombre al que conozco de hace cuatro días—. Creía que nunca volvería a ser una persona.

—Lo recuerdo —digo en voz baja. También recuerdo que estuve a punto de multiplicar su pena por cien. Ni siquiera tuvo tiem-

15

po de reponerse de la desaparición de mi madre antes de tener que hacerle frente a la cruel y prematura muerte de su querido Jim.

—Pero me recuperé —afirma con convicción—. Sé que ahora no lo parece, pero ya verás: la vida sigue.

Está en el pasillo y yo me quedo rumiando sus palabras. Me siento un poco culpable por estar llorando por algo que apenas he tenido, y aún más culpable por el hecho de que esté comparándolo con la pérdida de su marido, todo con tal de hacerme sentir mejor.

Me quedo sumida en mis pensamientos, repasando un encuentro tras otro, un beso tras otro, una palabra tras otra. Mi mente exhausta está empecinada en torturarme, pero es culpa mía. Yo me lo busqué. Le he dado a la desesperación un nuevo sentido.

La melodía del teléfono me hace dar un brinco y me saca de mi ensimismamiento, de vuelta a donde toda mi miseria es real. No tengo ganas de hablar con nadie, y menos aún con el responsable de mi desdicha, así que cuando veo su nombre en la pantalla dejo caer la cucharilla en el cuenco y me quedo mirándolo, petrificada. Se me acelera el pulso. Me entra el pánico y me pego al respaldo de la silla para poner la mayor distancia posible entre el teléfono y yo. No puedo ir más lejos porque mis músculos, unos inútiles, no obedecen órdenes. Nada responde salvo mi maldita memoria, que me tortura un poco más y me hace ver en cámara rápida todos los momentos que he pasado con Miller Hart. Mis ojos se inundan de lágrimas de desesperación. No es sensato que lea el mensaje. Aunque no estoy siendo nada sensata últimamente. No lo he sido desde que conocí a Miller Hart.

Tomo el teléfono y lo leo:

¿Cómo estás? Bss, Miller Hart.

Frunzo el ceño y releo el mensaje. Me pregunto si se cree que ya lo he olvidado. ¿«Miller Hart»? ¿Que cómo estoy? Loca de feli-

16

cidad por haber disfrutado gratis de unas cuantas sesiones con Miller Hart, el chico de compañía más famoso de Londres. Bueno, de gratis nada. Voy a pagar muy caro el tiempo perdido y las experiencias que viví con ese hombre. Ni siquiera he aceptado aún lo que ocurrió. Estoy hecha un mar de dudas, pero tengo que tirar del hilo y desenredar la madeja, poner las cosas en orden antes de intentar comprender todo esto. Ya es bastante duro aceptar el hecho de que el único hombre con el que he compartido todo mi ser haya desaparecido. Tratar de entender el cómo y el porqué es una tarea que mis emociones se niegan a afrontar. Con el sentimiento de pérdida ya tienen bastante.

¿Cómo estoy?

—¡Hecha una mierda! —le grito al teléfono, y pulso una y otra vez el botón de «Eliminar» hasta que me duele el dedo.

En un acto de pura rabia, lanzo el teléfono a la otra punta de la cocina y ni siquiera parpadeo cuando choca contra la pared de azulejos y se hace pedazos. Jadeo violentamente en mi silla, tan alto que apenas oigo el sonido de unos pasos apresurados que bajan por la escalera.

—¿Qué fue eso? —pregunta asustada mi abuela.

No me vuelvo para ver su cara de alarma, porque seguro que esa es la expresión que muestra su rostro arrugado.

—¿Olivia?

Me pongo de pie de repente y la silla sale despedida hacia atrás, el chirrido de madera contra madera retumba por la vieja cocina.

—Voy a salir.

Huyo sin mirar a mi abuela. Recorro el pasillo a toda prisa, agarro mi chamarra y mi mochila del perchero.

—¡Olivia!

Sus pasos me persiguen hasta que abro la puerta y casi tiro al suelo a George.

—¡Buenos...! ¡Uy!

Me observa salir como una exhalación y, justo antes de echar a correr por el sendero que lleva a la calzada, con el rabillo del ojo veo cómo su expresión cambia de alegre a preocupada.

Sé que estoy fuera de lugar. Estoy de pie ante la entrada del gimnasio, se me ve dubitativa y algo abrumada. Las máquinas de ejercicios parecen naves espaciales, con cientos de palancas y botones, y no tengo la menor idea de cómo funcionan. Mi sesión de prueba de una hora de la semana pasada me vino muy bien para distraerme, pero la información y las instrucciones se borraron de mi memoria en cuanto salí de las exclusivas instalaciones deportivas. Escaneo la zona y jugueteo con mi anillo. Hay hombres y mujeres dando zancadas en las cintas de correr, dándolo todo en las bicicletas y levantando pesas en gigantescos aparatos. Todos parecen saber muy bien lo que hacen.

Por intentar encajar, me acerco a la fuente y bebo un poco de agua helada. Estoy perdiendo el tiempo con tanta duda. Lo que debería estar haciendo es liberar estrés y mal humor. Veo un saco de boxeo colgando de un rincón lejano, sin nadie a treinta metros a la redonda, y decido probarlo. No tiene palancas ni botones.

Me acerco y agarro los guantes de boxeo que cuelgan de la pared. Me los pongo e intento parecer una profesional que viene aquí todas las mañanas para empezar el día sudando la gota gorda. Cierro el velcro y le doy un pequeño puñetazo al saco. No me imaginaba que pesara tanto. Mi débil golpe ni siquiera lo ha movido. Agarro vuelo y le pego más fuerte. Frunzo el ceño al ver que apenas he conseguido hacerlo oscilar un poco. Está claro que está lleno de piedras. Le doy un poco de fuerza a mi brazo y esta vez le pego con ganas. Gruño y todo y ahora el saco sí que se mueve, hace una pausa en el aire antes de volver hacia mí. Deprisa. Me entra el pánico, llevo el brazo atrás y a continuación lo extiendo para que no me tire al suelo. Las vibraciones del golpe ascienden por mi hombro cuando el guante conecta el saco, pero este vuelve a alejarse de mí.

Sonrío, abro un poco las piernas y me preparo para el contraataque. Le pego fuerte otra vez y lo mando bien lejos.

Ya me duele el brazo y entonces caigo en la cuenta de que tengo dos, así que ahora le pego con el izquierdo y sonrío con ganas. Me gusta la sensación que produce el impacto del saco contra mi puño. Empiezo a sudar, a cambiar el peso de un pie a otro; estoy agarrando el ritmo. Mis gritos de satisfacción me animan a seguir, y de repente el saco se transforma en algo más que un saco. Le estoy dando la paliza de su vida, y me encanta.

No sé cuánto tiempo paso así, pero cuando al fin me tomo un respiro y me paro a pensar estoy bañada en sudor, me duelen los nudillos y me falta la respiración. Atrapo el saco y lo sujeto para que se quede quieto, luego miro a mi alrededor, preguntándome si alguien me habrá visto en acción. No hay nadie mirándome. He pasado completamente desapercibida, están todos concentrados en su extenuante rutina de ejercicios. Sonrío para mis adentros, agarro un vaso de agua y una toalla de una estantería y me seco el sudor de la frente mientras salgo de la gigantesca sala. Voy a paso ligero. Por primera vez desde hace semanas me siento capaz de afrontar el día.

Me dirijo a los vestuarios mientras le doy sorbos de agua. Siento como si me hubieran quitado de encima una vida entera de estrés y preocupaciones. Qué ironía. La sensación de alivio es nueva, y es difícil resistirse a la tentación de volver a la sala a pegarle al saco durante una hora más, pero ya me estoy arriesgando a llegar tarde al trabajo, así que sigo andando. Esto es adictivo. Volveré mañana por la mañana, puede que hoy mismo al salir del trabajo, y le voy a pegar a ese saco hasta que no quede ni rastro de Miller Hart ni de todo el dolor que me ha causado.

Paso una puerta tras otra, todas ellas con paneles de cristal, y echo un vistazo. A través de una veo una docena de traseros apretados pedaleando como si les fuera la vida en ello; en otra hay mujeres retorciéndose en todo tipo de posturas demenciales, y en otra más hay hombres que corren arriba y abajo, que se tiran en las colchonetas en desorden y hacen flexiones y sentadillas. Deben de ser las clases de las que me habló el instructor. Es posible que pruebe una o dos. O todas.

Estoy pasando junto a la última puerta que hay antes de llegar a los vestuarios femeninos. Freno cuando algo me llama la atención, retrocedo y miro a través del panel de cristal a un saco de boxeo muy parecido al que yo acabo de atacar. Se balancea en el gancho del techo pero no hay nadie moviéndolo. Frunzo el ceño y doy un paso hacia la puerta, mis ojos siguen la trayectoria del saco de izquierda a derecha. Luego trago saliva y pego un brinco en cuanto alguien entra en escena, sin camisa y descalzo. Mi corazón galopante explota por el estrés añadido al que lo acaban de someter. El vaso y la toalla se me caen al suelo. Me estoy mareando.

Lleva puestos aquellos pantalones cortos, los que se puso cuando estaba intentando hacer que me sintiera cómoda. Estoy temblando, pero a pesar de mi aturdimiento vuelvo a mirar por el cristal sólo para comprobar que no era una alucinación. No lo es. Está ahí, con su cuerpo macizo tan cautivador como siempre. Es la viva imagen de la violencia, golpeando el saco con potentes puñetazos y patadas aún más temibles. Sus piernas se extienden mientras los poderosos músculos de sus brazos se flexionan. Su cuerpo se mueve con soltura mientras esquiva y acecha el saco cuando este vuelve por él. Parece un profesional. Parece un luchador.

Me he quedado helada. Miro a Miller Hart moverse alrededor del saco con facilidad, con los puños vendados, las extremidades descargando golpes controlados sin piedad una y otra vez. Sus gruñidos y el sonido de los golpes me producen un escalofrío desconocido. ¿A quién se imagina que le está pegando?

La cabeza me da vueltas, las preguntas se multiplican mientras sigo observando al refinado, al remilgado, al caballero a tiempo parcial, convertido en un poseso. Ese mal genio del que me había advertido está ahí, en vivo y en directo. Doy un paso atrás cuando de repente sujeta el saco con ambas manos y apoya la frente en el cuero. Su espalda sudorosa sube y baja, y veo cómo repentinamente levanta sus hombros de titán. Entonces empieza a volverse hacia la puerta. Todo ocurre a cámara lenta. Estoy clavada en mi sitio, y su pecho, cubierto de un velo de sudor, entra en mi ángulo de visión. Mis ojos ascienden por su torso hasta que veo su perfil. Sabe que lo están mirando. Estaba conteniendo la respiración y noto que se me escapa el aire de los pulmones. Rápidamente, corro por el pasillo y me meto volando en el vestidor. Mi pobre corazón me suplica que le dé un respiro.

—¿Te encuentras bien?

Miro hacia las regaderas y veo a una mujer con una toalla enrollada en el pelo mojado que me observa con curiosidad.

—Sí —suspiro, y me doy cuenta de que estoy bloqueando la puerta. No puedo sonrojarme porque ya estoy como un tomate y a punto de entrar en ebullición.

La mujer me sonríe con el ceño un poco fruncido y vuelve a lo suyo. Encuentro mi casillero y saco mis cosas para bañarme. El agua está demasiado caliente. Necesito hielo. Me paso cinco minutos peleando con las llaves sin conseguir que salga más fría. Así que me las arreglo como puedo y me lavo la melena enredada y empapada de sudor y me enjabono el cuerpo pegajoso. Mi cuerpo y mi mente estaban relajados hasta que lo han visto, y ahora no hago más que revivir el pasado. Hay cientos de gimnasios en Londres, ¿por qué tuve que escoger precisamente éste?

No tengo tiempo para pensar mucho ni para empezar a apreciar el placentero efecto del agua caliente que ahora masajea mis músculos sin quemarme la piel, que ya me arde bastante. Tengo que irme a trabajar. Tardo diez minutos en secarme y vestirme. Luego salgo del gimnasio mirando al suelo, preparándome para oír cómo me llama su voz o para que me toque y vuelva a encender el fuego en mi interior.

Sin embargo, consigo llegar sana y salva al metro. Mis ojos agradecen haber podido volver a contemplar la perfección de Miller Hart. Mi cabeza, en cambio, discrepa.

CAPÍTULO 2

En cuanto termina el pico de trabajo del mediodía en la cafetería, Sylvie se pega a mí como chicle.

—Cuenta —dice al sentarse a mi lado en el sofá.

—No hay nada que contar.

—¡Vamos! Si llevas toda la mañana con la misma cara que un bulldog que está intentando tragarse una avispa.

Con el rabillo del ojo veo sus labios de color rosa chillón formar una fina línea de impaciencia.

—¿Con cara de qué?

—De asco.

—Me mandó un mensaje al celular —mascullo. No voy a contarle el resto—. Para preguntarme cómo estoy.

Se mofa, agarra mi lata de Coca-Cola y le da un sorbo ruidoso.

—Cabrón arrogante.

Salto sin pensar.

—¡No es un cabrón! —grito a la defensiva, y cierro la boca en el acto.

Me hundo en el sofá en cuanto veo la mirada de Sylvie.

—No es un cabrón y tampoco un arrogante —digo con calma.

Era atento, cariñoso y considerado..., cuando no estaba siendo un cabrón arrogante. O el chico de compañía más famoso de Londres. Bajo la cabeza con un suspiro. Caer en los brazos de alguien que se dedica a la prostitución es mala suerte. Y cuando te pasa por segunda vez..., en fin, los hados no saben lo que se hacen.

Sylvie me da un apretón en la rodilla.

—Espero que no te molestaras en responderle.

—No podría ni aunque quisiera —digo levantándome.

—¿Por qué?

—Se me rompió el teléfono.

Dejo a Sylvie con el ceño fruncido y no le doy más explicaciones.

Lo único que le conté sobre la ruptura con Miller es que había otra mujer. Así es mucho más fácil. No puedo explicarle la verdad.

Cuando entro en la cocina, Del y Paul están riéndose como hienas, cada uno con un cuchillo gigante en una mano y un pepino en la otra.

—¿Qué tiene tanta gracia? —pregunto.

Los dos se callan en el acto y ponen cara de pena al ver mi cuerpo enclenque y mi mirada vacía. Me quedo de pie, en silencio, y los dejo que lleguen a la única conclusión posible: todavía estoy como si me hubiera pasado un camión por encima.

Del es el primero en volver a la acción. Me señala con el cuchillo y se obliga a sonreír.

—Que Livy haga de juez —dice—. Ella será justa.

—¿Juez de qué? —pregunto apartándome de la hoja del cuchillo.

Paul baja la mano de Del con un gesto de superioridad y me sonríe.

—Estamos haciendo un concurso a ver quién de los dos corta pepinos más deprisa. El tonto de tu jefe cree que puede ganarme.

No es mi intención, pero me río. Paul y Del no se lo esperaban y pegan un brinco. He visto a Paul cortar pepinos, o al menos lo intenté. Es tan rápido que durante unos segundos su mano no es más que un borrón. Cuando vuelves a verla es porque ha terminado de cortar en rodajas perfectas la verdura en cuestión.

—¡Buena suerte!

Del me sonríe con entusiasmo.

—No la necesito, Livy. —Abre las piernas y coloca el pepino en la tabla de cortar—. Cuando quieras.

Paul pone los ojos en blanco y se aparta, cosa que es de sabios, a juzgar por el modo en que Del tiene agarrado el cuchillo.

—¿Lista para cronometrarnos? —Me entrega un cronómetro.

—¿Hacen esto a menudo? —pregunto poniéndolo a cero.

—Sí —responde Del concentrándose en el pepino—. Me ganó con el pimiento, la cebolla y la lechuga, pero el pepino será mío.

—¡Ya! —grita Paul, y pulso rápidamente el botón de inicio mientras Del se pone en acción y acuchilla a su pobre pepino.

—¡Listo! —exclama al poco sin aliento, levantando la vista hacia mí. Está sudando—. ¿Cuánto me tardé?

Miro el cronómetro.

—Diez segundos.

—¡Toma! —grita saltando en el aire, y rápidamente Paul le confisca el cuchillo—. ¡Supera eso, señor MasterChef!

—Pan comido —responde Paul.

Toma posición delante de la tabla de cortar y limpia los restos de pepino desmembrado antes de colocar el suyo.

—Cuando quieras —me indica.

Pongo el cronómetro a cero justo a tiempo. Del exclama:

—¡Ya!

Como imaginaba, Paul corta el pepino con destreza y elegancia, nada que ver con la masacre de Del.

—Listo —proclama muy tranquilo. Ni está sudando ni le falta el aliento, cosa que contrasta con su sobrepeso.

Miro el cronómetro y sonrío.

—Seis segundos.

—¡Oh, vamos! —grita Del acercándose y arrebatándome el reloj de las manos—. Seguro que empezaste a cronometrar tarde.

—¡Nada de eso! —Me echo a reír—. Además, Paul lo cortó en rodajas y tú lo has destrozado.

Parpadea incrédulo, y Paul se echa a reír conmigo y me guiña el ojo.

—Pues ya tenemos el pimiento, la cebolla, la lechuga y el pepino.

Paul toma un rotulador y hace una marca junto a un dibujo muy básico de un pepino que cuelga de la pared.

—Qué asco —rezonga Del—. Si no fuera por el crujiente de atún, serías historia, aguafiestas.

El mal humor de Del hace que aún nos entren más ganas de reír, y nos desternillamos cuando nuestro jefe se marcha enojado.

—¡Límpienlo todo! —nos grita a lo lejos.

—Estos hombres...

Paul me sonríe con afecto.

—Da gusto volver a verte reír, Livy.

Me da una palmadita en el brazo, sin pararse a charlar más, y se acerca a la estufa a mover una sartén que hay en el fuego. Silba feliz y me doy cuenta de que el enojo en ebullición que tenía se me pasó por completo. Distraerme. Necesito distraerme.

La tarde se me hace eterna, lo que no es un buen augurio. Me toca cerrar la cafetería con Paul. Sylvie tuvo que marcharse pronto para ir a su bar habitual a apartar un lugar para ver a su grupo favorito, que toca esta noche. Me ha perseguido durante media hora intentando engatusarme para que fuera con ella pero, por lo que me dijo, el grupo es de heavy metal, y yo ya tengo la cabeza como un bombo.

Paul me da otra palmadita amigable en el hombro, está claro que el hombretón se siente incómodo con mujeres emocionales. Luego echa a andar hacia el metro y yo me marcho en dirección contraria.

—¡Eh, muñeca!

Oigo la voz de Gregory a mi espalda, y me doy la vuelta. Viene corriendo hacia mí con sus pantalones militares y una camiseta, con aspecto desaliñado.

—Hola. —Lucho contra el impulso de hacerme bolita para evitar tener que escuchar otro sermón.

Me alcanza y echamos a andar hacia la parada del autobús.

—Intenté llamarte un millón de veces, Livy —dice entre preocupado y enojado.

—Mi teléfono está k. o.

—¿Y eso?

—No tiene importancia. ¿Estás bien?

—Pues no. —Me mira con reproche—. Me preocupas.

—No hace falta que te preocupes —mascullo sin añadir más.

Al igual que Sylvie, no sabe nada de chicos de compañía y habitaciones de hotel, y tampoco tiene por qué enterarse. Mi mejor amigo ya odia bastante a Miller Hart. No necesito darle munición extra. Estoy bien.

—Chupavergas —me suelta.

No le sigo el juego, sino que cambio de tema.

—¿Ya hablaste con Benjamin?

Gregory toma aire muy despacio.

—Apenas. Me contestó el teléfono una vez para decirme que lo dejara en paz. El chupavergas que odia tu café le ha metido el miedo en el cuerpo.

—Ya, y ¿quién tuvo la culpa de eso? Dijiste que no permitirías que me ocurriera nada aquella noche, pero justo cuando más te necesitaba, desapareciste con Benjamin.

—Ya lo sé —suspira—. No pensaba con claridad.

—Ya te digo —confirmo, y me regaño mentalmente por ser tan gruñona.

—Y ahora Ben no quiere saber nada de mí —añade.

Alzo la vista y veo una expresión de dolor que no me gusta nada. Se está enamorando de un hombre que finge ser lo que no es... Un poco como Miller Hart. ¿Estaría fingiendo todo el tiempo que estuvimos juntos?

—¿Nada de nada? ¿No te habla?

26

Gregory suspira.

—Aquella noche se llevó a una mujer a casa y le encantó poder restregármelo en la cara.

—Ah. No me lo habías dicho.

Se encoge de hombros para que parezca que no le importa.

—Me dolía el ego. —Me mira fingiendo indiferencia—. Tienes la cara roja.

¿Todavía?

—Fui al gimnasio esta mañana. —Me llevo la mano a la frente. Lleva caliente todo el día.

—¿Ah, sí? —pregunta sorprendido—. Qué bien. ¿Qué hiciste? —Empieza a bailar a mi alrededor—. ¿Entrenamiento de resistencia? ¿Yoga? —Pone la postura más obscena posible y me mira sonriente—. ¿El perro que mira al suelo?

No puedo evitar devolverle la sonrisa cuando lo enderezo.

—Le he dado una paliza a un saco lleno de piedras.

—¿De piedras? —se burla—. En realidad, los sacos están llenos de granos de arena.

—Pues pesaban como piedras —refunfuño mirándome los nudillos, llenos de ampollas.

—¡Mierda! —Gregory me coge las manos—, le has dado bien, veo. ¿Te hizo sentirte mejor?

—Sí —confieso—. Y, oye, no dejes que Ben te maree.

Se atraganta a media carcajada.

—Perdóname si no hago caso de tu consejo, Olivia. Y ¿qué hay de ti? ¿Sabes algo del cabrón que odia tu café?

Resisto el impulso de volver a defender a Miller y de contarle a mi amigo lo del mensaje en el teléfono.

—No —miento—. Mi teléfono está roto, así que nadie puede hablar conmigo.

De repente me encanta la idea, y no cabe duda de que ayudará en caso de que Miller decida volver a escribirme.

—Esa es mi parada —digo señalándola.

Gregory se agacha y me besa en la frente. Me mira con simpatía.

—Esta noche ceno con mis padres, ¿vienes?

—No, gracias.

Los padres de Gregory son encantadores, pero mantener una conversación requiere de más voluntad de la que tengo ahora.

—¿Nos vemos mañana? —suplica—. Por favor, salgamos mañana.

—Bueno, mañana.

Ya encontraré el entusiasmo que necesito para un análisis completo mañana; sólo espero que la conversación verse sobre la loca vida amorosa de Gregory y no sobre la mía.

Su sonrisa de felicidad es contagiosa.

—Nos vemos, muñeca.

Me pasa la mano por el pelo y se va al trote. Yo me quedo esperando el autobús y, como si los dioses supieran que estoy de mal humor, abren los cielos para que se me derramen encima.

—¡Lo que me faltaba! —exclamo cubriéndome la cabeza con la chamarra.

Qué suerte la mía: la parada no es de las que tienen una banca y una marquesina. Y, por si fuera poco, todos los que están esperando el autobús conmigo llevan paraguas y me miran como si fuera una tonta. Lo soy, pero no es sólo por no llevar paraguas.

—¡Mierda! —maldigo mientras busco un portal o cualquier otro sitio en el que guarecerme de la lluvia.

Miro a un lado y a otro, pero nada. Suspiro, dándome por vencida. Toca mojarse bajo la lluvia. Este día no podría ser peor ni más largo.

Pero me equivocaba. De repente ya no siento la lluvia que golpea mi piel ni el estridente sonido que produce al caer con fuerza contra el asfalto porque tengo la cabeza saturada de palabras. Sus palabras.

El Mercedes negro aminora y se acerca a la parada de autobús. Es el Mercedes de Miller. Por instinto, porque sé que no querrá mojar su traje perfecto, doy media vuelta y echo a correr en dirección contraria al caos de la hora pico de Londres, que combina con mi estado mental.

—¡Livy! —grita, aunque apenas lo oigo, puesto que la lluvia cae atronadora—. ¡Livy, espera!

No me queda otra que pararme cuando llego al final de la acera. El semáforo está verde y los coches pasan a toda velocidad. Estoy rodeada de peatones que esperan para poder cruzar y todos llevan paraguas. Frunzo el ceño al ver que los que tengo a los lados dan un salto hacia atrás pero, para cuando averiguo por qué, ya es demasiado tarde. Un camión pasa zumbando por encima de un charco de lodo y levanta olas marrones contra mí.

—¡No! —Se me cae la chamarra del susto cuando el agua helada me cala hasta los huesos—. ¡Mierda!

El semáforo cambia de color y todo el mundo empieza a caminar. Parezco una rata mojada en la cuneta, temblando y con el rostro bañado en lágrimas.

—Livy. —Oigo la voz de Miller a lo lejos, pero no sé si se oye tan bajito por la distancia o porque la lluvia ahoga sus palabras.

No tardo en sentir su mano cálida en mi brazo empapado y me sorprende que se haya atrevido a aventurarse fuera del coche, a pesar del terrible efecto que el agua va a tener en su traje.

Lo aparto de un empujón.

—Déjame en paz.

Me agacho para recoger la chamarra empapada del suelo mientras lucho por contrarrestar el nudo que tengo en la garganta y las chispas que ha producido su mano en mi piel helada y húmeda.

—Olivia.

—¿De dónde conoces a William Anderson? —le suelto mirándolo a la cara.

Ah, está seco y a salvo bajo un paraguas gigante. Debería haberlo imaginado. Mi propia pregunta me toma por sorpresa y es evidente que a Miller también, porque retrocede. Hay miles de preguntas que debería hacerle, pero mi mente decidió empezar por esa.

—Eso no importa.

La evasiva me hace insistir.

—Discrepo —le espeto.

Lo sabía. Lo supo desde entonces. Es posible que sólo mencionara el nombre de pila de William cuando le abrí mi corazón y le conté a Miller todo sobre mi madre, pero él sabía exactamente de quién estaba hablando, y ahora estoy segura de que esa fue la principal causa de su sorpresa y de su reacción violenta.

Debe de haber visto mi determinación, porque su expresión impasible se torna de reproche.

—Conoces a Anderson y me conoces a mí —dice tensando la mandíbula. Quiere decir que sé a qué se dedican los dos—. Nuestros caminos se han cruzado a lo largo de los años.

Por la amargura que emana de su cuerpo, llego rápidamente a la siguiente conclusión:

—No le caes bien.

—Ni él a mí.

—¿Por qué?

—Porque mete las narices donde no lo llaman.

Me río para mis adentros. No podría estar más de acuerdo. Bajo la vista, las gotas de lluvia salpican la acera. Lo que Miller acaba de decir confirma mis miedos. Estaría engañándome a mí misma si pensara por un instante que William va a desaparecer por donde vino sin intentar descubrir qué clase de relación tengo con Miller. Aprendí muchas cosas sobre William Anderson, y una de ellas es que le gusta estar al corriente de todo. No quiero tener que explicarme ante nadie, y mucho menos ante el antiguo padrote de mi madre. Tampoco le debo ninguna explicación.

Los zapatos de color tostado de Miller aparecen en mi campo de visión.

—¿Cómo estás, Olivia?

Me niego a mirarlo. Esa pregunta ha vuelto a enojarme.

—¿A ti cómo te parece que estoy, Miller?

—No lo sé. Por eso estuve intentando contactar contigo.

—¿De verdad no lo sabes? —Lo miro sorprendida. Sus rasgos perfectos me hacen daño en los ojos. Bajo la mirada al instante. Si lo observo durante demasiado tiempo es posible que no consiga olvidarlo nunca.

Demasiado tarde.

—Me hago una idea —musita—. Te dije que me aceptaras tal y como soy, Livy.

—Pero yo no sabía quién eras —mascullo sin apartar la vista de las gotas de lluvia que caen en mis pies, furibunda porque se ampare en esa pobre excusa para salir del paso—. Lo único que acepté fue que eras diferente, con tus modales inflexibles y tu obsesión por tenerlo todo más que perfecto. Puede resultar muy molesto pero lo acepté, y hasta empezaba a considerarlo adorable.

Debería haber elegido cualquier otra palabra —*atractivo, encantador, tierno...*— excepto *adorable*.

—No soy tan malo —protesta débilmente.

—¡Lo eres! —Lo miro. Está muy serio. No es nada nuevo—. ¡Mírate! —Paso el dedo por su traje seco—. Estás aquí, bajo la lluvia, con un paraguas que podría mantener seco a medio Londres porque quieres proteger tu pelo perfecto y tu traje caro.

Parece un poco abatido cuando mira primero el traje y luego a mí. A continuación arroja el paraguas sobre la acera y la lluvia lo empapa en un instante. Los mechones ondulados caen sobre su cara y por sus mejillas, y el traje caro se le pega al cuerpo.

—¿Contenta?

—¿Crees que basta con que te mojes un poco para arreglar las cosas? ¡Te ganas la vida cogiéndote mujeres, Miller! ¡Y me cogiste a mí! ¡Me convertiste en una de ellas!

Me tambaleo hacia atrás, mareada por la rabia y las imágenes de lo que pasó en la habitación de hotel.

El agua que baja por sus mejillas está hirviendo.

31

—No hace falta que te pongas soez, Olivia.

Retrocedo intentando contenerme.

—¡Jódete tú y tu moral retorcida! —grito, y a Miller se le tensa la mandíbula—. ¿Olvidaste lo que te conté?

—¿Cómo iba a olvidarlo?

Cualquiera pensaría que está impasible, pero yo veo el tic en la mejilla y la ira en su mirada, ya parendí a interpretarla bien. Creo que tiene razón, que emocionalmente no está disponible, pero yo he experimentado emociones con él, emociones increíbles, y ahora me siento estafada.

Me aparto el pelo mojado de la cara.

—La impresión que te llevaste cuando confié en ti, cuando te conté mi historia, no era porque me pusiera en aquella situación ni tampoco por mi madre. Era porque lo que describí era tu vida, con la bebida y la gente rica, aceptando regalos y dinero. Y porque conocías a William Anderson.

Estoy conteniendo mis emociones de maravilla. En realidad, lo que quiero es gritarle sin parar y, si no me contesta pronto, es posible que empiece a hacerlo. Esto es lo que debería haberle dicho antes. No debería haberlo manipulado para que me cogiera ni haberme puesto en el lugar de esas mujeres para demostrar nada... Todavía no he digerido lo que quería demostrar. En ocasiones la rabia nos hace cometer estupideces, y yo estaba muy enojada.

—¿Por qué me invitaste a cenar? —inquiero.

—Porque no sabía qué otra cosa hacer.

—No hay nada que puedas hacer.

—Entonces ¿por qué viniste? —pregunta.

Me toma por sorpresa.

—¡Porque estaba furiosa contigo! ¡Los coches caros y los objetos de lujo no lo justifican! —grito—. ¡Porque hiciste que me enamorara del hombre que no eres!

Estoy helada, pero no tiemblo de frío. Estoy encabronada. Me hierve la sangre en las venas.

—Eres mi hábito, mi vicio, Olivia Taylor. —Lo dice sin emoción alguna—. Me perteneces.

—¿Te pertenezco?

—Sí.

Da un paso adelante y yo doy uno hacia atrás para guardar una mínima distancia de seguridad entre nosotros. No es fácil cuando lo tengo tan cerca.

—Creo que te equivocas. —Levanto la barbilla y procuro mantener la voz firme—. El Miller Hart que conozco aprecia y valora sus pertenencias.

—No digas eso. —Me toma del brazo pero lo aparto de un tirón.

—Querías continuar con tu vida secreta, cogiéndote a una mujer detrás de otra, y querías que yo estuviera siempre disponible para cogerme cuando volvieras a casa. —Me corrijo mentalmente. Sus palabras fueron *para desestresarse*. Lo llame como lo llame, sigue siendo lo mismo.

Me deja petrificada con su mirada.

—Nunca te he cogido, Livy. Lo único que hice fue venerarte. —Da un paso adelante—. A ti siempre te hago el amor.

Tomo aire, con calma.

—En aquella habitación de hotel no me hiciste el amor.

Cierra los ojos un momento y, cuando los abre, son un mar de angustia.

—No sabía lo que hacía.

—Hacías lo que mejor sabes hacer, Miller Hart —le espeto.

Odio el veneno que destilan mis palabras y la expresión de susto que cruza su rostro perfecto al escucharlas. Muchas mujeres pensarían que eso es lo que mejor sabe hacer el chico de compañía más famoso de Londres, pero yo sé que no es así. Y, en el fondo, Miller también.

Me observa un momento. Su mirada es un remolino de cosas que nunca me ha dicho. Es entonces cuando lo comprendo.

—Crees que soy una hipócrita.

—No —dice sin convicción—. Acepto lo que hiciste cuando te escapaste de casa y te entregaste... —Se detiene, no puede terminar la frase—. Acepto la razón por la que lo hiciste. Lo odio. Hace que todavía odie más a Anderson. Pero lo acepto y te acepto a ti.

La vergüenza me corroe y por un instante me fallan las fuerzas.

Me acepta y, leyendo entre líneas, quiere que yo lo acepte a él: «Acéptame tal y como soy, Livy».

No debería. No puedo.

Pasa una eternidad en la que mentalmente repasé todas las razones por las que debería salir corriendo. Le sostengo la mirada y pronuncio mi versión de sus palabras:

—No quiero que otras mujeres te saboreen.

Se relaja y exhala derrotado.

—No es tan fácil dejarlo —dice.

Es como si me hubiera pegado un tiro en la frente y, como no hay nada más que añadir, doy media vuelta, echo a andar y dejo atrás a mi perfecto Miller Hart, que sigue igual de perfecto bajo la incesante lluvia.

CAPÍTULO 3

La semana se me hace eterna. Fui a trabajar a la cafetería, también evité todo el tiempo a Gregory y además no he vuelto al gimnasio. Me gustaría hacerlo, pero no puedo arriesgarme a ver a Miller. Da la impresión de que nota cuándo empiezo a sacar un poco la cabeza, y entonces aparece de repente (casi siempre en sueños y alguna vez en el mundo real) para hacerme retroceder de nuevo a la casilla de salida.

Mi abuela se asoma por la puerta del salón, le saca el polvo al librero y me quita el control remoto de la mano.

—¡Eh, estoy viendo la tele!

Eso no es verdad pero, aunque estuviera fascinada por el documental sobre los murciélagos de la fruta, la abuela no me devolvería el control remoto.

—Cierra el pico y ayúdame a decidir.

Deja caer el control en el sofá y corre al pasillo. Al poco, vuelve con dos vestidos colgados de sus perchas.

—No sé cuál elegir —dice colocándose uno delante del cuerpo. Es azul con flores amarillas—. ¿Este? —Cambia de vestido, uno verde—. ¿O este?

Me incorporo y miro los vestidos.

—Me gustan los dos.

Me pone mala cara.

—¡Eres toda una ayuda!

—¿Adónde vas a ir?

—Cena y baile con George el viernes.

Sonrío.

—¿Vas a arrasar la pista de baile?

Mueve la cabeza y da unos pasos de baile.

—Olivia, tu abuela arrasa siempre, haga lo que haga.

—Cierto —digo, y es verdad.

Me concentro en los vestidos.

—El azul.

La sonrisa que adorna su rostro es un buen cambio respecto a la frialdad de los últimos días y me alegra el corazón.

—También es mi favorito. —Deja el verde a un lado y se pega el azul al cuerpo—. Es perfecto para bailar.

—¿Es un concurso?

—Oficialmente, no.

—Entonces ¿es sólo un baile?

—Olivia, un baile nunca es sólo un baile. —Se retuerce un mechón de la melena canosa y se lo aparta de la cara con gracia—. Llámame Ginger.

Me echo a reír.

—¿Y George va a ser tu Fred?

Suspira exasperada.

—Que Dios bendiga al bueno de George: el pobre lo intenta, pero tiene dos pies izquierdos.

—No seas tan dura con él. ¡Tiene casi ochenta años!

—Yo tampoco soy ya ninguna jovencita, pero aún puedo menear el esqueleto como la mejor.

—¿Menear el qué? —inquiero enarcando las cejas.

Ella flexiona las rodillas como si fuera a hacer una sentadilla y mueve las caderas hacia adelante.

—Menear... —dice antes de cambiar de dirección y empezar a dibujar círculos con la pelvis— el esqueleto.

—¡Abuela! —Me echo a reír viendo cómo embiste hacia adelante y traza círculos ondulantes. Se concentra mucho e intensifica el ritmo, y yo me retuerzo de la risa en el sofá. Tengo que sujetarme el estómago con las manos—. ¡Para, por favor!

—Voy a presentarme al casting del próximo video de Beyoncé. ¿Crees que me escojan?

Me guiña el ojo, se sienta a mi lado y me rodea con los brazos. Consigo controlar la risa y suspiro en su regazo. La estrecho con fuerza.

—Nada me llena tanto de felicidad como ver el brillo de esos preciosos ojos cuando te ríes, mi querida niña.

La risa da paso a una enorme gratitud. Gratitud por tener en mi vida a esta mujer maravillosa. Soy muy afortunada por ser nieta suya. Ha trabajado sin descanso para llenar el hueco que dejó mi madre y, en cierto modo, lo consiguió. Ahora está adoptando la misma táctica ante la ausencia de otra persona.

—Gracias —susurro.

—¿Por?

Me encojo de hombros.

—Por ser tú.

—¿Una vieja chismosa?

—No lo dije en serio.

—Muy en serio. —Se echa a reír y me aparta de su seno. Toma mis mejillas entre sus manos arrugadas y me colma de besos con sus labios de malvavisco—. Mi niña, mi niña preciosa. Tienes que sacar a la Olivia descarada y con brío que llevas dentro. Si no te pasas, te irá muy bien.

Aprieto los labios. Se refiere a que no me pase como se pasó mi madre.

—Mi niña querida, agarra a la vida por las bolas y retuércelas —añade.

Me echo a reír y ella se ríe también. Se recuesta hacia atrás en el sofá y me arrastra consigo.

—Lo intentaré —digo.

—Y, ya encarreradas, retuérceles también las bolas a todos los imbéciles que te encuentres por el camino.

No lo ha dicho directamente, pero sé a quién se refiere. ¿A quién más?

Suena el teléfono de casa y nos levantamos las dos.

—Yo contesto —digo, y le doy un beso rápido antes de salir al pasillo, donde la base del inalámbrico ocupa la mesita del viejo teléfono.

En un raro ataque de entusiasmo se me ilumina la cara al ver en la pantalla el número de la cafetería, y creo saber por qué llaman. O eso espero.

—¡Del! —saludo tal vez demasiado contenta.

—Hola, Livy. —Qué alegría escuchar su acento *cockney*—. Intenté llamarte al celular, pero no da señal.

—Sí, es que está roto. —Tengo que comprarme un teléfono nuevo pronto, pero estoy disfrutando de la sensación de aislamiento que conlleva no tener uno.

—Ah, bien. Oye, sé que no te gusta trabajar por las noches, pero...

—¡Cuenta conmigo! —respondo subiendo los escalones de dos en dos. «Distracciones, distracciones, distracciones...»

—¿Sí?

—¿Quieres que trabaje de camarera? —Entro en el baño; es un poco triste que me emocione el hecho de tener una oportunidad perfecta para escapar de la tortura mental ahora que ya se me pasó el efecto de las payasadas de la abuela.

—Sí, en el Pavilion. Los empleados que manda esa maldita agencia siempre fallan.

—No hay problema. —Guardo silencio un instante y me apoyo contra la puerta del baño. De repente caigo en la cuenta de algo que podría fastidiarme la distracción—. ¿Puedo preguntar de qué clase de evento se trata?

Sé que Del está frunciendo el ceño.

—Una gala anual para abogados y miembros de la judicatura.

Me relajo. Miller no es ni juez ni abogado. Estoy a salvo.

—¿Me visto de negro? —pregunto.

—Sí. —Parece confuso—. Empieza a las siete en punto.

—Bien. Te veré allí.

Cuelgo y me meto en la regadera.

Entro a la carrera por la puerta de personal del Pavilion y busco a Del y a Sylvie, que están sirviendo champán.

—¡Ya estoy aquí! —Me quito la chamarra de mezclilla y la mochila—. ¿Qué hago?

Del sonríe y mira a Sylvie. Es su forma de comentar en silencio que estoy de buen humor.

—Termina de servir, preciosa —me dice pasándome la botella y dejándome con mi compañera.

—¿Ocurre algo? —le pregunto a Sylvie mientras empiezo a llenar copas.

Su cabello corto negro se mueve de un lado a otro cuando niega con la cabeza y me sonríe:

—Es que se te ve... contenta.

No le doy importancia a su comentario y tampoco pierdo la sonrisa.

—La vida sigue —digo rápidamente antes de cambiar de tema—. ¿A cuántos esnobs tenemos que dar de comer y beber esta noche?

—A unos trescientos. La recepción es de ocho a nueve, luego cenarán en el salón de baile y volveremos a entrar en acción a eso de las diez, cuando hayan terminado de cenar y dé comienzo la música y el baile. —Deja la botella vacía de champán—. Listo. Vamos allá.

A pesar de mi entusiasmo por usar el trabajo como distracción, no estoy cómoda esta noche. Me deslizo entre la multitud repartiendo canapés y champán pero me siento muy incómoda. No me gusta.

Cuando el *maître* anuncia la cena, la sala se vacía y veo el suelo de mármol cubierto de servilletas. Serán del mundo del Derecho, pero dejaron la sala que da pena. Me libro de la bandeja y me pongo a recoger basura y a verterla en una bolsa negra. Incluso encuentro restos de canapés.

—¿Te encuentras bien, Livy? —me pregunta Del desde la otra punta de la sala.

—Sí. Son un poco cerdos —digo haciéndole un nudo a la bolsa, que ya está llena—. ¿Te importa si voy al baño?

Se echa a reír y niega con la cabeza.

—¿Qué vas a hacer si te digo que no?

No sé qué responder a eso.

—¿Vas a decirme que no?

—Eres genial. ¡Ve al baño, mujer!

Mi jefe desaparece en la cocina y yo tengo que buscar el baño.

Subo una escalera siguiendo los carteles que indican dónde están los baños de mujeres y llego a un largo pasillo del que cuelgan unos retratos. Son de reyes y reinas famosos, el más antiguo es el de Enrique VIII. Me paro y observo al hombre de edad madura, grande y con barba, y me hago una pregunta un tanto estúpida: ¿qué veían en él las mujeres?

—Desde luego, no es Miller Hart.

Me doy la vuelta y me encuentro cara a cara con la «socia», Cassie. ¿Qué diablos está haciendo aquí? Contempla el retrato pensativa, con los brazos cruzados sobre el corpiño de un espectacular vestido plateado, el pelo negro y brillante cayéndole por los hombros desnudos.

—Su dormitorio estaba muy concurrido, pero no tanto como el de Miller. —Sus palabras, taimadas y punzantes, se me clavan en el corazón como puñales—. ¿Es tan bueno como dicen todas?

Me mira con arrogancia y me barre. Está muy satisfecha. Me achico un poco pero saco fuerzas para ocultarlo.

40

—Depende de lo que digan —respondo devolviéndole la mirada con igual confianza en mí misma. Su pregunta me indica que no sabe la respuesta, y eso me gusta.

—Dicen que es muy bueno.

—Entonces están en lo cierto.

Cassie apenas puede contener la sorpresa y eso hace que me crezca.

—Ya veo —responde asintiendo levemente.

—Pero te diré una cosa gratis. —Doy un paso adelante, me siento superior sin motivo, simplemente porque sé que ha sido mío y no de Cassie. No le doy ocasión de preguntar qué. Estoy a media zancada—. Cuando hace el amor es mucho mejor que cuando coge con restricciones.

Ella traga saliva y retrocede, y es entonces cuando comprendo la magnitud de la reputación de Miller. Siento ganas de vomitar, pero de alguna manera encuentro el modo de no perder mi osadía y me recompongo.

—Si tu plan era intentar asustarme contándome a qué se dedica Miller, tus malas artes de pécora llegan tarde —le espeto—. Estoy al corriente.

—Ya. —Lo dice despacio, pensativa.

—¿Hemos terminado o también te gustaría explicarme sus reglas?

Se echa a reír, pero es de asombro. Mi actitud la ha dejado de piedra, no se lo esperaba. Mejor.

—Imagino que hemos terminado —dice.

—Estupendo —contraataco con seguridad antes de seguir hacia los baños de mujeres.

Me derrumbo en cuanto cierro la puerta del cubículo. No estoy segura de por qué estoy llorando, si en realidad estoy muy satisfecha conmigo misma. Creo que acabo de retorcerle a alguien las bolas y la abuela se sentiría muy orgullosa de mí... Si pudiera contárselo.

Después de pasarme un siglo lavándome la cara, vuelvo a la cocina y empiezo a cargar bandejas con copas de champán para cuando vuelvan los invitados.

Cassie es una de las primeras en entrar en la sala y va del brazo de un hombre de cierta edad, al menos treinta años mayor que ella. Entonces, la verdad me pega una bofetada, la mano me tiembla y las copas tintinean. ¡Ella también es una puta de lujo!

—Ay, Dios mío —susurro al verla sonreír y disfrutar con las atenciones que le dispensa ese hombre.

¿Por qué? Es en parte propietaria de un exclusivo club. Seguro que no necesita ni el dinero ni los regalos. En ese momento pienso que nunca me pasó por la cabeza preguntarme cómo es que Miller se dejó engullir por ese mundo. Es el dueño de Ice. No necesita el dinero. Pienso en nuestro encuentro en el restaurante y busco en mi memoria unas palabras que apenas recuerdo: «Lo bastante para comprar un club de lujo».

Me muero de curiosidad y odio ser curiosa. Ya me he metido hasta el fondo y no tengo ganas de ahogarme.

—¿Vas a pasarte toda la noche ahí plantada como una boba soñando despierta?

La voz de Sylvie me devuelve al mundo real, la sala está llena de invitados que charlan animadamente. Observo los grupos de gente. Como siempre, van todos impecables, y me pregunto cuántos estarán metidos en el mundo de la prostitución de lujo.

—¿Livy?

Doy un respingo y tengo que sujetar la bandeja con la mano libre.

—¡Perdona!

—¿Qué te pasa? —pregunta Sylvie, y sé que es por todas las veces que tuve problemas en este tipo de eventos.

—Nada —respondo de inmediato—. Será mejor que siga sirviendo.

—Eh, ¿no es esa la mujer...? —Me mira y se muerde el labio rosa chillón.

No le contesto, sino que me adentro en la muchedumbre y dejo que Sylvie saque sus propias conclusiones. Dejé que mis amigos crean que Cassie es la novia de Miller, y me habría salido bien la jugada de no ser porque la muy zorra se está paseando por ahí con otro hombre.

CAPÍTULO 4

Al día siguiente vuelvo a casa caminando del trabajo. Me desvío un par de veces para pasar por mis sitios favoritos. Como siempre, se agradece la diversión, pero cuando paro en un puesto ambulante a comprar una botella de agua, la foto en la portada de un periódico me catapulta a la casilla de salida. La entrevista fue hace semanas, ¿por qué han tenido que publicarla precisamente ahora? Se me acelera el pulso sólo con mirar la fotografía de ese hombre tan atractivo, y la sangre me retumba en los oídos al leer el titular:

EL SOLTERO MÁS CODICIADO DE LONDRES ABRE EL CLUB MÁS EXCLUSIVO DE LA CIUDAD.

Agarro el periódico y me quedo mirando la entrevista. Me asaltan recuerdos de momentos felices, cuando admitió lo que sentía por mí, cuando dejó de huir de sus sentimientos. Le dijo a aquella periodista descarada que el titular que tenía en mente ya no era el adecuado. Seguro que saltó de alegría al descubrir que Miller Hart vuelve a estar soltero. Duele demasiado, y si leyera la entrevista seguro que aún sería peor, así que me obligo a dejar el periódico en su sitio y me olvido de agarrar la botella de agua que acabo de comprar.

Está en todas partes. Me quedo mirando al suelo, pensando hacia dónde debo ir. Estoy tan aturdida que cruzo la calle sin mirar y me pitan desde un coche que casi me atropella. Ni siquiera salto para esquivarlo. Aunque me pasara por encima, no sentiría nada.

Se detiene a unos pocos metros de mí. No me suena el Lexus, pero sí la matrícula. Dos letras. Sólo dos letras.

W. A.

Se abre la puerta del conductor y sale un hombre al que no conozco que se quita la gorra para saludarme antes de abrir la puerta trasera, sostenerla e indicarme que suba al coche. Sería una tontería negarme. Me encontrará por mucho que me esconda, así que obedezco. Mantengo la cabeza baja y trato de contener las lágrimas. No necesito comprobar si hay alguien en el vehículo. Porque así es. Sentí el poder que emana de él incluso antes de subir. Ahora que lo tengo al lado, es embriagador.

—Hola, Olivia. —La voz de William es tal y como la recordaba: suave, reconfortante.

Sigo con la cabeza baja. No estoy preparada para esto.

—Al menos podrías tener la deferencia de mirarme a la cara y saludarme esta vez. Aquella noche en el hotel parecías tener mucha prisa.

Me vuelvo lentamente y asimilo todo el refinamiento de William Anderson, mientras refresco los recuerdos distantes que he almacenado en lo más remoto de mi memoria durante años y años.

—¿Qué mosca les ha picado a los de tu clase con los modales? —pregunto cortante mientras sostengo la mirada de sus brillantes ojos grises. Parece que todavía brillan más que antes, la mata de pelo gris los convierte en metal líquido.

Sonríe y se acerca. Toma mi diminuta mano entre las suyas.

—Habría sido toda una decepción no recibir una coz.

Sus manos son tan reconfortantes como su hermoso rostro. No quiero que lo sean, pero lo son.

—Sabes que detesto decepcionarte, William —suspiro.

El conductor cierra la puerta y se apresura a sentarse tras el volante. Arranca el coche.

—¿Adónde me llevas?

—A cenar, Olivia. Parece que tenemos mucho de lo que hablar.

Se lleva mi mano a los labios y me besa los nudillos. Luego la deposita en mi regazo.

—El parecido es increíble —dice en voz baja.

—Calla —mascullo mirando por la ventana—. Si es de eso de lo que quieres hablar, no me queda más remedio que rechazar tu invitación.

—Ojalá ese fuera el único tema de conversación —responde muy serio—. Pero cierto caballero, joven y rico, encabeza la lista.

Cierro los ojos despacio y, si fuera posible, cerraría también las orejas. No quiero oír lo que William tiene que decirme.

—Tu preocupación es del todo innecesaria —replico.

—Eso lo decidiré yo. No voy a quedarme de brazos cruzados mientras te arrastran a un mundo al que no perteneces. Me costó mucho alejarte de él, Olivia. —Me acaricia la mejilla con los nudillos y me observa con atención—. No lo permitiré.

—No tiene nada que ver contigo.

Estoy harta de que todo el mundo crea que sabe lo que me conviene. «Yo soy la dueña de mi destino», me digo como una idiota. En cuanto el vehículo se detiene en un semáforo en rojo intento abrir la puerta para echarme a correr, pero no llego muy lejos. La puerta no se abre, y William me agarra del brazo con fuerza.

—No vas a escapar del coche, Olivia —afirma rotundamente mientras el Lexus se aleja del semáforo—. No estoy de humor para tus rebeldías esta noche. Eres exactamente igual que tu madre.

Doy un tirón para recuperar mi brazo y me hundo en el mullido asiento de cuero.

—No la menciones, por favor.

—¿Sigues odiándola con la misma intensidad?

Miro con frialdad al antiguo padrote de mi madre.

—Y ¿qué esperabas? Prefirió meterse en tu turbio mundo a estar con su hija.

—Tú estás a punto de meterte en un mundo mucho más turbio —afirma.

46

Cierro la boca y el corazón me late el doble de rápido.

—No voy a meterme en ninguna parte —susurro—. No voy a volver a verlo.

Me sonríe afectuosamente y niega con la cabeza.

—¿A quién intentas convencer? —me pregunta, y con razón. En mis palabras no había el menor rastro de convicción—. Quiero ayudarte, Olivia.

—No necesito tu ayuda.

—Te aseguro que sí. Mucho más que hace siete años —dice tajante, casi con frialdad.

Me ha dejado helada. Recuerdo el mundo turbio de William. Es imposible que ahora necesite su ayuda más que entonces.

Se aleja de mí, saca su teléfono del bolsillo interior del saco, marca un número y se lo acerca a la oreja.

—Cancela todos mis compromisos para esta noche —ordena.

Luego cuelga y vuelve a meterse el teléfono en la chaqueta. No me mira durante el resto del trayecto y me pregunto qué pasará en la cena. Sé que voy a oír cosas que no quiero oír, y también sé que no puedo hacer nada para evitarlo.

El chofer detiene el Lexus frente a un pequeño restaurante y me abre la puerta. William asiente, me dice que me baje sin palabras y yo obedezco sin chistar. Sé que protestar no conduciría a nada. Le sonrío al conductor y espero a que William se reúna conmigo en la acera. Se abotona el saco, lleva la mano a mi cintura y me conduce hacia adelante. Se abren las puertas del restaurante y William saluda prácticamente a todos aquellos con quienes nos cruzamos. Los comensales y el personal sienten el aura de su presencia. Asiente y sonríe hasta que nos acompañan a una mesa reservada al fondo, lejos de las miradas y los oídos curiosos. Un elegante camarero me entrega la carta de vinos, sonrío para darle las gracias y tomo asiento.

—Agua para la señorita —ordena William—, y lo de siempre para mí.

Ni lo pide por favor ni da las gracias.

—Te recomiendo el *risotto* —dice entonces sonriéndome desde el otro lado de la mesa.

—No tengo hambre.

Tengo un millón de nudos en el estómago, por los nervios y por la rabia. Soy incapaz de comer.

—Estás en los huesos, Olivia. Por favor, concédeme la satisfacción de verte tomar una comida en condiciones.

—Mi abuela ya se encarga de recordarme que tengo que comer. No necesito que me lo recuerdes tú también.

Dejo la carta en la mesa y agarro la copa de agua que acaban de servirme.

—¿Cómo está la increíble Josephine? —pregunta aceptando la copa de líquido oscuro que le ofrece el camarero.

No era tan increíble cuando William me envió de vuelta con ella. Recuerdo que habló de mi abuela un par de veces durante mi escapada, pero por aquel entonces yo estaba ciega, demasiado obsesionada como para interesarme por los detalles de su relación con ella.

—¿La conoces? —pregunto.

Me muero de curiosidad otra vez. Cómo odio ser tan curiosa.

Se echa a reír y es un sonido muy agradable, suave y ligero.

—Jamás la olvidaré. Era el primero al que llamaba siempre que Gracie desaparecía.

Se me llena la boca de bilis al escuchar el nombre de mi madre, pero oírlo hablar de mi abuela me hace sonreír para mis adentros. Es valiente, nada ni nadie la intimida, y sé que William no era una excepción. El tono con el que habla de ella me lo confirma.

—Está bien —contesto.

—¿Los sigue teniendo bien puestos? —pregunta con una sonrisa en los labios.

—Más que nunca. Aunque no estaba en su mejor momento cuando me llevaste de vuelta a casa aquella noche, hace siete años.

—Lo sé —asiente comprensivo—. Te necesitaba.

Los remordimientos no me dejan respirar y me desmorono por dentro. Ojalá pudiera cambiar el modo en que reaccioné al descubrir el diario de mi madre y el dolor de mi abuela.

—Lo superamos —añado—. Sigue teniendo muchas agallas.

Sonríe. Es una sonrisa de afecto.

—Nunca nadie me ha hecho cagarme en los pantalones, Olivia, excepto tu abuela.

No puedo ni imaginarme a William cagándose en los pantalones.

—Aunque en el fondo sabía que yo tampoco era capaz de controlar a tu madre, no más que ella o que tu abuelo.

William se relaja en su silla y pide dos *risottos* en cuanto aparece de nuevo el camarero.

—¿Por qué? —pregunto en cuanto éste se esfuma. Debería habérselo preguntado hace años. Hay muchas cosas que debería haberle preguntado entonces.

—¿A qué te refieres?

—¿Por qué mi madre actuaba de ese modo? ¿Por qué nadie podía controlarla?

William se revuelve en su asiento, está claro que la pregunta lo incomoda. Sus ojos grises evitan los míos.

—Lo intenté, Olivia.

Frunzo el ceño. Se me hace raro que un hombre tan prolífico esté tan incómodo.

—¿Qué?

Suspira y apoya los codos en la mesa.

—Debería haberla enviado lejos mucho antes, como hice contigo en cuanto descubrí quién eras.

—¿Por qué?

—Porque estaba enamorada de mí.

Observa mi reacción, pero no creo que vea nada porque me ha dejado en blanco. ¿Mi madre estaba enamorada de su padrote? Enton-

49

ces ¿por qué se acostaba con toda la ciudad? Porque... Un pensamiento cobra forma rápidamente y pone fin a mis preguntas silenciosas.

—Tú no la amabas —susurro.

—La amaba con locura, Olivia.

—Entonces ¿por qué...? —Me dejo caer contra el respaldo—. Te estaba castigando.

—A diario —suspira—. Todos los días.

Eso no me lo esperaba. Estoy hecha un desastre.

—Si se amaban, ¿cómo es que no estaban juntos?

—Quería cosas de mí que yo no podía darle.

—Que no querías darle.

—No, que no podía darle. Tenía responsabilidades, Olivia. No podía abandonar a mis chicas y dejarlas caer en las garras de algún cabrón amoral.

—Así que abandonaste a mi madre.

—Y la dejé caer en las garras de un cabrón amoral.

Trago saliva. Mis ojos miran a todas partes bajo la luz suave del restaurante, intentando comprender lo que me ha dicho.

—Tú lo sabías. Allí estaba yo, buscando respuestas, y ¿resulta que tú las tenías desde el principio?

Aprieta los labios y dilata las fosas nasales.

—Eras muy joven, no te hacía falta conocer todos los detalles sórdidos.

—¿Cómo pudiste dejarla marchar así?

—La mantuve cerca durante años, Olivia. Fue desastroso dejarla suelta en mi mundo. Me mantuve al margen y vi cómo ahogaba a los hombres con su belleza y su espíritu indómito. Los vi perderse por ella. Me partía el corazón a diario y ella lo sabía. No podía soportarlo más.

—Así que la desterraste.

—Y a diario desearía no haberlo hecho.

Me trago el nudo que se me formó en la garganta. Es posible que lo que William acaba de contarme sea otra pieza más del rompecabezas, pero sigue habiendo un agujero enorme en mi corazón. Con o sin la tortuosa historia de amor, la realidad es que ella abandonó a su hija. Nada de lo que William me diga lo justifica. Miro al hombre maduro y apuesto al que mi madre amaba y, aunque suene a locura, puedo entenderlo. Aunque la verdadera locura es que fui a buscarla, que intenté comprenderla. Tomé su diario y localicé a los hombres sobre los que había escrito, desesperada por comprender qué le resultaba tan fascinante. Lo único que encontré fue consuelo en su padrote. El poco tiempo que estuve con William a los diecisiete años me bastó para ver a un hombre compasivo que se preocupaba por los demás. Le tomé cariño enseguida, y sé que yo le importaba. Era muy guapo, pero no había deseo ni atracción física, aunque no puedo negar que en cierto modo lo quería.

—¿Cómo es que no supiste quién era? —pregunto. Sobreviví una semana sin que William me descubriera. Recuerdo su cara, lo enfadado que estaba. Sé que me parezco tanto a mi madre que asusta, ¿cómo es que no me reconoció?

Respira hondo, casi con frustración.

—Para cuando tú apareciste, yo llevaba quince años sin ver a Gracie. El parecido era tan asombroso que no me dejaba pensar con claridad, y no me paré a contemplar la posibilidad de que fueras su hija. Luego lo pensé pero no me cuadraba. —Arquea las cejas, acusándome—. Ni por el nombre ni por la edad.

Desvío la mirada avergonzada. Es humillante y perturbador. Hay cosas que es mejor no desenterrar, y mi madre es una de ellas.

—Gracias —susurro con un hilo de voz cuando llega el *risotto*.

William deja que el camarero monte todo el ceremonial unos instantes antes de despacharlo con un gesto.

—¿Por?

—Por haberme enviado de vuelta con la abuela. —Lo miro y me toma la mano—. Por haberme ayudado y por no haberle contado nada.

Ese fue el truco. William amenazó con visitar a mi abuela. Nada me daba más miedo en el mundo porque, mínimo, la habría matado del susto. En aquel momento la pobre lo estaba pasando fatal. Por lo que ella sabe, me escapé para huir de la dura realidad que me había descubierto el diario de mi madre. No podía hacerla sufrir aún más. No después de todo lo que había pasado, primero con su hija, luego con la pérdida del abuelo.

—Pero leí su diario. —Las palabras se me escapan en un momento de confusión—. Así fue cómo te encontré.

—¿Un pequeño cuaderno negro? —pregunta con un toque de resentimiento.

—Sí. —Casi me emociono al ver que sabe de qué le hablo—. ¿Conocías su existencia?

—Por supuesto que sí. —Tiene la mandíbula tensa, y me hundo aún más en mi silla—. Tuvo la amabilidad de dejarlo una vez sobre mi mesa para que lo leyera antes de dormir.

—Ah... —Agarro el tenedor y empiezo a hurgar en el arroz, que no me apetece nada. Cualquier cosa con tal de escapar de la tremenda amargura que emana de William.

—Tu madre podía ser muy cruel, Olivia.

Asiento. De repente veo muy claro por qué escribió aquel diario. Le gustaba escribir todos aquellos pasajes describiendo un sinfín de encuentros con un sinfín de hombres con todo lujo de detalles. No era porque le gustara lo que hacía. O puede que sí, ¿quién sabe? Pero lo escribió para torturar a William. Le gustaba saber el daño y la rabia que provocaba al hombre al que amaba.

—De todos modos... —suspira—, es el pasado.

Vaya insulto.

—¡Puede que para ti lo sea! —le espeto—. ¡En cambio, para mí, el hecho de que me abandonara sigue siendo un misterio con el que tengo que vivir todos los días!

—No te tortures, Olivia.

—¡Pues lo hago!

Me ofende que se tome mi abandono tan a la ligera. Intentar convencerme de que el hecho de que me hubiera abandonado no tenía importancia fue mucho más fácil que hacer frente a la dura realidad. Una historia de amor atormentado no mejora las cosas ni me ayuda a comprender nada.

—Tranquilízate. —William se inclina sobre la mesa y me acaricia la mano para consolarme, pero la retiro. Hay muchas cosas de mi vida que me enfurecen, y siento que todo escapa a mi control.

—¡Estoy tranquila! —grito, y él se apoya entonces en el respaldo de su silla con una mirada de desaprobación en su apuesto semblante—. Estoy tranquila.

Vuelvo a hurgar en mi *risotto*.

—¿Crees que está viva?

El hombre que hay sentado a la mesa frente a mí deja escapar un tremendo suspiro cargado de dolor.

—Yo... —Se revuelve en su silla y desvía la mirada—. Yo...

—Dímelo —le ruego con calma, preguntándome por qué me importa tanto. Sea como sea, para mí está muerta.

—No lo sé. —Agarra el tenedor y lo hunde en el plato—. Gracie tenía el don de volverme loco de frustración y deseo, y es posible que haya hecho enloquecer a alguien lo suficiente como para que la estrangule, créeme.

Deja el tenedor sobre la mesa. La conversación le quitó el hambre. Yo hago lo mismo.

—Parece que era una buena pieza. —Lo digo porque no se me ocurre qué otra cosa puedo decir.

—No tienes ni idea —suspira él, casi sonriente, igual que si estuviera recordándola—. Pero centrémonos en el presente.

Borra de la mente los recuerdos y se pone muy serio, como si estuviera en una reunión de negocios. Imagino que así era como trataba a mi madre. Basta con hablar de ella para que este hombre duro y poderoso se torne vulnerable.

—Miller Hart —dice entonces.

—¿Qué pasa con él? —Levanto la barbilla altiva, como si no tuviera importancia.

—¿De dónde lo conoces?

—¿Y tú de dónde lo conoces?

Tras la vaga explicación de Miller todavía siento más curiosidad que antes. Tantas advertencias, tanta preocupación... ¿A causa de qué?

—Es una ruina de hombre.

—Eso no responde a mi pregunta.

William se acerca y yo retrocedo recelosa.

—Ese hombre vive en la oscuridad, Olivia. Mucho más que yo. Juega con el diablo.

Trago saliva con fuerza y el dolor me atraviesa el corazón. No consigo pronunciar palabra y, aunque quisiera hacerlo, no creo que pudiera mover mi lengua de trapo.

—Sé lo que hace y cómo lo hace —continúa William—. Por algo es el chico de compañía más famoso de Londres, Olivia. Me costó mucho mantenerte lejos de mi mundo; no voy a permitir que caigas a ciegas en las tinieblas de Miller Hart. Llevo muchísimo tiempo en este negocio. Se me escapan pocas cosas, si es que lo hace alguna. Y si algo sé con certeza... —Se interrumpe un instante y se crea un incómodo silencio entre ambos— es que te destrozará.

Parpadeo ante la seguridad de su sentencia. Me muero por contarle que Miller se desvive por mí, que con él sólo he conocido ternura... Salvo por aquella noche en el hotel. La noche en la que William me encontró huyendo del lugar en el que Miller me había maniatado al poste de la cama y me había tratado como a una de sus clientas. No sé qué fue peor: si la frialdad impasible que me demostró o el modo en que sus hábiles dedos y su lengua experta me torturaron con exquisitez hasta que me hicieron venirme.

—Gracias por avisarme —digo. Son las únicas palabras que consiguen atravesar mi dolor.

—Sin duda eres hija de tu madre, Olivia.

—¡No digas eso! —grito. William retrocede en su asiento pero no contraataca. Se limita a beber un sorbo de su copa y a esperar a que me tranquilice—. No me parezco en nada a mi madre. Ella abandonó a su hija por un hombre que no la quería.

Se inclina hacia adelante con los ojos grises centelleantes.

—Era imposible que Gracie Taylor y yo mantuviéramos una relación. No pienses ni por un instante que no intenté hacer lo que era mejor para ella. O para ti.

Ver a William enfadado es tan poco habitual que me toma desprevenida. Nunca lo había visto perder la compostura.

Bebe otro sorbo de su copa antes de continuar:

—E igual de imposible que una relación entre Miller Hart y tú.

—Lo sé —suspiro. Las condenadas lágrimas se acumulan en mis párpados—. Eso ya lo sé.

—Me alegro, pero el hecho de saber que una cosa es mala no nos impide seguir deseándola, ir por ella. Yo no le convenía a Gracie, y aun así no se daba por vencida.

—¿Quieres dejar de compararme con mi madre, William, por favor? —Niego con la cabeza; no estoy preparada para escuchar la cruda realidad por más tiempo—. Debería volver a casa. La abuela estará preocupada.

—Llámala —dice él señalando mi bolso—. Estoy disfrutando con tu compañía y aún no pedimos ni postre ni café.

—Mi teléfono está roto. —Es la excusa perfecta para escaparme. Me pongo de pie, recojo mi mochila del suelo—. Gracias por la cena.

—No veo ni rastro de gratitud en tu tono, Olivia. ¿Cómo voy a contactar contigo?

Esa pregunta me preocupa.

—¿Por qué ibas a querer contactar conmigo?

—Para asegurarme de que estás a salvo.

—¿De qué?

—De Miller Hart.

Pongo los ojos en blanco y se me olvida con quién estoy hablando.

—He sobrevivido hasta ahora sin tu supervisión, William. Estaré bien.

Doy media vuelta y empiezo a caminar, rezando para no volver a verlo. La cena fue toda una revelación, pero no hizo más que remover el dolor del pasado que, sumado a la desolación de los últimos días, es la gota que colma el vaso.

—No sobrevivirás si Miller Hart sigue en tu vida, Olivia.

Freno en seco sobre mis Converse y se me hiela la sangre en las venas. No me atrevo a mirarlo por temor a la cara que debe de estar poniendo. «No forma parte de mi vida», me digo. Oigo cómo retira su silla hacia atrás y sus pasos cuando empieza a caminar, pero mantengo la vista al frente hasta que él me rodea y mira desde lo alto mi patética estampa.

—Reconozco a una mujer cautivada por un hombre cuando la veo, Olivia. Lo vi en tu madre y lo veo también en ti.

Me toma de la barbilla caída y me la levanta. Hay un toque de comprensión en su mirada gris.

—Sé que estás dolida y enfadada, y esas emociones pueden hacerte cometer tonterías. Su conducta en los negocios es cuando menos cuestionable. Y deberías saber que está pasando unos días en Madrid. —Me reta con la mirada para que le pida más detalles. No me hacen falta: está con una clienta.

—Soy una mujer sensata —me limito a musitar. Percibo la incertidumbre en mi propia voz. Creo en mi fortaleza tan poco como William, a pesar de que sé que todo lo que me ha dicho es la cruda realidad.

Tiene motivos para preocuparse.

—Sé cuidar de mí misma.

Me besa en la frente y sus delicados labios suspiran.

—Te hacen falta más que palabras, Olivia —dice. A continuación me quita la mochila de los hombros y me conduce hacia la salida del restaurante—. Te llevaré a casa.

—Prefiero pasear —respondo apartándome.

—Olivia, sé razonable. Es tarde y de noche. —Vuelve a sujetarme, ahora con más fuerza que antes—. Además, así podremos parar en una tienda y comprarte un teléfono nuevo.

—Puedo comprármelo yo sola —mascullo.

—Es posible, pero me gustaría regalártelo. —Levanta las cejas a modo de advertencia y sus ojos grises se oscurecen cuando abro la boca para protestar—. Y es un regalo que vas a aceptar.

No discuto más. Sólo quiero irme a casa e intentar procesar lo que William me contó y lo que no, así que dejo que me saque del restaurante y me lleve hasta el coche sin decir palabra.

Paramos en una tienda y me compra el último modelo de iPhone. El conductor de William me deja en casa, en la esquina, para que la abuela no me vea bajando del coche.

—Asegúrate de cargarlo. —Me ordena William mientras cierra la caja—. Guardé el número y te puse el mío en la agenda.

—¿Para qué? —Me molesta que se entrometa en mi vida.

—Para poder dormir por las noches. —Me entrega la caja y señala con la cabeza la puerta para que me baje—. Te diría que le dieras recuerdos de mi parte a Josephine, pero no creo que sean bien recibidos.

—No lo dudes ni por un momento.

Salgo del Lexus y me vuelvo para cerrar la puerta. La ventanilla empieza a bajar y me agacho para ver a William. Le brillan los ojos grises, está reclinado en el respaldo, por lo que destaca su amplio torso. Es increíble que esté en tan buena forma a los cuarenta y pico.

—Probablemente saldría con un bate de beisbol y destrozaría tu coche de ricachón.

Echa la cabeza hacia atrás y suelta una carcajada. Sonrío.

—Me lo imagino —dice—. Me alegro de que haya vuelto a ser lo que era.

Sonríe unos instantes más antes de ponerse de nuevo muy serio. Yo también lo estoy.

—Recuerda lo siguiente, Olivia.

No quiero preguntar qué, y no lo necesito, porque toma aire para terminar la frase cuando me ve titubear. Me lo va a decir aunque yo no quiera oírlo.

—Tu cuerpo sabe de forma instintiva cuándo estás en peligro. Si notas que se te eriza el vello de la nuca, un escalofrío entre los hombros o que algo te da mala espina, sal corriendo.

La ventanilla sube y la mirada seria de William desaparece. Me quedo tal cual en la calle. Sus palabras retumban en mis oídos.

CAPÍTULO 5

La abuela me coloca el plato delante y me da un tenedor. Se me revuelve el estómago sólo con mirar el enorme trozo de pastel, pero me resisto a apartarlo y corto un pedacito bajo su atenta mirada. No es la única que me observa con detenimiento. Gregory y George han venido a cenar. Todos permanecen callados y sin quitarme el ojo de encima hasta que me llevo el pequeño trozo de pastel a la boca. Sabe a matarratas y no se parece en nada a los pasteles que suele preparar mi abuela. Todo sabe a podrido, es posible que mis papilas gustativas me estén castigando por haberlas abandonado.

—¡Delicioso! —exclama Gregory para romper el incómodo silencio. Se chupa los dedos—. Deberías abrir una pastelería.

—¡Sí, hombre! —se burla la abuela—. Hace veinte años, tal vez...

Se echa a reír, se vuelve hacia el fregadero y abre la llave. Doy las gracias por haber dejado de ser el centro de atención.

George mete un dedo en la charola del pastel y recoge un poco de crema de limón. La abuela, como si tuviera ojos en la nuca, se da la vuelta para mirar.

—¡George! —Le da un azote con el paño de cocina—. ¿Dónde están tus modales?

—Perdona, Josephine. —Se endereza como un niño travieso y pone las manos en el regazo muy serio.

Gregory me da una patada por debajo de la mesa y señala a la abuela con un gesto, y esta a su vez niega con la cabeza para regañar al niño grande. Los dos nos estamos aguantando la risa, y cuando George nos guiña el ojo no podemos contenernos más.

—¿Listo para arrasar en la pista de baile con la abuela, George? —pregunto intentando parar de reírme antes de que ella me regañe a mí también.

El bueno de George está casi guapo con su traje marrón, aunque de la corbata de moño color mostaza mejor no hablemos.

—Josephine no necesita ayuda —responde mirando a mi abuela—. Como dicen ustedes, siempre arrasa en todas partes ella solita.

La abuela no contesta ni se da vuelta, pero está sonriendo. Lo sé.

—Te va a enseñar a menear el esqueleto —replico.

Me río disimuladamente y le pego patadas a Gregory por debajo de la mesa, pero no muevo ni una pestaña en cuanto la abuela se vuelve del fregadero y mueve la falda del vestido con alegría, dejando muy claro que la espera la pista de baile. Me mira mientras se seca las manos en el delantal con las cejas enarcadas.

—Estás preciosa, abuela —digo.

El enfado desaparece de su cara al instante y baja la mirada con una sonrisa.

—Gracias, cariño.

—¿Qué es eso de «menear el esqueleto»? —pregunta George perplejo mirando a la abuela. Me encanta verla ruborizarse.

—Es bailar, George. —Ella me lanza una mirada de advertencia que suaviza en cuanto me ve sonreír—. Bailar como los modernos. Luego te enseño.

Casi me caigo de la risa al imaginarme a George y a la abuela embistiendo con la pelvis y meneando las caderas.

—¿Qué tiene tanta gracia? —pregunta George mirando sin comprender a un lado y a otro—. Eso ya lo sabía —resopla metiendo otra vez los dedos en el pastel de limón.

La abuela no lo regaña esta vez. Está muy ocupada bailando por la cocina.

—A lo mejor me pongo los shorts —dice con una risita nerviosa que hace que Gregory y yo rompamos a reír a carcajadas.

—¿Esos pantaloncitos cortos que parecen pantis? —A George le brillan los ojos—. ¡Sí!

—¡George! —exclama la abuela.

—¡Paren, por favor! —Gregory se agarra de mi brazo en busca de un punto de apoyo, pero se cae y me arrastra consigo. Estamos llorando de la risa, histéricos—. ¿Son de lentejuelas?

—No, de cuero —sonríe ella—. Y con abertura.

Me atraganto y empiezo a toser. A George parece que le va a dar un ataque. Se recupera y agarra el periódico para abanicarse.

—Josephine Taylor, tienes una mente perversa —dice.

—Mucho. —Gregory suelta otra carcajada y me guiña el ojo.

Nos calmamos y picoteo un poco de tarta. Oigo a la abuela suspirar y me preocupo. Es esa clase de suspiro largo que indica que no me va a gustar lo que va a decirme.

—¿Por qué no sales con Gregory?

Me hundo en la silla. Hay tres pares de ojos mirándome. Encima, vuelvo a ponerme triste.

—Sí, eso, Livy —interviene mi amigo, y me da un golpecito en el brazo con la mano—. Iremos a un bar de heteros.

—¿Lo ves? —añade sonriente la abuela—. Es muy amable. Está dispuesto a sacrificar una noche de pasión por ti.

Trago saliva. Gregory se ríe y George se atraganta. Adora a Gregory, pero se niega a reconocer su condición sexual. Creo que es cosa de la edad, aunque a mi amigo no le importa. De hecho, bromea al respecto todo lo que puede, y cuando lo veo tomar aire, sé que prepara una de las suyas.

—Sí —dice reclinándose en su silla—. Voy a perderme la oportunidad de retozar con un hombre desnudo y sudoroso para que salgas un rato conmigo.

Me muerdo el labio para no reírme a mandíbula batiente al ver lo nervioso que se pone George. La abuela no se corta tanto. No, se parte de la risa y su cuerpo se sacude como un flan mientras el pobre George continúa revolviéndose incómodo en el asiento y murmurando por lo bajo.

—Ustedes son malvados —refunfuña—. Tienen una mente muy sucia.

—Eres un buen amigo, Gregory —dice la abuela entre risas—. ¡Es todo un detalle!

George frunce el ceño y mira a Gregory.

—Creía que eras bisexual.

—Ah —sonríe Gregory—. Soy lo que quieren que sea, George.

El amigo de la abuela no puede evitar dar un respingo de asco y ella no consigue parar de reír.

Qué bien. Las risas que provoca la conversación sobre las travesuras sexuales de Gregory me han salvado de la presión de tener que salir y aparentar que estoy bien. Miro lo a gusto que se ríe del pobre George y cómo la abuela lo anima a seguir con sus carcajadas. La pequeña batalla verbal me recuerda que no soy feliz y que no hay distracciones suficientes en el mundo para remediarlo. Algunas cosas logran distraerme momentáneamente, pero el malestar no tarda en volver con más fuerza, como si intentara compensarme por el tiempo que ha estado ausente mientras yo esbozaba una sonrisa.

Mastico y trago lentamente. Por otra parte, mi estómago revuelto va a cien por hora y tengo que ir corriendo al baño a sostenerme de la taza del escusado. No hay nada que vomitar excepto bilis ácida. La boca me sabe fatal.

No tengo remedio.

Llaman suavemente a la puerta. Levanto la cabeza y me quedo mirando el pomo.

—¿Muñeca?

Gregory abre la puerta y entra. Ni se molesta en avisar primero, en caso de que me encuentre con los pantalones en los tobillos. Intenta sonreírme pero fracasa miserablemente. Sé que se encuentra tan mal como yo. Me pasa un caramelo de menta y me pone en pie. Me arregla el pelo y estudia mi cara preocupado.

—Livy, te estás quedando en nada. —Mira mi cuerpo, más delgado que de costumbre—. Ven.

Me saca del baño y me acompaña a mi dormitorio. Cierra la puerta, me lleva a la cama, me pasa un brazo por los hombros y me estrecha contra sí. Me acurruco pero no me consuela. Esto no es como el «lo que más me gusta» de Miller. No me aligera el corazón ni me hace sentir en paz. No está a mi lado tarareando ni besándome la coronilla.

Permanecemos tumbados y en silencio una eternidad hasta que noto que Gregory toma aire, preparándose para hablar.

—¿Lista para contármelo todo? No estás bien, y no me vengas con eso de la otra mujer porque sé que sospechabas algo desde el principio y eso no te detuvo.

Niego con la cabeza hundida en su pecho pero no sé si estoy rechazando su oferta o si le estoy diciendo que no, que no es la supuesta amante. Lo primero no necesito confirmárselo: es evidente. Lo segundo, no tanto, pero nunca podría contarle la verdadera razón por la que mi vida ha terminado. ¿Y lo de William? No, no puedo hacerlo.

—Está bien —suspira y me estrecha con más fuerza, pero entonces su teléfono empieza a sonar y tiene que aflojar el abrazo para poder sacarlo del bolsillo.

No es mi imaginación, se le aceleró el pulso. Levanto la cabeza: está mirando la pantalla con cara de pena. Su expresión me recuerda que, mientras yo me ahogaba en la autocompasión, mi mejor amigo también ha estado sufriendo. Me siento muy culpable, y aún más egoísta, porque el sentimiento de culpa es mucho más llevadero que un corazón roto.

—¿No vas a contestar? —pregunto en voz baja mientras él sigue con la vista fija en la pantalla.

No sé por qué está tan inquieto. Debería alegrarse de que Ben lo llame. ¿O me he perdí algo? Es probable. No recuerdo gran cosa de las últimas dos semanas, pero recuerdo que habló brevemente con Ben y que la cosa no fue bien. ¿O lo habré soñado?

—Supongo que debería contestar —dice—. Me lo esperaba.

Frunzo el ceño mientras él acepta la llamada, pero no habla. Se limita a llevarse el teléfono a la oreja y, al cabo de unos segundos, oigo unos gritos iracundos tan nítidos como la luz del día. Gregory hace una mueca mientras su examante grita y lo maltrata por teléfono, gruñe sobre un montón de llamadas y acusa a mi amigo de haber estado acosándolo. Estoy pasmada y aún más cuando Gregory se disculpa mansamente. No tiene de qué disculparse. Él no es quien finge ser lo que no es. Él no se esconde de la verdad. La rabia bulle en mi interior por otras razones y, por puro instinto protector, le arrebato el teléfono a mi amigo y descargo dos semanas de furia. Estoy que exploto.

—¡¿Quién carajos te crees que eres?! —grito saltando de la cama cuando Gregory intenta recuperar su teléfono.

Doy vueltas por la habitación como un perro rabioso, echando espuma por la boca.

—¿Con quién hablo? —Ben ha bajado el tono. Parece sorprendido.

—Eso no importa. ¡No eres más que un fraude! ¡Eres un cobarde sin agallas!

Ben guarda silencio pero resopla y yo continúo atacándolo:

—¡Te mereces ser infeliz! Espero que te hundas en la miseria el resto de tu vida. ¡Gallina! ¡Patético! —Tiemblo y estoy hiperventilando—. No te mereces ni el tiempo ni el afecto que Gregory te ha dado, y no tardarás en darte cuenta. ¡Y para entonces será demasiado tarde! ¡Porque ya te habrá olvidado!

Cuelgo y lanzo el teléfono de Gregory encima de la cama. Mi amigo me mira anonadado, con unos ojos como platos y la boca completamente abierta.

Trato de calmarme y recuperar el control de mi cuerpo tembloroso mientras Gregory intenta pronunciar palabra. Está tartamudeando, petrificado como yo. No me correspondía hacer lo que he hecho. No tenía derecho a interferir, y menos aún después de haber regañado a mi amigo por haber intentado meterse en mi relación diabólica con cierto hombre disfrazado de caballero.

—Perdóname —jadeo, puesto que no consigo recobrar el aliento—. No debería...

—¡Qué bríos! —se limita a decir, y me derrumbo otra vez.

El enfado da paso a la depresión, que vuelve en todo su esplendor. Hundo la barbilla en el pecho y los brazos me pesan en los costados. Sollozo sin control. Soy patética y tiemblo por otros motivos. No me siento mejor.

De la cama brota un sonoro suspiro. Gregory me atrae contra su pecho y me envuelve en sus brazos.

—Tranquila. —Me calma, me mece y me acaricia el pelo—. Tengo la impresión de que lo que le has dicho a Ben iba dirigido a otra persona.

Asiento y me abraza con fuerza. Eran las palabras apropiadas para Ben, pero ojalá se las hubiera soltado a otro que yo conozco. Y ojalá pudiera cosechar lo que sembré.

—Qué pareja —suspira—. ¿Cómo nos hemos metido en este embrollo?

No lo sé, así que niego con la cabeza, sollozando y temblando sin parar.

—Eh... —Me saca de mi escondite y toma mi cara entre las manos. Me mira, todo ternura y simpatía—. ¿Qué vamos a hacer, muñeca?

De repente, algo cambia. Los dos amigos que intentan consolarse el uno al otro se miran de pronto con otros ojos. La tristeza y la desolación dan paso a algo más.

Algo raro.

Algo prohibido.

Me confunde y, cuando Gregory entreabre los labios, su mirada parpadea hacia mi boca y su cara se acerca a la mía, la cabeza empieza a darme vueltas. Hay muchas razones para echar el freno a lo que está a punto de pasar, pero ahora no soy capaz de pensar en nada, salvo en el hecho de que quizá esto sea exactamente lo que necesito.

Yo también me acerco hasta que nuestras bocas se encuentran y el corazón me palpita con fuerza en el pecho. No me detiene la sensación extraña de tener los labios de mi mejor amigo pegados a los míos. Cambio de postura y me siento a horcajadas sobre el esbelto cuerpo de Gregory sin que nuestras bocas se separen. Nuestras lenguas bailan enloquecidas. Sus manos me acarician la espalda y me besa con tanta fuerza que me produce una extraña sensación de consuelo, aunque sea raro, distinto de lo que estaba acostumbrada. Da lo mismo. Necesito algo distinto.

—Livy. —Pone fin al beso y jadea en mi cara—. No deberíamos. Está mal.

No dejo que me convenza de que paremos. Lo beso con fuerza, con desesperación. Le acaricio los brazos musculosos, tensos. Gime, y lo que se despereza entre sus piernas me anima a seguir.

—Livy —protesta débilmente, sin apartarme.

—Nos ayudaremos el uno al otro —gimo dándole un tirón al dobladillo de su camiseta.

Él no me detiene. Se revuelve para ayudarme y no tardo en sacársela y en dejar su pecho desnudo expuesto a mis manos inquietas. No tardo en sentir que me quita la parte de arriba y le suelto la boca para levantarme y dejar que mi mejor amigo me desnude. Sin sostén que cubra mis modestos pechos, sólo llevo puestos los pantalones cortos de pijama. Gregory me mira los pezones duros, que están al alcance de su lengua.

—Mierda —mascula, levanta la vista, y yo jadeo en su cara—. Mierda, mierda, mierda.

Me sujeta por los hombros y me tumba sobre la cama. Se apodera de mi boca y me baja los pantalones cortos y las pantis. Está duro y empuja contra mi muslo. Palpita sin parar y, de repente, mis manos se hacen un lío con la bragueta de sus pantalones de mezclilla. Levanta un poco las caderas para ayudarme a que le quite el pantalón, hasta que estamos desnudos, restregándonos el uno contra el otro, dando vueltas en la cama, besándonos y acariciándonos.

—Mierda —maldice de nuevo besándome la mejilla, y yo gimo mirando al techo—. Tenemos que parar.

—No —protesto.

—No deberíamos hacerlo.

Pero no para. Encuentra mi boca de nuevo y hunde la lengua con desesperación. Estamos como poseídos. Manos y bocas explorando territorios desconocidos. Nos consume la desesperación de olvidar nuestras penas y ninguno de los dos parece estar preparado para detener esto. Deberíamos detenerlo. No nos va a ayudar.

—¡Ay, Dios! —grito echando la cabeza atrás cuando Gregory cubre mi pecho con la mano.

Me estremezco bajo su cuerpo, todo mi ser siente las descargas de placer febril. Nuestras bocas se juntan de nuevo y mis manos se aventuran hacia el sur, hasta que tengo su erección dura y caliente en las manos.

—¡Dios! —ruge empujando con las caderas para que pueda acariciársela entera—. ¡Dios!

Los sonidos de placer invaden el dormitorio. Estamos perdidos. Gregory se aparta, me mira con el ceño fruncido y siento su aliento en mi cara sonrojada.

—Hazlo otra vez —gime ofreciéndome las caderas.

Recorro su miembro con la palma de la mano y su respiración se torna irregular. Deja caer la cabeza un segundo, la levanta y vuelve a mi boca. La recorre con la lengua. Sé que no debería, pero me gusta la sensación. Me concentro en los besos de mi mejor amigo, en sus manos que me acarician, en su cuerpo que se aprieta contra el mío.

—Sabes a fresas —susurra con voz ronca.

«Fresas.»

La palabra me cae como una cubeta de agua fría y de repente lo suelto y me revuelvo debajo de él.

—¡Gregory, para!

Se detiene y se aparta para mirarme.

—¿Te encuentras bien?

—¡No! ¡Tenemos que parar! —Me incorporo y me cubro con la sábana muerta de vergüenza... y de culpa—. ¿En qué estábamos pensando?

Él se sienta y se frota la cara con las manos. Gruñe, pero sé que es de arrepentimiento.

—No lo sé —confiesa—. No pensaba, Livy.

—Yo tampoco.

Lo miro a los ojos y me aferro a la sábana. Gregory sigue desnudo y no parece importarle. Sigue... listo para entrar en acción, e intento apartar la vista del músculo duro que emerge de su regazo. Me cuesta horrores. Es como un imán para mis ojos. Nunca me permití ver a mi amigo gay así, pero ahora que lo tengo delante he de decir que está muy bueno y que no puedo dejar de mirarlo. Es todo lo que un hombre, o una mujer, podrían desear. Es atractivo, amable y sincero. Pero también es mi mejor amigo, no puedo arriesgarme a perderlo porque, si seguimos por donde lo hemos dejado, luego todo será muy raro. Espero que no sea demasiado tarde. Aunque esa no es la única razón. Nadie podría llenar el vacío de mi corazón ni saciar mi deseo. Sólo hay un hombre capaz de hacerlo.

—Lo siento —digo en voz baja. La culpa me consume. No sé por qué. No tengo nada de lo que arrepentirme, excepto de haber puesto en peligro mi amistad con Gregory—. Perdóname.

—Oye... —Me sienta en su regazo y me abraza—. Yo también lo siento. Creo que nos dejamos llevar un poco.

Me acurruco en busca de consuelo, pero no lo encuentro.

—Ha sido culpa mía —digo.

—No, yo empecé. Es culpa mía.

—Discrepo —susurro, y dejo que me frote la espalda para intentar devolverme a la vida.

Su pecho sube y baja. Un suspiro.

—Vaya par —musita—. Un par de perdedores llorando por lo que no pueden tener.

Asiento.

—Dime que ahora no vas a ir a tirarte a la primera que encuentres. —Sé que en general eso es lo que pasa cuando lo deja un hombre, y es probable que por eso la cosa haya llegado tan lejos—. No quiero que lo hagas.

—Nada de hombres ni de mujeres en una temporada. —Se echa a reír y yo sonrío a mi vez.

—Lo mismo digo.

—¿Vas a volver a ser una reclusa? —bromea.

—Mira cómo estoy por culpa de la alternativa.

—No todos los hombres son como ese chupavergas. —Me aparta de su pecho y me sujeta la cara entre las manos con fuerza—. No todos los hombres van a tratarte como una mierda, muñeca.

—No pienso darles la oportunidad.

—Odio verte así.

—Yo también odio verte así a ti —respondo, y de repente su angustia es evidente y tangible. Por fin consigo verla entre mi niebla de pena—. Y voy a robarte lo de «chupavergas» para Ben, porque ese sí que es un chupavergas, aunque no quiera admitirlo.

Gregory sonríe y le brillan los ojos.

—Me parece bien.

Asiento y dejo que mi mirada vague por el regazo de mi amigo. Se echa a reír y rápidamente tira de la sábana, se tapa y me deja desnuda. Doy un respingo y tiro de ella, y así comienza la lucha libre entre sábanas. Los dos nos reímos, damos tirones y volvemos a ser tan amigos como siempre... Aunque estemos desnudos. No parece que nos importe mientras peleamos por la sábana.

Sin embargo, nos quedamos quietos como estatuas al oír entre risas el crujir del suelo de madera y la voz de la abuela, que nos llama:

—¿Gregory, Olivia? ¿Están bien?

—¡Mierda!

Salto de la cama y cruzo corriendo la habitación.

—¡No pasa nada, abuela!

—Suena como si una manada de elefantes estuviera bailando el cancán ahí dentro.

—¡Estamos bien! —grito. Pego la frente a la puerta, me tenso y me preparo para su respuesta.

—¡Pues da la impresión de que van a tirar el techo!

—¡Perdona, ya bajamos!

—Nosotros nos vamos al baile.

—¡Que lo disfrutan!

—¿Estás bien? —pregunta más tranquila.

Sonrío.

—Estoy bien, abuela.

No dice nada más, pero el crujido del suelo de madera me indica que está bajando la escalera. Me doy la vuelta y apoyo la espalda contra la puerta. Gregory recorre mi cuerpo con la mirada sin parar sentado en la cama, tapándose con la sábana.

—Bonita vista —sonríe y me recuerda que estoy desnuda—. Pero estás demasiado delgada.

Intento taparme las partes con la mano y él se echa a reír y cae de espaldas sobre la cama. No tiene remedio, y yo estoy roja como un tomate.

—¡Lo siento! —dice entre carcajadas—. De veras que lo siento.

Me ruborizo aún más y busco cualquier cosa con la que salvar mi dignidad. Opto por una camiseta que hay en el respaldo de la silla del rincón. La agarro y me la pongo a toda velocidad. Me siento mejor al instante, como si hubiera recuperado el respeto por mí misma después de haberme arrojado a los brazos de mi mejor amigo. A Gregory no parece preocuparle su desnudez, aunque ahora mismo está revolcándose de la risa enredado entre las sábanas de mi cama. Sonrío y ladeo la cabeza para verlo mejor. Tiene el trasero firme, pero lo que más me impresiona es lo feliz y despreocupado que parece.

—Ven —dice incorporándose y pegando golpecitos en el colchón—. Prometo que no te voy a meter mano.

Pongo los ojos en blanco y me tumbo con él en la cama, con la espalda apoyada en la cabecera. Jugueteo con mi anillo y me pregunto qué decir. No tengo ni idea, así que digo lo único que debería decir, lo que me preocupa.

—No va a cambiar nada entre nosotros, ¿verdad? —pregunto—. No puedo vivir sin ti, Greg. No quiero que lo que ha pasado nos cambie.

—¡Ay, muñeca! —Me pasa un brazo por encima de los hombros y me estrecha contra su pecho—. Nunca, porque no vamos a consentirlo. Ese veinte por ciento fue más fuerte que yo.

Sonrío.

—Gracias.

—No, gracias a ti —suspira—. Hagamos un trato.

—¿Un trato? —Frunzo el ceño—. ¿Qué clase de trato?

Me preocupa que Gregory proponga que nos casemos a los treinta si de aquí a entonces no hemos encontrado a nuestra alma gemela.

—Vamos a ser fuertes —susurra—, el uno por el otro. —Me suplica con la mirada que lo ayude—. Yo también lo estoy pasando mal, Livy.

Me siento fatal.

—Perdóname. —He estado tan sumida en mi propia desdicha que no consideré de verdad lo mucho que está sufriendo, lo infeliz que es ahora mismo. Me ha cegado mi patética vida—. Lo siento.

—Juntos lo conseguiremos —prosigue—. Yo te ayudaré a ti y tú me ayudarás a mí.

—¿Significa eso que puedo confiscarte el teléfono? —lo provoco.

—No, pero puedes borrar su número. —Toma el teléfono y me lo pone en la mano—. Adelante.

Borro el número de Ben de la agenda de contactos, y luego todos los mensajes enviados y recibidos, que no quede ni rastro de él. Ya he eliminado a Ben del teléfono de Gregory y esperemos que también de su vida. Le devuelvo el teléfono y mi amigo me mira con las cejas enarcadas. Quiere devolverme el favor.

—Ya te dije que se rompió mi teléfono.

—¿No te compraste otro?

—No —digo con orgullo.

No pienso cargar el teléfono que me compró William ni tampoco comprarme otro. No estoy disponible. Además, lo que quiero es que Gregory borre a Miller Hart de mi cerebro, no sólo de la agenda del teléfono.

—Ahora los dos estamos libres de chupavergas —dice.

—Lo de «chupavergas» lo reservamos para... —Hago una pausa—. Ya sabes quién.

—Bien.

—Me alegro de que lo hayamos aclarado. —Hago una mueca y Gregory frunce el ceño, preguntándose cuál será el problema.

Niego con la cabeza y me acurruco a su lado. Me siento un poco mejor pese a que la última media hora ha sido un disparate y pese a las palabras que acabamos de pronunciar casi sin darnos cuenta.

CAPÍTULO 6

Gregory y yo no nos estamos ayudando mutuamente a superar nuestros problemas. La noche siguiente, para intentar seguir con nuestras vidas, salimos a cenar a un pequeño restaurante italiano. Estuvo muy bien, pero el vino se nos subió a la cabeza y estamos en la entrada de Ice, riéndonos como tontos y un poco tambaleantes. Mi yo borracha tiende a la venganza y sabe que Miller Hart revisará las grabaciones de las cámaras de seguridad en cuanto regrese. Voy a hacerle la revisión mucho más interesante.

—¿Cómo sabes que no está? —pregunta Gregory de camino al final de la cola. Esta vez, nuestros nombres no están en la lista de invitados.

—Me envió un mensaje antes de que se me rompiera el teléfono —digo. No puedo hablarle de William.

—¿Cómo se te rompió?

—Se me cayó.

Le enseño mi tarjeta de socia de Ice para distraerlo y que no me pregunte por la defunción de mi teléfono.

Gregory sonríe y me la quita de las manos. La inspecciona.

—No parece gran cosa.

Me encojo de hombros y se la quito cuando llegamos a la puerta. El portero me lanza una de esas miradas pero no me niega el acceso. Eso sí, llama a Tony para notificarle que estoy aquí. Sin embargo, me siento osada y valiente, seguro que gracias a las tres copas de vino que me tomé durante la cena. Ninguno de los dos ha obligado al otro a ir al club de Miller. Simplemente hemos acabado aquí al mencionar yo que tenía una tarjeta de socia y que podíamos entrar gratis. Ninguno de los dos ha protestado. Yo, porque me siento cruel y no se me ocurre otra forma de hacerle daño, y Gregory porque sé que en silencio está rezando para que Ben esté esta noche en el club. ¿Cuánto tiempo vamos a seguir torturándonos?

Nos da la bienvenida *Feel so Close* de Calvin Harris, vamos a la barra y pedimos champán, a lo tonto. ¿Qué estamos celebrando? ¿Que somos unos idiotas? Ignoro la fresa que hay en mi copa y doy algunos sorbos mientras inspecciono los alrededores esperando que Tony aparezca por alguna parte. No obstante, pasan los minutos y no hay ni rastro de él.

Gregory no me dice que beba despacio, creo que porque está decidido a ahogar sus penas en alcohol. Es una situación delicada para ambos porque la combinación de alcohol y las ganas que tenemos de curarnos el corazón garantiza que nos vamos a meter en problemas. Hay cámaras por todas partes. También hay hombres que no me quitan el ojo de encima. Soy como un halcón intentando llamar la clase de atención que normalmente me incomoda. Respiro profundamente, aparto de la mente todos los pensamientos relacionados con desgracias y me pierdo entre la élite de Londres. No me privo de nada. Acepto copas, hablo segura de mí misma y dejo que los hombres me tomen de la cintura o me acaricien el trasero cuando se acercan a hablarme al oído con el pretexto de que la música está muy alta. Pierdo la cuenta de cuántos hombres me besan en la mejilla, y Gregory, que me vigila un tanto receloso, sonríe cada vez que sucede.

Se acerca cuando dejo a un tipo alto y elegante.

—Se te ve en tu elemento —dice—. ¿Qué ha cambiado?

—Miller Hart —respondo como si nada, y me termino el champán.

Gregory me pasa otra copa y aprovechamos el tiempo a solas para inspeccionar los alrededores. Vemos a la gente echar la cabeza atrás entre risas y mucho beso en la mejilla. En realidad, Gregory y yo no encajamos en este ambiente elitista.

Pero Ben sí.

Y está aquí.

Sé lo que debo hacer. Debería agarrar a Gregory y sacarlo de este sitio, pero justo cuando consigo convencer a mi cerebro borracho, Ben nos ve y se aproxima.

«Mierda», maldigo para mis adentros mientras sopeso mis opciones. El estado de embriaguez no me permite pensar lo bastante rápido. Antes de que haya podido rescatar a mi amigo, tenemos a Ben delante y Gregory se revuelve incómodo. Todavía estoy enfadada y me enfado aún más cuando Ben me mira con las cejas en alto. Tomo aire para dedicarle otra tanda de insultos, pero se me adelanta y comienza a pedir disculpas. Cierro la boca en el acto y miro a uno y a otro, preguntándome cómo acabará la cosa.

—Actué como un imbécil —dice Ben en voz baja para que sólo nosotros podamos oírlo. Sigue sin salir del clóset—. No quiero que nadie se entere antes de que yo esté preparado para... compartirlo.

—Y ¿eso cuándo será? —salta Gregory.

No me lo esperaba. Estaba segura de que se derretiría ante Ben. Es una agradable sorpresa.

Ben se encoge de hombros y baja la vista hacia la copa de champán que lleva en la mano.

—Necesito tiempo para prepararme, Greg. Me juego mucho.

—Te juegas más fingiendo y posponiéndolo. —Mi amigo me sujeta del codo—. Hemos terminado —dice empujándome hacia la pista de baile.

Yo lo dejo llevarme. Me vuelvo y veo a Ben de pie, solo y un tanto perdido, hasta que se le acerca una mujer exuberante y le echa los brazos al cuello. Entonces vuelve a ser el Ben sonriente y solícito. La poca simpatía que sentía por él se esfuma al instante.

—Estoy orgullosa de ti —digo cuando llegamos a la pista de baile y suena Jean Jacques Smoothie.

Gregory sonríe y se libra de nuestras copas. Me sujeta y me da vueltas.

—Yo también. Vamos a bailar, muñeca.

No protesto, pero mientras me hace dar vueltas en la pista de baile soy consciente de que la enorme sonrisa de Gregory y su imagen despreocupada están dedicadas a Ben, que está hablando con otra mujer junto a la pista de baile, aunque no consigue prestarle atención. No le quita ojo de encima a mi amigo. La cosa continúa. Ahora sólo falta que Gregory aguante y no deje que Ben vuelva a meterse en su vida.

Cumplo mi papel a la perfección. Me río con Gregory y me dejo llevar. Me da vueltas y se restriega seductor contra mi cintura. De repente, la música cesa con brusquedad, sin que suene siquiera la siguiente canción. La gente deja de bailar y mira alrededor, sin saber muy bien qué hacer. Sólo se oyen conversaciones especulativas.

—¿Se habrá ido la luz? —digo.

Es una pregunta muy tonta porque la iluminación sigue en su sitio.

—No lo sé —contesta Gregory confuso—. A lo mejor se activó la alarma de incendios.

A mi alrededor todo son siluetas inmóviles, confundidas por el silencio. Hasta el portero ha entrado a ver qué es lo que ocurre. El disc-jockey se encoge de hombros y mira al guardia de seguridad que tiene al lado y que le pregunta qué pasó.

No me encuentro bien, y tengo una sensación rara en el estómago. Se me eriza el vello de la nuca y de repente lo único que oigo son las palabras de William. Busco la mano de Gregory. Me siento vulnerable y desprotegida. No puede ser que se deba sólo a un simple corte de luz.

—¿Qué pasa? —pregunto mirando a todas partes, buscando... No sé muy bien lo que busco.

—No lo sé. —Gregory se encoge de hombros. No parece en absoluto preocupado.

Entonces, el club vuelve a llenarse de música y todo el mundo se relaja.

—Creo que el disc-jockey se quedó sin trabajo.

Me mira y se le borra la sonrisa en cuanto me ve la cara.

—Livy, ¿qué te pasa?

La letra de la canción se abre paso entre el alcohol y es como un puñetazo en el estómago... de los que te dejan sin respiración. *Enjoy the Silence*. Se me cierran los ojos.

—¿Livy? —Gregory me sacude ligeramente. Abro los ojos y miro en todas direcciones—. ¿Olivia?

—Perdona. —Me obligo a sonreír y a fingir que no pasa nada, pero el corazón me va a romper el esternón, decidido a salírseme del pecho. «Está aquí»—. Tengo que ir al baño.

—Te acompaño.

—No, de verdad. Ve a por otra copa. Te veo en la barra.

Gregory se rinde con facilidad y me deja ir sola al baño mientras él pide otra ronda. Sólo que no voy al baño. En cuanto mi amigo me pierde de vista, voy hacia la entrada del club, bajo corriendo la escalera y me adentro en el laberinto de pasadizos subterráneos de Ice. William me dijo que echara a correr, aunque no hacia la boca del lobo. Corro como alma que lleva el diablo y me pierdo tantas veces que grito de frustración. Todavía oigo la música, la letra me angustia, me hace recordar, y vuelvo sobre mis pasos para probar una ruta distinta. Cuando veo el teclado numérico en la puerta del despacho de Miller, siento alivio y terror, pero avanzo con decisión. No sé el código ni sé qué me voy a encontrar... Ni qué voy a hacer en caso de encontrar algo, de encontrarlo a él.

No me hace falta el código. La puerta está entreabierta y, con un leve empujón, la abro de par en par.

Fuegos artificiales estallan en mi interior.

Está de pie en mitad de la estancia, impasible y vestido con traje, observándome entrar en su despacho. Se me llenan los ojos de lágrimas y me cuesta respirar. Lo miro. Me mira. Me tiemblan las rodillas. La música es incesante. Me lo como con los ojos. Lleva el traje oscuro impecable, el pelo un poco más largo. Los suaves rizos asoman por detrás de sus orejas. Ni una palabra, sólo contacto visual de alta intensidad. Ni su expresión ni su lenguaje corporal revelan qué está pensando. Tampoco hace falta que me lo diga, ya se encargan sus ojos de hacerlo. Echan chispas. Ha estado observando los monitores de seguridad. Ha estado mirando cómo infinidad de hombres ligaban conmigo. Tomo aire, preocupada. Ha estado viendo cómo aceptaba sus insinuaciones y los animaba a continuar.

—¿Has dejado que alguno te saboree?

Da un paso adelante y yo retrocedo por instinto.

No va a ser un reencuentro feliz. Se vale que me pregunte una cosa así cuando él estuvo en el extranjero con otra mujer. Se me está pasando la sorpresa de verlo aquí y empiezo a enfadarme.

—Eso no es asunto tuyo.

Está celoso, y eso me gusta.

Su mandíbula perfecta tiembla.

—Si lo haces en mi club es asunto mío.

—No volverá a ser asunto tuyo.

—Te equivocas.

Niego con la cabeza y retrocedo un poco más, pero mi cuerpo no coopera y me tambaleo ligeramente.

—Estoy bien.

Recorre con mirada de disgusto mi cuerpo, cubierto con un vestido corto y ajustado.

—Estás borracha.

Ignoro su acusación porque acabo de recordar algo.

—Lo que significa que no puedes cogerme.

—¡Cállate, Olivia!

—Porque quieres que recuerde cada beso, cada caricia, cada...

—¡Livy!

—Excepto que no quiero recordar cada momento. Quiero olvidarlos todos.

Parece que le van a explotar las venas del cuello.

—No digas cosas que no sientes.

—¡Vaya si lo siento!

—¡Cállate! —ruge, y doy dos pasos más atrás.

Su ferocidad me hace enmudecer. Me recupero deprisa, pero abrí tanto los ojos que seguro que muestran el susto que me he llevado. Me asusta haber venido, me asusta que esté aquí, y me asusta que esté tan emputado que echa humo. Aunque yo lo haya provocado no tiene derecho a ponerse así. Yo sabía lo que me hacía, y él, también.

—Le dijiste a Tony que me dejara entrar si aparecía por el club, ¿no es así? —De repente lo veo todo muy claro. Se imaginaba lo que iba a hacer—. Le dijiste a Tony que me vigilara.

—Tengo más de doscientas cámaras de seguridad para eso.

—¡Cómo te atreves! —le espeto.

La sangre me hierve en las venas, pero no es de deseo por estar tan cerca de Miller Hart. Pensé que iba a llevarse una sorpresa al verme, pero no. Resulta que se lo esperaba.

Da otro paso al frente pero yo mantengo la distancia. Estoy en el pasillo, aunque eso no parece importarle. Cubre la distancia que nos separa de dos zancadas, me pone la mano en la nuca y me lleva a su mesa. Me sienta en su sillón de trabajo y veo ante mí cientos de imágenes del club, todas de hombres pululando a mi alrededor. Me da un poco de vergüenza, pero a la vez estoy encantada. Mi objetivo era torturarlo de la única forma que sé. Y parece que lo conseguí. El hombre sin emociones está furioso. Me alegro. Sólo que esperaba estar muy lejos cuando él viera las imágenes.

—Hay cinco hombres muertos en esas pantallas —ruge agachándose a mi lado y pulsando un botón del mando a distancia. Las imágenes cambian, pero siguen siendo de mí con otros hombres—. Aquí hay seis.

Repasa las grabaciones y va añadiendo hombres a la lista de los que piensa asesinar.

—¿Te parece bonito?

—Ninguno me ha saboreado —digo con calma.

—¡Pero se morían por hacerlo! ¡Y tú no hiciste nada para disuadirlos! —me grita al oído, y pego un brinco. Es una mole de rabia. Tiene razón. Tiene un temperamento que no es para tomárselo a broma—. ¿Es que no tienes el menor respeto por ti misma?

Eso me sienta como un tiro.

Creo que voy a matar a alguien.

—¿Respeto? —Lo empujo con ambas manos con toda la furia que llevo dentro y sale dando tumbos hacia atrás. Me sorprende mi propia fuerza—. Y ¿tú me hablas de puto respeto?

Abre los ojos, sorprendido al ver que mi pequeño cuerpo echa humo y que tengo una boca muy sucia.

—¡¿Estás bromeando?! —le grito en la cara conteniéndome para no cruzársela. Pero le pego otro empujón en el pecho.

Esta vez me sujeta por las muñecas y me da la vuelta. Mi espalda choca contra su cuerpo y no puedo mover las manos. Su boca está en mi oreja y su aliento arde de rabia. El deseo me consume pese al enfado. Lo odio.

—Tú sí que estás bromeando, Olivia Taylor. —Me besa en la mejilla y luego me da un mordisco que me deja jadeante—. Tú sí que estás bromeando. Sabes que no puedes ganar esta batalla, mi niña.

—Soy más fuerte de lo que crees —jadeo y aprieto los párpados con fuerza. Sé que mis palabras no la tienen.

—Eso espero. —Sus dientes se cierran en el lóbulo de mi oreja, pongo el trasero en pompa y lo pego a su entrepierna. Gimo. Él ruge—. Necesito que seas fuerte por mí.

Me da la vuelta y me agarra del trasero. De un tirón, se mete entre mis piernas y me empuja contra la pared de su despacho mientras con una mano me mantiene firmemente sujeta por el trasero y apoya la otra en la madera, junto a mi cabeza. Ni siquiera pestañeo. Nada es capaz de matar el deseo que se apodera de cada átomo de mi ser.

Sus ojos azules buscan los míos un instante. Memoriza cada detalle de mi rostro. Luego nuestras bocas chocan con un grito. Acepto su beso violento. Enredo los dedos en sus rizos y arqueo el cuerpo para sentirlo más cerca. Me empuja contra la puerta sin dejar de gemir y farfullar. En cierto modo, sus caricias me tranquilizan, pero también me asustan porque me traen malos recuerdos de nuestro encuentro en el hotel. Empiezo a revolverme, lo jalo del saco pero malinterpreta mis gestos, cree que estoy tan impaciente como él y continúa besándome.

—¡Miller! —Aparto la cara, pero él se las apaña para encontrar mi boca de nuevo en un nanosegundo. Esto se está descontrolando y me entra el pánico—. ¡Miller!

—Me encanta tu sabor.

—¡Miller, por favor!

—¡Carajo! —ladra para encontrar la fuerza necesaria para soltarme.

Me deslizo hacia el suelo, se aparta y se enjuga el sudor de la frente con el puño de la camisa. Parece perplejo. Ambos estamos jadeantes y sudorosos.

—No.

Recojo el bolso del suelo, echo a correr y salgo por la puerta a toda velocidad. Tengo que tranquilizarme antes de encontrar a Gregory.

—¡Olivia!

Me vuelvo. Se está poniendo el saco.

—¡No! —grito—. ¡Se acabó, Miller!

No me ha venerado. Si dejo que vayamos a más, no va a venerarme. Lo único que hará será cogerme. Ha luchado contra sus deseos todo este tiempo. Está agotado y desesperado. Saco la tarjeta de socia de Ice del bolso y se la tiro. Sigo su descenso hasta el suelo, frente a sus pies.

—Dije que no vas a volver a saborearme, ¡y lo dije muy en serio!

81

—Acabo de saborearte y quiero más. Quiero más horas. Muchas horas más.

—¡Me estás jodiendo la vida!

—Antes te limitabas a existir. —Sus palabras son arrogantes, pero su tono de voz es muy dulce—. Te devolví a la vida, Livy.

—Sí, para que otro hombre me saboree.

El horror en su mirada no me produce ningún placer. No habrá otro hombre. Voy a volver a encerrarme a cal y canto y a tirar la llave al mar porque lo que siento ahora es una devastación total. Estoy vacía, sin vida. Ningún hombre puede devolvérmela, ni siquiera Miller.

—Retíralo. —Me levanta un dedo en señal de advertencia—. ¡Retíralo!

Permanezco callada. Su pecho sube y baja ante mis ojos.

—Sé que soy lo peor, Olivia. —Respira más despacio, baja el brazo y se toma un minuto para recuperar la compostura. Le tironea la ropa, como si pudiera suavizar su carácter con la misma facilidad con la que quita las arrugas de su camisa—. Voy derecho al infierno.

Me tiembla el labio inferior al ver cómo se congelan sus ojos azules. El frío que inunda su despacho hace que se me pare el corazón.

Da un paso adelante.

—Sólo hay una persona capaz de salvarme.

Me atraganto con un sollozo, pero su expresión no revela nada. No veo más que su gélida mirada. Y no me gusta. ¿Me está pidiendo ayuda? El trastorno obsesivo-compulsivo, los modales insufribles y la actitud de estirado. Las mujeres, la humillación, el sexo repugnante y los cinturones y las reglas...

No. No puedo con todo.

—No soy lo bastante fuerte para ayudarte —murmuro. Las palabras de William dan vueltas en mi cabeza y me marean. Miller es una ruina de hombre—. No tienes arreglo.

Echo a correr.

Mis piernas me llevan lejos de mi angustia y del hombre al que no creo que nada ni nadie pueda ayudar. Recorro los pasillos a la carrera, el terror me ayuda a escapar. Por fin salgo del laberinto subterráneo del club de Miller y, cuando veo la salida, no sé si largarme o adentrarme en el club, donde Gregory me está esperando.

Tengo que encontrarlo. Me abro paso entre la multitud, tropiezo y doy empujones. La gente grita y maldice cuando derramo sus copas o los aparto de mi camino.

Al fin encuentro a Gregory.

—¿Dónde te habías metido? —me pregunta cuando me detengo junto a él.

Me mira confuso. Estoy pálida y tengo la cara bañada en sudor. Me pone una copa en la mano con cuidado y su preocupación se torna enfado. Entonces, la copa desaparece y Gregory mira por encima de mi hombro.

—Tengo que irme —gimoteo tomándolo de la mano—. Tengo que irme, por favor.

—¿Qué hace él aquí? —Deja la copa en la barra y tira de mí.

Se asegura de tropezar contra Miller, que me toma de la muñeca y me aparta de mi amigo.

—¡Quítale las putas manos de encima! —ruge Gregory. Está temblando de pies a cabeza—. Dije que la sueltes.

—Yo voy a pedirte lo mismo —responde Miller con un susurro amenazador. Me tira del brazo—. No hemos terminado.

—Hemos terminado —replico.

Me suelto y empujo a Gregory para que sigamos andando, aunque sé que Miller no va a darse por vencido. Ben se acerca, preocupado, pero se retira en cuanto ve a Miller. Tony intenta interceptar a Miller, pero su buena acción se ve recompensada con un empujón que casi lo tira al suelo.

—Miller, hijo, no es el momento ni el lugar —dice Tony entre dientes, mirando nerviosamente a toda la gente que hay en el club.

—¡Jódete! —le espeta él.

Sólo oigo gritos. Miller maldice. Tony maldice. Gregory maldice. La ira se está comiendo la felicidad del club y yo sólo quiero escapar.

El portero nos esquiva cuando salimos corriendo del club y abre unos ojos como platos cuando ve de quién vamos huyendo.

—¡No la dejes irse! —ruge Miller, y el portero salta como si tuviera un resorte.

Nos alcanza y se me echa al hombro, pero estoy demasiado estupefacta para protestar, sólo oigo a hombres que maldicen.

Disparan insultos a diestro y siniestro. Mi ángulo de visión es limitado y tengo que revolverme para soltarme de los feroces brazos del portero.

—¡Dámela! —La voz de Miller es pura amenaza, y noto que unas manos me agarran de la cintura.

—¡Suéltala, Dave! —grita Tony.

—¡En cuanto me dejen en paz! —aúlla el portero. Me rescata de las mil manos que se ciernen sobre mí y me lleva al otro lado de la calle. Me deja en el suelo y me inspecciona—. ¿Estás bien, preciosa?

Me arreglo la falda del vestido. Estoy desorientada y me siento vulnerable.

—Sí —musito, pero vuelven a agarrarme con ferocidad de la cintura y siento que se desata una tormenta eléctrica en mi interior.

Levanto la vista, Gregory está a varios metros. Me ha atrapado Miller, y el terror que me produce su contacto me transforma en una posesa que pega manotazos y patalea.

—¡Suéltame!

—¡Jamás!

Gregory aparece a mi lado al instante. Tiran de mí hacia un lado y hacia otro, los dos gritan, ninguno cede. Es una guerra de egos.

—¡Paren de una vez! —vocifero, pero mi grito no produce el menor efecto.

Mi cuerpo sigue volando de un hombre a otro hasta que Miller me pasa un brazo por la cintura, me levanta del suelo y me pega a su pecho. Mis ojos quedan a la altura de los suyos y lo primero que noto es el brillo letal que desprenden. No hay ni rastro de las pequeñas chispas que me fascinan. Este es otro hombre. No es el hombre disfrazado de caballero ni el Miller cariñoso que me adora. Es otra persona.

—¡Te voy a matar! —ruge Miller, y se lleva un derechazo de Gregory en la barbilla.

El puño me roza la mejilla de camino a su objetivo. Miller se tambalea y Gregory aprovecha el momento de confusión para reclamarme y liberarme de sus brazos. Sin embargo, no tira de mí con la suficiente fuerza, me desplomo y me doy con la banqueta en la frente.

—¡Mierda! —El dolor me atraviesa, me marea y me desorienta aún más.

Alzo la vista y veo que Miller está derribando a Gregory. Lo tira al suelo. Los dos hombres ruedan como animales. Vuelan los puñetazos y los insultos inundan la noche, hasta que Tony y Dave intervienen y los separan.

Y yo me pasé todo ese tiempo hecha una bola patética en la acera, sangrando por la frente y llorando. Estaban tan decididos a ganar que se habían olvidado de por qué estaban peleando. Aquí estoy yo, herida, con la cara llena de sangre, y ninguno de los dos se ha dado cuenta mientras Tony y Dave los sujetan y ellos se revuelven como culebras.

—¡No te acerques a ella! —le grita Gregory a Miller, y deja de resistirse contra Tony.

—¡Cuando me muera!

—¡Entonces tendré que matarte!

Gregory se zafa de Tony y se abalanza de nuevo sobre Miller. Lo tira a él al suelo y también al portero. Hago una mueca de dolor al oír el choque de los nudillos contra la piel, la sangre que chorrea y la ropa al rasgarse. Aunque Gregory está fuerte, Miller lo aventaja, se nota el entrenamiento.

Lo he visto dispensar esa clase de golpes antes, sólo que entonces la víctima era un saco de boxeo que colgaba de las vigas de un gimnasio. No mi mejor amigo. Se olvidaron de mí, ni siquiera han advertido que me he hecho daño y que estoy tirada en la acera. Se están portando como unos cavernícolas, chocando las cornamentas sin pararse a pensar.

En mi confusión, consigo ponerme de pie mientras el espectáculo continúa. Doy un par de pasos titubeantes. Tengo que detenerlos, pero alguien me sujeta del brazo y me aparta. Es Tony, que me lleva hacia la calle. Para un taxi y me mete.

—Tony, tengo que detenerlos.

—Yo me encargo. Es mejor que te vayas de aquí —dice tajante.

—Sepáralos, por favor —le suplico mientras cierra la puerta.

Asiente y me tranquiliza. Se acerca a la ventanilla y le da al conductor un billete de veinte.

—Llévela a urgencias.

Y desaparece hecho una furia.

El conductor se aleja de la escena de película de terror que he causado y me mira por el retrovisor. Me toco la cabeza. Hago una mueca sin parar de llorar, más de rabia que de dolor.

—¿Te encuentras bien, muchacha?

—Estoy bien, de verdad. —Busco un pañuelo de papel en el bolso y me rindo cuando el taxista me da uno a través de la pequeña abertura del cristal—. Gracias.

—De nada. Vamos a llevarte al hospital.

—Gracias —musito con un hilo de voz. Me recuesto en el asiento y contemplo las luces borrosas de Londres por la ventanilla.

El taxista me deja en urgencias y me da su número para que lo llame en cuanto haya terminado. Voy al mostrador, dejo mis datos y me siento entre las hordas de borrachos de sábado noche, todos heridos; algunos protestan, otros vomitan.

Cuatro horas más tarde sigo en la sala de espera. Se me han dormido las posaderas y me duele la cabeza. Me levanto y voy al baño. Llevo el vestido azul hielo empapado de sangre. Cuando me miro en el espejo veo que es peor de lo que imaginaba. Llevo el pelo pastoso y la mejilla derecha cubierta de sangre seca. Estoy tan mal por dentro como por fuera. Me miro durante demasiado tiempo, sin molestarme en arreglarme un poco. Vuelvo a la sala de espera y oigo mi apellido. Hay una enfermera buscando a alguien.

—¡Aquí! —la llamo y corro hacia ella, agradecida porque mi penitencia en este lugar infestado de borrachos ha llegado a su fin—. Yo soy Olivia Taylor.

—Vamos a curarte eso. —Me sonríe con amabilidad y me conduce a un cubículo.

Cierra la cortina y me sienta en la cama.

—¿Qué te pasó? —pregunta con el ceño fruncido, mirándome la cara ensangrentada.

—Me caí —murmuro en voz baja. Más o menos es verdad.

—Está bien —dice sacando una gasa estéril de su envoltorio—. Esto te va a arder un poco.

Se me escapa el aire de los pulmones cuando me la pone en la cabeza y me susurra como a una niña pequeña:

—Ea, ea... Es muy escandaloso, pero no es nada. Bastará con un poco de pegamento.

Qué alivio.

—Gracias.

—Deberías optar por otro tipo de calzado —sonríe mientras mira mis tacones altos. Luego sigue aplicando pegamento.

Sentada en el borde de la cama, escucho a la enfermera. De vez en cuando asiento o contesto a sus preguntas. Me lava la cara pero no hay nada que hacer con mi pelo. Me lo recojo como puedo con una liga que he encontrado escondida en las profundidades de mi bolso. El vestido está para tirarlo a la basura. Yo también estoy para tirarme a la basura.

Me examinan a fondo y comprueban que no tengo una conmoción cerebral. Me dan de alta y tengo que buscarme la forma de volver a casa. No llamo al taxista tan amable de antes porque llega uno en cuanto las puertas del hospital se abren y me golpea el aire gélido de la madrugada. Me estremezco, me llevo los brazos al cuerpo intentando conservar el calor y dejar de tiritar y me meto en el taxi. Antes de que pueda cerrar la puerta, alguien se mete por medio.

Una mano se posa en mi nuca y saltan chispas.

—Tú vienes conmigo.

CAPÍTULO 7

El cansancio y la mirada de determinación en sus ojos me impiden resistirme. No tengo energía para discutir con él, así que dejo que me saque del taxi.

—Sube —me ordena cuando llegamos a su coche, que está estacionado en una zona prohibida.

Hago lo que me dice y cierra la puerta. Sube al coche y me sorprendo al ver que intenta arreglarse el traje, que está arruinado.

—Qué desastre —mascula mirándome con el rabillo del ojo.

El muy idiota acaba de darse cuenta de mi penoso estado. Niega con la cabeza, arranca el Mercedes y salimos del hospital demasiado deprisa pero no digo nada. Sería una estupidez. Parece un loco peligroso, completamente fuera de sí. Y me da miedo.

—¿Estás bien? —pregunta agarrando una curva muy cerrada a la izquierda, hacia la vía principal.

Miro al frente y no le contesto. La respuesta salta a la vista.

—Te hice una pregunta.

Permanezco en silencio, asimilando la furia incesante que emana de su desaliñado ser.

—¡Maldita sea, Olivia! —Le pega un puñetazo a la ventanilla y casi toco el techo del salto que doy—. ¿Dónde carajos están tus modales?

Lo miro con recelo. Está sudando, tiene el ceño fruncido y un mechón rebelde le tiembla en la frente.

—Estoy bien —susurro.

Respira hondo para calmarse y mira por el retrovisor.

—¿Por qué tienes el teléfono apagado?

—Está roto.

Me mira, vuelve a mirar el retrovisor, parpadea y agarra otra curva en el último momento.

—¿Cómo?

—Lo estampé contra la pared cuando me enviaste un mensaje de texto. —No dudo en contárselo—. Porque estaba muy encabronada contigo.

Me mira y estudia mi cara inexpresiva durante lo que se me antoja una eternidad. Luego suelta la palanca de cambios y, muy despacio, acerca la mano a mi rodilla. Traza círculos perezosos sobre ella hasta que la aparto y vuelvo a mirar al frente. Él deja la mano en el asiento de cuero, junto a mi pierna. Maldice en voz baja y con el rabillo del ojo lo veo mirar otra vez por el retrovisor. Tengo que agarrarme a la puerta cuando toma otra curva peligrosa para internarse en un callejón oscuro y maldice otra vez. ¿Creerá que alguien nos está siguiendo?

Estoy a punto de decir algo cuando el coche frena con un chirrido. Miller sale, me abre la puerta y me ofrece la mano.

—Tómala —ordena, y yo la acepto de mala gana. Su tono es apremiante.

Me saca del coche y me agarra de la nuca como siempre.

—¿Qué haces? —pregunto mientras ando a toda velocidad para poder seguir el ritmo que marcan sus zancadas—. ¿Miller?

—Bebí demasiado. No estoy en condiciones de conducir.

Se zafa de mi pregunta y se dirige a una boca de metro que hay al cruzar la calle, mirando constantemente a un lado y a otro.

—No es momento para que te pongas rebelde, Olivia.

—¿Por qué? —Me ha puesto nerviosa y yo también miro a un lado y a otro.

—¿Confías en mí?

Está nervioso y me está asustando.

—¿Qué has hecho para merecértelo?

—Todo —responde de inmediato.

Lo miro con el ceño fruncido mientras mis piernas continúan intentando seguir el ritmo de sus largas zancadas.

Entramos en la estación de metro y me suelta un momento para saltar el torniquete con facilidad. No está dispuesto a perder el tiempo con la máquina expendedora de boletos. Se vuelve, me carga y me pasa por encima de la barrera, sin preocuparse de mi seguridad ni de que nos mire la gente. Reclama de nuevo mi nuca y empezamos a descender hacia las entrañas de Londres a toda velocidad por la escalera mecánica.

—Miller, por favor —le suplico. Los pies me están matando, y la cabeza me va a explotar.

Entonces se detiene, me mira y me toma en brazos.

—Perdona que te haya hecho caminar.

La proximidad y la deslumbrante luz artificial me permiten verle la cara con claridad. Tiene la mejilla morada y el labio partido, pero sigue siendo arrebatador. Y mi reacción a su belleza y a su contacto físico salta a la vista. Me tiene hipnotizada. El corazón me late violentamente y no es por el paseo. No me gusta cómo respondo a él. Es peligroso.

El andén está vacío y no tenemos que seguir andando pero no me baja, sino que prefiere mantenerme a salvo en sus brazos.

Un silbido agudo rompe el silencio para indicar la llegada de un tren. Las puertas se abren, Miller entra en el vagón y se apoya en uno de los respaldos que hay al fondo. Por fin me deja en el suelo, abre las piernas y me coloca entre ellas, pecho contra pecho. Las chispas saltan por todas partes. Su respiración cambia cuando me acaricia la nuca y me estrecha contra sí, como si intentara que nos fundiéramos en uno solo. Me abraza de tal manera que ni siquiera intento escapar. ¿Acaso quiero? Siento una tranquilidad que no es normal, y menos aún si tenemos en cuenta el extraño comportamiento de Miller, pero mi subconsciente está haciendo horas extras para recordármelo... todo. Al mismo tiempo, Miller está intentando que olvide, y su táctica consiste en sumergirme en su cuerpo y colmarme de atenciones. Me está venerando.

—Déjame saborearte otra vez. Te lo suplico —me susurra contra el cuello al tiempo que empieza a besarme en dirección a mi mandíbula.

La familiaridad del lento movimiento de sus labios me hace cerrar los ojos y rezar para ser fuerte.

—Olvídate del mundo y quédate conmigo para siempre —dice.

—No puedo olvidar —respondo en voz baja. Mi cara se frota contra su boca automáticamente.

—Yo puedo hacerte olvidar. —Llega a mis labios y los roza con los suyos. Sus ojos se hunden en los míos—. Accediste a que nadie más te probara.

No hay ni rastro de arrogancia en su tono, y se separa un poco. Veo su maraña de rizos y demasiados lugares bellos en los que perderme.

—No sabía con quién estaba hablando.

—Con el hombre sin el que no puedes vivir —dice con voz dulce y ronca sin apartar la vista de mis labios.

No tiene sentido negar sus palabras cuando son una versión de lo que yo le dije en vivo y en directo. Nuestra separación no hizo más que demostrarlo.

—Estamos hechos el uno para el otro. Encajamos a la perfección. Seguro que tú también lo notaste, Olivia.

No me da tiempo a asentir ni a disentir. Se acerca lentamente, con cuidado, conteniéndose. Levanto los brazos y lo rodeo con ellos, mi cuerpo se rinde al suyo y cierro los ojos de felicidad. Nos besamos durante una eternidad, despacio, con delicadeza, entregados. Siento cómo nuestros pedazos se recomponen. Lo bueno de nuestra unión cancela todo lo malo de nuestra relación maldita. Puedo besarlo. Puedo tocarlo.

El tren aminora, llegamos a una parada y las puertas se abren. Abro un ojo un instante mientras nos besamos. Nadie se baja y nadie sube.

Puedo besarlo. La sola idea y el sonido de las puertas que comienzan a cerrarse me sacan del curioso mundo de Miller Hart y me llevan a un lugar en el que todo es... imposible. Ha estado en Madrid. Ha estado con clientas al mismo tiempo que estaba conmigo.

Me escapo de entre sus brazos por el diminuto hueco que queda para salir y aterrizo en el andén antes de haber procesado mi hábil maniobra. Miro hacia el vagón, el tren arranca y Miller golpea el cristal y grita como un demente, presa de la locura y del pánico. Yo me quedo quieta como una muerta. La última vez que lo veo, está echando la cabeza atrás y lanzando un temible rugido mientras le pega puñetazos al cristal.

El tiempo empieza a transcurrir más despacio. Estoy aturdida y repaso todas las razones por las que debo mantenerme alejada de Miller Hart mientras me paso los dedos por los labios. Todavía siento su boca. También siento su cuerpo contra el mío y el calor que su mirada deja en mi piel. Se me ha metido muy adentro y me aterra no poder sacármelo.

La puerta principal se abre cuando aún estoy en el sendero del jardín y la abuela me observa perpleja en camisón desde el umbral.

—¡Olivia! ¡Por Dios! —Corre a mi encuentro, me agarra del codo y me lleva a casa—. Dios mío, ¿qué te ha pasado? ¡Ay, la Virgen!

—Estoy bien —murmuro.

El cansancio se apodera de mí y no me deja hablar. Debería hacer un esfuerzo porque a la abuela parece que va a darle algo. Tiene el pelo revuelto, ella, que siempre va tan bien peinada, y parece haber envejecido de golpe. Necesita oírme decir que estoy bien.

—Prepararé un té.

Me conduce a la cocina pero me quedo petrificada en la puerta cuando siento que se me eriza el vello de la nuca.

—¿Dónde está?

La abuela choca contra mi espalda, no se esperaba mi frenazo. No me contesta, sino que me empuja hacia la cocina.

—Ven. Vamos a tomarnos un té —repite intentando evitar responder a mi pregunta.

—Abuela, ¿dónde está? —pregunto sin dejar que me mueva del sitio.

—Olivia, estaba fuera de sí...

De un empujón, me mete en la cocina y entonces lo veo. Miller está sentado junto a la mesa, hecho una pena y emputadísimo. Y, sin embargo, el enojo y el desagrado que me produce no me impide desear que vuelva a besarme como lo hizo antes en el metro.

Perdí.

Se levanta y me lanza una mirada de advertencia. Me importa un bledo. No tiene escrúpulos; mira que utilizar a una anciana para conseguir lo que quiere... Ella no tiene ni idea del horror que ha sido nuestra relación ya nuestra y, en consecuencia, mi corazón muerto. Me dispongo a gritarle a la cara en un intento desesperado de mostrarle lo mucho que me emputan sus sucias tácticas cuando, sin darme tiempo a reunir fuerzas, una punzada aguda me atraviesa la sien. Me llevo las manos a la cabeza, aúllo de dolor y me derrumbo sobre los talones.

—Olivia, por Dios.

Lo tengo a mi lado en un segundo, acariciándome la cara, besándome por todas partes, farfullando palabras incoherentes y maldiciendo en voz baja.

Estoy demasiado cansada para quitármelo de encima, así que espero hasta que ha terminado de colmarme de mimos y me aparto. Entonces le lanzo una mirada fría y penetrante.

—Abuela, acompaña a Miller a la puerta.

—Olivia —me rebate ella con dulzura—, Miller ha estado muy preocupado por ti. Ya te dije que tenías que comprarte un teléfono nuevo.

—No voy a comprármelo porque no quiero hablar con él —digo en un tono de voz tan frío como mi mirada—. Abuela, ¿es que ya no te acuerdas de cómo estuve estas últimas semanas?

No puedo creer que haya vuelto a acorralarme así. No tiene vergüenza.

—Claro que me acuerdo, pero Miller me lo explicó todo. Está muy arrepentido, dice que es todo un malentendido. —Saca a toda velocidad tres tazas del armario, decidida a servir el té, como si eso fuera a apaciguarme. O como si beberse una buena taza de té inglés lo resolviera todo.

—¿Un malentendido? —Lo miro y ahí está la mirada azul impasible. Qué ironía: la encuentro reconfortante después de haber pasado la noche con un energúmeno. Me resulta familiar, y eso seguro que es malo—. Dime, ¿qué es lo que no he entendido bien?

Miller da un paso hacia mí y yo retrocedo instintivamente.

—Livy...

Se pasa la mano por los rizos oscuros, frustrado, e intenta arreglarse el traje, que está destrozado.

—¿Podemos hablar? —dice con la mandíbula tensa.

—Vamos, Livy. Sé razonable —intercede la abuela.

A Miller se le tensa aún más la mandíbula.

—Ni lo sueñes.

Doy media vuelta y dejo a dos almas en pena en la cocina. Aunque nadie está más desolado que yo: me estoy desmoronando, desintegrando. Tengo la cabeza como un bombo cuando subo la escalera, incapaz de procesar todo lo sucedido. Nunca me sentí tan confusa, tan desesperada, tan enojada y tan frustrada.

—Livy. —Su voz me sobresalta en mitad de la escalera y saco fuerzas de flaqueza para enfrentarme al némesis de mi corazón. Tiene los ojos vidriosos y los hombros caídos, pero todavía lo rodea esa aura de seguridad en sí mismo—. Has subestimado lo decidido que estoy a que nos arreglemos.

—No tenemos arreglo.

—Te equivocas.

Me agarro a la barandilla. Su réplica rebosa seguridad y confianza.

—Ya te lo dije, yo no puedo arreglarte y no puedo arriesgarme a que me destroces del todo. —Me falla la voz antes de terminar la frase. Me enfurece no poder acabar con el mismo valor con el que lo empecé.

Estoy en ruinas. No estoy rota, sino en ruinas. Lo que está roto se puede arreglar. Lo que está en ruinas no tiene arreglo. Para lo que está en ruinas no hay esperanza.

—Buenas noches —digo.

—Me confundes con un hombre que se rinde con facilidad.

—No, te confundí con un hombre en el que podía confiar.

Consigo llegar a mi habitación y desnudarme antes de desplomarme en la cama y esconderme bajo las sábanas. Sé que estoy haciendo lo sensato, pero la fuerza de voluntad que necesito para hacerlo acabará conmigo. Él acabará conmigo.

Me duermo enseguida, más que nada porque pensar es una agonía y mi cerebro se retira para protegerse, se cierra y me concede unas pocas horas de paz antes de afrontar otro día en las tinieblas.

Tengo calor, pero no puedo moverme ni destaparme. Entonces oigo respirar a alguien y no soy yo. También noto algo duro contra la espalda, pero algo se interpone entre mi cuerpo desnudo y el músculo que se me clava. Tela cara. Tela de traje. Tela de traje hecho a medida.

Si pudiera, me movería, pero es peor que una camisa de fuerza, como si tuviera miedo de que me escapara mientras él echa una cabezada.

—Miller. —Le doy un codazo y gime, me abraza más fuerte—. ¡Miller!

—Quiero «lo que más me gusta» —susurra medio dormido hundiendo la nariz en mi cuello—. Espera.

La sensación de estar rodeada por su cuerpo es maravillosa, pero mi cerebro consciente opina que está mal.

—¡Miller, por favor!

Me suelta y retrocede, dejándome espacio para reincorporarme y apartarme el pelo de la cara. Tuerzo el gesto y ahogo un grito en cuanto me paso la mano por el corte sin cuidado y el dolor me recuerda que anoche me lastimé.

—Olivia...

Está a mi altura en un instante sujetándome por los brazos, pero consigo liberarme.

—¿Te lastimaste? —pregunta en voz baja dándome el espacio que necesito.

Me permito levantar la vista para mirarlo a la cara. Sé que es mala idea, pero sus ojos son como un potente imán. Sigue siendo guapísimo, pese a tener cara de cansado y el pelo revuelto. Tiene los ojos apagados y lleva el traje arrugado a más no poder. Su piel bronceada parece pálida.

—No más del que me has hecho tú —medio sollozo intentando combatir las lágrimas—. ¡Fuera de aquí!

Agacha la cabeza, me levanto de la cama y huyo en dirección a la regadera. No quiero mirarlo porque no podré contenerme.

Cuando me meto bajo el chorro de agua, es como si mil dagas me cayeran en la cabeza. Me lavo el pelo con cuidado y luego aplico un poco de acondicionador en las puntas sin dejar de repetirme mentalmente todo lo que William me dijo. Me tomo mi tiempo, no tengo prisa por empezar el día y, para cuando he terminado, espero que Miller se haya marchado. Sin embargo, cuando vuelvo al dormitorio con la cabeza envuelta en una toalla, ahí está, sentado a los pies de mi cama. Sigue maltrecho y tiene una taza de té en la mano.

—¿Sabe la abuela que estás aquí?

—Sí.

«Claro que lo sabe», me digo. ¿Quién, si no, prepara té como si no hubiera mañana?

—No tenías derecho a invadir mi cama. —Doy un portazo para mayor efecto, aunque no parece tener resultado.

Miller sigue tan tranquilo en la cama, sin inmutarse.

—Te necesitaba entre mis brazos. No me habrías dejado abrazarte estando despierta, así que tomé la iniciativa.

No da muestras de arrepentirse ni un ápice por sus sucios trucos. Bebe té mientras yo lo miro pasmada, atónita, luchando contra el instinto de mi cuerpo, que quiere reaccionar a esos labios en movimiento.

—¿Vas a colarte aquí cada noche y a violar mi intimidad?

—Si no hay más remedio...

Estoy pisando terreno pantanoso. He sido el objeto de su determinación más de una vez. Tengo que ser fuerte. Los recuerdos del Miller cariñoso que me adoraba empiezan a desvanecerse tras haber visto al retrasado emocional.

—¿Todavía estás aquí?

Me acerco a mi silla y hago lo que puedo para ponerme una camiseta y unas pantis sin que se me caiga la toalla.

—¿Por qué te volviste tan pudorosa de repente?

Me vuelvo y me encuentro con sus ojos viajeros recorriendo mis piernas. Está orgulloso y se lo ve triunfante, y eso me hace sentir... derrotada.

—Quiero que te vayas.

—Y yo quiero que me des la oportunidad de hablar, pero no siempre conseguimos todo lo que queremos —replica.

Se levanta y se acerca.

—Quieto ahí o te abofetearé.

Me entra el pánico y doy un paso atrás. Mierda, me va a acorralar contra la pared para tenerme a su merced pero, para mi sorpresa, se pone de rodillas y levanta la cabeza. La arrogancia desaparece, y en su lugar sólo hay verdadero arrepentimiento.

—Estoy de rodillas, Olivia. —Sus manos me levantan la camiseta y se deslizan debajo, hacia mi trasero, como si estuviera esperando que le grite que pare. Lo haría si pudiera encontrar mi lengua. Sus ojos azules me observan, se acerca y posa los labios en la tela que me cubre el vientre—. Déjame arreglar lo que rompí.

—A mí —masculló—. Me has roto a mí.

—Yo puedo arreglarte, Olivia, y necesito que tú también me arregles a mí.

Me tiembla la barbilla al oír la convicción con la que lo dice.

—Es culpa tuya —sollozo resistiendo el impulso de tocarle el pelo enmarañado, a sabiendas de que me proporcionaría el consuelo que no debería buscar en él.

—Acepto mi responsabilidad. —Me besa en el vientre otra vez y desliza las manos por mis nalgas—. Estamos aún más rotos el uno sin el otro. Deja que vuelva a juntarnos. Te necesito, Olivia, con desesperación. Haces que mi mundo sea luminoso.

La palabra que quiero pronunciar casi consigue salir por mi boca, pero hay mucho más que decir. Demasiado, me temo, para que nada de esto sea lo correcto. Tira de mí hasta que me tiene de rodillas y bajo sus labios suaves y sensuales. La habitual sensación de plenitud inunda mis sentidos.

—Miller... —Me aparto y lo mantengo todo lo lejos que me permiten mis brazos—. ¿Crees que me resulta fácil?

Frunce su impresionante ceño y estudia mi expresión.

—Le estás dando demasiadas vueltas.

No puedo evitar poner los ojos en blanco ante su débil argumento.

—Tenemos que hablar.

—Bien, hablemos.

La frustración se apodera de nuevo de mí.

—Necesito tiempo para pensar —digo.

—La gente tiende a darles demasiadas vueltas a las cosas, Livy. Ya te lo dije.

Es un hombre inteligente. Seguro que es consciente de lo que dice.

—¿Y darle más importancia de la que tienen? —pregunto con un ligero toque de sarcasmo como colofón.

—No es necesario que te pongas insolente.

Suspiro.

—Ya te lo dije, Miller Hart: contigo sí es necesario.

—¿Durante cuánto tiempo? —No tiene contestación para eso.

—No lo sé. Nunca he tenido una relación y quería tenerla contigo. ¡Luego descubrí que te ganas la vida cogiéndote a otras mujeres!

—¡Livy! —grita—. ¡Por favor, no seas soez!

—Perdona, herí tus sentimientos?

Espero una reprimenda pero, en cambio, su voz es calmada y su expresión, muy seria.

—¿Qué demonios le ha pasado a mi niña? —dice. Enarca las cejas y se me eriza el vello de la nuca—. Se emborracha, se ofrece a otros hombres...

—¡Tú! ¡Es culpa tuya!

Sí, me emborraché, pero sólo para mitigar el dolor que él me había causado.

—No quiero que nadie más te saboree.

—¡Lo mismo digo! —grito.

Miller da un brinco sobresaltado y luego ruge. Debería sorprenderme su falta de contestación, pero no es así. Me preocupa. Sin embargo, de repente me acuerdo de una cosa.

—Vi el periódico.

Su hostilidad desaparece al instante. Ahora está incómodo a más no poder y no salta a defenderse, lo que confirma mis sospechas. Diana Low no cambió el titular por su cuenta: Miller se lo pidió.

El tintineo de los trastes en la cocina me distrae y echo la cabeza atrás con un gemido de frustración.

—¿Qué le contaste a mi abuela?

Debo tenerlo muy claro porque se me echará encima como un buitre en cuanto Miller se vaya.

—Sólo que discutimos, que confundiste a mi socia, con la que estaba reunido, con otra cosa.

El cuello me cruje cuando vuelvo a levantar la cabeza. Miller se encoge de hombros y apoya el trasero en los talones.

—¿Qué otra cosa debería haberle contado?

No se me ocurre nada. Debería estarle agradecida por haber sido tan rápido, pero le soltó una mentira tan descarada a mi abuela que no siento ni pizca de gratitud.

—Ya te llamaré —suspiro.

—¿Qué significa «Ya te llamaré»? —No gustó nada—. ¡Si no tienes teléfono!

—Has estado en el extranjero con otra mujer —replico, y me pongo en pie, mucho más cansada que antes.

—No me acosté con ella, Livy. No me he acostado con nadie desde que te conocí, lo juro.

Debería sentirme aliviada, pero no es así. Estoy en blanco.

—¿Con nadie?

—Con nadie.

Es chico de compañía. Lo he visto con otras mujeres. Ha estado de viaje...

Su mirada sonríe.

—Da igual cómo lo preguntes, la respuesta siempre será la misma: con nadie.

—Y ¿qué estuviste haciendo en Madrid? ¿Y con aquella mujer de Quaglino's?

—Ven a sentarte. —Se levanta y trata de llevarme a la cama, pero me escabullo.

—No.

Me dirijo a la puerta del dormitorio y la abro. Nada de lo que diga arreglará este embrollo, y aunque encontrara las palabras adecuadas, seguiría siendo un chico de compañía que emplea unas tácticas muy rastreras. Tengo que hacer caso de William.

No mueve un músculo. Está claro que su mente maravillosa trabaja a toda velocidad.

—Vamos a salir a cenar, y no puedes negarte porque es de mala educación rechazar la invitación de un caballero cuando este te invita a comer y a beber. —Asiente en aprobación de sus propias palabras—. Pregúntaselo a tu abuela.

—La semana que viene —sugiero para intentar sacarlo de aquí antes de que me haga ceder. Me pregunto si alguna vez estaré lista para oponerme a él. No sé de dónde sacó la idea de que soy lo bastante fuerte para ayudarlo.

Él abre unos ojos como platos pero mantiene la compostura.

—¿La semana que viene? Me temo que no. Esta noche. Vamos a salir a cenar esta noche.

—Mañana —respondo sin darme cuenta, y me sorprendo a mí misma.

—¿Mañana? —pregunta calculando mentalmente cuántas horas faltan. Suelta un profundo suspiro—. Prométemelo —pronuncian sus labios muy despacio—. Prométemelo.

—Te lo prometo —susurro atraída por su boca, pensando que ella podría hacer que todo fuera mejor.

—Gracias. —Se acerca, alto y arrugado, y se detiene en el umbral—. ¿Puedo besarte?

Me sorprenden sus modales. Normalmente se le olvidan en momentos como este.

Niego con la cabeza. Sé que me despistará y sin duda acabaré en la cama debajo de él.

—Como quieras.

Está muy ofendido.

—Respetaré tus deseos por ahora, pero no por mucho tiempo —me advierte, y sus zapatos caros recorren el pasillo de mal humor—. Mañana —subraya antes de desaparecer escaleras abajo.

Cierro la puerta. Me siento aliviada, perdida y orgullosa de mí misma, todo a la vez.

Pero sigo deseando a Miller Hart.

CAPÍTULO 8

Con la ausencia de cierto caballero, la cena vuelve a consistir en los platos de siempre, y en la cocina, no en la elegante mesa de comedor de la abuela. George lleva desabrochado el primer botón de la camisa y nadie recibe una reprimenda por olvidar sus modales. No hay vino, ni traje de los domingos ni tarta tatín de piña.

Pero sí que hay seis ojos pendientes de mí, observándome mientras me obligo a comer. Mi silencio lo dice todo, y Gregory está que no cabe en sí de contento. La abuela lo puso al día antes de que yo bajara a cenar. Los oí cuchichear, reprimir exclamaciones de asombro, y a la abuela tranquilizando a Gregory con excusas sobre malentendidos y socias de negocios que no son lo que yo pensaba que eran. Gregory no le creyó nada, así que me quedo sentada a la mesa todo lo que puedo para evitar a toda costa que me interrogue. Tiene un ojo morado y la mano hinchada. Es imposible no verlo, y me pregunto qué explicación le habrá dado a la abuela.

Cuando ella empieza a recoger la mesa, Gregory ladea la cabeza para indicarme que salga de la cocina. Sé que no puedo evitarlo por más tiempo. Le doy las gracias a la abuela, me despido de George con una cariñosa palmadita en la espalda y sigo a mi mejor amigo al pasillo.

Pero empiezo yo.

—¿En qué estabas pensando? —siseo mirando la puerta de la cocina y tirando de él escaleras arriba—. ¡No necesitaba que chocaran cornamentas ni que pusieras a prueba tus músculos con él!

Llegamos a lo alto de la escalera y veo que mi regaño lo ha dejado boquiabierto.

—¡Estaba protegiéndote!

—¡Al principio! ¡Luego se convirtió en una lucha de egos! ¡Tú le pegaste primero!

—¡Te llevaba a la fuerza!

Los dos miramos a un lado al oír a la abuela.

—¿Qué está pasando ahí arriba?

—¡Nada! —grito metiendo a Gregory en mi habitación y dando un portazo—. ¡Me arrancaste de sus brazos y me tiraste al suelo antes de derribarlo a él! —Me inclino hacia adelante y señalo mi cabeza—. ¡Me pasé horas en urgencias para que me curaran la herida mientras tú te peleabas en plena calle!

—¡Desapareciste sin más! —me grita poniéndome el índice delante de las narices—. ¡Y no tienes teléfono!

Levanta las manos, frustrado.

Yo guardo silencio un instante, pienso en algo en lo que de verdad que no quería volver a pensar.

—Nos está afectando —digo con calma.

Echa la cabeza y los hombros atrás.

—Ese hombre es imposible.

—No me refiero a Miller.

—¿Entonces...? —Cierra la boca un instante y luego abre mucho los ojos—. ¡Ah, no! No le eches la culpa a ese momento de locura —dice señalando la cama mientras se ríe con sarcasmo—. ¡Esto es cosa de ese pendejo engreído del que te has enamorado!

—¡No es un pendejo! —grito buscando en mi interior las fuerzas para tranquilizarme.

—¡Te juro por Dios que si vuelves a verlo dejamos de ser amigos!

—¡No digas estupideces!

Me horroriza lo que acaba de decir. Lo he ayudado a superar infinidad de rupturas de mierda y nunca llegué a amenazarlo con nada parecido.

—No es ninguna estupidez —dice más calmado—. Va en serio, Olivia. Sabes tan bien como yo que ese chupavergas te va a traer problemas, y sé que no me lo contaste todo.

—¡Sí que lo he hecho! —Salto en mi defensa demasiado rápido.

—¡No me insultes!

—¡Al menos, él vino a buscarme!

Gregory retrocede asqueado.

—Te está arruinando la vida.

Se muerde el labio y me estudia con atención unos segundos eternos. No me gusta su expresión, y no sé si me va a gustar lo que va a decirme. Lo está pensando mucho.

—No puedo seguir viéndote mientras continúe en tu vida.

Trago saliva y él da media vuelta y se marcha. Cierra de un portazo y yo me quedo pasmada en mi habitación. Me ha dejado sin habla, dolida y enfadada. No puede ponerle condiciones a nuestra amistad cuando a él le conviene. Yo nunca lo hice.

Me tiro sobre la cama maldiciendo y me escondo bajo las sábanas. Una vez más, mi mente agradece poder dejar de pensar en cosas dolorosas, y no tardo en soñar con algo cálido y duro contra mi espalda y alguien que me tararea dulcemente al oído. Sólo es un sueño, pero las líneas rectas del traje hecho a medida y la sensación familiar de unas manos suaves que se deslizan por mi vientre desnudo me consuelan incluso cuando no son reales. Es mucho mejor que las pesadillas habituales.

No empiezo el lunes con más entusiasmo que cualquier otro día desde que salí huyendo de aquel hotel. Ahora no sólo me asaltan pensamientos sombríos sobre cierto hombre, sino que también tengo que preocuparme de Gregory. Mi vida en este momento es una calamidad, y está compensando con creces lo aburrida que era antes.

Una parte de mí se pregunta por qué sugerí salir hoy a cenar con Miller si ayer deseaba que me hiciera suya con desesperación, mientras que la otra parte se plantea por qué tuve que sugerir una fecha. ¿No se ha acostado con nadie? Necesito hacer una lista de preguntas. Si es que soy lo bastante tonta para ir a su encuentro.

Me destapo y frunzo el ceño al ver mi cuerpo semidesnudo. Llevo puestas las pantis, pero todo lo demás ha desaparecido. Mi ropa está doblada con esmero en una pila en mi silla. No estoy perdiendo la cabeza. Anoche me quedé dormida vestida en cuanto Gregory se marchó hecho una furia; de eso me acuerdo. Es posible que la abuela me desvistiera en sueños, pero esa pila de ropa está tan bien doblada que sé que no fue ella.

Todavía con el ceño fruncido, salgo de debajo de las mantas, atravieso la habitación, abro la puerta sigilosamente e intento oír a la abuela. Está cantando, contenta, y se oye el tintineo de platos y vasos pero ninguna conversación. Miro la pila de ropa delatora, me rasco la cabeza e intento recordar si lo he hecho yo pero no me acuerdo de nada. Estoy en blanco. Puede que me haya vuelto sonámbula y me haya dado por ordenar en sueños.

Echo un rápido vistazo al reloj. No tengo tiempo para seguir pensando en este misterio. Me baño y me visto rápidamente para ir a trabajar. Unos pantalones de mezclilla y unos Converse blancos, como si quisiera que mis zapatos marcaran mi estado de ánimo: apagado..., en blanco.

Tengo un cuenco de cereales delante antes de sentarme a la mesa, y la abuela me mira con una rara mezcla de curiosidad y deleite. Estamos solas por primera vez desde ayer por la mañana, lo que significa que por fin tiene ocasión de interrogarme. Rebusco en mi cerebro las palabras adecuadas antes de que ella ataque primero y al instante se me ocurre... algo.

—¿Qué tal el baile? —pregunto.

—Arrasamos —se limita a contestar, aunque estoy segura de que tiene muchas historias que contarme de su noche de Ginger Rogers—. Y fue hace dos noches.

Hago una mueca.

—Lo siento.

—No importa —insiste, y sé por qué—. Miller parecía muy triste cuando se marchó ayer. —Pasa el trapo por aquí y por allá mientras estudia mi reacción—. Y no me gustó nada oírlos discutir a Gregory y a ti.

Suspiro, me dejo caer en la silla y vierto leche sobre los cereales mientras ella sobrecarga de azúcar mi té.

—Es complicado, abuela.

—Ah... —Se sienta en la silla que hay a mi lado y su mirada azul marino es demasiado curiosa—. Puedo entender las cosas complicadas. De hecho, apuesto a que tengo la respuesta.

Sonrío con ternura y le tomo la mano.

—Esto tengo que arreglarlo yo.

—Tengo la impresión de que a Gregory no le gusta Miller —dice con cautela.

—Tu impresión es correcta, pero ¿podemos dejarlo ahí?

Tuerce los labios un instante, molesta porque no me sincero con ella. No voy a exponerla a mis horrendas complicaciones, así que tendrá que seguir molesta y aceptar la mentira que le ha contado Miller. No puedo arriesgarme a volver a enviarla al infierno en la Tierra.

—A lo mejor puedo ayudarte —insiste apretándome la mano.

—Ya soy mayor, abuela. —Arqueo las cejas y ella frunce el ceño.

—Supongo que sí —cede, aunque sigue poniéndome mala cara—. Sólo recuerda una cosa, Olivia.

—¿Qué?

—La vida es demasiado corta para pasársela esperando respuestas que sólo encontrarás si mueves tu trasero escuálido y vas a por ellas.

Se levanta y mete las manos en el lavavajillas, luego saca un plato tras otro y los coloca en el escurridor de mala manera.

Es una tarde muy tranquila en la cafetería, hasta que Miller Hart entra por la puerta. Al instante se convierte en el centro de atención y el muy cretino lo sabe.

—¿Ya podemos marcharnos? —pregunta con educación, pero sospecho que sólo hay una respuesta correcta a su pregunta y, tras la fachada impasible, me está retando a que le dé la incorrecta.

—Pues... —Soy incapaz de articular palabra.

Del me pasa mi mochila y mi chamarra de mezclilla y asiente con recelo, pero no consigo ponerme en movimiento hasta que Miller me saca de detrás de la barra. Me agarra de la nuca y me conduce hacia la salida de la cafetería mientras me masajea el cuello. No me queda otra que seguirlo. El Mercedes negro está estacionado en una zona donde está prohibido aparcar. No consigo abrir la boca hasta que me abre la puerta del coche.

—¿Qué estás haciendo? —pregunto mirándolo a la cara.

Mi pregunta no le impide seguir intentando meterme en el coche.

—Me prometiste que saldríamos a cenar. Sube.

—Eso fue antes de que me humillaras.

Me suelto y doy un paso atrás. Mi negativa produce en él algo parecido a una mirada asesina, pero la pizca de emoción que muestra su rostro no es lo único que me llama la atención.

Se inclina, bastante, para que sus ojos queden a la altura de los míos. Su mirada es dulce y segura. Me conquistan.

—¿Por qué te empeñas en rechazarme?

Aparto la mirada antes de que me pierda en ella y me alejo de él a toda prisa, aunque no sirve de nada. No voy a llegar muy lejos.

Lo tengo pisándome los talones. Sus zapatos caros marcan el ritmo de sus zancadas.

—No me gusta tener que repetirme. —Me alcanza y me da la vuelta entre sus brazos. Luego me endereza, mc arregla el pelo sobre los hombros y da un paso atrás—. Aunque esta vez haré una excepción. ¿Por qué te empeñas en rechazarme?

Su atrevimiento hace que mis sentimientos entren en acción. Me tiemblan los labios y los ojos se me llenan de lágrimas. También estoy reponiendo las reservas de rabia, el dolor se multiplica y la confusión se eleva al cubo.

—Por... —Cierro los ojos un instante, noto que me fallan las fuerzas a pesar de su arrogancia— todo.

Sé que William tiene razón. No debo dejar que Miller me atrape en su red de placer. Puede que no me guste que William se entrometa, pero no puedo negar que sabe de lo que habla. Todo lo que ahora sé me lo confirmó él. Debería hacerle caso. Es sabio y conoce bien este mundo.

Los sensuales labios de Miller se tuercen en un mal gesto, agacha la cabeza y el mechón rebelde le cae sobre la frente, pero no le recuerdo su regla de mirar a la gente a la cara cuando te hablan.

—¿No me deseas? —pregunta en voz baja.

No podría estar más confusa. ¿Cómo me pregunta una cosa así en un momento como este?

—Claro que sí. —Me doy cuenta de mi error en cuanto levanta la vista y me sumerge en... deseo. Mi propio deseo me mira a través de las profundidades infinitas de sus ojos azules.

—Y yo a ti —susurra—. Más de lo que mi cuerpo desea el agua que lo mantiene con vida o mis pulmones el aire que respiran.

Me cuesta tomar aire.

—También me das miedo —confieso.

—Y tú a mí.

—No confío en ti.

Titubea al oírlo, pero se recupera enseguida.

—Yo, en cambio, te confiaría mi vida.

Me acaricia por encima de la ceja con el pulgar. El tacto de su piel me lleva a ese lugar en el que me siento tan a gusto, y saltan chispas.

—Confío en que me ayudarás. —Su dedo desciende por mi mejilla, por mi cuello, hasta mi labio inferior. Cierro los ojos y se me altera el ritmo de la respiración—. Déjame saborearte.

Asiento automáticamente. Noto que vuelvo a la vida.

—Gracias —susurra. Su aliento me acaricia la mejilla con suavidad y sus labios caen sobre mi boca como una pluma. Es dulce, casi precavido, y con la lengua acaricia la mía, haciéndome suya lentamente—. Abrázame.

—Si lo hago volveré a ser tuya —digo, y me obligo a apartarme de él.

Él permanece inmóvil, buscándome con la mirada.

—Reservé una mesa. —Se endereza—. ¿Me harías el honor de compartirla conmigo?

Estoy hecha un lío de pensamientos contradictorios, intentando decidir si Miller es mi destino. Pero cuando me pasa la mano por la espalda su ardiente caricia quema la tela de la camiseta que llevo y me acuerdo de una cosa.

—¿Dónde estuviste anoche?

No me imagino el ligero temblor de su mano en mi espalda ni el brillo de culpabilidad en su mirada.

—Sal a cenar conmigo —repite.

Fue él. Se coló en mi casa. ¡Qué espanto! Me siento violada.

—¿Me desnudaste tú? —No me puedo creer que no me despertara—. No fue un sueño, ¿verdad?

—Espero que sí. Y cuando no estés soñando conmigo espero que estés pensando en mí.

—Creo que tienes un problema.

—Fui yo —responde a toda velocidad, muy serio—. Mi mundo se sumía en las tinieblas de nuevo y lo único que puede mantenerlo luminoso no para de huir de mí.

Parpadeo ante la nota de enfado que detecto en su voz.

—Tengo muchas preguntas —digo.

Asiente levemente y respira hondo para calmarse.

—Estoy listo para responder a cualquier pregunta que desees hacerme.

Me siento aliviada y aterrada. No estoy segura de querer oír las respuestas.

—Durante la cena —insisto. Necesitamos estar en terreno neutral. Sin camas a la vista—. Sólo vamos a cenar.

Lo vamos a hacer a mi manera. Es posible que haya descubierto mis cartas, sin embargo puedo volver a guardármelas. Bueno, en realidad, no puedo, pero Miller no tiene por qué saberlo.

—Sólo a cenar —asiente, aunque sé que lo hace de mala gana.

—No vas a saborearme ni a tocarme.

No sé por qué digo semejante estupidez. Me muero por el bienestar que me ofrece.

El enfado que cruza su rostro perfecto me da fuerzas. Puede activar su encanto arrogante y caballeresco y conquistarme igual de rápido que el amante dulce y atento.

—Lo dices por fastidiar.

Niego con la cabeza.

—No pienso ir a cenar si lo que planeas es que vuelva contigo a base de adorarme.

Ese sería el fin de la partida. Sigo loca por él, pese a todo lo que sé y a mi creciente preocupación.

—Bien. Como quieras —murmura.

Asiento y me enderezo.

—¿Dónde nos vemos?

—¿Cómo? —Arruga la frente.

—Te veo en el restaurante.

Lo habitual es que Miller venga a recogerme; no obstante, no puedo permitir que mi abuela piense que todo va viento en popa cuando no es así.

112

Me mira mal pero mantiene la calma. Volver a encontrar la paz en Miller es peligroso, aunque me temo que no tengo otra elección, y no sólo porque él no tenga intención de dármela. Ha vuelto a mi vida y quiero que siga en ella. Necesito que me consuele, que me dé «lo que más le gusta», sus palabras... Lo necesito todo. Nada me hizo sentir tan protegida y tan vulnerable a la vez. Y nada me hace sentir tampoco tan fuerte y tan débil. Debe de haber un término medio.

—Está bien —dice con una mezcla de frustración y enfado—. ¿Desde cuándo te volviste tan difícil?

—Desde el momento en que me tocaste —respondo con calma, con ese brío que se hace indispensable desde que aterricé en el curioso mundo de Miller Hart. No sobreviviré sin él. No sobreviviré a Miller sin él.

Me toca la mejilla con la palma de la mano y la acaricia en círculos.

—En el momento en que te vi, la luz entró en mi oscuridad eterna. —Se aproxima, me acerca su boca, no puedo dejar de mirarla—. Una luz brillante cargada de esperanza que me iluminaba a través de esos preciosos ojos de color zafiro.

No me besa, sólo mantiene nuestras bocas muy cerca. Su aliento me inunda y aumenta la sensación de calor que me quema por dentro. Cierro los ojos.

—Respetaré tu petición para esta noche, pero recuerda que me perteneces, Olivia. Eres mi hábito, y no voy a rendirme sin pelear. —Me suelta. Me dejó sin aliento y aturdida y me siento abandonada. Abro los ojos para ver una belleza aniquiladora—. Y no voy a perder contra nadie. Ni siquiera contra ti.

—¿Dónde nos vemos? —suspiro.

No voy a discutir lo que acaba de decir tan seguro de sí mismo. Lo he visto en acción, pegando puñetazos, y también lo he visto en otra clase de acción: mientras me adoraba. Con él, discutir siempre acaba mal. Yo acabaría mal.

—A las siete en punto aquí. —Toma un bolígrafo del bolsillo de su saco y anota una dirección en un recibo viejo que saca de la cartera; me lo entrega—. Te estaré esperando.

Asiento y se aparta. Se alisa el traje y se mete las manos en los bolsillos. Nuestras miradas no se separan. Veo esperanza. Veo seguridad. Veo miedo y veo cautela. Pero no sé si esta última es por él o por mí. Probablemente sea por ambos.

Miller rompe la conexión, da media vuelta y se dirige al coche.

Me llevo las manos a la cara y me la froto para intentar devolverla a la vida. Tengo calor, la cabeza hecha un lío de contradicciones, preocupaciones..., miedo. Miller me aterroriza pero me hace sentir increíblemente a salvo. Me preocupo por él pero también me preocupo por mí. No puedo seguir el hilo de mis pensamientos, que saltan de rendirse ante él a resistir con todas sus fuerzas. Nada tiene sentido.

Estoy en mi mundo, intentando averiguar demasiadas cosas, cuando de repente noto que me estoy acariciando la nuca. Se me han puesto los pelos como clavos, me hacen cosquillas, me hierve la piel.

—Es justo lo que me temía.

Mi cuerpo se vuelve lentamente, receloso, al oír la voz aterciopelada, y el corazón se me sube a la garganta.

CAPÍTULO 9

No estoy segura de si debería sentir alivio o preocupación. William está apoyado en su Lexus, con las piernas y los brazos cruzados. No parece muy contento. Sus ojos grises, que normalmente brillan, están malhumorados, y sus rasgos se han endurecido de disgusto.

—¿Me estás siguiendo? —digo con tono de sorpresa y culpabilidad. Culpabilidad por ser una débil en lo que a Miller se refiere, y sorpresa porque no esperaba encontrarme a William aquí.

—Intenté llamarte. —Se aparta del coche y se acerca con calma hasta que su gigantesco cuerpo se eleva ante mí—. ¿Dónde está el teléfono que te compré?

—Todavía no lo cargo —digo bajando la vista, aunque sin saber muy bien por qué.

Puede que tenga razón sobre Miller, pero no le debo ninguna explicación. El chico de compañía más famoso de Londres tal vez resida en las tinieblas, pero yo las estoy iluminando. Quiero cambiar por mí. Tengo que tomar mis propias decisiones. Soy la dueña de mi destino.

—Pues lo harás —me ordena—. Dime por qué fuiste a su club.

Levanto la cabeza estupefacta.

—¿Me has estado siguiendo?

—Ya te lo dije. Me preocupo por saber lo que sucede en este mundo. Cuando me enteré de que en Ice se produjo un incidente en el que se vieron implicados Miller Hart y una rubia menuda y

115

bonita, supe de inmediato quién era la rubia menuda y bonita. —Me toma de la barbilla y me levanta la cabeza—. Aléjate de él.

Al instante, los ojos se me llenan de lágrimas.

—Lo he intentado. Lo he intentado un montón de veces y no puedo.

—Sigue intentándolo, Olivia. Estás cayendo en sus tinieblas y, una vez lo hayas hecho, no tendrás escapatoria. No tienes ni idea de dónde te estás metiendo.

—Lo amo —sollozo admitiendo por primera vez en voz alta que sigo enamorada del hombre que me tiene hecha un lío, y que ahora que ha desvelado algunos de sus secretos es un misterio todavía mayor. No puedo caer en sus tinieblas si las lleno de luz—. Es un amor de los que duelen.

Hace una mueca al oír mi confesión, y sé que es porque se identifica con lo que siento.

—El dolor se pasa, Olivia.

—¿A ti se te ha pasado?

—Yo no... —Frunce el ceño y me suelta la barbilla. Lo he tomado por sorpresa.

No le doy ocasión de reponerse.

—Tu vida es una agonía, un día tras otro. Dejaste marchar a tu Gracie.

—No tenía...

—No —lo corto, y no me lo reprocha. El formidable William Anderson cierra la boca sin chistar—. No me digas que el tiempo lo cura todo.

Sus hombros vestidos con un traje elegante se desploman y echo a andar en dirección al metro. Lo que acabo de decirle a William Anderson es una razón más para aceptar a Miller. Han pasado años desde que él dejó a Gracie, y a día de hoy sigue sufriendo. No la ha olvidado y no parece que vaya a hacerlo nunca. Si William se ha sentido durante todos estos años como me siento yo ahora creo que prefiero la muerte.

—Sube. —William me llama desde el interior de su coche y aminora para ir a mi ritmo.

—No, gracias.

—¡Maldita sea, Olivia! —me grita, y dejo de andar—. ¡No me obligues a subirte por la fuerza!

La amenaza me deja sin habla, incapaz de moverme. Logré que le hierva la sangre al frío hombre de negocios que nunca pierde la compostura.

—Lo único que quieres hacer es darme la lata —protesto sin saber qué otra cosa decir.

Pone los ojos en blanco. No salgo de mi asombro.

—No soy tu padre.

—Pues deja de actuar como si lo fueras —le espeto.

La palabra *padre* subraya el hecho de que no tengo un confidente masculino en mi vida. No he necesitado uno en veinticuatro años. Claro que hasta ahora tampoco había conocido a nadie como Miller Hart.

—¿Serías tan amable de subir y permitirme que te lleve a casa?

—¿Vas a soltarme un sermón?

Se contiene para no echarse a reír, se acerca y me abre la puerta.

—Hice cosas muy cuestionables en la vida, Olivia, pero jamás echo sermones.

Lo miro de reojo, no termino de confiar, hasta que veo que me mira expectante. No me cabe la menor duda de que me subirá al coche por la fuerza, así que, para evitar un escándalo público, me subo al Lexus y cierro la puerta con suavidad.

—Gracias —dice relajándose en su asiento.

El conductor arranca y dejo la mochila sobre mi regazo. Jugueteo con las hebillas por hacer algo que no sea esperar a que hable.

—¿Nada de lo que diga va a convencerte de que Miller no es una buena idea?

Suspiro, harta, y me tiro con fuerza contra el respaldo de mi asiento.

—Dijiste que no ibas a sermonearme.

—No, dije que nunca había echado un sermón. Hay una primera vez para todo.

—Qué listo —murmuro—. Voy a salir a cenar con él esta noche.

—¿Por qué?

—Para hablar.

—¿De qué?

—Creo que ya lo sabes.

—¿Qué pasó en el hotel?

—Nada —digo entre dientes con la mandíbula tensa.

Estaba loca si creía que se iba a olvidar de aquello. No voy a contárselo, a pesar de que sospecho que sabe perfectamente lo que pasó. Además, nunca sería capaz de expresarlo con palabras. Pensar en ello ya es bastante duro.

—Nada... ¿O sea que estabas hecha un gatito asustado por nada?

—Sí —espeto. Odio que tenga sus sospechas. No se las voy a confirmar.

—Ya —suspira—. Lo preocupante es que vas a volver por más.

—¿Más qué?

—Más Miller Hart.

Tengo que controlarme para no gritar: «¡Aquél no era Miller Hart!».

—¿Dónde se van a ver? —Me observa con atención unos instantes.

—No lo sé. Me ha dado la dirección de un restaurante.

—Déjame ver.

Pierdo un poco la paciencia. Rebusco en la mochila, saco el recibo y se lo paso sin mirarlo.

—Ten.

Me lo quita de las manos y lo oigo gruñir pensativo.

—Bonito sitio —dice—. Yo te llevo.

—¡Ah, no! —Me echo a reír y lo miro con incredulidad—. Soy capaz de llegar yo solita.

No quiero que William se ponga en medio. Ya tenemos bastantes entrometidos, y eso que no saben ni la mitad de la horripilante historia. Se esfuerzan tanto por impedirme que vea a Miller que me dejan muy clara la resistencia a la que tendría que enfrentarme si estuvieran al corriente de todo.

—Te dejaré en la puerta —insiste.

—No será necesario.

—O aceptas que te lleve o no vas. —Lo dice muy en serio.

—¿Por qué me haces esto? —pregunto, aunque sus razones saltan a la vista—. ¿Es para aliviar tu sentimiento de culpa?

—¿Qué? —Se ha puesto a la defensiva, lo que aumenta mi curiosidad y mi enojo.

—Gracie. A ella le fallaste, así que intentas redimirte conmigo.

—¡Qué tontería! —Se ríe y desvía la mirada.

No es ninguna tontería. Tiene mucho sentido.

—No necesito tu ayuda, William. ¡No soy como mi madre!

Vuelve lentamente su apuesto rostro hacia mí. La risa ha desaparecido, como si jamás hubiera existido. Se pone solemne.

—Entonces ¿por qué fuiste a su club?

Cierro la boca un momento.

—Yo...

Enarca ligeramente las cejas grises. La pregunta y su mirada hacen que me encoja en el asiento. Abro la boca para hablar pero no logro pronunciar ni una palabra. William se me acerca.

—Fuiste para castigarlo, ¿verdad?

La epifanía me ha dejado inmóvil. La fría y dura verdad me ha dejado de piedra.

—No soy... —No puedo terminar la frase.

Él se echa entonces hacia atrás y me mira la mano: estoy jugueteando con mi anillo.

—Te pareces a tu madre más de lo que crees, Olivia. —Me toma la mano y le da vueltas a mi anillo—. No te confundas, no es malo. Era una mujer hermosa y apasionada con una personalidad adictiva.

Se me hace un nudo en la garganta del tamaño de Londres y miro por la ventanilla para evitar que vea las lágrimas. No quiero ser como ella. Egoísta. Alocada. Ingenua. No quiero ser así.

William juguetea en silencio con mi anillo mientras yo sigo llorando. No dice nada más, y yo tampoco.

Por fortuna, la abuela no está en casa. Me dejó una olla de estofado y una nota: ha salido con George. Encuentro el teléfono nuevo, le envío un mensaje para decirle que voy a salir con Sylvie y me paso una hora larga arreglándome, aunque le dedico más tiempo a prepararme mentalmente que a ponerme presentable.

A las seis y media recorro de nuevo el sendero del jardín, donde me espera el Lexus. El conductor me abre la puerta y subo en silencio. Siento sus ojos grises de inmediato.

—Estás preciosa, Olivia —dice William de corazón. Está mirando mi vestido corto negro. Es uno de los tres de noche que tengo.

—Gracias a...

Me interrumpe el tono de un teléfono que no reconozco. William no hace ademán de contestar el suyo y, tras dejarlo sonar unos segundos, me doy cuenta de que el sonido viene de mi bolso. Lo abro, rebusco en el interior y localizo mi iPhone nuevo. Frunzo el ceño y miro la pantalla. Luego miro a William.

—Sólo quería comprobarlo —sonríe, y cuelga desde su teléfono.

—¿Es que no tienes nada mejor que hacer que llevarme de un lado a otro? —pregunto guardando el teléfono en el bolso.

—Tengo muchas cosas que hacer, e impedir que te lances de cabeza a su mundo es una de las más importantes.

—Eres un hipócrita —lo acuso, con o sin razón. Me da igual—. Tu mundo es su mundo. Es más o menos lo mismo. ¿Cómo es que dices conocerlo tan bien?

—Nuestros mundos colisionan de vez en cuando —responde al instante sin emoción alguna.

—¿«Colisionan»? —pregunto un tanto confundida y con curiosidad porque haya usado la palabra «colisionan» en esa frase. «Colisionar» suena a choque frontal. No ha dicho «se cruzan» o «coinciden».

Se acerca a mí y me habla apenas en un susurro.

—Yo tengo sentido moral, Olivia. Miller Hart, no. Ha sido motivo de fricción entre nuestros mundos. No comparto el modo en que lleva su negocio y no me da miedo decírselo, a pesar de ese temperamento letal suyo.

Me echo atrás, incapaz de discutir con él. Sé cómo lleva Miller su negocio y también conozco ese temperamento suyo.

—Puede cambiar —musito a sabiendas de que no logré imprimir seguridad en mi tono. La risa sardónica de William me indica que él lo duda tanto como yo—. Preferiría que me dejaras a la vuelta de la esquina —afirmo.

Sé que a Miller no le va a gustar verme llegar en el coche de otro hombre, sobre todo si ese hombre es William, y sobre todo ahora que sé que sus mundos «colisionan» de vez en cuando. No quiero que esta noche sea uno de esos «de vez en cuando».

—Por supuesto.

—Gracias.

—Dime, ¿cómo es que una mujer joven, dulce y estable como tú se enamoró de un tipo como Miller Hart?

¿«Como Miller Hart»? ¿«Dulce y estable»? Me exprimo el cerebro en busca de respuesta. No encuentro ninguna, así que cito a la abuela:

—No decidimos de quién nos enamoramos.

—Puede que tengas razón.

—Sé que la tengo —aseguro. Soy la prueba viviente de ello.

—Y, con todo lo que sabes ahora, ¿sigues sintiendo lo mismo?

—Sé que no ha estado con otra mujer desde que me conoció.

—Ha tenido citas, Olivia, y, por favor, no intentes convencerme de lo contrario. No te olvides de que no hay nada que no sepa.

—Entonces sabrás que no se ha acostado con ninguna de ellas —mascullo. Se me está agotando la paciencia.

—Me encantaría saber cómo ha conseguido evitarlo —musita William.

No contesto, me alegro de que no me lo haya refutado.

—Tengo una pregunta —dice a continuación—. Probablemente sea la más importante de todas.

—¿De qué se trata?

—¿Él te ama?

Me quedo sin fuerzas al oír su pregunta, que es de lo más razonable. Aquí sólo vale un rotundo «sí». William lo sabe. Yo lo sé. Ni siquiera debería contemplar la idea de exponer mi pobre corazón a más penurias sin tenerlo confirmado.

—Dice que lo fascino —respondo mirando por la ventanilla. Me siento joven y estúpida.

—¿La fascinación equivale al amor?

—No lo sé —murmuro en un tono apenas audible, pero sé que me ha oído porque me pone la mano en la rodilla y me da un apretón cariñoso.

—Habla con él de todo cuanto tengas que hablar —dice con calma—. Y luego piénsalo bien.

Asiento. La caricia afectuosa de William me produce una extraña tranquilidad. Hablaré y pensaré, pero en realidad no creo que nada de lo que me diga Miller mermará la fascinación que siento por el chico de compañía más famoso de Londres. Me gustaría que lo hiciera, pero estoy siendo realista. Estoy atrapada en su confuso mundo de tinieblas y no tengo fe en que nada pueda devolverme la libertad. Ni siquiera William, por mucho que lo intente.

El chofer no me deja a la vuelta de la esquina, tal y como habíamos acordado, sino en la puerta del restaurante, y William no le menciona su error. Empiezo a protestar, pero cuando veo a Miller esperando en la acera y la mirada de recelo que le está lanzando al Lexus me doy cuenta de que sabe a quién pertenece el coche. Lo que no sabe es que yo voy dentro.

—Por favor —le pido a William en pleno ataque de pánico—, dile al conductor que pare en la siguiente calle.

—No es necesario.

Hace caso omiso de mi preocupación y baja del coche con elegancia, seguridad y toda la superioridad del mundo. Quiero encogerme debajo del asiento y quedarme ahí escondida. No me he atrevido a mirar por miedo a la reacción de Miller al ver aparecer a William. No necesito hacerlo. El aire se torna gélido a mi alrededor, y eso que todavía no me vio.

—Hart —oigo decir a William, tenso.

Luego me abre la puerta, me mira y extiende la mano para que la tome. Quiero gritarle hasta desgañitarme por sus artimañas. Está siendo amenazador y he visto cómo reacciona Miller a las amenazas: da miedo.

Cierro los ojos, respiro hondo para infundirme seguridad y rechazo la mano de William. Salgo despacio, enderezándome hasta que me envuelve el aire gélido que no tiene nada que ver con el mal tiempo. Luego me vuelvo para mirar a Miller. Sus ojos azules se abren sorprendidos y se le tensa la mandíbula cubierta de sombra, pero permanece en silencio mientras William me acompaña a su encuentro. Como siempre, está guapísimo con un traje gris oscuro de tres piezas, camisa azul claro, el nudo de la corbata perfecto y unos zapatos Oxford de color tostado. A pesar de la sorpresa, le brillan los ojos cuando me acerco; su maraña de rizos y su cuerpo, alto y esbelto, son impresionantes. Cuando llego junto a él, le lanza a William una mirada feroz antes de volver a fijarla en mí y de deslizar la mano por mi nuca. El aire sigue frío como el hielo, pero ahora se mezcla con el delicioso calor que me inyecta su mano en la nuca. Se agacha hasta que su cara está a la altura de la mía y me regala una pequeña sonrisa que me recuerda que Miller Hart tiene la sonrisa más bonita del mundo y que hace mucho que no la veo.

Parpadea lentamente, otro de sus adorables rasgos, y con dulzura posa los labios en mi boca. Sé que a William se lo llevan los demonios detrás de mí, pero nada me impedirá empaparme de Miller. Ni siquiera yo misma.

—Le das un nuevo nombre a la perfección, mi niña preciosa. —Me da un beso rápido y se aparta para mirarme a los ojos—. Gracias por venir.

Me siento totalmente estúpida con William haciendo de escolta, así que me vuelvo y lo encuentro observándonos atentamente.

—Ya puedes marcharte.

Miller me rodea la cintura con el brazo y me atrae contra su pecho. Ha ignorado por completo mi petición, que no podía ni tocarme ni saborearme, y yo no hice nada por impedírselo. Está reclamando lo que es suyo, marcando su territorio.

El hombre alto, maduro y de cabellos grises se aleja despacio sin quitarle los ojos de encima a Miller hasta que llega al coche.

—Sé que careces de sentido moral, Hart —dice—, pero te pido por las buenas que en esta ocasión hagas lo correcto.

Puede que William se lo esté pidiendo por las buenas, pero su tono va cargado de amenaza.

—No cuestiones mi sentido moral en lo que se refiere a Olivia Taylor, Anderson. —Miller me sujeta con más fuerza—. No te atrevas a hacerlo jamás.

La animadversión entre estos dos poderosos hombres es embriagadora. Tengo la cabeza llena de preguntas sobre relaciones y mundos que colisionan, y estas pasan a encabezar la lista que tengo preparada para Miller.

—Haz lo correcto —dice William antes de atravesarme con sus ojos grises—. Llámame.

Se mete en el coche sin esperar a que yo asienta. Se marcha al instante y me deja en la acera, tensa y preparándome para el interrogatorio de Miller.

Transcurren unos momentos en silencio antes de que empiece a hablar y, cuando lo hace, su reacción no tiene nada que ver con la que me esperaba.

—Qué sorpresa —musita. Frunzo el ceño—. ¿Cómo es que conoces a William Anderson?

Me ha dejado perpleja.

—Era el padrote de mi madre —le recuerdo. Me reservo la información que descubrí recientemente. Sé que a Miller no le gustará que le recuerde que me encontré con William durante mi alocada escapada, así que también omito eso—. Y ya que sacas el tema —disparo, dándome la vuelta en sus brazos y separándome de su cuerpo—: ¿Cómo es que tú lo conoces?

Me mira juguetón.

—Ya te has saltado tu regla: ni tocar ni saborear. —Se agacha y me roba otro beso. Maldición, ni siquiera he intentado esquivarlo—. Sería una tontería volver a instaurarla.

Los ojos le brillan como farolas, su cara refleja una victoria sin precedentes. Una tontería porque estaba claro que iba a caer o una tontería porque a saber dónde vamos a acabar si cedo, es decir, en la cama con Miller venerándome.

—No sería ninguna tontería —respondo resoluta. La adoración de Miller es la mejor forma de escapar de mis problemas, pero debo ser fuerte, por mucho que quiera que me mime y me coma a besos en su mundo de indescriptible placer—. ¿No íbamos a cenar?

—Sí. —Señala al otro lado de la calle y, cuando miro, veo su coche—. Las damas primero.

Frunzo el ceño y me vuelvo hacia el restaurante. No llego muy lejos.

—Es por aquí —se limita a decir. Me sujeta de la nuca y me lleva hacia su coche con un pequeño giro de muñeca.

—Vamos a hablar y a cenar —le recuerdo—. Accediste a salir conmigo para cenar y hablar.

—Sí, y accedí a verte en un restaurante. Nunca especificaste que tuviéramos que cenar y hablar en él.

Me echo a reír de los nervios, preguntándome qué planea hacer con la cena y la conversación.

—No puedes manipular mis palabras.

—No he manipulado nada.

Me empuja con facilidad para que cruce la calle y me sube al coche.

—Vamos a cenar en mi apartamento. —Cierra la puerta y pone los seguros.

Me está entrando el pánico. No es buena idea ir a su casa. En realidad, es una idea pésima. Intento abrir la puerta, en vano, porque he oído cómo la cerraba. Vuelvo a oír los seguros e intento abrirla de nuevo pero no consigo nada. Él sube entonces al coche.

—¡Esto es un secuestro! —protesto—. ¡No quiero ir a tu apartamento!

—¿Por qué? —pregunta arrancando el motor y abrochándose el cinturón de seguridad.

—Pues... porque... para nosotros...

—¿Lo natural es hacer el amor? —Se vuelve hacia mí muy despacio, con la mirada muy seria.

Me bastan las palabras para que se me acelere el pulso. Tengo calor. Le tengo ganas. Estoy desesperada. Es una combinación peligrosa cuando estoy con Miller Hart.

—Hablar —musito débilmente.

Se revuelve en su asiento y apoya el brazo en el volante. Sabe que me muero por sus huesos. Estoy sin aliento.

—Siempre te he prometido que nunca te haría hacer nada que supiera que no querías hacer.

Asiento.

Me sonríe y me arregla el pelo rubio indomable.

—¿Sabes lo mucho que me cuesta no tocarte, sobre todo cuando sé lo mucho que deseas que lo haga?

—Quiero que hablemos —afirmo con las fuerzas que me quedan. Si ignora mi petición, estaré indefensa.

—Y yo quiero poder explicarme, pero preferiría hacerlo en la tranquilidad de mi hogar.

No dice nada más. Se centra en la carretera y pone el coche en marcha. No habla, ni siquiera me mira. Lo único que me queda son mis propios pensamientos y la letra de *Glory Box* de Portishead que resuena en los altavoces.

Se me graba en la mente, hace que la cabeza me dé vueltas, y de repente oigo a Miller susurrar dos palabras para sí, tan bajas que apenas si puedo oírlas:

—Lo haré.

CAPÍTULO 10

Me arrepiento de haber insistido en la regla de no tocar y no sabo-rear. Estoy al borde del colapso para cuando llegamos al noveno piso mientras subimos hacia su ático, y por la forma en que me mira Miller sé que detecta mi arrepentimiento. No obstante, mi cara roja y mis gemelos doloridos también me recuerdan cuál es la primera pregunta que quiero formularle.

Abre la puerta negra y brillante y se hace a un lado. La sujeta para que yo entre y vea el interior de su apartamento palaciego. Quiero echar a correr.

—No se me permite retenerte por la fuerza, así que te ruego que no huyas de mí.

Me mira con unos suplicantes ojos azules. Está siendo el hom-bre respetuoso y cariñoso. De todas sus personalidades, es la que más amo.

—No voy a echar a correr —le prometo mientras cruzo el um-bral y rodeo titubeante la mesa del recibidor.

La puerta principal se cierra tras de mí y los caros zapatos de Miller avanzan por el suelo de mármol.

—¿Te apetece una copa de vino? —me pregunta mientras se quita la chaqueta. La cuelga con esmero del respaldo de una silla.

—Agua, por favor. —Estoy deshidratada después del maratón de subir escalones y necesito tener la cabeza despejada.

—Como quieras —dice desapareciendo en la cocina y volvien-do a aparecer con una botella de agua mineral y un vaso.

A continuación se acerca al mueble bar, se sirve dos dedos de whisky escocés y se vuelve para mirarme. Lentamente, se lleva el vaso a los labios y tengo que desviar la mirada ante tan placentera visión. Sabe el efecto que sus labios causan en mí, y lo está utilizando sin ninguna ética.

—No me prives del placer de verte la cara, Olivia.

—No me prives de tu respeto —respondo con calma.

Se ha quedado sin contestación, así que mientras se acerca con mi agua mineral añade:

—Siéntate.

—Creía que íbamos a cenar.

Se detiene a media zancada.

—Y eso vamos a hacer.

—¿En la sala de estar? —pregunto con sarcasmo.

Conozco a Miller Hart y su obsesivo mundo de perfección, y ni aunque las vacas volaran comería en el sofá con un plato en el regazo.

—No es necesario que...

—Lo es —suspiro—. Daba por sentado que íbamos a cenar en la cocina.

Agarro el agua que me ofrece y me dirijo hacia allí. Me detengo en el umbral con una pequeña exclamación de sorpresa.

—No me dejaste añadir los toques finales —susurra detrás de mí—. Música, velas...

Un delicioso aroma flota en la habitación, y la mesa está puesta al estilo perfecto de Miller. Es como si hubiera entrado en el Ritz por equivocación.

—Es... perfecto...

—En absoluto —dice en voz baja pasando junto a mí.

Deja el vaso, lo recoloca y luego enciende las velas que recorren el centro de la mesa. Coloca el iPhone en el reproductor y toquetea los botones. Me tiene embobada, y de los altavoces brotan las notas de *Explosion* de Ellie Goulding. Se vuelve lentamente hacia mí.

—Sigue sin ser perfecto —dice acercándose.

Alza la mano y me mira titubeante, pidiéndome permiso. Asiento y le dejo que me tome de la mano. Lo sigo por la cocina. Aparta la silla que hay a un lado de la mesa, me suelta y me indica que tome asiento. Lo hago y dejo que me acerque a la mesa.

—Ahora está perfecto —me susurra al oído. Me tenso de pies a cabeza y él lo sabe. Se asegura de que recibo unos pocos momentos de insoportable gratificación gracias a su aliento en mi oreja y se toma su tiempo antes de separar su cuerpo inclinado del mío, sentado—. ¿Vino?

Cierro los ojos un instante para reunir las fuerzas que me han abandonado.

—No, gracias.

—Privarte de alcohol no va a calmar lo mucho que me deseas, Olivia.

Me coloca una servilleta en el regazo y se sienta al otro lado de la mesa. Tiene toda la razón, pero si evito el alcohol es posible que pueda pensar con mayor claridad.

—¿Te parece una distancia aceptable? —pregunta señalando con la mano el espacio que hay entre los dos.

No, no lo es. Está muy lejos, pero sería de locos decírselo. Tampoco es que haga falta que le diga nada. Lo sabe muy bien. Asiento y miro la mesa, tan nerviosa como cada vez que me siento a cenar con él.

—¿Qué vas a darme de comer?

Contiene una sonrisa y sirve un poco de vino tinto en una de las copas más grandes.

—A esta distancia no puedo darte de comer.

Me muerdo el labio y resisto la tentación de jugar con el tenedor. Sé que no seré capaz de volver a dejarlo en el lugar exacto.

—¿Quieres que te dé de comer? —me pregunta, y mis ojos van de la mesa perfecta a su cara perfecta.

—Ya sabes la respuesta. —Veo fresas y chocolate negro derretido por todas partes.

—Sí —afirma—. Y no hace falta que te diga lo mucho que disfruto alimentándote.

Asiento en silencio, recordando la expresión de satisfacción de su rostro.

—Y venerándote.

Me revuelvo en la silla mientras lucho contra las palpitaciones que amenazan con atacarme entre los muslos. Da igual la personalidad que adopte: todas me enloquecen.

—Se supone que deberíamos estar hablando —señalo, ansiosa por quitarme de la cabeza la adoración de Miller, las fresas, el chocolate negro y el magnetismo general de este hombre.

—Eso hacemos.

—¿Por qué te dan tanto miedo los elevadores? —Voy directa a la yugular, pero me siento culpable en cuanto su expresión pierde la alegría. Menos mal que se recupera rápido.

—Me dan miedo los espacios cerrados. —Mueve pensativo el vino en la copa sin quitarme el ojo de encima—. Por eso nunca podrás convencerme de que me esconda en un armario.

Su confesión, añadida a lo que le pedí aquel día en mi dormitorio aumentan mi sentimiento de culpa.

—No lo sabía —susurro, y recuerdo su cara de terror cuando me negué a salir del elevador. Me lo imaginé en cuanto salí huyendo del hotel y lo utilicé en su contra.

—¿Cómo ibas a saberlo? No te lo había dicho.

—¿De dónde viene ese miedo?

Encoge los hombros ligeramente y mira hacia otra parte evitando mi mirada.

—No lo sé. Mucha gente tiene fobias para las que no hay explicación.

—Pero tú sí que la tienes, ¿no es así? —insisto.

No me mira.

—Es de buena educación mirarme cuando te hablo. Y es de buena educación contestar cuando alguien te hace una pregunta.

Unos ojos azules algo molestos se reúnen lentamente con los míos.

—Le estás dando demasiadas vueltas, Olivia. Me dan miedo los espacios cerrados, y con eso termina este tema de conversación.

—¿Qué me dices de tu manía con el orden y la limpieza?

—Aprecio y valoro mis pertenencias. Eso no me convierte en un maniático.

—No, es algo más —respondo—. Sufres un trastorno obsesivo-compulsivo.

La mandíbula le llega a la mesa.

—¿Porque me gusta tener las cosas de cierta manera, por eso sufro un trastorno?

Suspiro de agotamiento y consigo evitar poner los codos sobre la mesa justo en el último momento. No va a reconocer que es un maniático obsesivo, y está claro que tampoco voy a conseguir nada del frente de la claustrofobia. Pero eso son trivialidades. Tenemos asuntos más importantes que tratar.

—El periódico, ¿por qué cambiaron el titular?

—Sé lo que parece, pero fue por tu bien.

—¿Ah, sí?

Sus labios forman una línea recta.

—Para protegerte. Confía en mí.

—¡¿Que confíe en ti?! —Tengo que controlarme para no echarme a reír en su cara—. ¡Confié en ti por completo! ¿Desde cuándo eres el chico de compañía más famoso de Londres?

Las palabras son como gotas de ácido que me queman la lengua al escupirlas.

—¿Segura que no quieres probar el vino? —Levanta la botella de la mesa y me mira esperanzado. Es un intento patético para evitar la pregunta.

—No, gracias. Aunque apreciaría una respuesta.

—¿Y si pasamos a los aperitivos?

Se levanta y va al frigorífico sin esperar mi respuesta. No puedo comer, tengo veinte nudos en el estómago y la cabeza me da vueltas por tantas preguntas sin respuesta. Dudo que mi apetito haga acto de presencia una vez le haya sonsacado respuestas.

Abre el gigantesco refrigerador con puertas de espejo y saca un plato. La cierra pero no vuelve a la mesa, sino que se pone a trastear con lo que sea que hay en la bandeja, toqueteando y cambiándo-lo de sitio. Intenta comprar tiempo y, cuando mira el refrigerador para ver mi reflejo, me sorprende observándolo. Sabe que lo he atrapado.

—Dijiste que estabas listo para responder a mis preguntas —le recuerdo sin apartar mi decidida mirada del espejo.

Baja la suya hacia la bandeja, respira hondo y vuelve a la mesa. Se aparta el mechón rebelde de la frente por el camino. Casi me atraganto cuando coloca la bandeja con total precisión ante mí. Es una pila de ostras.

—Sírvete. —Hace un gesto en dirección a la bandeja de plata y se sienta.

Ignoro su oferta, molesta por lo que me sirvió de aperitivo, y le repito la pregunta:

—¿Desde cuándo?

Levanta su plato, toma tres ostras y se las sirve con esmero.

—Soy chico de compañía desde hace diez años —dice sin mirarme a la cara. A propósito.

Quiero gritar, pero me resisto. Tomo el agua y me enjuago la boca, que se me ha quedado seca de repente.

—¿Por qué eres famoso?

—Porque soy implacable.

Ahora sí que suelto una exclamación, y me odio por haberlo hecho. No debería sorprenderme. He sentido en mis carnes lo implacable que puede llegar a ser.

—Te pagan para que...

—Sea el mejor sexo de su vida. —Termina la frase por mí—. Y pagan cantidades obscenas por ese privilegio.

—No lo entiendo. —Niego con la cabeza, mi mirada salta de un elemento a otro en su mesa impecable—. No les dejas ni tocarte ni besarte.

—Cuando estoy desnudo, no. Cuando estamos en la intimidad, no. Durante las citas soy un perfecto caballero, Olivia. Pueden tocarme por encima de la ropa, excitarse y disfrutar de mis atenciones, pero hasta ahí llega su control. Para ellas soy la perfecta combinación de hombre. Arrogante..., atento..., con talento.

Hago una mueca para mis adentros.

—Y ¿tú sacas algo?

—Sí —admite—. En el dormitorio yo tengo el control absoluto y me vengo siempre.

Parpadeo al oírlo y luego miro hacia otra parte. Me siento herida y asqueada.

—Ya.

—Enséñame esa cara —me exige con brusquedad. Levanto la cabeza automáticamente y encuentro una cálida mirada que ha reemplazado el duro hielo—. Pero nada se aproximará jamás al placer que obtengo de adorarte a ti.

—Me cuesta verlo —digo. Su expresión de dulzura se torna en miseria—. No sabes cuánto desearía que no me hubieras convertido en una de ellas.

—No tanto como yo —susurra recostándose en el respaldo de su silla—. Dime que hay esperanza.

Lo único que veo es a Miller en aquella habitación de hotel. Sigo deseándolo y necesitándolo, pero nuestra breve conversación sacó a relucir la cruda realidad de su vida, que es como una cubeta de agua fría. Si lo dejo entrar de nuevo me enfrento a una vida de tortura y, posiblemente, de arrepentimiento. Nada me hará olvidar al amante implacable. Lo único que veo cuando me hace suya es una neblina roja de miseria. Mi vida ya ha sido bastante difícil. No necesito complicármela más.

—Te hice una pregunta —dice en voz baja. Su tono vuelve a ser cortante, arrogante, imagino que porque ha visto mi repentino abatimiento.

Lo miro un instante y en sus ojos también encuentro esa arrogancia. No va a rendirse con facilidad.

—¿Y la mujer de Madrid?

—No me acosté con ella.

—Entonces ¿por qué fuiste?

—Era un compromiso previo.

Lo dice tajante e impasible, y no sé por qué, pero por raro que parezca lo creo. Aunque no me está poniendo fácil lidiar con todo esto.

—Tengo que ir al baño.

Me levanto de la mesa y su mirada se levanta conmigo.

—No has respondido a mi pregunta: ¿hay esperanza?

—Todavía no sé la respuesta —miento dejando la servilleta en la silla.

—¿La tendrás después de haber ido al baño?

—No lo sé.

—No le des demasiadas vueltas, Olivia.

—Diría que eso es imposible después de lo que acabas de soltarme, ¿no te parece?

Es como si tirasen de mí en dos direcciones. Quiero hacerle caso a William porque sé que definitivamente está en lo cierto, y quiero confiar en mi corazón porque tal vez, tal vez, pueda ayudar a Miller. Pero *definitivamente* siempre tendría que imponerse a *tal vez*. Es un conflicto demasiado grande. Me está partiendo por la mitad.

Me observa con atención. Nervioso.

—Vas a marcharte, ¿no es así?

—He hecho mis preguntas. Nunca dije que me quedaría una vez las hubieras respondido, como tampoco dije que fueran a gustarme las respuestas.

El *definitivamente* ha triunfado. William gana. Salgo de la cocina a toda velocidad para escapar de la intensidad que exuda.

—¡Olivia!

Abro la puerta principal y salgo corriendo de su apartamento. Sé que nunca me dejará marchar sin pelear. Mi cabeza, llena de preocupaciones, no me deja registrar hasta ahora que el elevador es la ruta de escape más segura. Voy directa a él. El corazón se me va a salir del pecho y mi respiración frenética refleja mi estado de pánico. Aprieto el botón.

—¡Olivia, no subas al elevador, por favor!

Me meto dentro, pulso el botón de la planta baja y me pego a la pared. Sé que estoy siendo cruel, pero la desesperación es mayor que la culpa que siento por estar utilizando su punto débil contra él.

Sabía que llegaría a tiempo, pero aun así me sobresalto cuando su brazo choca contra las puertas y las abre a la fuerza. Tiene la frente brillante por el sudor y los ojos muy abiertos por el miedo.

—¡Sal! —me grita con los hombros temblorosos.

—¡No! —Niego con la cabeza.

Se le va a romper la mandíbula en mil pedazos de tanto apretarla.

—¡Sal del puto elevador!

Permanezco en silencio pegada a la pared. Está que echa humo y da miedo.

—¿Cómo puedes hacerme esto? —jadea abriendo las puertas de nuevo cuando estas intentan cerrarse otra vez—. ¿Cómo?

—No puedo estar contigo, Miller.

Mi voz apenas se oye por encima de su agitada respiración y los latidos de mi corazón.

—Livy, te lo suplico, no me hagas esto otra vez.

Está empezando a temblar y sus ojos van continuamente del interior del elevador a mí.

—No puedo olvidar a ese hombre —digo. Estiro la mano y pulso otra vez el botón.

—¡Mierda!

136

Miller suelta las puertas, que empiezan a cerrarse.

—Me niego a rendirme, Olivia. —Sus ojos azules se clavan en mí, su expresión está volviendo a ser la de siempre—. No voy a perder.

—Ya has perdido —murmuro mientras su cara desaparece.

CAPÍTULO 11

No sé cómo acabé aquí. Probablemente para reforzar mi decisión. Ver la cama con dosel, la lujosa habitación y recordarme a mí misma maniatada me ayuda a mantenerme firme, pero también intensifica el dolor. Estoy en la habitación de hotel, mirando, torturándome y rezando para ser fuerte. Para huir. Para desaparecer para siempre. No veo otra solución. Tengo frío y la piel de gallina. Me pican los ojos por las lágrimas. Tengo que poner en marcha los planes que he empezado a hacer tantas veces. Necesito desaparecer una temporada, poner tierra de por medio y esperar que el refrán «Ojos que no ven, corazón que no siente» se cumpla. Para los dos.

—¿Por qué has venido?

La pregunta se filtra entre el zumbido de la sangre que distorsiona mis oídos y me arrastra de vuelta a la habitación helada.

—Para convencerme de que estoy haciendo lo correcto.

—Y ¿sientes que es lo correcto?

—No —confieso.

Nada es lo correcto. Todo está muy mal. Oigo el clic de la puerta al cerrarse y salgo de mi ensoñación. Me vuelvo y encuentro a un desastre de hombre: el pelo alborotado, el traje arrugado. Sin embargo, hay alivio en sus ojos azules.

—No voy a perder —dice metiéndose las manos en los bolsillos—. No puedo perder, Olivia.

Las lágrimas empiezan a correr por mis mejillas. Estoy ante él, derrotada.

138

Conquistada.

Su espalda choca contra la puerta, se le humedecen los ojos y su cuerpo se hunde en la madera. Ver a Miller Hart luchando por contener las lágrimas me arranca el corazón del pecho y me deja sin fuerza en las rodillas. Mi cuerpo se desploma en el suelo, la mandíbula contra el pecho, y mi pelo cae sobre los hombros. Y lloro. El hombre destrozado que tengo ante mí siempre ha hecho que me dolieran los ojos, pero esta vez no es de placer ni por su belleza. Esta vez es de verlo tan atormentado. Desesperado. En ruinas.

Me envuelve en un nanosegundo, sus manos cálidas me rodean con firmeza, mi cara se apoya en su pecho.

—No llores —susurra sentándome en su regazo—. Tienes que ser fuerte por mí.

Me toma en brazos y me lleva a la cama. «Se acaba aquí», dice tumbándome con delicadeza y cubriendo mi cuerpo con el suyo. Entierra la cara en mi cuello. No me resisto. Dejo que su cuerpo se funda con el mío, que su fortaleza me inunde. Me abrazo a él como si mi vida dependiera de ello. Él hace lo mismo. Nos estrechamos con todo lo que tenemos, nuestros corazones laten con fuerza al unísono. Escucho los latidos. Los dos estamos volviendo a la vida.

Levanta la cabeza muy despacio hasta que me encuentro mirando unos ojos azules llenos de angustia.

—Lo siento mucho. —Me enjuga las lágrimas—. Sé que yo también estuve huyendo, pero ya lo he aceptado.

Me besa con dulzura. Necesito y deseo sus suaves labios.

—Necesito que tú hagas lo mismo. —Se sienta y me coloca en su regazo con facilidad. Me rodea con sus brazos y me besa la cara sin parar—. Lo que tenemos es hermoso, Olivia. No puedo perderlo. —Agarra el dobladillo de mi vestido pero no empieza a quitármelo—. ¿Me permites?

Respondo empujando su saco hasta que se lo dejo por los hombros y él suelta mi vestido y me permite librarlo de él. Necesito su piel desnuda contra la mía.

—Gracias —susurra.

Me quita el vestido y lo deja a un lado. Sus labios encuentran los míos e inician una delicada caricia, su lengua titubeante y suave se desliza en mi boca. Tengo la mente en blanco pero mi cuerpo responde por instinto. Acepto su beso, sigo su ritmo perezoso, me empapo en la emoción que mana de todo su ser. Siento sus manos tibias por todas partes, acariciándome y sintiéndome, recordándome que no tengo su piel bajo las palmas de las manos. Empiezo a desabrocharle el chaleco, luego la camisa, hasta que mis manos bucean bajo la tela, sintiéndolo por todas partes durante demasiado poco tiempo antes de empezar a quitarme la ropa. Me niego a separarme de su boca, ni siquiera para comerme su torso perfecto. En cuanto sus brazos quedan libres de nuevo me desabrocha el sostén y me lo quita muy despacio. Deja al descubierto mis pezones, que están muy muy duros. Separa nuestras bocas y gimo en señal de protesta. Mis manos se apresuran a desabrocharle el cinturón.

Esa boca hipnótica está entreabierta y de ella fluye su aliento jadeante. Tiene la mirada fija en mis diminutos pechos. Le bajo los pantalones, impaciente por tenerlo desnudo.

Arranca sus ojos de mi pecho y me mira.

—Saboréame —dice.

No pierdo un segundo pero me lanzo a su cuello, no a su boca. Le mordisqueo la garganta e inhalo su fragancia masculina. Me faltan manos, lo hago gemir y mascullar de agradecimiento.

—Mi boca —dice con voz ronca, y con su súplica me desvía a sus labios—. ¡Dios mío, Olivia!

Sus grandes palmas encuentran mis mejillas y me sujeta la cabeza mientras nos besamos, despacio, con dulzura.

—No puedo imaginar nada mejor que besarte —dice contra mis labios—. Dime que eres mía.

Asiento contra él y salgo al encuentro de los remolinos de su lengua mientras me tumba en la cama. Rápidamente le bajo los pantalones por sus largas piernas. Me abandona un momento, saca un condón de la nada y se lo pone, siseando y apretando la mandíbula. Luego cierra los ojos antes de caer de nuevo sobre mi cuerpo. Gimo cuando se acomoda entre mis muslos y siento la ancha cabeza de su erección empujando contra mi entrada.

—Dilo. —Me muerde el labio inferior y retrocede—. No me rechaces.

—Soy tuya. —No cabe la menor duda.

Apoya su frente en la mía y empuja en mi interior con una controlada exhalación.

—Gracias.

—Miller... —suspiro sintiendo que los pedazos de mi corazón roto se unen de nuevo.

Cierro los ojos satisfecha, la paz se apodera de mí y él empieza a balancear las caderas sin prisa. Tengo las manos libres, puedo tocarlo a mi antojo. Deslizo las palmas de las manos por todas partes acariciando cada centímetro de su cuerpo. Nuestras lenguas bailan felices, sus caderas oscilan con delicadeza y la adoración fluye de él. Se ha redimido del todo. Es tan atento que borra la escena de terror que tuvo lugar en este hotel; este momento perfecto me recuerda al hombre dulce y gentil que es cuando me venera, el hombre que necesito que sea. El hombre que quiere ser. Por mí.

—Nunca voy a soltar tus labios —anuncia, mientras nuestros cuerpos sudorosos se deslizan lánguidamente—. Nunca.

Me da vuelta debajo de él para tenerme sentada a horcajadas sobre sus caderas, llena a rebosar. El movimiento lo lleva increíblemente más adentro.

—¡Ay, Dios!

Me apoyo con las palmas de las manos en sus abdominales y me preparo. La barbilla me choca contra el pecho.

—¡Carajo! —maldice Miller entrando y saliendo sin parar de mí, agarrándose con fuerza a la parte alta de mis muslos—. Olivia Taylor —susurra—, mi pertenencia más valiosa.

—No sueltes mis labios —digo atragantándome por el deseo.

Tomo aire cuando me sujeta de la nuca y me atrae hacia su cara. Vuelve a entrar en mí. Grito. Luego me hace enloquecer con un beso tan hambriento que me cuesta recordar mi nombre.

—Muévete. —Me mordisquea la lengua y me sujeta por las nalgas con las manos para animarme. Me levanta. Siento que se me escapa y el roce crea esa deliciosa fricción que me eleva con un grito. Me llevo las manos a la cabeza—. ¡Eso es, Livy!

El placer que contorsiona su rostro me da fuerzas. Me levanto y me dejo caer sobre sus caderas sin control.

—¿Así? —pregunto sin aguardar respuesta. Sus ojos fuertemente cerrados lo dicen todo. Me sujeto los mechones de pelo rubio de cualquier manera—. ¡Dímelo, Miller!

—¡Sí! —Abre los ojos y aprieta los dientes—. Puedes hacerme lo que quieras, Olivia. Aceptaré lo que sea.

Hago una pausa. Me cuesta respirar y lo siento palpitar incesantemente dentro de mí. Mis músculos acarician cada movimiento.

—Yo también.

Se mueve con rapidez. Me tumba sobre mi espalda y vuelve a deslizarse dentro de mí con facilidad. Con la punta de los dedos dibuja un sendero hasta mi mejilla ardiente y vuelve a reclamar mi boca.

—Ojalá estuvieras en mi cama —susurra sin soltar mis labios, moviendo las caderas en círculos constantes sin dejar de entrar y salir, cada vez más adentro—. Por favor, dime que puedo llevarte a mi cama y pasarme la noche abrazado a ti.

Su petición genera una pregunta. Rompo nuestro beso.

—¿Cómo es posible que abrazarme sea «lo que más te gusta»?

No le doy tiempo a responder. Echo mucho de menos su boca y no pierdo ni un segundo en hundir la lengua en ella mientras él continúa meciéndose en mí.

—Sólo es «lo que más me gusta» hacer contigo. —Me mordisquea el labio y me planta un reguero de besos ligeros como una pluma de una comisura de los labios a la otra—. A la única a la que quiero estrechar hasta que me muera es a ti.

Sonrío y casi me echo a llorar cuando me deslumbra con su poco frecuente pero increíble sonrisa. Sus ojos azules brillan como estrellas. Se ha redimido del todo. El Miller brutal ha quedado olvidado hace mucho. Quiero sus labios otra vez en los míos, pero también quiero verle la cara cuando luce la sonrisa más maravillosa que he visto nunca.

—Me encanta cuando sonríes —proclamo jadeante mientras me bendice con una suave rotación de sus caderas que acierta justo en ese punto de mi pared frontal—. ¡Ay, Dios!

—Sólo sonrío por ti. —Me da un beso y levanta el torso, apoyado en sus brazos largos y musculosos—. Me encantan tus tetas —dice entonces. Las mira y se pasa la lengua por los labios provocativo.

—No son gran cosa. —Quiero taparme mis encantos minúsculos con las manos, pero estas están muy ocupadas acariciando sus antebrazos.

—Discrepo. —Jadea ligeramente y cierra los ojos mientras ejecuta el movimiento perfecto, profundo, preciso.

Mis músculos se tensan y empujo contra sus brazos robustos.

—¡Madre de Dios! —suspiro sintiendo llegar el preludio de un delicioso orgasmo.

—¿Vas a venirte, mi dulce niña?

—Sí —gimo arqueando la espalda y enrollando las piernas en su cintura. La corriente caliente de presión en mi entrepierna desciende como un remolino.

Miller deja caer la cabeza, abre los ojos muy despacio y se apoya en los antebrazos.

—Dame tus labios —dice con voz ronca mientras entra, sale y vuelve a adentrarse en mí. El placer que me regala me deja sin fuerzas, mareada—. Livy, tus labios...

Me acerca la cara para que sólo tenga que levantar un poco la mía. Nuestras lenguas se encuentran y se enzarzan en un delicado baile. Empiezo a estremecerme y mi clímax se apodera de mí, él me embiste con fuerza y me besa ardientemente, gimiendo con pasión. Mis manos se enroscan en sus rizos húmedos y tiran de ellos hacia atrás.

—Me vengo —gimo—. Miller, me vengo.

Empiezo a contraerme a su alrededor e intento besarlo con fogosidad mientras me atacan oleadas de placer. Sin embargo, él no me lo permite. Se aparta un poco unos segundos antes de unir nuestros labios para guiarme en silencio.

Chispas ardientes de placer me atacan en todas direcciones. Las sensaciones son tan abrumadoras que no puedo respirar. Grito. Exploto. Mi carne palpita y me pesan los párpados mientras él continúa adorando mi boca y entrando sin prisa en mí. Quedé hecha pedazos y esos pedazos vuelven a unirse bajo su adoración. Podemos hacerlo. Si estamos juntos, podemos salir airosos de los retos que nos aguardan. Mi determinación nunca ha sido tan fuerte.

—Gracias —suspiro sonriente dejando caer los brazos por encima de mi cabeza.

—Nunca me des las gracias.

En mi estado de felicidad absoluta apenas soy consciente de que él sigue como una piedra en mi interior.

—No te has venido —gimoteo.

Se sale despacio y recorre mi cuerpo a besos hasta que tiene la cabeza entre mis muslos y me vuelve loco con pequeños lametones en mi piel estremecida, seguidos de un largo lametón justo en el centro. Me arrugo, intentando controlar el cosquilleo palpitante. Él asciende por mi cuerpo y hunde la lengua en mi boca.

—Te adoro. —Me besa en la frente y me da un beso de esquimal—. Quiero «lo que más me gusta».

—No puedo mover los brazos.

—Dame «lo que más me gusta», Livy. —Enarca las cejas a modo de advertencia, y me hace sonreír aún más—. Ya.

No me cuesta nada darle lo que me pide. Rodeo sus hombros con los brazos y lo estrecho contra mí.

—Quiero estar en tu cama —susurro contra su pelo, deseando estar ya allí.

—Y lo estarás.

Se da la vuelta llevándome consigo y luego me levanta hasta que me sienta sobre su estómago. Me estudia en silencio.

—¿En qué piensas? —pregunto.

—Pienso que nunca me ha sorprendido nada en la vida —dice dibujando círculos en mis pezones hasta que los tengo como balas, duros y sensibles—. Pero el día en que lanzaste aquel dinero encima de la mesa en la brasería Langan tuve que contenerme para no atragantarme con el vino.

Me ruborizo un poco ante mi propia osadía. Ojalá nunca lo hubiera hecho.

—No volveré a hacerlo.

—Ni yo —susurra llevando su mano a mi muñeca y acariciando la zona en la que los moretones ya casi han desaparecido—. Perdóname. Me consumía la desesperación por...

Me suelto la mano, le planto un beso en los labios y lo acallo con mi cuerpo.

—Por favor, no te sientas culpable.

—Aprecio tu compasión, pero nada de lo que digas borrará mis remordimientos.

—Yo te presioné.

—Eso no es excusa. —Se sienta y nos lleva al borde de la cama. Me pone en pie—. Te lo compensaré, Olivia Taylor —jura levantándose y tomándome la cara entre las manos—. Te haré olvidar a ese hombre.

Sus labios encuentran los míos y enfatizan sus palabras. Asiento sin separarme de él.

—No es el hombre que quiero ser para ti —añade.

Dejo que me ahogue en su boca y en su arrepentimiento, que

me empuje contra la pared con desesperación, que me acaricie por todas partes.

—Llévame a tu cama —suplico.

Necesito el confort y la seguridad que me produce estar en los brazos y en la cama de Miller, cosa que no acabo de conseguir aquí, en esta habitación de hotel, donde la cama con dosel me recuerda constantemente que hay un Miller muy diferente de este.

—Haré lo que tú quieras —susurra haciendo una pequeña pausa en su beso de disculpa y dándome un sinfín de besos en los labios—. Cualquier cosa. Por favor, intenta borrar lo que ocurrió.

—Entonces sácame de aquí —insisto—. Sácame de esta habitación.

Le entra un poco el pánico y se aparta al darse cuenta de mi desesperación por escapar de todo lo que me lo recuerda. Ahora él también está desesperado. Se pone en acción. Se quita el condón, se viste a la velocidad de la luz, de cualquier manera. Se deja la camisa a medio abotonar y por fuera de los pantalones. Luego se pone el chaleco y la corbata con el mismo poco cuidado antes de agarrar mi vestido y meterme en él.

Me toma de la mano y me conduce lejos de la frialdad de la extravagante habitación de hotel. Bajamos por la escalera y de vez en cuando mira hacia atrás para comprobar que estoy bien.

—¿Voy demasiado rápido? —pregunta sin aminorar el paso.

—No —respondo. Aunque a mis piernas les cuesta seguirle el ritmo, quiero ir deprisa. Quiero salir de este lugar cuanto antes.

Llegamos al vestíbulo palaciego y llamamos la atención de la clientela fina porque estamos hechos un desastre. Me da igual, que miren. Miller tampoco parece preocupado. Prácticamente le tira la llave de tarjeta a la chica que está en recepción. Parece tan desesperado por salir de aquí como yo.

Da la impresión de que el coche está lejísimos, cuando en realidad está aparcado a la vuelta de la esquina. El trayecto parece durar horas cuando de hecho han sido sólo unos minutos. La escalera que lleva al apartamento de Miller parece tener miles de peldaños, cuando sólo hay unos cientos.

En cuanto la puerta se cierra detrás de nosotros, me quita el vestido con impaciencia. Mi ropa interior desaparece y me toma en brazos, pegada a su cuerpo vestido sin cuidado. Me besa en la boca durante todo el camino hasta su dormitorio, sólo que no vamos al dormitorio, sino al estudio, donde me deja sobre el sofá. Me siento, un poco rara y un poco desconcertada por el modo en que crece su desesperación. Se quita la ropa a toda velocidad y la deja tirada, una pila de tela cara en el suelo. Baja el cuerpo sobre el mío y me envuelve por completo. Me hunde en el viejo y gastado sofá. Tengo su cara en mi cuello, inhalando mi pelo. Luego su boca está en la mía, abriéndose paso con delicadeza con la lengua mientras gime cuando el beso se vuelve más voraz y derrota por completo el propósito de nuestro encuentro. Siempre soy yo la que lleva las cosas a más y Miller el que insiste en ir poco a poco, y ahora sé por qué. Sin embargo, la preocupación es más fuerte que él.

Intento suavizar el beso, bajarlo unos pocos decibelios, pero lo ciega el propósito de hacerme olvidar. No es un beso violento, en absoluto, si bien no es ni lo que quiero ni lo que necesito.

—Más despacio —jadeo apartándome de sus labios, pero los reubica en mi cuello, donde vuelven a su entusiasmo previo—. ¡Miller, por favor!

Ante mi súplica, se levanta sobresaltado y se hunde las manos en los rizos. El miedo en sus ojos es más de lo que puedo soportar, y es entonces cuando me doy cuenta de que es dos personas completamente diferentes, física y emocionalmente. Al menos, desde que estoy en su vida. Sospecho que antes de que yo apareciera era simplemente el hombre disfrazado de caballero y el amante despiadado (o chico de compañía).

—¿Te encuentras bien? —pregunto sentándome.

—Te pido disculpas —dice. Se levanta y camina hasta el ventanal.

Su espalda desnuda brilla casi etérea en la noche. Siento la necesidad abrumadora de tocarlo, pero está sumido en sus pensamientos y debería dejarlo meditar. Durante mucho tiempo pensaba que yo era la única con taras en esta relación. Estaba muy equivocada. Miller está aún mucho peor que yo. He visto los resultados de su estilo de vida. He visto el efecto que tuvo en mi madre y el impacto permanente que dejó en mi abuela. Y en mí. Hice muchas estupideces. Sólo que Miller no tiene familia. Está solo, da igual cómo formule la pregunta. Y no va derecho al infierno porque yo lo rescaté y ahora que lo sé me siento aún más esperanzada. Miller ha pasado demasiados años haciendo algo que no quería hacer.

—¿Miller?

Se vuelve, lentamente, y no me gusta lo que veo.

Derrotismo.

Pena.

Tristeza.

Deja caer la cabeza.

—Soy un desastre, Olivia. Perdóname.

—Ya te has disculpado de sobra. Deja ya de pedirme perdón. —Me está entrando el pánico—. Por favor, ven aquí.

—No sé qué sería de mí, pero deberías huír, mi dulce niña.

—¡No! —exploto, preocupada por su cambio de actitud hacia nuestro reencuentro—. ¡Ven aquí!

Estoy a punto de ir a buscarlo cuando él se acerca y se sienta en la otra punta del sofá. Demasiado lejos.

—No digas esas cosas —le advierto tumbándome boca arriba y apoyando la cabeza en su regazo desnudo para poder mirarlo a la cara.

Baja la cabeza para que sus ojos encuentren los míos; sus manos acarician mi pelo.

—Lo siento.

—Si vuelves a disculparte otra vez —le advierto sujetándolo del cuello y bajándolo a la fuerza hasta que estamos frente a frente—, te voy a...

—¿Qué?

—No lo sé —admito—, pero ya se me ocurrirá algo.

Lo beso porque es lo único que puedo hacer, y él se deja. Soy yo la que marca el ritmo delicado, soy yo quien guía a Miller. Ahora yo soy la fuerte. Yo. Da igual lo que haya sucedido antes de mi llegada. Lo que importa es que nos reencontramos y por fin nos aceptamos el uno al otro. Es el ciego que guía a otro ciego, pero estoy completamente decidida. He dejado que derribe mis barreras y, en el proceso, yo también he derribado las suyas sin darme cuenta. No estoy dispuesta a renunciar a sus labios. No voy a ceder a esta sensación de que aquí es donde pertenezco. Aquí está mi sitio. No estoy preparada para luchar más contra lo que siento. Soy lo bastante fuerte para ayudarlo. Él me da fuerzas.

Detiene nuestro beso repentinamente y suspira. Su aliento me baña la cara. Se esfuerza por acariciarme el pelo y las mejillas con ternura.

—¿Me estás diciendo que te ha molestado? —pregunta muy serio. Me da un beso en la mejilla—. Porque, si es así, lo siento.

—Para.

—Perdona.

—Mira que eres un tonto.

—Lo siento.

—Te voy a... —le advierto dándole un tirón de pelo.

Me levanta la cabeza, se tumba y me recoloca de modo que me quedo encima de él, cara a cara.

—Adelante, por favor —susurra acercándome sus labios y parpadeando muy despacio, tentándome.

—¿Quieres que te bese? —pregunto en voz baja, mientras mantengo la mínima distancia que separa nuestras bocas y me resisto al impulso de capturar la tentación que tengo a un mordisco.

—Perdona.

—No hace falta.

—Lo siento. —Roza mis labios y se acabó la resistencia. Me es imposible apartarlo—. Lo siento mucho.

Mi lengua se hunde sin piedad pero con ternura, y se mueve con total adoración. Estamos donde debemos estar. Todo vuelve a funcionar bien en mi mundo. Se puede perdonar todo, sólo que ahora hay mucho más que perdonar. Sus reglas, las que me impedían tocarlo y besarlo, son papel mojado. Estoy acariciándolo por todas partes, besándolo como si nunca más fuera a volver a tener el placer de hacerlo. Hay amor, cariño, significa algo y es alucinante. Es perfecto.

—Me encantan tus castigos —masculla poniéndose de lado y estrechándome contra su pecho sin dejar de besarme y acariciarme—. Quédate esta noche conmigo.

Soy yo la que pone fin a la unión de nuestras bocas. Tengo los labios doloridos e hinchados. Su incipiente barba está siempre rasposa y pica, pero me resulta familiar y reconfortante. Le acaricio la mejilla con la palma de la mano y observo cómo entreabre la boca cuando mi pulgar le roza los labios.

—No quiero quedarme únicamente esta noche —susurro. Mis ojos ascienden reticentes por su nariz hasta que están mirando unos círculos azules y comprensivos.

—Quiero que te quedes para siempre —responde con ternura, y con un fuerte beso sus labios enfatizan sus palabras—. Te quiero en mi cama.

Se levanta del sofá y me toma en brazos. Me besa como si no nos hubiéramos separado mientras me lleva al dormitorio.

—¿Tienes idea de cómo me haces sentir? —pregunta acostándome con delicadeza e indicándome que me tumbe boca abajo.

—Sí —digo.

Dejo la cara sobre la almohada y él inicia un delicado ascenso con su lengua por mi columna que termina con un suave beso en mi omóplato.

La punta dura de su erección juguetea en mi entrada y pongo el trasero en pompa para apresurarlo.

—Doy gracias al cielo porque vuelves a ser mía.

Se hunde en mí con una dura exhalación, luego se queda quieto, intentando recobrar el control de su respiración. Muerdo la almohada y gimo en silencio. Su torso duro me presiona la espalda, me hunde en el colchón, y yo me aferro a las sábanas con los puños apretados.

—Tomaste lo único que resistía en mí y lo has aniquilado, Livy —susurra con voz ronca, trazando círculos con las caderas.

Vuelvo la cabeza cuando siento sus labios en mi oreja y veo unas pestañas oscuras enmarcando unos ojos azules resplandecientes.

—No quiero tomar nada —replico—. Quiero que tú me lo des.

Se retira lentamente y empuja hacia adentro con firmeza, una y otra vez, ahogando gemidos de placer con cada movimiento.

—¿Qué quieres que te dé?

—¿Qué es lo más sólido y resistente que hay en ti? —Gimoteo las palabras durante una embestida increíblemente profunda.

—Mi corazón, Livy. Mi corazón es lo más resistente que tengo.

Pierde el control un instante y arquea la espalda con un rugido. Me duele el alma al oírlo.

—Quiero verte. —Me revuelvo bajo su cuerpo—. Por favor, quiero poder verte.

—¡Carajo! —maldice saliendo rápidamente de mí para que me dé la vuelta y lo sujete por los hombros. Vuelve a entrar y embiste hacia adelante sin control—. ¡Livy! —grita apoyándose en los brazos. Se queda muy quieto, jadeante, mirándome—. Me das mucho miedo.

Levanto las caderas y la barbilla le toca el pecho. Sus rizos caen como una cascada.

—Yo también te tengo miedo —susurro—. Estoy aterrada.

Levanta los ojos y mueve las caderas en círculos.

—Emocionalmente soy virgen, Livy. Tú eres la primera.

—¿Eso qué quiere decir? —pregunto en voz baja.

Va a hablar, pero lo piensa dos veces. Sus ojos me atraviesan.

—Me he enamorado, Olivia Taylor —susurra.

Tengo que morderme el labio para no dejar escapar un sollozo. Eso es lo único que importa.

—Me fascinas —contraataco.

Estoy reafirmando mis sentimientos, que sepa que nada ha cambiado. Tuve que malgastar un tiempo precioso apartándolo de mi vida, un tiempo que podría haber pasado ayudándolo y haciéndome más fuerte.

Él se deja caer sobre los antebrazos y empieza a mover las caderas despacio, rítmicamente, haciéndome enloquecer de deleite.

—Por favor, no me dejes caer —susurra.

Niego con la cabeza y le acaricio la nuca. Recibo cada uno de sus avances imitando su movimiento de caderas. No sé qué está pasando, pero sé que mis sentimientos son profundos. Y sé que acaban de hacerse más fuertes.

—Me salvó una niña dulce y bonita —dice mirándome a los ojos—. Hace que se me acelere el pulso y me tiene embobado.

Cierro los ojos, lo dejo seguir adelante, la perfección de este momento me desgarra el alma.

—Voy a venirme —jadea—. ¡Olivia!

Abro los ojos, mi cuerpo se retuerce bajo sus músculos firmes. Ha aumentado el ritmo y, por tanto, mi placer. Nuestros cuerpos están entrelazados, unidos, como nuestras miradas, y la conexión permanece intacta hasta que los dos nos arqueamos, nuestros clímax se apoderan de nosotros al unísono y ambos nos quedamos rígidos, jadeando en la cara del otro. Me invade una extraña sensación. Literalmente. Siento calor por dentro, es muy agradable. Demasiado.

—No llevas condón —digo en voz baja.

Lleva escrito «culpable» en su cara perfecta, y su delicado movimiento de caderas se detiene demasiado repentinamente. Se queda pensativo un momento y al final dice:

—Supongo que no soy el caballero que digo ser.

No debería reírme, la situación es muy seria, pero lo hago. La inusual expresión de sentido del humor de Miller, por inapropiada que sea, hace imposible que no me ría.

—Humor seco.

Me embiste de nuevo con las caderas, hacia arriba y muy adentro, su semierección me acaricia y me recuerda el gusto que da sentirlo a pelo.

—Aquí dentro no hay nada seco.

Me río. Miller Hart nunca deja de sorprenderme.

—¡Es terrible! —me lamento.

—Pues a mí me parece estupendo.

Me lanza una sonrisa de pillo y me muerde en la mejilla. Tiene razón, es estupendo, pero no significa que hayamos hecho bien.

—Voy a tener que ir al médico.

Lo beso en los labios y lo abrazo con fuerza.

—Yo te llevo. Acepto toda la responsabilidad. —Se aparta y me observa con atención—. Nunca imaginé que sería tan increíble. Me va a ser difícil volver a usar preservativo.

Y en este instante caigo en la cuenta:

—Lo sabías. Lo has sabido todo el tiempo.

—Era demasiado agradable como para parar. —Besa castamente mi cara estupefacta—. Además, podemos aprovechar la visita para pedirle al médico que te recete la píldora.

—¿Ah, sí?

—Sí —responde con seguridad—. Ahora que te he probado sin nada que se interponga entre nosotros, quiero más.

No tengo nada que objetar.

—¿Te importa si dormimos en el sofá de mi estudio?

—¿Por qué?

—Porque me calma y, contigo y «lo que más me gusta», sé que voy a dormir muy bien.

—Me encantaría.

—Perfecto, porque no tenías elección.

Me toma en brazos y me transporta de vuelta al estudio, donde me coloca con esmero en el viejo y desvencijado sofá. Luego se tiende a mi lado, me estrecha contra su pecho y apoya la cabeza en la mía para que los dos disfrutemos de las impresionantes vistas. El silencio que nos rodea me da la oportunidad de pensar en algunas de las respuestas que todavía me faltan.

—¿Por qué no me dejabas besarte? —susurro.

Se tensa detrás de mí, y no me gusta.

—No quiero responder a más preguntas tuyas, Livy. No quiero que vuelvas a salir huyendo.

Me llevo su mano a los labios y la beso con dulzura.

—No voy a huir.

—Prométemelo.

—Te lo prometo.

—Gracias. —Tira de mí, ayudándome a que me dé la vuelta para mirarlo. Quiero contacto visual mientras hablamos—. Besar es algo muy íntimo —dice acercándome a su cara y dándome un beso largo, lento y lánguido.

Ambos gemimos.

—Igual que el sexo —replico.

—Te equivocas. —Se aparta y examina mi cara de confusión—. Sólo es íntimo cuando hay sentimientos de por medio.

Me tomo un momento para asimilar sus palabras.

—Entre nosotros hay sentimientos.

Sonríe y me cubre la cara de besos para representar sus sentimientos. No se lo impido. Lo dejo que me colme de besos babosos. Me empapo de su afecto hasta que decide que mi cara ya ha disfrutado de suficiente intimidad. Comprender las reglas de Miller (ni besos, ni caricias) me produce una cálida satisfacción en lo más profundo de mi ser y alivia la angustia que me incapacitaba desde que las descubrí. A mí me deja besarlo y me deja tocarlo y acariciarlo. Esas mujeres se han perdido lo mejor del mundo.

—¿No te has acostado con ninguna mujer desde que me conociste?

Niega con la cabeza.

—Pero tuviste... —Hago una pausa intentando encontrar la palabra adecuada— ¿reservas?

—Citas —me corrige—. Sí, he tenido citas.

La curiosidad de William es más fuerte que yo. Se preguntaba cómo se las había arreglado Miller para mantener sus citas sin tener que acostarse con esas mujeres. Odio mi propia curiosidad y aborrezco la de William.

—Si pagan por el mejor sexo de su vida, ¿cómo has evitado tener que dárselo?

—No ha sido fácil. —Me aparta el pelo de la cara—. No me gusta mucho dar conversación.

—¿Hablando? —pregunto pasmada.

—Es posible que metiera alguna palabra cuando fingía escuchar. Estaba pensando en ti la mayor parte del tiempo.

—Ah.

—¿Hemos terminado? —inquiere.

Está claro que lo incomoda la conversación, pero a mí no. Debería. Debería darme por satisfecha con la información que me ha proporcionado, contenta de que se haya abierto y me lo haya aclarado, de que no haya sentimientos de por medio. Pero no lo estoy. Estoy demasiado confundida.

—No entiendo por qué esas mujeres te desean tanto.

Dios bendito, si esas mujeres sintieran lo que yo con Miller Hart, si él las hubiera venerado, estoy segura de que echarían la puerta abajo para conseguirlo.

—Las hago llegar al orgasmo.

—¿Las mujeres pagan miles de libras por un orgasmo? —balbuceo—. Eso es... —Iba a decir *obsceno*, pero entonces recuerdo mis propios orgasmos y la leve sonrisa de Miller me dice que sabe en qué

155

estoy pensando. Me desinflo—. Haces que todas esas mujeres se sientan tan bien como me siento yo en la cama. —Asiente—. Así que no soy nada especial. —Mi voz suena dolida. De hecho, lo estoy.

—Discrepo —rebate, y estoy a punto de discutírselo pero me hace callar con sus gloriosos labios, deslizando su lengua lentamente por mi boca. Mi cerebro se abotarga y me olvido de lo que iba a decir—. Tienes algo muy especial, Olivia.

—¿Qué? —pregunto disfrutando de su atención.

—Me haces sentir tan bien como yo te hago sentir a ti, cosa que nadie más ha logrado y nadie más logrará. Me acosté con muchas mujeres. Nada de ninguno de esos encuentros logró acelerarme el pulso.

—Has dicho que te resultaba placentero —le recuerdo pegándome a él—. Yo no sentí ningún placer cuando me lo hiciste de aquel modo. ¿Y tú?

Recuerdo perfectamente que se vino.

—No sentí nada más que repulsión, antes, durante y después.

—¿Por qué?

—Porque juré por mi vida que nunca iba a mancillarte con mi sucio pincel.

—Y ¿por qué no paraste?

—Me quedo en blanco. —Suelta mi boca y se revuelve incómodo—. Es como un resorte: cuando salta ya no veo nada, sólo mi propio objetivo.

—Y ¿cómo es que esas mujeres obtienen alguna satisfacción de eso?

—Me desean pero soy inalcanzable. Todo el mundo quiere lo que no puede tener —dice observándome detenidamente, casi con recelo.

Rompo el contacto visual, intentando asimilarlo todo, pero Miller interrumpe el hilo de mis pensamientos.

—¿Sabes cuántas mujeres consiguen llegar al orgasmo durante la penetración?

Levanto la mirada.

—No.

—Según las estadísticas, el número es increíblemente bajo. Todas las mujeres a las que me cojo se vienen conmigo dentro. Ni siquiera tengo que esforzarme. En cierto sentido, tengo talento. Y estoy muy solicitado.

Me dejó sin habla, pasmada con su sinceridad. Lo explica como si fuera una carga. Puede que lo sea. Y agotadora. Mi pobre mente inocente va a cien por hora y aterriza en un pequeño detalle. Mi orgasmo en la habitación de hotel. Ese no lo busqué. Me había disociado de mi cuerpo; se vino por su cuenta... Y entonces el torbellino de mis pensamientos procesa algo más.

—Tuviste que ayudarme una vez —susurro, recordando lo inútil y lo frustrada que me sentí—. Usaste los dedos.

Frunce el ceño.

—Eso te hace aún más especial.

—Te jodí el historial impecable.

Me sonríe y le devuelvo la sonrisa. Es ridículo, hago como que me parece tan gracioso como a él. Pero la alternativa sería sentirme como una mierda.

—La arrogancia es una emoción muy fea —susurra.

Abro unos ojos como platos.

—¿Y me lo dices tú? —me atraganto.

Se encoge de hombros.

—Podría vender mi historia —anuncio muy seria. Su media sonrisa se convierte en una gran sonrisa, esa tan poco frecuente y que tanto me gusta—. El chico de compañía más famoso de Londres pierde su toque.

Me quedo muy seria, observando cómo le brillan los ojos.

—¿Cuánto va a costarme tu silencio? —pregunta.

Miro al techo y pongo cara pensativa, como si estuviera dándole vueltas a su pregunta pese a que sé lo que voy a decir desde el momento en que me ha hecho la pregunta.

—Una vida de adoración continua.

—Espero que sea yo el que tenga que adorarte.

Nuestros labios vuelven a unirse.

—Única y exclusivamente. Me debes mil libras —mascullo pegada a su boca. Se aparta con el ceño fruncido—. Pagué por un servicio con el que no quedé satisfecha. Quiero que me devuelvan mi dinero.

—¿Quieres un reembolso? —sonríe, pero durante un segundo la preocupación reemplaza a su sonrisa—. Dejé tu dinero en la mesa.

—Ah.

Me incorporo y me monto a horcajadas en su regazo. No quiero ese dinero, del mismo modo que tampoco quiero los otros miles de libras que hay en la cuenta bancaria de la que salió ese.

—Entonces te invité a cenar —digo encogiéndome de hombros.

—Livy, las ostras y el vino no costaron mil libras.

—Pues te invité a cenar y dejé una generosa propina.

Aprieta los labios en una línea recta, intentando contener la risa.

—Mira que eres tonta.

—Y tú, un estirado.

—¡¿Cómo has dicho?!

—¡Relájate!

Me desternillo contra su pecho y hundo la cabeza en su cuello. Miller resopla ante mi insulto pero me estrecha como una fiera.

—Tomo nota de su petición, señorita Taylor.

Sonrío pegada a su piel y me siento inmensamente feliz.

—Así me gusta, señor Hart.

—Descarada.

—Te encanta mi vena atrevida.

Suspira profundamente y apoya la cabeza en la mía.

—Es verdad —susurra—. Si eres atrevida conmigo, me encanta, casi siempre.

Su declaración indirecta termina de convencerme. Estoy enamorada de Miller Hart hasta la médula. Me separa de él y luego vuelve a estrecharme contra su cuerpo. Apoyo la cabeza en su antebrazo, mi mano encuentra la suya y nuestros dedos se entrelazan y en silencio dicen: «No me sueltes nunca».

—Inalcanzable —susurro con un suspiro.

—Para ti estoy al alcance de la mano, Olivia Taylor. —Me abraza y respira hondo, luego me besa con ternura en la coronilla—. Nunca le había hecho el amor a una mujer. —Apenas si puedo oír sus palabras—. Sólo a ti.

Asimilo su reveladora confesión. Me deja atónita.

—¿Por qué yo? —pregunto en voz baja, y me resisto a darme la vuelta para mirarlo a los ojos. No debería darle importancia, aunque la tiene, muchísima.

Hunde la nariz en mi pelo y aspira mi fragancia.

—Porque cuando miro esos centelleantes zafiros sin fondo, veo la libertad.

Mi cuerpo se relaja con un suspiro satisfecho. No me creía capaz de apartar la mirada de la impresionante vista del desvencijado sofá de Miller pero, cuando remata la frase con su tarareo característico, sé que estoy equivocada. Londres desaparece ante mis ojos y las horrendas imágenes que luché por borrar de mi mente sin éxito durante tanto tiempo desaparecen con él.

CAPÍTULO 12

Me despierto poco a poco, sintiéndome contenta y a salvo, con el pecho duro de Miller pegado a mi espalda, sus brazos alrededor de la cintura y su cara escondida en mi cuello. Sonrío y me fundo con él, que no haya ni un hueco entre nosotros. Tomo la mano que reposa en mi vientre. Es temprano y el sol naciente brilla perezoso en la ventana. Estoy a gusto y arropada, pero tengo mucha sed. Estoy seca.

Librarme del firme abrazo de Miller es impensable, pero siempre puedo volver a acurrucarme junto a él en cuanto haya calmado la sed. Intento separarme de su cuerpo, quitarme los brazos que rodean mi cintura y acercarme al borde del sofá sin despertarlo. Luego me pongo de pie y lo observo un rato. Está despeinado, sus pestañas negras parecen abanicos y tiene entreabierta la boca carnosa. Parece un ángel entre las sábanas. Mi caballero de medio tiempo, tarado emocionalmente.

Podría quedarme aquí una eternidad, sin moverme, mirando cómo duerme. Está en paz. Yo estoy en paz. Nos rodea una atmósfera de paz.

Con un suspiro de felicidad, muevo mi trasero desnudo hasta el pasillo y camino hasta que estoy delante de uno de los cuadros de Miller. Es el London Bridge. Inclino la cabeza, me pongo seria e intento comprender su percepción del monumento. Los trazos borrosos de pintura me ponen los ojos bizcos al poco tiempo y de repente reconozco el puente. Frunzo el ceño, parpadeo y el cuadro

160

vuelve a ser un perfecto caos al óleo. Ha tomado el precioso London Bridge y casi ha conseguido que parezca feo, como si quisiera que la gente sintiera aversión ante su belleza, y es entonces cuando me pregunto si Miller Hart ve toda su vida distorsionada y borrosa. ¿Acaso ve el mundo así? Echo el cuello hacia atrás, es otro momento de especulación. ¿Acaso es así como se ve a sí mismo? De lejos, el cuadro parece perfecto, pero cuando uno se acerca y bajo la superficie, es un desastre. Un caos de color feo y confuso. Creo que así es como se ve a sí mismo, y creo que hace todo lo posible por enturbiar la percepción que los demás tienen de él. Es una revelación, tan triste como demencial. Es bellísimo, por dentro y por fuera, aunque es posible que yo sea la única persona del mundo que lo sabe con certeza.

Una musiquilla distante me hace pegar un brinco y me saca de mi ensimismamiento. Me llevo la mano al pecho para que no se me salga el corazón enloquecido.

—¡Jesús! —exclamo siguiendo el sonido hasta que estoy rebuscando mi teléfono nuevo en el bolso.

Miro la pantalla. Son las cinco y cuarto y la abuela me está llamando.

—¡Ay, mierda! —Lo contesto al instante—. ¡Abuela!

—¡Olivia! Gracias a Dios, ¿dónde te has metido? —Parece fuera de sí y tuerzo el gesto, de culpabilidad y de miedo—. Me levanté para ir al baño y he mirado en tu habitación. ¡No estás en la cama!

—Evidentemente.

Hago una mueca y planto mi trasero desnudo en una silla, me tapo la cara con la mano a pesar de que no me ve nadie. Oigo una pequeña exclamación al otro lado del teléfono. Lo ha entendido. Es una exclamación de felicidad.

—Olivia, cariño, ¿estás con Miller?

Está rezando en silencio para que la respuesta sea que sí. Lo sé. Levanto los hombros desnudos hasta que me tocan las orejas.

—Sí —digo con una vocecita aguda y poniendo aún peor cara que antes.

Debería disculparme por haber hecho que se preocupara, pero estoy demasiado ocupada mordiéndome el labio. Sé cuál va a ser su reacción ante la noticia.

La abuela tose, está claro que intenta contener un grito de felicidad.

—Ya veo. —Finge fatalmente que no le da importancia—. Pues, eh..., en ese caso, eh..., siento haberte molestado. —Vuelve a toser—. Voy a acostarme otra vez.

—Abuela. —Pongo los ojos en blanco y me arden las mejillas de la vergüenza—. Perdona que no te haya llamado. Debería haberte...

—¡Uy, no! —Su gritito me perfora los tímpanos—. ¡Está bien! ¡Está muy bien!

Ya lo sabía yo.

—Pasaré por casa antes de ir a trabajar.

—¡De acuerdo! —Seguro que ha despertado a medio barrio—. George va a llevarme a comprar a primera hora. Creo que no estaré aquí.

—Entonces te veo al salir del trabajo.

—¡Sí, con Miller! ¡Prepararé la cena! ¡Solomillo Wellington! ¡Dijo que era el mejor que había probado en su vida!

Me froto la frente y vuelvo a sentarme. Debería haberlo imaginado.

—Mejor otro día.

—Bueno, está bien, pero no puedo organizar mi vida según les convenga. —Claro que puede, y seguro que lo haría—. Pregúntale qué día le conviene.

—Lo haré. Te veo luego.

—Claro que sí. —Suena dolida y su tono es de amenaza. Me espera un tercer grado.

—Adiós —digo para poder colgar.

—Oye, Livy.

—¿Sí?

—Dales un pellizco de mi parte a sus bizcochitos.

—¡Abuela! —exclamo, y oigo cómo se ríe mientras me cuelga.

Me ha dejado boquiabierta. ¡La muy descarada! Estoy a punto de estampar el teléfono contra la mesa del asco pero el icono del mensaje de texto llama mi atención. Tengo un mensaje. Sé de quién es. Lo abro a pesar de lo mucho que también me gustaría estrellar este teléfono contra la pared.

Apreciaría que me pusieras al corriente de lo que ocurra esta noche. William.

¿Quiere un informe? Le lanzo una mirada asesina al teléfono y lo tiro sobre la mesa. No voy a contarle nada, por muy educadamente que me lo pida. Tampoco voy a permitir que me convenza para que deje a Miller. Ni que me obligue a hacerlo. Nunca. Decidida y segura de mí misma, me levanto. De repente me muero por reunirme con Miller en el sofá. Voy al armario de la cocina, saco un vaso y lo lleno de agua de la llave. No voy a perder ni un segundo en abrir una botella de agua mineral. Me lo bebo de un trago, dejo el vaso en el lavavajillas y vuelvo al estudio de Miller. Me detengo de repente al ver mi vestido tirado en el suelo. Sigue tirado en el suelo. ¿No lo recogió ni lo dobló pulcramente ni lo dejó en el cajón de abajo? Frunzo el ceño mientras observo la prenda de vestir. No puedo resistirme a recogerlo, a sacudirlo y a doblarlo. Me quedo de pie pensativa y antes de darme cuenta estoy en el estudio de Miller, mirando su ropa tirada por todas partes. Sé que en la zona en la que pinta impera un caos mayúsculo, pero su traje no debería encontrarse en el suelo. Está mal.

Me apresuro a recoger su ropa, a metérmela bajo el brazo y a estirarla y doblarla lo mejor que puedo antes de ir a su habitación. Me paseo por el vestidor y me aseguro de dejarlo todo en su sitio:

cuelgo el saco, los pantalones y el chaleco; dejo la camisa, los calcetines y el bóxer en el cesto de la ropa sucia y pongo la corbata en el corbatero. Luego meto mi vestido y mis zapatos en el cajón de abajo de la cómoda del dormitorio. Antes de salir me doy cuenta de que la cama también está hecha un desastre, así que me paso diez minutos peleando con las sábanas, intentando devolverles su antiguo esplendor. Ha dormido toda la noche de corrido, sin pesadillas ni obsesionado con objetos que están donde no deberían. No quiero que le entre el pánico al ver el caos.

Vuelvo de puntillas al estudio, me meto bajo las sábanas, con cuidado de no despertarlo... Y grito como una posesa cuando me agarra de la cintura y me estrecha contra su pecho. No me da ni un segundo para recuperarme. Me toma en brazos y me lleva al dormitorio, me lanza sobre la cama sin reparar en que acabo de dejarla perfecta. Aunque probablemente no lo bastante perfecta según su estándar.

—¡Miller! —Me sujeta por las muñecas, sus rizos me hacen cosquillas en la nariz y me desorientan—. Pero ¿qué haces?

Estoy demasiado desconcertada para poder reírme.

—Un momento —musita suavemente contra mi cuello. Me abre las piernas para poder ponerse cómodo. De repente la piel de mi cuello está caliente y mojada gracias a las caricias de a su lengua—. ¿Qué tal estás hoy?

Me lame y me mordisquea la garganta. Arqueo la espalda y mis muslos se aferran a sus caderas.

—Estupendamente —respondo, porque así es como me siento.

Mis brazos le rodean los hombros cuando me suelta y lo abrazo con fuerza mientras él se pasa una eternidad adorando mi cuello. No tengo ganas de ir a trabajar. Quiero hacer lo que Miller dijo un día: encerrarnos a cal y canto y quedarme aquí con él para siempre. Está de un buen humor excepcional, ni rastro del tipo desagradable. Yo me encuentro justo donde debo estar y Miller también, en cuerpo y alma.

Su cara emerge junto a la mía. Esos ojos me llenan aún más de felicidad. Me observa detenidamente unos instantes.

—Me alegro de que estés aquí. —Me da un beso—. Me alegro de haberte encontrado, me alegro de que seas mi hábito y me alegro de que estemos irrevocablemente fascinados el uno con el otro.

—Yo también —susurro.

Me brillan los ojos. Sus labios esbozan una sonrisa y parece que el hoyuelo encantador va a hacer acto de presencia.

—Mejor, porque en realidad no tienes elección.

—No quiero tener elección.

—Por tanto, esta conversación no tiene sentido, ¿no te parece?

—Sí —respondo con decisión en un nanosegundo, y la boca de Miller sonríe un poco más.

Quiero ver su gran sonrisa, preciosa y con hoyuelo, así que deslizo las manos por su espalda, sintiendo cada suave centímetro de su cuerpo mientras él me observa con interés. Llego a su trasero. Arquea las cejas curioso y yo lo imito.

—¿Qué estás tramando? —pregunta. Está evitando a propósito que sus labios formen la gran sonrisa.

Pongo cara de buena y me encojo de hombros.

—Nada.

—Discrepo.

Con una pequeña sonrisa, le clavo las uñas en el trasero firme. Frunce el ceño.

—Esto es de parte de la abuela.

—¿Perdona? —Se atraganta y se apoya en los antebrazos.

Yo sí que luzco una sonrisa picarona.

—Me ha dicho que les dé un buen pellizco a tus bizcochitos de su parte.

Vuelvo a clavarle las uñas y Miller se atraganta de la risa. Una risa en condiciones. El hoyuelo aparece en la mejilla y a mí se me borra la sonrisa de la cara cuando veo que inclina la cabeza, su pelo cae hacia adelante y sus hombros suben y bajan. Sé que quería ver una sonrisa, pero no estaba preparada para esto. No estoy segura de qué debo hacer. Está muy alterado y no sé cómo reaccionar de manera natural. Lo único que puedo hacer es permanecer aquí tumbada, atrapada bajo su cuerpo convulsionado por la risa, y esperar a que se le pase. Pero no parece que se le vaya a pasar pronto.

—¿Estás bien? —pregunto. Sigo alucinada y con el ceño fruncido.

—Olivia Taylor, tu abuela vale un Potosí —dice entre carcajadas y me besa en los labios con fuerza—. Es un tesoro de oro de dieciocho quilates.

—Es un enorme dolor en el trasero, eso es lo que es.

—No hables así de un ser querido.

Ahora aparece la cara seria que conozco tan bien. La risa y la felicidad se han esfumado como si jamás hubieran existido. Su repentino cambio de humor me hace comprender lo increíblemente insensibles que han sido mis palabras. Miller no tiene a nadie. Ni un alma.

—Perdón. —Me siento culpable y desconsiderada bajo su mirada acusadora—. Lo dije sin pensar.

—Es muy especial, Olivia.

—Lo sé —respondo. Era una broma, aunque me vendrá bien recordar que a Miller no le van las bromas en absoluto—. No lo decía en serio.

Se sume en sus pensamientos, sus ojos azules vuelan por mi cara antes de posarse en mis ojos. Sus esferas centelleantes se suavizan.

—Mi reacción ha sido un poco exagerada. Te pido disculpas.

—No, no hace falta. —Niego con la cabeza y suspiro, perdida en sus mares azules—. Tienes a alguien, Miller.

—¿A alguien? —inquiere frunciendo su bello ceño.

—Sí —digo con entusiasmo—. A mí.

—¿A ti?

—Yo soy tu alguien. Todo el mundo tiene a alguien y yo soy el tuyo, igual que tú eres el mío.

—¿Tú eres mi alguien?

—Sí.

Asiento con firmeza, observándolo meditar mi declaración.

—¿Y yo soy tu alguien?

—Correcto.

La cabeza de Miller baja un poco, es un leve gesto de asentimiento.

—Olivia Taylor es mi alguien.

Me encojo de hombros.

—O tu hábito.

Deja de asentir al instante y observo con deleite cómo sus labios esbozan de nuevo una sonrisa.

—¿Las dos cosas?

—Por supuesto —asiento. Seré lo que quiera que sea.

—No tienes elección. —El esbozo se convierte entonces en su encantadora sonrisa y casi me deslumbra.

—No la quiero.

—Por tanto...

—Esta conversación no tiene ningún sentido. Sí, estoy de acuerdo.

Tiro de él hacia mi cuerpo, le rodeo la cintura con las piernas, mis brazos descansan en sus hombros. Y algo en este momento me lleva a decirlo alto y claro, sin palabras ni gestos en clave.

—Me muero por tus huesos, Miller Hart.

Deja de lamerme el cuello y se levanta muy despacio para mirarme. Me preparo, no sé para qué. Sabe lo que siento. Se para a pensar un momento antes de tomar aliento.

—Voy a hacer una suposición lógica: lo que quisiste decir es que me amas profundamente.

—Correcto.

167

Me echo a reír y me lanzo contra su boca cuando su cabeza amenaza con volver a esconderse en mi cuello.

—Estupendo. —Me da un beso casto y asciende por mi mandíbula, cruza la barbilla y termina en mis labios—. A mí también me tienes profundamente fascinado.

Me derrito. Eso es todo cuanto necesito. Él es así. Es Miller Hart, el caballero fraudulento emocionalmente negado expresando sus sentimientos con sus propias palabras, que son un poco raras pero yo las entiendo. Yo lo entiendo.

Dejo que me bese, que su barba rasposa me arañe la cara, y disfruto de cada dulce segundo. Gruño cuando se aparta.

—Voy a ir al gimnasio antes de trabajar. —Se pone de rodillas y me sienta en su regazo—. ¿Te gustaría acompañarme?

—¿Eh? —Ahora ya no sé si me hace falta. Toda la rabia y el estrés han desaparecido gracias a Miller y a su adoración. No necesito pegarle a un saco de arena hasta la muerte—. No soy socia de ningún gimnasio.

Miento, porque tampoco me hace falta ver cómo Miller le pega una paliza a un saco de arena. Las escenas del gimnasio y de la puerta de Ice son acontecimientos que ni me gustaron ni deseo revivir.

—Serás mi invitada. —Me da un beso rápido y me levanta de la cama—. Vístete.

—Tengo que bañarme —digo viendo cómo su espalda desaparece en el vestidor. El olor a sexo es intenso y se me pegó al cuerpo—. Sólo serán cinco minutos.

Voy hacia el cuarto de baño pero suelto un gritito cuando me intercepta y me toma en brazos.

—Te equivocas —replica con tranquilidad mientras me devuelve a la cama—. No hay tiempo.

—Pero estoy... pegajosa —protesto cuando me deja en el suelo.

Miller ya está a medio vestir, con los pantalones cortos puestos. Luce el pecho al descubierto y se balancea como si fuera un capote esperando al toro. No puedo quitarle los ojos de encima, se acerca más y más hasta que casi puedo tocarlo con la nariz.

—Tierra llamando a Olivia. —Su voz aterciopelada me saca de mi trance y doy un paso atrás. Lo miro y encuentro una sonrisa prepotente.

—Dios prestó especial atención el día en que te creó —digo.

Enarca las cejas y una sonrisa le cruza la cara.

—Y a ti te creó para mí.

—Correcto.

—Me alegro de que lo hayamos aclarado —dice. Luego hace un gesto hacia la cama con la cabeza—. ¿Quieres ayudarme a hacer la cama?

—¡No! —exclamo sin pensar. Ya he perdido demasiada energía peleándome con su querida cama. Además, la última vez hice una obra de arte para nada. Podría haberse contenido y no haberla deshecho de nuevo para poder volver a arreglarla. Cosa que hizo—. Hazla tú.

Volvería a deshacerla y a hacerla a su modo, así que sería perder mi tiempo.

—Como quieras —dice y asiente de buena gana—. Vístete.

No discuto. Dejo a Miller haciendo la cama y saco mi ropa del cajón.

—No tengo ropa de deporte —señalo.

—Te llevaré a casa. —Extiende la colcha con esmero encima de la cama y esta aterriza a la perfección. Aun así, la rodea tirando y alisando las esquinas—. Luego te llevaré al trabajo. ¿A qué hora tienes que estar allí?

—A las nueve.

—Estupendo. Tenemos tres horas y media. —Coloca los cojines y da un paso atrás para valorar su trabajo antes de atraparme observándolo—. ¡Un, dos, un dos...!

Sonriendo, me meto en el vestido y me pongo los tacones.

—¿Dientes?

Puedo esperar a bañarme ya que insiste, pero necesito lavarme los dientes.

—Lo haremos juntos.

Extiende el brazo para indicarme que pase yo primero, cosa que hago con una sonrisa en la cara. En general, sigue siendo un estirado pero lo rodea un aire de paz, y sé que la causa de esa armonía soy yo.

CAPÍTULO 13

El gimnasio está lleno. Encuentro un hueco en uno de los bancos de los vestidores de mujeres, me apresuro a ponerme la ropa deportiva y meto la bolsa en un casillero. Escapo de la animada charla matutina de los habituales del centro y para cuando llego al pasillo ya estoy agotada. Echo una ojeada pero no veo a Miller, así que paseo hacia el final del edificio, recuerdo que allí estaba el gimnasio. Paso junto a las grandes puertas de cristal, las clases ya han empezado. Me detengo enfrente de una. Hay decenas de mujeres dando saltos delante de un espejo. Están todas muy en forma, firmes y, aunque están sudando, todas están perfectamente maquilladas. Me llevo la mano al moño mal recogido y mi reflejo en el cristal me llama la atención. No llevo ni gota de maquillaje y tampoco parece que venga mucho al gimnasio. Por lo visto, este sitio no es excusa para descuidar la apariencia personal.

—¡Ay! —exclamo al notar un aliento tibio en mi oído.

—Por aquí no es —me susurra rodeándome la cintura con el brazo y tomándome en brazos—. Esta es nuestra sala.

Me lleva de vuelta por donde he venido pero no me quejo. Miller está entrando en la misma sala en la que lo vi. Una vez dentro, me deja en el suelo, mi espalda contra su pecho, y entonces la puerta se cierra. No tarda en darme la vuelta y empujarme contra ella. Me llevo una gran decepción al ver que lleva puesta una camiseta, pero se me pasa en cuanto me levanta hasta sus maravillosos labios y estos hacen que me olvide de todo. Esta es otra clase de ejercicio.

171

—Para saborearme podrías haberme dejado en la cama —musito al notar que sonríe contra mi boca.

Tanta sonrisa y el hecho de verlo tan relajado, sobre todo fuera del dormitorio, me aturden un poco. Me encanta, la verdad, pero es todo muy nuevo.

—Puedo saborearte donde quiera —contesta.

Me desliza hasta que toco el suelo y retrocede. No me gusta que haya tanta distancia entre nosotros.

Así que me acerco a él y le rodeo la cintura con los brazos. Luego hundo la cara en la tela de su camiseta.

—Vamos a hacer «lo que más nos gusta».

—Estamos aquí para hacer ejercicio —dice de buen humor. Me toma de las muñecas y me separa de él.

—La de cosas que podría decir al respecto —refunfuño.

—¿A mi dulce niña le está saliendo la vena atrevida? —Enarca una ceja, agarra el dobladillo de su camiseta y se la quita despacio, mostrando cada centímetro hasta que estoy ciega de felicidad.

—Estás haciendo el tonto —lo acuso mirándolo mal—. ¿Por qué hiciste eso?

—¿Qué?

—Eso —digo gesticulando con la mano en dirección a su torso. Se lo mira y el mechón le cae sobre la frente—. Vuelve a ponerte la camiseta.

—Pero me va a dar calor.

—No voy a poder concentrarme, Miller.

Me están entrando ganas de pegarle un puñetazo a un saco de arena por otra clase de frustración. Mi Miller Hart maniático y obsesivo está jugando a no sé qué y, aunque resulta encantador verlo tan relajado, sus tácticas empiezan a molestarme.

—Mala suerte —dice. Dobla la camiseta pulcramente y la deja a un lado. Me toma de la mano y me lleva a una colchoneta. Un saco de arena cuelga del techo—. Te vas a concentrar a la perfección, confía en mí.

Entonces me mira los pies y frunce el ceño.

—¿Qué es eso que llevas puesto?

Sigo su mirada y muevo los dedos dentro de mis Converse. Él va descalzo. Hasta los dedos de sus pies son perfectos.

—Zapatos.

—Quítatelos —me ordena. Suena exasperado.

—¿Por qué?

—Lo harás descalza. Eso no ofrece ninguna sujeción. —Las mira con asco y las señala—. Fuera.

Refunfuño por lo bajo y me las quito de una patada. Ahora estoy descalza, como Miller.

—¿No vas a ponerte la camiseta?

Va descalzo y a pecho descubierto. Esto va a ser una tortura.

—No. —Se acerca a un banco, se saca el iPhone del bolsillo y se acuclilla. Lo coloca sobre un replicador de puertos y se pasa una eternidad buscando en la lista de reproducción—. Perfecto.

Rabbit Heart de Florence and the Machine's llena la amplia sala.

Ladeo la cabeza un tanto sorprendida cuando vuelve hacia mí con determinación y lo dejo que me coloque como quiere. Mentalmente maldigo su trasero perfecto y procuro evitar deleitarme demasiado con la vista. Imposible.

—¿Qué estamos haciendo? —pregunto observando cómo agarra una tira de tela, la alisa con los dedos y la dobla.

—Vamos a boxear. —Me agarra la mano y empieza a vendármela con la tela mientras yo continúo mirándolo con el ceño fruncido y él sigue a lo suyo—. Me vas a pegar.

—¿Qué? —Retiro la mano horrorizada—. ¡No quiero pegarte!

—Sí que quieres —dice casi echándose a reír. Me agarra otra vez la mano y prosigue con el vendaje.

—No, no quiero —insisto. No me hace ni pizca de gracia—. No quiero lastimarte.

—No puedes lastimarme, Olivia. —Me suelta la mano y coge la otra—. Bueno, sí que puedes, pero no con los puños.

—¿Qué quieres decir?

—Quiero decir —suspira como si yo ya debiera saberlo, sin dejar de vendarme— que el único daño físico que puedes infligirme es en el corazón.

Mi confusión se torna satisfacción al instante.

—Pero es demasiado resistente.

—No en lo que a ti respecta. —Sus ojos azules se posan en los míos un instante—. Pero eso tú ya lo sabías, ¿no es así?

Oculto mi sonrisa de satisfacción. Flexiono los dedos bajo las vendas.

—Tengo un derechazo letal —le recuerdo, sea cierto o no. No quiero acordarme de aquella noche, pero me molesta su arrogancia. El saco se me dio bien. Sudé de lo lindo, y las agujetas en los brazos lo corroboraron.

—Estoy de acuerdo —asiente él con un toque de sarcasmo. A continuación descuelga unos guantes de un gancho y me los pone.

—¿Para qué son las vendas?

—Más que nada para sujetar, pero ayudarán a que no te salgan ampollas en los nudillos.

Me sonrojo. Soy una aficionada.

—Está bien.

—Ya está —dice. Da un golpe a la punta de los guantes con las manos y se me desploman los brazos—. Aguanta, Olivia.

—¡Me has agarrado con la guardia baja!

—Tienes que estar siempre en guardia. Esa es la primera regla.

—En lo que a ti se refiere, siempre estoy en guardia.

Vuelve a golpear la punta de los guantes y bajo los brazos... otra vez. Miller se ríe satisfecho.

—¿De verdad? —inquiere.

—Tomo nota —mascullo intentando apartarme un mechón rebelde de la cara sin conseguirlo.

—Ven, permíteme.

Dejo que me lo coloque detrás de la oreja y trato con todas mis fuerzas de no acariciar su mano con la mejilla... Ni mirar su pecho... Ni olerlo... Ni...

—¿Podemos acabar con esto, por favor?

Lo aparto y me llevo los guantes a la barbilla, lista para atacar.

—Como quieras. —Es un cretino.

—¿Quieres que te pegue?

—¿Vas a pegarme de verdad?

—Voy a noquearte.

Se la está pasando de maravilla.

—Vas a noquearme, Olivia.

—Es posible —digo arrogantemente. En el fondo sé que voy a arrepentirme de haberlo dicho.

—Me encanta tu osadía —dice meneando la cabeza—. Dame tu mejor golpe.

—Como quieras.

Rápidamente echo el brazo atrás y voy directa a por su mandíbula, pero él se retira sigilosamente. Pierdo el control, giro y, antes de que pueda darme cuenta, me tiene inmovilizada contra su pecho.

—Buen intento, mi dulce niña. —Me muerde la oreja y pega su entrepierna a mi trasero. Me atraganto de la sorpresa y de deseo. Me aprieto contra él, desorientada; luego me da la vuelta y me suelta—. A ver si tienes más suerte la próxima vez.

Es tan arrogante que me pongo a cien y ataco de nuevo. Espero atraparlo con la guardia baja... Fracaso.

—¡Ja! —grito al encontrarme de nuevo contra su pecho, con su entrepierna pegada a mi cuerpo y su incipiente barba raspándome la mejilla.

—Vaya, vaya... —Su aliento me hace cosquillas en el oído, y cierro los ojos en busca de la elegancia que voy a necesitar para enfrentarme a él—. Te mueve la frustración. Es el combustible equivocado.

«¿Combustible?»

—¿Qué quieres decir? —resoplo.

Me suelta, me pone en posición y me sube los puños a la cara.

—La frustración te hará perder el control. Nunca puedes perder el control.

Al oírlo decir eso, abro unos ojos como platos. No recuerdo que tuviera ni una pizca de control ninguna de las veces que lo he visto pegando puñetazos y, a juzgar por la mirada que le cruza la cara un instante, él acaba de caer en la cuenta de lo mismo.

—Tú no ayudas —dice con calma, llevándose las manos a los costados—. Otra vez.

Rumiando sus palabras, intento pensar en algo que me calme y en mi autocontrol, pero está muy escondido y antes de que haya podido encontrarlo mis brazos salen disparados como un resorte, por impulso. No consiguen más que hacerme dar vueltas, física y mentalmente.

—¡Maldita sea! —Echo el trasero hacia atrás cuando noto el roce de sus caderas otra vez.

En esto tampoco tengo el menor control. Mi cuerpo responde por su cuenta.

—¡Puedo hacerlo! —grito enfadada librándome de su abrazo antes de caer en la tentación de bajarle los pantalones cortos—. Dame un minuto.

Respiro hondo un par de veces. Me llevo los puños a la cara y lo miro a los ojos. Él me observa pensativo.

—¿Qué? —pregunto cortante.

—Estaba pensando que estás adorable con los guantes, enfadada y sudada.

—No estoy enfadada.

—Discrepo —dice en tono seco, separando las piernas—. Cuando tú quieras.

Me molesta que esté tan tranquilo.

—¿Por qué estamos haciendo esto? —pregunto pensando que necesito librarme desesperadamente de toda esta frustración o explotaré. Mi sesión en solitario fue mucho más satisfactoria, y eso que no tenía el musculoso cuerpo de Miller delante.

—Ya te lo he dicho: porque me gusta ver lo mucho que te exaspero.

—Tú siempre me exasperas —mascullo. Lanzo el brazo a toda velocidad, pero una vez más termino contra el duro pecho de Miller—. ¡Mierda!

—¿Frustrada, Olivia? —susurra recorriendo con la lengua el borde de mi oreja.

Cierro los ojos. Mi respiración lenta se agita por cosas que no tienen nada que ver con el ejercicio físico. Me clava los dientes con suavidad y unas punzadas de deseo me atraviesan la entrepierna. Se me tensan los muslos.

—¿A qué viene esto? —jadeo.

—Me perteneces y aprecio aquello que me pertenece. Eso incluye hacer cualquier cosa para proteger mis pertenencias.

Son palabras muy impersonales pero, dada la singular forma que tiene de expresar sus sentimientos mi tarado emocional, acepto que lo haga a su manera.

—¿Esto te ayuda? —pregunto cuando consigo recuperar la capacidad de hablar en mi estado febril. Aunque la ansiedad está haciendo que se me pase. Tiene problemas para controlar su mal carácter.

—Inmensamente —confirma, pero no me da más explicaciones, sino que me sube la temperatura.

Me levanta y me lleva hacia una pared. Frunzo el ceño no porque quiera que siga hablando, aunque ha confirmado mis sospechas, sino porque tengo delante decenas de bultos de plástico de colores que sobresalen de una superficie que hay en la pared; empieza en el suelo y acaba en el techo.

—¿Qué es eso? —pregunto mientras me empuja contra una parte de la pared en la que no hay extrañas protuberancias.

—Esto —dice sujetándome las manos, quitándome los guantes y deshaciendo los vendajes— es para hacer escalada. Aguanta.

Me coloca las manos en dos de los salientes de plástico. Me agarro con fuerza y trago saliva cuando me sujeta de las caderas y tira de ellas hacia atrás.

—¿Estás cómoda?

No puedo hablar. El estrés acumulado durante el ejercicio físico ha dado lugar a la anticipación. Así que asiento con la cabeza.

—Es de buena educación contestar cuando alguien te hace una pregunta, Livy. Ya lo sabes. —Hace a un lado mis pantalones cortos y mis pantis.

—Miller —jadeo un tanto preocupada por nuestra ubicación al notar sus dedos explorando mi sexo—. No podemos, aquí no.

—Tengo esta sala reservada, es mía todos los días de seis a ocho. Nadie vendrá a molestarnos.

—Pero el cristal...

—Aquí nadie nos ve. —Sus dedos se abren paso y apoyo la cabeza en la pared, tomando aire como puedo—. Te he hecho una pregunta.

—Estoy cómoda —respondo de mala gana. La postura es cómoda, pero no estoy a gusto en este sitio.

—Discrepo. —Traza círculos profundos y ambos dejamos escapar un gemido ronco—. Estás tensa.

«¡Embestida!»

—¡Ay, Dios!

—Relájate. —Me penetra con delicadeza, esta vez con dos dedos, y sus tiernos movimientos alivian mi tensión, me relajan todo el cuerpo—. ¿Mejor?

Mucho mejor. La continua caricia de sus dedos me conduce a un estado de pasión absoluta, ya ni siquiera me importa dónde estamos. El deseo es mi combustible. Me estremezco. Me... Me... Me...

—¡Miller!

—Shhh. —Me manda callar con dulzura y saca los dedos. Me sujeta firmemente pero con ternura de las caderas. La pérdida de fricción me vuelve loca, suelto uno de los salientes y pego un puñetazo en la pared.

—¡No, por favor!

—¿No te dije que iba a volverte loca de deseo todos los días?

—¡Sí!

—¿Estoy cumpliendo mi promesa?

—¡Sí!

—Y sabes que me encanta, ¿verdad?

—¡Carajo, sí!

Gruñe y desliza la punta de su verga entre mis muslos. Luego se adentra en mí siseando. Me tiemblan las rodillas.

Gimo. Me derrito, mi cuerpo se vuelve líquido y es Miller quien lo sujeta.

—Quieta —susurra enroscándome el brazo en la cintura para sujetar mi cuerpo de gelatina.

Dejo caer la barbilla contra el pecho.

—Parece que nos hemos desviado del propósito de esta visita.

Sus caderas siguen avanzando, cada vez más adentro, cada vez estoy más mareada, hasta que encaja perfectamente en mí y se queda quieto. En la oscuridad, no veo nada, pero no me importa haber perdido el juicio. Puedo olerlo, siento su aliento, lo siento a él, y cuando sus manos se deslizan por mi cuerpo hasta que sus dedos llegan a mis labios, puedo lamerlo y también puedo saborearlo.

—¿Quieres que me mueva? —pide con la voz ronca, cargada de ardiente deseo animal.

Mi boca está muy ocupada relamiendo sus dedos, así que encuentro la manera de estabilizar las piernas y de apretar el trasero contra su entrepierna. Toma aire. Le muerdo el dedo.

—¿Olivia?

Quiere una respuesta. Aflojo el mordisco y consigo decir:

—Muévete. Muévete, por favor.

—¡Dios!

Me tira del pelo y me quita la liga. Me peina con los dedos y mis rizos vuelan libres. Luego me agarra del cuello y tira hasta que mi coronilla descansa en su hombro. Abro la boca y mantengo los ojos cerrados, la cara levantada hacia el techo. Sigue sin moverse y, aun así, mis músculos tiemblan sin cesar con un maremoto de sensaciones decididas a volverme delirante de placer en cuanto él empiece a entrar y a salir de mí. Ya estoy casi a punto. La verga firme y palpitante de Miller provoca espasmos en mi interior. Su respiración invade mis oídos.

—Me hace muy feliz que seas mi alguien, Olivia Taylor.

—Y a mí me hace muy feliz ser tu hábito —musito. Me resulta fácil pronunciar las palabras medio tonta de placer.

—Me alegro de que lo hayamos aclarado —repone.

Lleva la cara a mi cuello, empieza a mover las caderas hacia dentro y hacia fuera, y me deja sin aire en los pulmones. Se me escapa en forma de suaves gemidos satisfechos.

Sonrío de placer y noto que él sonríe pegado a mi cuello y me besa con delicadeza sin perder el ritmo, con la palma de la mano en mi garganta.

—Sabes a gloria —susurra con voz ronca.

—Tú me tienes en la gloria.

—Te estás poniendo tensa alrededor de mi verga, mi dulce niña.

—Estoy a punto. —Noto que todo se intensifica, la tensión, el pulso, la presión en el vientre—. ¡Dios!

—Silencio, Livy —dice con voz gutural; sus caderas parecen tener vida propia, dan un par de sacudidas y hunde los dientes en mi cuello. Respira con calma un par de veces y deja de moverse.

La frente se me llena de gotas de sudor. El calor de su boca sobre mi piel se extiende por mi cuerpo pegajoso y me quema en lo más íntimo.

—¿Muy a punto? —pregunta con la voz entrecortada—. ¿Cuánto te falta, Livy?

—¡Poco!

Sus caderas empiezan a vibrar. Es un signo claro de que está controlándose para no cogerme como un salvaje.

—¡Mierda! —grito cuando avanza con rapidez pero con mucho cuidado.

Tengo los nudillos blancos de agarrarme con tanta fuerza. Sale otra vez y ataca de nuevo con decisión. Me deja sin aire en los pulmones y el corazón me late a una velocidad peligrosa. Voy a desmayarme.

—Miller... —Trago saliva y se me tensan los brazos pegados a la pared. La cabeza me da vueltas, fuera de control. Las cumbres de placer hacen que mi mente caiga en espiral. No sé cómo soportarlo. Nada ha cambiado, y espero que no cambie jamás—. Miller, por favor, por favor, por favor.

Estoy en la cúspide, tambaleándome al borde del abismo. Me mantiene ahí, incitándome. Sabe exactamente lo que hace.

—Suplícamelo —gruñe embistiéndome de nuevo con otro implacable avance de sus caderas—. Suplícamelo.

—¡Lo estás haciendo a propósito! —grito poniendo el trasero en pompa, intentando atrapar la ráfaga de presión y dejarla explotar.

Consigo que Miller ruja y yo grito, sorprendida. De un tirón, nuestras caras se quedan pegadas y me come viva. Nuestro beso es un paso hacia mi orgasmo inminente.

—Suplícamelo —repite en mi boca—. Suplícame que te dedique el resto de mi vida, Olivia. Hazme ver que deseas que estemos juntos tanto como yo.

—Lo deseo.

—Suplícamelo. —Me muerde el labio y lo succiona entre los dientes. Sus ojos azules arden en los míos, me queman el alma—. No me rechaces.

—Te lo suplico.

Le sostengo la mirada y absorbo la necesidad que mana de sus ojos. Me necesita a mí. Es reconfortante. Nos necesitamos desesperadamente el uno al otro.

—Y yo te lo suplico a ti. —Empieza una deliciosa rotación de caderas que me recuerdan mi estado explosivo. Me da un beso y vuelve a encontrar el ritmo. Se adentra en mí y se retira despacio, inmovilizándome con su adoración experta—. Te suplico que me ames para siempre.

Dejo caer la cabeza en su cuello y lo acaricio con la nariz.

—No hace falta que me supliques —susurro—. Para mí no hay nada más natural que amarte, Miller Hart.

—Gracias.

—Y ahora, ¿podrías dejar de volverme loca?

Mi clímax sigue en el limbo. Grita para que lo liberen.

—Dios, sí. —Me la clava sin clemencia y se hunde muy adentro, moviendo las caderas sin cesar. Despego con un grito y la presión acumulada se escapa de mi ser, me deja aturdida e inmóvil en sus brazos—. ¡Mierda, mierda, mierda!

—¡No me sueltes! —Me tiembla todo el cuerpo y muevo la cabeza de un lado a otro.

—Jamás.

Suspiro. Las punzadas no desaparecen cuando me relajo en sus brazos. Mi mundo es una neblina de sonidos distorsionados e imágenes borrosas. Busco el camino de vuelta entre la intensidad de mi orgasmo. No siento las extremidades, sólo a Miller, que me muerde con suavidad en la mejilla, y su erección palpitante dentro de mí. Ante mis ojos pasan vívidas imágenes, todas de Miller y de mí, algunas del pasado, otras del presente y unas cuantas de nuestro futuro juntos. Encontré a mi alguien. Alguien con sus taras, alguien que muestra sus emociones del modo más extraño y que se comporta de tal forma que repele todo afecto. Pero es mi alguien con taras. Yo lo entiendo. Yo sé cómo relajarlo, cómo manejarlo y, lo más importante, sé cómo amarlo. A pesar de que lleva toda la vida empeñado en rechazar el potencial del cariño y de los sentimientos, me dejó abrirme paso a través de su exterior borde y frío, e incluso me ha ayudado a hacerlo, y yo le permití tener el mismo efecto en mí. Me siento a salvo, deseada, amada, y eso ha valido toda la penuria y la tristeza que hemos soportado hasta llegar aquí. Me acepta a mí y acepta mi historia. Vivimos en mundos lejanos pero somos absolutamente perfectos el uno para el otro. De lejos es un hombre muy atractivo y de cerca es igual de hermoso. Bajo esa belleza exterior aún es más bello. Es una belleza profunda y, cuanto más adentro miro, más bello se torna. Soy la única persona que la ve, y eso es porque soy la única persona a la que Miller le ha permitido verla. Sólo a mí. Es mío. Del todo. Cada maravilloso milímetro.

Miller me clava los dientes en el hombro y su verga palpitante sigue enterrada en mi interior. Vuelvo a la Tierra. Estoy mirando al techo, se me han dormido los dedos de las manos, agarrados a los salientes de colores de la pared. Estoy agotada pero llena de energía. Me tiemblan las rodillas pero son más fuertes que nunca.

—Te vi —susurro. No sé por qué se lo dije.

Me hace un chupetón y besa la marca con los labios. Me agarra del pelo y tira para que lo mire a la cara.

—Lo sé.

No me pregunta qué quiero decir ni dónde lo vi. Lo sabe.

—¿Cómo?

—Un cosquilleo en la piel.

Sonrío confusa y estudio su mirada en busca de algo más que cinco palabras. Veo sinceridad, cree al cien por cien en lo que ha dicho.

—¿Un cosquilleo en la piel?

—Sí, como tenues fuegos artificiales bajo la piel —sigue muy serio.

—¿Fuegos artificiales?

Me besa en la frente y sus caderas se retiran. Su semierección cuelga en libertad. Me arregla las pantis y los pantalones cortos y me quedo amargada y resentida por la pérdida. Me da la vuelta entre sus brazos, me peina el pelo hacia un lado y me pasa los brazos por sus hombros. Está empapado y caliente, y su piel brilla bajo la dura luz artificial de la sala. Mi cuerpo ofendido y la falta de Miller en mi interior se me olvidan tan pronto como mi mirada aterriza en los duros altiplanos de su pecho. Tiene los pezones erectos, la piel suave y los músculos cincelados. Es digno de ver.

Estudia la pared que tengo detrás y me mueve un poco a la izquierda. Luego esa obra maestra que tiene por cuerpo se acerca y me arrincona contra el frío muro. Cubre mi cuerpo vestido con su semidesnudez y me levanta la barbilla con el índice para que lo mire.

—Aquí arriba. —Sonríe y me besa con ternura en la mejilla—. Cuéntame tu señal.

—¿Mi señal? —No puedo ocultar mi confusión. No sé de qué está hablando—. No tengo ni idea de a qué te refieres.

Me regala una sonrisa con hoyuelo, muy linda y casi tímida.

—Cuando estás cerca, incluso cuando no puedo tocarte, se me eriza la piel. Siento como fuegos artificiales. Cada centímetro de mi piel cosquillea de placer. Esa es mi señal.

Me sujeta las mejillas con las palmas de las manos y con el pulgar me acaricia los labios.

—Así es como sé que estás cerca. No necesito verte. Te siento y, cuando te toco —parpadea lentamente y respira hondo—, los fuegos artificiales explotan. Eso me nubla la mente. Son hermosos, brillantes y lo consumen todo. —Se agacha y me besa en la punta de la nariz—. Te representan a ti.

Entreabro la boca y mis brazos ahora están en su nuca. Paso unos momentos en silencio, bañándome en su mirada y disfrutando de su cuerpo contra el mío. Asimilando sus palabras. No tienen nada de confusas. Sé a qué se refiere, aunque mi señal es un poco diferente.

—Yo también siento fuegos artificiales. —Le beso la yema del dedo y el ir y venir de este por mi labio inferior cesa. Me observa con atención y en silencio—. Sólo que los míos implosionan.

—Suena peligroso —susurra desviando la mirada a mi boca.

No digo nada de la advertencia de William, que me dijo que tuviera cuidado si notaba que se me erizaba el vello de la nuca. Estoy segura de que no pensaba con claridad y que estaba dispuesta a darle vueltas al hecho de haber perdido a Miller. Aunque es posible que forme parte de mi señal.

—Lo es —confieso.

—¿Y eso?

—Porque cada vez que te miro, que te toco o que siento tu presencia, esos fuegos artificiales van directos a mi corazón. —Me embarga la emoción. Sus ojos azules ascienden por mi cara hasta que nuestras miradas se entrelazan—. Me enamoro un poco más de ti cada vez que eso ocurre.

Asiente lentamente con la cabeza. Es casi imperceptible.

—Vamos a vernos y a tocarnos mucho —susurra—. Vas a estar muy enamorada de mí.

—Ya lo estoy.

Cierro los ojos cuando sus labios ocupan el lugar de su pulgar. Me enamoro de él un poco más. Nuestras bocas se mueven juntas, sin prisa, la pasión salvaje de hace unos instantes se torna ternura y cariño. Me habla con su beso. Me está diciendo que lo entiende, que él también se siente así. Sólo que él lo llama fascinación.

—¿Te mueres por mis huesos? —pregunta en mi boca.

Sonrío.

—Y por todo lo demás.

—Y yo rezo para que sigas amándome todos los días.

—Dalo por hecho.

—En esta vida no se puede dar nada por hecho, Olivia.

—Eso no es verdad —rebato, y me separo de su boca.

La felicidad de hace unos instantes desaparece. Me estudia con atención mientras pienso lo que voy a decir a continuación. No estoy segura de que haya otra forma de decirlo.

—¿Por qué no lo aceptas?

—Es difícil aceptar lo que no se debe aceptar. —Su mano asciende por mi espalda y se enrosca en mi pelo—. No soy digno de tu amor.

—Sí que lo eres.

Noto cómo el enfado se me sube a las mejillas y reemplaza mi rubor postorgásmico.

—Coincidiremos en que discrepamos.

—Nada de eso. —Mi cuerpo reacciona a su ceguera. Mis manos descienden a su pecho y lo empujan para que se aparte—. Quiero que lo aceptes. No sólo que me digas que lo aceptas para tenerme contenta, sino que lo aceptes de verdad.

—De acuerdo —se apresura a responder, aunque lo hace sin la más mínima convicción.

Bajo los hombros derrotada. La esperanza que brillaba desde nuestro reencuentro se apaga demasiado rápido.

—¿Qué te hace ser tan negativo?

—La realidad —dice con una voz monótona, sin vida.

Cierro la boca. No tengo réplica para eso, no puedo infundirle ánimos. Al menos, no así, de pronto. Si me dan un rato, seguro que se me ocurre algo y ya procuraré que sea lógico y cierto. Pero ahora mismo la cabeza me va a cien, y se interrumpe en mitad de un razonamiento cuando se abre la puerta de la sala.

Los dos miramos en la misma dirección y se me ponen los pelos como agujas.

—Se acabó el tiempo. —La voz aterciopelada de Cassie me enerva aún más. Su cuerpo perfecto cubierto de licra no me ayuda. Su mirada desprende resentimiento y alarma a partes iguales. Le sorprende verme, y eso me complace sobremanera.

—Ya nos íbamos —contesta Miller cortante. Me agarra de la nuca, recoge su teléfono y me conduce hacia la puerta.

Le lanzo una mirada asesina a Cassie cuando se contonea por la sala y, sin un atisbo de pudor, se toca los tobillos, se estira y se abre de piernas con una sonrisa de superioridad. La cruz de diamantes que adorna siempre su bello cuello roza el suelo.

—Pilates —ronronea—. Es fantástico para la flexibilidad, ¿no es así, Miller?

Lo miro con unos ojos como platos, deseando con todas mis fuerzas haber malinterpretado sus palabras. Sin embargo, él no me lo confirma y tampoco me dirige una mirada que me dé seguridad en mí misma.

—Contrólate, Cassie —le espeta. Abre la puerta y me empuja con suavidad para que salga.

—¡Que tengan un buen día! —canturrea ella con una carcajada.

En cuanto la puerta se cierra de un golpe me libero de la mano de Miller en mi nuca y me vuelvo para mirarlo a los ojos. El pelo me tapa la cara.

—¿Qué hace esa aquí?

—Tiene la sala reservada de ocho a diez.

Me encrespo.

—¿Te has acostado con ella?

—No —responde rápido y con decisión—. Nunca.

—Entonces ¿por qué alardea de su trasero de goma?

—¿Trasero de goma? —Una de las comisuras de su boca medio dibuja una sonrisa, aunque eso no hace que me ponga de mejor humor.

—Sé que es una puta, Miller. La vi en un evento con un viejo gordo y rico.

Ahora ya no parece resultarle tan divertido.

—Ya veo —dice sin más, como si no tuviera importancia.

—¿Ya ves?

—¿Qué quieres que te diga? Es una chica de compañía.

Mi brío se apaga. No sé qué quiero que diga.

—Tengo que irme a trabajar —replico.

Doy media vuelta y me marcho a los vestidores. Un líquido caliente y espeso me gotea por los muslos. Mierda.

—Olivia.

Lo ignoro y abro la puerta. Me sorprende esta vena posesiva que hace que me hierva la sangre. El brío que ha vuelto a mi vida se está convirtiendo en... otra cosa. Todavía no sé qué es, pero es peligroso. Hasta ahí llego. Dejo caer mi trasero en un banco y la cabeza entre las manos. No va a desaparecer. Tiene pelotas y está claro que me odia. ¿Qué voy a hacer?

—Hola.

Unas manos tibias se deslizan por mis muslos. Miro entre los dedos y veo a Miller arrodillado delante de mí. Echo un vistazo al vestidor, no estamos solos. Hay dos mujeres que sólo llevan puesta una toalla y que nos observan con interés, aunque a ninguna parece preocuparle no estar vestida.

—¿Qué estás haciendo, Miller?

Su rostro está impasible pero veo simpatía en su mirada.

—Lo que cualquier hombre haría al ver por los suelos a la mujer que adora.

¿La mujer que adora? ¿No la que lo fascina? Incluso ahora, que no puedo ni pensar, esa palabra me emociona.

—No me cae bien.

—A mí a veces tampoco.

—¿Sólo a veces?

—Es una incomprendida.

—Yo creo que la comprendo perfectamente. No le caigo bien.

—Eso es porque me gustas. Mucho.

Lo fascino. Me adora. Le gusto.

—¿Te desea?

—Quiere ponérmelo difícil.

—¿Por qué?

Suspira lentamente, como si le costara. Luego me toma las mejillas con ambas manos y pega la nariz a la mía.

—Es incapaz de ver más allá de lo que conoce.

¿Es incapaz de ver más allá del glamour? Niego con la cabeza. Estoy confusa pero, sobre todo, frustrada. ¿Qué espera? ¿Que Miller siga el mismo camino?

—Quiero echarme a correr —susurro. Me pican las piernas, desean sacarme de aquí y de la cruda verdad de Miller y de su his-

—Aquí, bonita —responde alegremente un hombre barrigón.

Feliz, casi babea cuando agarra los platos y se los acerca, relamiéndose. Su enorme boca se abalanza sobre una de las esquinas y me mira sonriente. El pan bañado en salsa se le escapa de las fauces. Hago una mueca.

—¿Me la rellenas? —dice poniéndome la taza de café en la mano.

Se me revuelve el estómago cuando un trozo de atún se le cae de la boca y aterriza en el suelo entre sus pies. Lo recoge con el dedo y, con horror, veo que mira el trozo a medio masticar que tiene en el dedo sucio y lo relame con la lengua cubierta de la receta secreta de Paul. Tengo arcadas. Me tapo la boca con la mano y corro en dirección contraria. A Miller le habría dado un ataque al ver semejantes modales de troglodita.

—¿Te encuentras bien? —me pregunta Sylvie cuando vuelo hacia ella.

—Llena. Mesa siete. —Le paso la taza y sigo corriendo intentando que no se me revuelva la bilis.

Tropiezo con mesas y sillas y me golpeo el hombro contra las paredes al dar vuelta en una esquina.

—¡Mierda! —maldigo, demasiado en alto y delante de una mesa en la que dos ancianas están tomando té y tarta en la zona más tranquila de la cafetería.

Hago una mueca de dolor, me froto el brazo y me vuelvo para disculparme. Y les vomito encima.

—¡Por el amor de Dios!

Una de las ancianas salta de la silla como un resorte. Ha sido muy rápida para la edad que tiene.

—¡Doris! ¡Tu sombrero!

Le limpia la cabeza a su amiga con una servilleta, intentando cepillar los grumos de vómito con los que bañé a la pobre viejecita. Agarro una servilleta y me la llevo a la boca.

—¡Ay, Edna! ¿Está muy mal?

La amiga lleva las manos directamente a la cabeza de la anciana y las hunde en la piel cubierta de vómito del sombrero. Vuelvo a tener arcadas.

—Me temo que habrá que tirarlo. ¡Qué lástima! ¡No lo toques!

—Lo siento mucho —balbuceo tapándome la boca con la servilleta.

Las pobres mujeres no saben qué hacer. Miradas como puñales se me clavan en la espalda. Echo la vista atrás y compruebo que toda la cafetería me observa en silencio. Hasta el gordo guarro y sin modales que me ha provocado el vómito me mira con cara de asco.

—Yo...

No puedo terminar la frase. Tengo la frente bañada en sudor y las mejillas como un tomate. Me muero de la vergüenza. Y me encuentro fatal. Tengo náuseas, me siento imbécil y quiero que me trague la tierra. Me meto en el pasillo que lleva al baño de mujeres, me inclino en el lavabo, abro la llave, me lavo la cara y me enjuago la boca. Al levantar la cabeza tropiezo con el reflejo de una criatura pálida y asustadiza: yo. Me encuentro fatal.

Que no se me olvide. Me lavo las manos, me las seco, saco el teléfono del bolsillo y me paso cinco minutos avergonzada, explicándole a la recepcionista de mi médico por qué necesito una cita urgente.

—¿A las once? —pregunto separando el teléfono de la oreja para ver la hora.

Mi turno acaba a las cinco.

—¿No puede ser más tarde? —digo. Tengo que intentarlo.

Mentalmente empiezo a buscar una excusa plausible para poder escaparme del trabajo una o dos horas. Me derrumbo un poco cuando no me da otra opción, y además se da prisa en recordarme que sólo dispongo de setenta y dos horas para tomar la píldora del día después. Maldición.

—Estaré allí a las once —aseguro.

Le dejo mis datos y cuelgo.

—¿Livy?

Sylvie asoma por la puerta entreabierta.

—Hola. —Me guardo el teléfono en el bolso y agarro una toalla de papel para secarme la cara—. ¿Estoy despedida?

Sonríe con su enorme boca rosa y se acerca al lavabo.

—No seas tonta. Tienes a Del preocupado.

—No debería.

—Pues lo está. Y yo también.

—No deberían preocuparse por mí. Estoy bien.

Me vuelvo y me miro al espejo. No estoy preparada para otro sermón acerca de mi relación con Miller.

—Sí, ya lo veo. —Se echa a reír y la miro feo desde el espejo. ¿A qué viene ese desprecio?—. Imagino que ayer las cosas no fueron de color de rosa después de que te secuestrara de la cafetería.

—Te equivocas —siseo mirándola a la cara.

De la impresión se le borra la sonrisa. Por mi palidez, da por sentado que las cosas anoche no fueron bien. Que Miller es el responsable de esto.

—Tengo el estómago un poco revuelto, Sylvie. No supongas que Miller tiene la culpa de todo. —Tiro la toalla de papel a la basura—. Miller y yo estamos bien.

—Pero...

—¡No! —la corto. No voy a aguantarlo más. Ni de Sylvie, ni de Gregory, ni de William... ¡De nadie!—. Un cerdo acaba de escupir un bocado de crujiente de atún en el suelo, luego lo ha recogido con el dedo sucio ¡y se lo ha comido!

—¡Puaj! —Sylvie da un paso atrás, se lleva la mano al estómago y se lo masajea despacio, como si de repente le hubieran entrado ganas de devolver. Tendría que haberlo visto.

—Sí, eso mismo.

Me acomodo un mechón rebelde por detrás de la oreja y pongo los hombros rectos.

—Por eso vomité, y estoy deprimida porque me tiene harta que todo el mundo piense mal de mi relación con Miller. ¡Y me pone de malas que todo el mundo me mire con cara de pena!

Abre unos ojos como platos mientras a mí me hierve la sangre en las venas. Se me acelera el pulso y me cuesta respirar con normalidad.

—Bueno —dice con una vocecita aguda.

Yo asiento firme, decidida.

—Bien. Tengo que volver al trabajo.

Dejo a Sylvie en el baño y me tropiezo con Del en el pasillo.

—¡Estoy bien! —le espeto con petulancia.

La cabeza se le hunde en el cuello.

—Salta a la vista, pero no puedo decir lo mismo de esas dos ancianas.

«Qué vergüenza.»

—Lo siento.

—Vete a casa, Livy —suspira.

Admito mi derrota dejando caer los hombros. Obedezco la orden de mi jefe, agradecida por no tener que inventarme una excusa para poder escaparme e ir al médico. Arrastro mi cuerpo agotado por el pasillo, hacia la cocina. Salgo sin hacer ruido y paso junto a las dos ancianas a las que les vomité encima. Están distraídas con una nueva bandeja de pasteles y té recién hecho.

Paso entre las mesas llenas de clientes, que me lanzan miradas de asco. Necesito salir de los confines de la cafetería. Abro la puerta de par en par y piso la banqueta. Levanto la vista al cielo. El aire fresco llena mis pulmones y cierro los ojos. Exhalo, frustrada. Es un alivio estar al aire libre.

—No es buena señal. —El tono cargado de indirectas de William me roba la alegría.

Dejo caer la cabeza con expresión abatida.

—Imagino que sabes usar el iPhone que te compré.

—Sí —mascullo.

No son ni las once y ya he tenido que aguantar bastante. Ahora me toca lidiar con William. Está apoyado en el Lexus, con los brazos cruzados sobre el pecho, autoritario. Tiene un aspecto formidable. Y está enfadado.

—Entonces voy a suponer que has ignorado mi mensaje por una buena razón.

—Estaba ocupada.

Me cuelgo la mochila y me cuadro.

—¿Con qué? —inquiere.

—No es asunto tuyo.

—¿Con cierto hombre apuesto que ha elevado la seducción a la categoría de arte y que te la está jugando sin que te enteres? ¿A eso te refieres?

Me tenso. Aprieto los dientes.

—No tengo por qué darte explicaciones.

Se echa a reír: esto ya lo ha visto antes. Me estoy portando como mi madre y me odio por eso. Pero por primera vez en la vida le estoy dando vueltas a su lucha contra la gente que se interponía en su misión: conseguir a William. Y también sobre el hombre a quien tengo enfrente. Si así es como ella se sentía, creo que estoy empezando a comprenderla, y eso es algo que jamás soñé que haría. Yo también me siento capaz de mandarlo todo al diablo. Voy por todas. Ya lo he hecho y volvería a hacerlo si no contara con el apoyo de mi alguien. Gracie nunca lo tuvo, y puedo entender cómo le afectó eso.

—Dime cómo es que mi madre llegó a quererte tanto.

Mi brusca pregunta le borra la sonrisa de la cara al instante. Vuelve a sentirse incómodo, se revuelve y evita mirarme a los ojos.

—Ya te lo dije.

—No, no me lo has dicho. No me contaste nada, sólo que estaba enamorada de ti. No me contaste cómo es que se enamoró de ti. O cómo es que tú te enamoraste de ella.

Me muero por preguntarle qué ha sido de sus modales, pero me contengo. Espero pacientemente a que encuentre el modo de contarme su historia. Necesito saberlo. Necesito escuchar cómo se conocieron William y mi madre. Recuerdo claramente que dijo que mi madre se había metido en ese mundo por él, pero ¿cómo se conocieron?

Tose. Sigue sin mirarme a la cara. Abre la puerta trasera del Lexus.

—Te llevaré a casa.

Resoplo para demostrar que no me ha gustado su evasiva, me encamino hacia la parada del autobús y lo dejo esperando con la puerta abierta.

—¡Olivia! —grita, y oigo que cierra de un portazo.

Me sobresalta y los hombros me rozan las orejas, pero ignoro su enojo y sigo andando.

—¡Fue instantáneo! —dice.

Freno.

El tono titubeante de sus palabras y la velocidad a la que las pronunció son prueba del dolor que le causan. Me vuelvo muy despacio para valorar de cuánto dolor estamos hablando y, cuando por fin puedo verle la cara, distingo una tristeza que se desvía de William y es como un puñetazo en el estómago.

—Ella tenía diecisiete años. —Se ríe, es una risa nerviosa, como si le diera vergüenza—. Estaba mal que yo la mirase de ese modo pero, cuando sus ojos azul zafiro se clavaron en mí y sonrió, mi mundo explotó en un millón de pedazos de cristal. Tu madre me dejó sin habla, Olivia. Vi una libertad que sabía que nunca podría tener.

Se me para el corazón, se abre una grieta enorme que deja al descubierto una realidad espantosa. No me gusta lo que oigo. Mi cerebro no logra encontrar palabras de consuelo para William, pero lo que acaba de decir lo tiene alterado.

—¿Por qué intentas sabotear nuestro amor? —pregunto.

Es una pregunta muy razonable, y más aún después de darme esa información. William no podía tener esa libertad, igual que Miller. Excepto que Miller está mucho más decidido a conseguirla. Miller no está preparado para dejar que me escurra entre sus dedos. Miller luchará por nosotros... Aunque se cuestione si es digno de ese nosotros.

William cierra los ojos muy despacio. Me recuerda al parpadeo lento de mi caballero de medio tiempo. Me dan ganas de ir a ver a Miller de inmediato, de permitir que me lleve a su santuario y me dé «lo que más le gusta».

—Por favor, deja que te lleve a casa.

Da un paso atrás y abre otra vez la puerta del coche. Me suplica con la mirada que entre.

—Prefiero ir caminando —le contesto.

Todavía me encuentro mal, y el aire fresco me vendrá bien. Además, tengo que ir al médico y no puedo pedirle a William que me lleve allí. Tiemblo sólo de pensarlo.

Mi insolencia le molesta pero me mantengo firme. No estoy preparada para que me obligue a ir con él en coche otra vez.

—Al menos, concédeme cinco minutos.

Señala con la mano la pequeña plaza que hay al cruzar la calle, donde me senté una vez con Miller. Fue cuando por fin cedí y accedí a darle una noche.

Asiento. Me alegro de que no me ordene que me suba al coche. Necesita aprender que yo también sé imponer cierto control. Empezamos a cruzar juntos. William le hace un gesto con la cabeza al conductor. Tengo el estómago revuelto, una mezcla de tristeza y compasión. Siento que estoy cayendo en un abismo de información. No quiero continuar el descenso porque sé que será ajetreado y que pondrá fin al resentimiento que le guardo a mi madre. En su lugar, me sentiré terriblemente culpable. Cada minuto que paso con William Anderson debilita más y más la banda elástica que rodea la parte petrificada de mi corazón que contiene el desprecio absoluto que siento por Gracie Taylor. Va a romperse pronto y dejará los fragmentos cínicos fundidos con la parte tierna y amorosa. No estoy segura de poder aguantar más sufrimiento, no cuando apenas empiezo a recuperarme y a ver la luz en las tinieblas. Pero la curiosidad y la abrumadora necesidad de validar lo que Miller y yo tenemos son más fuertes que mi reticencia.

Nos sentamos en una banca y guardo silencio. William está tenso e intenta relajarse, aunque fracasa a todos los niveles. Deja las manos en el regazo y las cambia de sitio. Toma su teléfono, lo revisa y se lo mete en el bolsillo de la chaqueta. Cruza las piernas y las descruza. Apoya el codo en el posabrazos de la banca. Está incómodo y me está incomodando a mí. Aunque sigo estudiando la sucesión de movimientos extraños.

—Nunca le has contado a nadie tu historia, ¿verdad? —pregunto.

Hasta yo misma me sorprendo cuando mi mano aterriza en su rodilla y le da un apretón comprensivo. Es ridículo que yo le ofrezca mis simpatías. Él desterró a mi madre y por su culpa los dos la perdimos para siempre. No obstante, a mí también me desterró, me mandó a casa y me salvó.

El distinguido caballero deja de revolverse inquieto y mira mi mano. Luego me la estrecha con la suya. Suspira.

—Yo estaba practicando, por así decirlo. Me estaba preparando para suceder a mi tío. Tenía veintiún años, era un cabrón de cuidado y no conocía el miedo. Nada ni nadie me asustaban. Era el sucesor perfecto.

Mis ojos descansan en nuestras manos y lo observo jugar con mi anillo, pensativo. Respira hondo.

—Gracie apareció en el club de mi tío por casualidad. Iba con unas amigas, estaba algo borracha y era muy lanzada. No tenía ni idea de dónde se había metido, y debería haberla echado de allí en cuanto la vi, pero me dejó embobado con su forma de ser. Emanaba de todo su cuerpo, directamente de su corazón, y me tenía atrapado entre sus garras. Intenté alejarme pero me las clavó con más fuerza. Y ahí me quedé.

Con la mano libre, se frota los ojos y deja escapar un largo y lento suspiro.

—Se echó a reír. —William mira hacia adelante, sumido en sus pensamientos—. Bebía Martinis con su boca de ensueño y movía su cuerpo de infarto en la pista de baile. Yo estaba hechizado. Hipnotizado. Entre lo más selecto, corrupto y pecaminoso de Londres estaba mi Gracie. Era mía. O iba a serlo. Mi deber era apartarla del escabroso mundo que yo estaba destinado a dirigir y, en vez de eso, la atraje a él.

Las partículas que le guardan rencor a mi madre y la considerable parte de mi corazón que guarda puro amor hacia Miller empiezan a mezclarse. Comienzo a perder la capacidad de distinguir entre ambos... Tal y como me temía. William alza la vista y sonríe con melancolía, con el rostro apenado y contrito.

—La invité a beber champán. Nunca lo había probado. Cuando vi cómo le brillaban los ojos por haber descubierto un nuevo placer se desprendió una de las capas de mi corazón de piedra. No dejó de sonreír ni un segundo, y yo no dudé ni por un instante que aquella joven tenía que ser mía. Sabía que pisaba terreno pantanoso pero estaba ciego.

—¿Desearías... —pregunto aun sabiendo la respuesta de antemano— desearías haberla echado y haberte olvidado de ella?

Se ríe con condescendencia.

—Nunca podría haber olvidado a Gracie Taylor. Sé que suena ridículo. Conseguí pasar una mísera hora con ella. Le robé un beso cuando se resistió y le dije que íbamos a salir juntos a la noche siguiente. A algún sitio poco frecuentado, privado, donde nadie me conociera. Dijo que no, pero no hizo nada para impedir que abriera su bolso y buscara algún documento que me confirmara su nombre y su dirección. —Su sonrisa se hace más amplia, es como si lo estuviera reviviendo—. Gracie Taylor...

El sonido del nombre de mi madre lo hace feliz, y no puedo evitar que mis labios esbocen una cariñosa sonrisa. Los sentimientos incipientes de Gracie y de William son de película, de novela. Lo consumen todo y no atienden a razones. Pero la cosa acabó fatal.

Comprendo perfectamente a mi madre. A pesar de que William y Miller se detestan mutuamente, son muy parecidos. William Anderson debió de deslumbrarla tanto como ella a él. Como Miller Hart a mí.

—Tus obligaciones con tu tío lo estropearon todo —digo.

—Lo arruinaron —corrige sardónico—. Mi tío estaba planeando jubilarse, pero un accidente envió su cuerpo al fondo del Támesis antes de que pudiéramos regalarle el reloj.

Frunzo el ceño.

—¿Un reloj?

Sonríe y se lleva mi mano a los labios. La besa con dulzura.

—Está considerado un buen regalo de jubilación.

—¿Ah, sí?

—Sí. Tiene gracia, ¿no crees? Regalan un reloj a quien ya no tiene que pasarse la vida preocupado por la hora.

Comparto la carcajada con William. Se está creando un lazo entre nosotros.

—Es irónico.

—Bastante.

También es irónico que nos estemos riendo de eso cuando acaba de contarme que su tío murió de un modo tan trágico.

—Siento lo de tu tío.

Él resopla una sarcástica bocanada de aire.

—No lo sientas. Se lo merecía. Quien a hierro mata a hierro muere. ¿No es eso lo que dicen?

No lo sé. ¿Eso dicen? Me estoy enterando de cosas que son demasiado vívidas y demasiado complejas para que mi pobre mente pueda procesarlas.

Tartamudeo lo que iba a decir, pero de repente lo comprendo.

—¿Tu tío era... un cabrón inmoral?

—Sí. —Suelta otra carcajada y se enjuga algo bajo los ojos—. Era el cabrón inmoral más grande de todos. Las cosas cambiaron en el momento en que yo tomé el mando. Es posible que fuera un hijo de puta cuando tuve que serlo, pero nunca fui injusto. Modifiqué las reglas, me encargué de las chicas y me libré de los clientes más cabrones lo mejor que pude. Era joven, nuevo, y funcionó. Me gané mucho más respeto del que mi tío tuvo jamás. Los que quisieron quedarse y hacer las cosas a mi manera se quedaron. Aquellos a los que no les gustaron los cambios se largaron y siguieron siendo unos cabrones inmorales. Hice unos cuantos enemigos, pero incluso a esa edad había que tomarme muy en serio.

—¿Alguna vez mataste a alguien? —salto sin pensar, y sus ojos grises me atraviesan al instante.

Casi se me escapa una disculpa por preguntar algo así, pero el recelo que cubre los ojos claros de William me indica que la pregunta no tiene nada de estúpida.

Lo ha hecho.

—Eso es irrelevante, ¿no te parece? —dice.

No, no me lo parece, pero su mirada de advertencia me impide articular palabra. Si nunca hubiera matado a nadie, se apresuraría a corregirme.

—Lo siento.

—Descuida. —Me acaricia la mejilla con los nudillos—. No hay por qué perturbar tu preciosa cabecita con cosas tan feas.

—Demasiado tarde —susurro, y la delicada caricia de William se detiene—. Pero no estamos aquí para hablar de mí ni de mis decisiones. ¿Qué pasó después?

Se revuelve. Me toma las dos manos y me mira.

—Festejamos.

—¿Salieron juntos?

—Sí.

Sonrío. La abuela usó la misma palabra.

—¿Y?

—Y fue muy intenso. Gracie era joven y carecía de experiencia, pero le sobraba pasión y ganas de desatarla. Y la desató conmigo. Despertó un apetito en mí que no sabía que tenía. Mi apetito por ella.

—Te enamoraste.

—Creo que eso pasó al instante. —La tristeza cubre sus rasgos de nuevo y deja caer la mirada en su regazo—. Sólo pasé un mes devorado por el ardiente deseo de tu madre. Luego la realidad cayó como una cubeta de agua fría, y de repente Gracie y yo éramos una combinación imposible.

Sé exactamente cómo debió de sentirse y, sea cual sea el lazo que compartimos, este acaba de hacerse un poco más fuerte.

—¿Qué pasó?

—Yo no tenía la cabeza donde debería haberla tenido y lo pagó una de mis chicas.

Trago saliva y reclamo una de mis manos.

William se enjuga la frente para aliviar el dolor.

—El control de daños fue lo peor. Mis enemigos habrían acudido como moscas a la miel.

—Así que rompiste con ella.

—Lo intenté. Durante mucho mucho tiempo. Gracie era adictiva, y pensar en vivir un solo día sin ella se me hacía imposible. Además, sabía cómo atontarme, no tenía contemplaciones a la hora de usar su brío y su cuerpo. Estaba jodido.

William se relaja contra el respaldo del banco y mira al otro lado de la plaza; desaparece en algún lugar distante y oscuro.

—La mantuve en secreto, escondida. La habrían convertido en un objetivo.

—No fue sólo el hecho de ser responsable de las chicas lo que les impidió estar juntos, ¿verdad?

No necesito confirmación.

—No. Si se hubiera sabido lo que sentía por esa mujer le habrían puesto un tiro al blanco en la espalda. Era como servírsela en bandeja de plata.

—Pero eso fue lo que pasó —le recuerdo. Él la envió lejos y dejó que cayera en manos de un bastardo inmoral.

—Sí, pasados unos años muy traumáticos. Así fue. Mi esperanza siempre fue que contigo bastara para reformarla.

Resoplo. Me emputa que me recuerden que no fui lo bastante para mi madre.

—Ya, todos sabemos cómo acabó eso —disparo—. Lamento mucho haberte decepcionado.

—¡Basta!

—¿Cómo es que se quedó embarazada de otro hombre? —pregunto haciendo caso omiso de la cólera que ha despertado mi sinceridad—. Tenía diecinueve años cuando me tuvo. Fue al poco de conocerse.

—Me castigaba, Olivia. Ya te lo he contado. No necesito recordarte el diario. ¿Recuerdas haber leído sobre mí en él?

—No —confieso. Casi me siento mal por William.

—Se quedó embarazada de otro hombre. Con eso puso fin a cualquier sospecha de que pudiera haber algo entre nosotros.

—¿Quién era él?

William resopla.

—¿Quién demonis lo sabe? Desde luego, Gracie no.

William es puro resentimiento y exhala despacio una larga bocanada de aire para calmarse. Hablar de esto lo pone de mal humor. Hace que yo odie más a mi madre.

—Probablemente fuiste lo mejor que pudo pasarle.

—Me alegro de que alguien opine así —fustigo.

—¡Olivia!

—¡Me alegro de haber servido para algo! —Me río con maldad—. Y yo aquí, pensando que nadie me quería, y resulta que le hice un favor al padrote de mi madre. Me siento muy orgullosa de mi papel en la vida.

—Le salvaste la vida a tu madre, Olivia.

—¿Qué? —salto. ¿No va a decir que vine al mundo para distraer al enemigo, para que nadie sospechara que Gracie y William mantenían una relación?—. ¿Para que después me abandonara? ¡Por lo que yo sé, está muerta, William! ¡No serví para una mierda porque, a pesar de todo, acabó muerta! ¡Yo sigo sin tener una madre y tú sigues sin tener a tu Gracie!

Sollozo violentamente a su lado, llorando lágrimas de rabia. La compasión se ha esfumado de repente, las partes de mi corazón han vuelto a desmembrarse en un abrir y cerrar de ojos..., o en lo que se tarda en pronunciar una frase desconsiderada. Lo estaba haciendo tan bien... Por un solo momento, la historia de su relación me había hecho olvidar por qué estamos aquí. Miller. Y yo. Nosotros. No estamos destinados a seguir el mismo camino destructivo de amor imposible, tortura y sufrimiento irreparable. Íbamos desencaminados, pero nos hemos salvado el uno al otro.

Me levanto y me vuelvo hacia él. Me observa detenidamente.

—Miller no me abandonará como tú hiciste con Gracie.

Doy media vuelta y me marcho. Hace una mueca y lo oigo sisear. Casi espero que me siga y me obligue a volver antes de que haya salido de la plaza, pero no, me deja que me vaya y que lo deje atrás a él y a sus revelaciones.

No lo hago a propósito, pero cuando al fin llego a casa, cierro de un portazo. Sigo molesta por el rato que he pasado con William y agotada después de haber ido al médico. No recuerdo casi nada de la visita. Le expliqué lo que quería atropelladamente, me ha interrogado antes de recetarme la píldora del día después y la píldora anticonceptiva; luego salí de la consulta, crucé la calle y fui de inmediato a la farmacia. Lo he hecho todo envuelta en una nube de desesperación.

El choque de la puerta contra el marco hace que la abuela salga sobresaltada de la cocina.

—¿Qué ocurre, Livy? —Mira su viejo reloj—. Si aún no es ni mediodía.

No me molesto en intentar dominarme. Estoy dolida. Sólo me queda una opción, que además en parte es verdad.

—Del me mandó a casa.

—¿No te encuentras bien? —Acelera el paso mientras se seca las manos en el trapo de cocina—. Tienes fiebre.

Es verdad. Estoy ardiendo de rabia. Me dejo caer contra la puerta principal. La abuela se me echa encima y yo doy gracias por tener delante su cara amable, aunque ahora mismo parezca tan preocupada.

—Estoy bien.

—¡Patrañas! —me regaña—. ¡No intentes darme gato por liebre!

Me aparta unos mechones empapados de la cara.

—Cuanto antes te enteres de que no estoy senil, mejor. —Taladra mi patética estampa con sus viejos ojos de color zafiro—. Ven, prepararé té —dice.

Y echa a andar por el pasillo.

—Porque una taza de té lo arregla todo... —musito apartándome de la puerta para seguirla.

—¿Qué?

—Nada.

Me dejo caer en una silla y saco el teléfono de la mochila. Está sonando.

—¿Una llamada? —pregunta la abuela poniendo agua a hervir.

—Un mensaje de texto.

Está intrigadísima.

—¿Cómo los distingues?

—Porque una llamada... —Me paro a media frase para desbloquear mi nuevo dispositivo—. ¿Alguna vez vas a comprarte un celular?

Se echa a reír y se concentra de nuevo en preparar el té.

—¡Antes preferiría que El joven manos de tijera me diera un masaje en la espalda! ¿Para qué iba a necesitar uno de esos aparatos a mi edad?

—Entonces, te da lo mismo que reciba un mensaje, una llamada o un correo electrónico, ¿no crees?

—¡¿Un correo electrónico?! —chilla—. ¿Puedes enviar correos electrónicos?

—Sí. También puedes navegar por internet, comprar y meterte en las redes sociales.

—¿Qué son las redes sociales?

Suelto una carcajada tan estridente que estoy a punto de caerme de la silla.

—No te quedan suficientes años de vida para que consiga explicártelo, abuela.

—Ah. —Se muestra completamente indiferente mientras vierte el agua caliente en la tetera y luego la leche en una jarrita—. Mientras sigan desarrollando esa clase de tecnología, la gente no tendrá ningún aliciente para salir de casa. Mensajes de texto y correos electrónicos... ¿Qué ha sido de las conversaciones cara a cara, eh? O de una bonita charla por teléfono. Nunca me mandes un mensaje de texto.

—No puedo: no tienes celular.

—Pues un correo electrónico. No me mandes nunca un correo electrónico.

Me río con superioridad.

—No tienes cuenta de correo electrónico, así que tampoco puedo enviarte un correo electrónico.

—Qué alivio.

Me río para mis adentros y miro la pantalla del teléfono mientras la abuela trae el té a la mesa y lo sirve. Al mío le echa un montón de azúcar.

—Necesitas engordar —refunfuña.

No le hago caso porque el nombre de William brilla en la pantalla. Me ha enviado un mensaje. Uno que sé que no quiero leer. Cosa que no impide que lo abra.

No puede acabar bien.

Me chirrían los dientes y lo borro. Me maldigo a mí misma por haberlo leído.

—Hace días que no veo a Gregory —dice la abuela muy disimulada.

Sabe que no nos hablamos. No me animo a llamarlo, no después de su berrinche. Estaba furioso, y no cabe duda de que su amenaza iba muy en serio.

—Ha estado muy ocupado —digo.

Guardo el teléfono en la mochila, tomo mi taza de té y soplo ligeramente el vapor que emana de la superficie mientras la abuela remueve el suyo lentamente.

—Nunca antes había estado demasiado ocupado... —insiste.

No se me ocurre ninguna razón válida para explicar la ausencia de Gregory. Ella sabe que Miller y Gregory no se entienden. Lo más sencillo sería decirle que le ha puesto condiciones a nuestra amistad, pero no me siento capaz.

—Voy a acostarme un rato.

Agarro la mochila y me levanto. Le doy un beso en la mejilla pese a su cara de contrariedad. Odia que le oculte cosas, pero mi valiente abuela es la única persona, además de Miller y de mí, que nos anima a estar juntos, y he llegado a la conclusión de que es mejor contarle sólo lo estrictamente necesario. Esto no hace falta que lo sepa.

Me arrastro escaleras arriba y planto las posaderas en las sábanas revueltas de mi cama. Escarbo en la mochila y saco una bolsa de papel. Encuentro la caja que quiero, la abro, saco una píldora, me la pongo en la lengua y cierro la boca. Me quedo ahí sentada. La pastilla parece pesar como plomo sobre mi lengua. Cierro los ojos y al final me la trago. Meto las cajas en el cajón de la mesilla de noche. Me acuesto. No hay oscuridad, ni siquiera cuando cierro las cortinas. Así que agarro una almohada y hundo la cara en ella todo lo que puedo. Cierro los ojos. No ha transcurrido ni la mitad del día, y el éxtasis en el que me encontraba esta mañana al despertarme desapareció por completo.

CAPÍTULO 15

Los fuegos artificiales implosionan. Un crujido me despierta de mi pacífica modorra. Anochece y estoy a salvo. Está aquí. Sonrío y me acomodo entre sus brazos hasta que me pierdo en sus dulces y maravillosos ojos azules. Mis manos desaparecen bajo su traje, en su espalda, y me acerco a él. Su aliento cálido me cubre las mejillas. Le doy un beso de esquimal, me acaricia la parte posterior del muslo y se lo lleva a la cadera.

—Estaba preocupado por ti —susurra—. ¿Qué pasó?

—Vomité encima de un par de abuelitas.

Los ojos le brillan con malicia.

—Eso oí.

—Y luego apareció William.

No me sorprendo cuando la chispa desaparece y Miller se tensa entre mis brazos.

—¿Qué quería?

—Hacerme enojar —musito acurrucándome contra su pecho, con la mejilla pegada a su corazón. Late a un ritmo fuerte y constante, y el sonido me calma por completo—. Dime que nunca me abandonarás.

—Te lo prometo. —No vacila. Como si lo hubieran avisado de que se lo iba a pedir. Como si supiera que William me está acosando.

Es suficiente, porque sé que Miller Hart no hace promesas que no puede cumplir.

211

—Gracias.

—No me lo agradezcas, Olivia. Nunca me des las gracias. Ven aquí, deja que te vea.

Me saca de mi santuario, apoya la espalda en la cabecera de mi cama y me acomoda en su regazo. Noto su erección apretada entre nuestros cuerpos, larga y dura, pero por la cara que pone Miller, soy la única que está en celo. Con el ceño fruncido, me restriego cuando me toma las manos y entrelaza nuestros dedos. Arquea una ceja.

—¿Por qué trabajas en la cafetería?

La extraña pregunta pone fin a mis tácticas titubeantes.

—Por dinero —respondo.

Sin embargo, eso no es estrictamente cierto: tengo una cuenta corriente llena a reventar.

—Yo tengo mucho dinero. No hace falta que te mates trabajando en una cafetería de Londres.

Me muerdo el labio inferior, lo estiro adelante y atrás intentando comprender lo que dice. Su nuez sube y baja en su garganta al tragar saliva. Le preocupa mi reacción, y está bien que sea así.

—No necesito que nadie me dé dinero —afirmo con calma, aunque su leve insinuación borró la serenidad que sentía hace unos instantes.

—Yo no soy simplemente nadie, Olivia. —Me acaricia los antebrazos con la palma de la mano y me acerca a su barbilla. Los ojos azules me queman con una mirada airada, pero sigue siendo cariñoso y su tono de voz es dulce—. No te enfades.

—No me enfado. Sólo es que prefiero ganar mi propio dinero.

—Sé que aspiras a más que a preparar cafés —dice en tono condescendiente y, aunque podría señalarle que sus ambiciones son aún mucho menos loables, no me apetece añadir otra discusión a la lista de hoy.

—Estoy cansada. —Me salgo por la tangente con esa patética frase y apoyo la cabeza en su pecho, aunque todavía lleva el

212

traje puesto. Hundo la cara en su cuello e inhalo su fragancia masculina.

—Cansada —suspira, y me envuelve entre sus brazos—. Si sólo son las seis y media de la tarde y, según tengo entendido, llevas acostada desde el mediodía.

No hago ni caso de su observación y, con el índice y el pulgar, jugueteo con el lóbulo de su oreja.

—¿Qué tal tu día?

—Largo. ¿Qué quería Anderson?

—Ya te lo dije: sacarme de mis casillas.

—Explícate.

—No.

—Te hice una pregunta.

—Puedes preguntar tantas veces como quieras —susurro—, no quiero hablar del asunto.

Me muevo antes de tensar los músculos para inmovilizarlo. Me levanta y me sienta a horcajadas sobre él. Me sujeta los muslos con una mirada impaciente.

—Mala suerte.

—Para ti —mascullo indignada.

Lo estoy haciendo enojar, pero es que no deseo compartir mis recientes hallazgos con Miller en este instante. O puede que nunca. Fui un bebé de conveniencia y no de la clase habitual. Serví a un propósito y encima fracasé miserablemente.

Me estudia con atención. Está esperando que me explique, cosa que no pienso hacer. Las expectativas de Miller no impiden que pensamientos menos placenteros trepen por los muros de mi mente. ¿Cómo debió de sentirse William cuando se enteró de que Gracie se había quedado embarazada de otro hombre, con lo mucho que la amaba? Ahora tengo claro que se acostaba con otros para castigarlo, pero ¿eso significa que se quedó embarazada adrede? ¿Me trajeron a este mundo también con el propósito de herir a William? ¿Habría obligado a mi madre a poner fin al embarazo si yo

213

no hubiera servido también para acallar los rumores de sus enemigos? Fui un peón, eso es todo. Un objeto que William usó en beneficio propio.

—¿Olivia? —La forma dulce y alentadora en que Miller pronuncia mi nombre trae mi mente vagabunda de vuelta a la habitación, donde me espera alguien que de verdad me quiere. No porque sirva para un propósito, sino porque soy su propósito.

—William me utilizó —murmuro. Me duele decirlo. Tenía superado el dolor de haber sido abandonada. Ahora me enfrento a un nuevo tipo de dolor—. Mi madre se quedó embarazada de otro hombre para castigarlo a él.

Hago una mueca al oír mis gélidas palabras y cierro los ojos con fuerza.

—Estaban enamorados —prosigo—. Él y mi madre estaban locamente enamorados y no podían estar juntos por el mundo de William. Si la gente equivocada se hubiera enterado de su relación, la habrían utilizado contra él.

De repente considero la posibilidad de que William mantuviera a Gracie cerca no sólo porque necesitaba verla, sino también para poner fin a toda sospecha. Nunca se relacionaba con sus chicas. Todo el mundo lo sabía.

Permanezco con los ojos cerrados hasta que noto movimiento debajo de mí y siento la boca caliente de Miller en la mía.

—Silencio —me susurra, a pesar de que ya me he callado.

No tengo nada más que decir, y espero que Miller no siga presionándome. Todos los fragmentos de la historia que me ha contado William esta mañana, toda la intensidad y la pasión entre él y mi madre, han sido aniquilados con su última frase: «Le salvaste la vida a tu madre».

Pues no, y mi actual estado mental no me permite sentir remordimientos al respecto.

—¿Desde cuándo conoces a William? —pregunto con calma mientras Miller me cubre las mejillas y los labios de besos.

—Diez años.

Su respuesta suena a punto y final, y su boca continúa seduciendo a la mía, su lengua deja atrás mis labios y traza círculos reverentes. Me está distrayendo, así que me despego de su laboriosa boca y lo estudio un instante. Le retiro el mechón rebelde de la frente. No le gusta que me haya apartado, cosa que me hace sospechar aún más.

—Cuando descubriste que conocía a William, sabías que no le iba a gustar lo nuestro, ¿no es así? No comparte tu modo de hacer negocios.

—Correcto.

—¿Eso es todo?

Se encoge de hombros y finge indiferencia:

—Anderson tiene opiniones para todo, incluido yo.

—Dice que careces de sentido moral —susurro bajando la mirada.

Me avergüenza contarle lo que William opina de él. Es absurdo, porque sé que William ya se lo dijo a la cara.

—Mírame. —La yema de su índice se desliza por debajo de mi barbilla y me levanta la cara. Me consumen sus brillantes ojos azules y su boca entreabierta—. No contigo —dice despacio, con calma, sosteniendo mi mirada como si sus ojos fueran imanes.

Ya lo sé. Tengo que olvidar nuestro espantoso encuentro en el hotel. Aquél no era mi Miller.

—Te quiero —digo con un hilo de voz.

Lo abrazo y me fundo con su pecho. Luego apoyo la cabeza en su hombro. Él responde con un gruñido casi inaudible y me tumba boca arriba. Su cuerpo me clava en la cama.

—Te vas a arrugar el traje —aviso despeinándolo e intentando olvidar mi conversación con William. Me he pasado años deseando que hubiera una explicación e hice lo indecible para encontrarla. Ahora me he tropezado con ella y desearía con todas mis fuerzas no haberlo hecho.

—Podría ser peor. —Me mordisquea el cuello y la presión de su boca me produce un pequeño escalofrío.

—¿Cómo?

Miller no parece estar tan obsesionado con su aspecto como antes y, aunque debería alegrarme mucho de que haya dejado de ser tan estirado y tan remilgado, no sé por qué parece que me preocupa más a mí que a él.

—Podríamos haber hecho planes para salir a cenar.

Frunzo el ceño, pero él abre la boca otra vez antes de que pueda preguntarle qué demonios dice.

—Por suerte, tu encantadora abuela se ha ofrecido a darnos de comer.

Se apoya en los antebrazos y me mira. Sus ojos tienen un brillo malicioso. Sé lo que busca y no voy a decepcionarlo. Pongo los ojos en blanco.

—¿Ha tenido que torturarte para que aceptaras? —digo.

—La verdad es que no.

Me da un beso perezoso en los labios y levanta la cabeza. Con el cambio de postura, sus caderas presionan mi bajo vientre. Abro los ojos al notarme húmeda. Ahora que vacié mi mente de cargas no deseadas hay espacio para otra cosa. Algo agradable.

Deseo.

Me muerdo el labio inferior, busco sus hombros y le aliso las mangas del saco. El tacto de sus bíceps aumenta mi apetito. Niego con la cabeza muy despacio, sentenciando, inmutable. Me rindo con un bufido.

—Contrólate tú.

Levanto las caderas y lo dejo sin aliento. Intenta lanzarme una mirada asesina pero le sale fatal. Sonrío y repito la operación. Por supuesto, me pongo más caliente, pero ver a Miller luchando por contenerse enciende en mí la chispa de una rebeldía infantil. Vuelvo a levantarme y observo entre risas cómo salta de la cama y empieza a alisarse la ropa y a darle tirones al dobladillo del saco.

—¿De verdad, Olivia?

Me incorporo con una sonrisa malévola en la cara.

—Siempre es cuando a ti te apetece.

Apoyo la barbilla en la palma de la mano y el codo en la rodilla. Está ocupado adecentándose, buscando una respuesta sin mirarme.

—No nos va tan mal, ¿no crees?

—Cuando alguien te está hablando es de buena educación mirarlo a la cara.

Las frenéticas manos se quedan quietas y su cara impasible se alza hacia la mía.

—No nos va tan mal, ¿no crees?

—No, no lo creo.

Me vienen a la cabeza recuerdos de un gimnasio, un estudio y coches. Aquí, al menos, hay una cama. Y es mi dormitorio. Me bajo del colchón y me acerco a él, despacio y con un propósito. Me observa de pie y en silencio, casi con cautela, hasta que me pego a su pecho. Alzo la mirada hacia su boca, de la que salen ráfagas de aire caliente que alimentan mi deseo y mi confianza.

—No voy a aguantar hasta después de la cena —le advierto mirándolo a los ojos.

—No voy a faltarle al respeto a tu abuela, Olivia.

Entorno los ojos y con una mano traviesa le rozo la entrepierna. Da un salto atrás. Yo doy un paso adelante.

—No seas tan remilgado.

Sus fuertes manos se cierran sobre mis antebrazos y su cara baja hacia la mía con una expresión frustrada.

—No —se limita a decir.

—Sí —respondo. Me revuelvo, me libro de sus manos y le agarro las nalgas a dos manos—. Tú eres quien ha desatado mi deseo y, por tanto, estás en la obligación de remediarlo.

—¡Carajo!

Por dentro lanzo vítores. Sé que lo tengo acorralado. No puede hacerme soportar otra cena con la abuela en este estado o entraré en combustión espontánea.

—Relájate.

—Olivia, dame fuerzas.

De un manotazo aparta mi mano de su entrepierna y me derriba en la cama. El somier chirría y la cabecera da golpes contra la pared. Mi victoria me llena de orgullo. Junto los labios y cierro los ojos y él dibuja deliciosos círculos en mí. Intento recolocar las piernas para aliviar la presión que se acumula entre mis muslos, pero sólo consigo que me sujete con más fuerza y me clave las muñecas en el colchón.

—¿Me deseas? —dice echándome el aliento a la cara, empujando hacia adelante, dejándome sin aire en los pulmones. Grito y abro los ojos. Unas pestañas oscuras me dan la bienvenida, enmarcan unos embriagadores ojos azules—. No me obligues a repetirte la pregunta.

—¡Sí! —grito cuando me ataca con otra embestida bien calculada.

Lo siento, está duro como una piedra debajo de la tela del pantalón. Empiezo a perder el sentido y la habitación da vueltas, pero veo con total claridad la cara perfecta de Miller delante de mí.

—¡Miller! —jadeo.

Odio el control que tiene sobre mi cuerpo, pero a la vez me encanta. Se le ve satisfecho.

De pronto se aparta y comienza a alisarse el traje otra vez.

—Vamos. Tu abuela se tomó muchas molestias.

La mandíbula me llega al suelo. No lo puedo creer.

—¿No serás capaz de...?

—Por supuesto que sí.

Me levanta de la cama e intenta ponerme presentable. Estoy pasmada. No me esperaba que jugara sucio. Vaya tienda de campaña. Eso debe de doler, porque a mí me duele. Me cepilla el pelo enmarañado hasta que está satisfecho con el resultado.

—Estás colorada —dice con voz de cretino engreído.

—¿Cómo...? —Me pone un dedo en los labios para hacerme callar y al instante sus labios lo reemplazan, cosa que aún me pone peor.

—Sólo piensa en que después, cuando pueda tomarme mi tiempo contigo, vas a disfrutarme mucho más.

—Eres muy cruel —gimoteo echándole los brazos al cuello y asaltando su maravillosa boca, desesperada por disfrutarla al máximo antes de que me aparte.

Pero no lo hace, sino que me levanta del suelo y me lleva hacia la puerta mientras me devuelve el beso y acepta mi lengua, que baila salvajemente en su boca. Gime de gusto. Para sentirlo mejor, le enrosco las piernas en las caderas firmes y arqueo la espalda. Nuestros pechos se funden y hundo los dedos en su pelo. Gimo. Protesto. Suspiro. Ladeo la cabeza, mi boca dibuja sus labios y de vez en cuando mi lengua descansa y le doy un mordisco. Eso no me alivia pero, si es todo lo que voy a conseguir por ahora, voy a disfrutarlo al máximo. Cierro los ojos cuando Miller me agarra las nalgas, las estruja, las masajea y las acaricia mientras empieza a bajar la escalera. Se me acaba el tiempo.

—Olivia —jadea poniendo fin a nuestro beso.

—No... —protesto. Mi boca ataca de nuevo.

—Jesús, me vas a dejar hecho una ruina.

Medio atontada, tomo nota de la estupidez que acaba de decir.

—Llévame a tu casa —le suplico, aunque sé que será en vano.

Miller es demasiado educado como para dejar plantada a mi abuela. Huele a comida caliente, a comida pesada que cuece a fuego lento. La abuela canturrea feliz en la cocina.

—Se ha tomado demasiadas molestias.

Me aparta de su traje y me deja en el suelo. Luego me arregla la camiseta.

—¿No tienes hambre? —dice mirando mi vientre plano.

—La verdad es que no —admito. Estoy demasiado ocupada como para pensar en comer.

—Vamos a tener que resolver lo tuyo con la comida antes de que te vuelvas transparente —replica cortante.

—No tengo ningún problema con la comida. —Le tiro de la corbata y me peleo con el nudo medio deshecho hasta que está recto y aseado—. Como cuando tengo hambre.

—¿Y eso cuándo es? —Me lanza una mirada expectante mientras se quita el saco y lo cuelga del perchero antes de volverse hacia el espejo y deshacer el nudo de la corbata que me pasé treinta segundos perfeccionando.

Su espalda parece más ancha cuando se lleva las manos al cuello. El chaleco parece a punto de reventar. Suspiro de admiración.

—Tenemos que llevarte al médico.

La frase me devuelve al presente y tengo que ponerme seria.

—Ya fui —susurro.

No puede ocultar la sorpresa. Me encanta poder sacarle tantas emociones, pero no es el momento.

—¿Sin mí?

Me encojo de hombros para quitarle importancia.

—La recepcionista me dijo que lo mejor era que tomara la píldora del día después cuanto antes, y sólo podía darme hora para esta mañana.

—Ah. —Termina con el nudo de la corbata y parece incómodo—. No quería que tuvieras que hacerlo sola, Olivia.

—Me he tragado una píldora —sonrío intentando animarlo. Se siente culpable.

—¿Y las anticonceptivas?

—Hecho.

—¿Empezaste ya?

—El primer día de mi siguiente ciclo. —Me acuerdo de eso, pero no de mucho más.

—¿Cuándo es eso?

Con el ceño fruncido, hago mis cálculos mentales.

—Dentro de tres semanas.

No le va a gustar. Tuve la regla mientras Miller estaba... ausente.

—Estupendo —dice muy formal, como si acabara de llegar a un importante acuerdo de negocios.

Pongo los ojos en blanco e ignoro su mirada inquisitiva.

—Y antes de que me lo preguntes: sí, es necesario que me ponga insolente.

Aprieta los labios y entorna sus ojos azules.

—Ese brío... —susurra haciéndome sonreír—. Habría ido contigo.

—Ya soy una mujer.

No hace falta que se preocupe, aunque es culpa suya que me haya visto en esa situación. No volverá a ocurrir.

—Además, viniste conmigo. —Sonrío intentando que olvide el sentimiento de culpa—. Todavía te llevaba dentro.

Él también sonríe.

—Y dale con el brío.

Nos interrumpe el ruido de pasos y aparece la abuela. Su cara risueña está más risueña que de costumbre, y sé que es porque Miller está aquí y aceptó que ella le prepare la comida.

—¡Asado! —canturrea encantada de la vida—. No he tenido tiempo de preparar nada más extravagante.

Miller me quita los ojos de encima y los centra en sus zapatos caros. La abuela está en éxtasis, a pesar de que acaba de perder de vista los deliciosos bizcochitos de Miller.

—Estoy seguro de que es perfecto, señora Taylor —dice él.

Ella le pega con el paño de cocina, toda ufana y sonriendo como una adolescente.

—He puesto la mesa en la cocina.

—De haber sabido que iba a cenar con usted habría traído algo —dice Miller sujetándome de la nuca y poniéndome en movimiento para que siga a la abuela hacia la cocina.

—¡Tonterías! —ríe ella—. Además, todavía tengo guardados el champán y el caviar.

—¿Con el asado? —pregunto con el ceño fruncido.

—No, pero dudo que Miller nos hubiera traído un barril de cerveza barata para acompañarlo. —La abuela señala una silla con la mano—. Sentaos.

Miller aparta la silla para mí, me siento y luego me arrima a la mesa. Su boca acaricia mi oreja.

—¿Cuánto tiempo necesitas para terminarte el asado? —susurra.

Lo ignoro y me concentro en el calor de su aliento en mi oído, lo que probablemente sea una estupidez, pero es que no importa lo que yo tarde en limpiar el plato, porque los modales de Miller no le permiten engullir a toda velocidad.

Toma asiento a mi lado y me lanza una sonrisa pícara cuando la enorme cacerola de barro con el asado de la abuela aterriza en la mesa. Huele a carne, verduras y patatas. Hago una mueca. No tengo ni pizca de hambre, lo único que me apetece devorar es al hombre recalcitrante que está sentado a mi lado.

—¿Dónde está George? —refunfuña la abuela mirando impaciente el reloj—. Llega cinco minutos tarde.

—¿George viene a cenar? —pregunta Miller señalando con la cabeza el asado humeante. Es su forma de decirme que empiece a comer—. Será un placer volver a verlo.

—Hum. No es propio de él llegar tarde.

Tiene razón. Normalmente está sentado a la mesa, armado con cuchillo y tenedor, con tiempo de sobra para ser el primero en empezar. Por desgracia, hoy ese honor me corresponde a mí. Agarro la cuchara de servir con el mismo entusiasmo que siento, la hundo en el centro y esparzo el aroma por toda la cocina.

—Huele de maravilla —cumplimenta Miller a la abuela sin quitarme los ojos de encima.

No sé cuánto voy a ser capaz de comer, pero con la abuela y Miller interesadísimos en mis hábitos alimentarios, voy a tener que arreglármelas para comerme un plato entero.

En ese instante suena el timbre de la puerta. «Salvada por la campana.»

—Voy yo.

Dejo la cuchara, y aún no he terminado de levantar el trasero de la silla cuando ya me han vuelto a sentar en ella.

—Si me permites —interfiere Miller.

Toma la cuchara y me sirve un plato lleno a más no poder. Luego sale al pasillo.

—Gracias, Miller —tararea la abuela con una sonrisa resplandeciente—. Es todo un caballero.

—La mayor parte del tiempo —murmuro por lo bajo.

Tomo de nuevo la cuchara de servir y lleno el plato de Miller hasta que amenaza con desbordarse.

—¿Tiene hambre? —pregunta la abuela; sus ojos ancianos siguen la cuchara, que viaja repetidas veces de la cazuela al plato de Miller.

—Está muerto de hambre —proclamo muy orgullosa de mí misma.

—Guarda algo para George. Le dará un ataque si no puede repetir al menos una vez.

Echo un vistazo al interior de la cazuela para ver lo que queda.

—Hay de sobra —digo.

—Mejor. Empieza. —Señala mi plato con el dedo y me pregunto qué fue de la etiqueta en la mesa, de eso de esperar a que todo el mundo esté sentado antes de empezar. La abuela mira en dirección al pasillo y enarca una ceja—. ¿Crees que se habrán perdido?

—Iré a ver.

Me levanto. Cualquier cosa con tal de no comer. Espero que se produzca un milagro y mi apetito haga acto de presencia en breve mientras busco a Miller y a George. Sin prisa, recorro el pasillo y veo la espalda de Miller y la puerta que se cierra tras él.

—¿Qué quieres? —me espeta intentando bajar el tono de voz. Fracasa estrepitosamente.

Tardo una fracción de segundo en darme cuenta de que George no llamó a la puerta. Ya estarían los dos de vuelta en la cocina y Miller no estaría haciendo preguntas como si escupiera serpientes por la boca. Se me acelera el pulso y aprieto el paso. Agarro el pomo de la puerta y tiro, pero este sólo se mueve unos milímetros, se resiste cada vez más. No quiero gritar y alarmar a la abuela, así que espero un momento hasta que noto que la puerta cede ligeramente y tiro con todas mis fuerzas. Funciona. Miller se tambalea un poco por haber perdido el punto de apoyo. El pelo le cae sobre la frente y sus ojos azules me acribillan sorprendidos.

—Olivia. —Apenas puede contener un suspiro de exasperación cuando da un paso hacia mí y me sujeta por la nuca. Se hace a un lado y puedo ver al invitado misterioso.

—Gregory —digo con una mezcla de ansiedad y alegría.

No es lo ideal. Nunca habría escogido planear una reconciliación con Miller cerca, pero aquí está y no puedo hacer nada al respecto. La mandíbula de Gregory tiembla, no es una buena señal, sigue sin tolerar a Miller Hart. Y Miller está que echa humo.

—En amor y compañía —dice Gregory entre dientes con una mirada mordaz dirigida a Miller y a mí.

—No seas así —replico con dulzura, intentando acercarme a él.

No voy a ninguna parte. Miller no me suelta, no me soltará pase lo que pase.

—Miller, por favor. —Me revuelvo, me suelto y mi buena intención sólo recibe gruñidos.

—Olvídalo, Olivia. —Vuelve a tomar posesión de mi nuca.

Alzo la vista y me encuentro con su mirada asesina. Es lo que me faltaba.

—¿Qué quieres? —le espeta Miller. Su tono es amenazador.

—Quiero hablar con Olivia. —Gregory prácticamente ruge su petición.

Está a la altura de la ferocidad de Miller. Son como dos lobos al acecho, con las mandíbulas tensas y la respiración alterada, preparados para atacar en cualquier momento, sólo que no sé cuál de los dos perderá el control primero. El temple de Gregory es digno de admiración.

—Pues habla.

—A solas.

Miller niega suavemente con la cabeza, seguro de sí mismo, rebosando supremacía por cada poro de su refinado cuerpo.

—No —dice con un susurro, pero la palabra casi inaudible es pura determinación. No le hace falta subir el volumen.

Gregory desvía la mirada de Miller y la posa en mí con desprecio.

—Bien, puedes quedarte —cede. Le palpita la vena del cuello.

—Eso no es negociable —aclara Miller.

Mi mejor amigo no le otorga a Miller ni una mirada desdeñosa. Esa me la reserva a mí.

—Lo siento —dice sin el menor atisbo de sinceridad.

Mantiene la misma mirada de indiferencia que lleva ahí desde que apareció en escena. Ni parece, ni suena arrepentido, aunque yo desearía que lo estuviera. Yo también quiero disculparme, aunque no sé por qué. No creo tener nada de lo que arrepentirme. Sin embargo, estoy dispuesta a disculparme con tal de tener a Gregory de vuelta. Es posible que haya estado distraída desde nuestro altercado, pero él no ha vuelto por aquí y me remuerde la conciencia. Lo he extrañado muchísimo.

—Yo también lo siento —susurro haciendo caso omiso de Miller, que cada vez está más tenso y respira con más fuerza—. Odio que estemos así.

Gregory agacha la cabeza y se mete la mano en el bolsillo de sus pantalones de mezclilla. Las botas de trabajo arañan el sendero.

—Muñeca, yo también odio que estemos así, pero me tienes aquí para lo que haga falta. —Me mira con cara de pena—. Quiero que lo sepas.

Me invade la felicidad. Se me ha quitado un peso enorme de mis hombros cansados.

—Gracias.

—De nada —contesta él, y luego se saca algo del bolsillo y extiende el brazo hacia mí.

El alivio se torna confusión. Miller se queda petrificado a mi lado, no creo que sean imaginaciones mías.

—Tómala —me dice Gregory tendiéndome la mano.

Un brillo plateado refleja la luz del porche y me ciega como el sol de invierno. Entonces reparo en la letra perfecta: es la tarjeta de Miller. El corazón se me sale por la garganta.

La mano de Miller le arrebata la tarjeta en un abrir y cerrar de ojos.

—¿De dónde carajos la sacaste?

—Eso no importa —dice Gregory con calma, bajo control.

Yo, en cambio, pierdo el mío del todo, estoy temblando de pies a cabeza.

—¡Claro que importa! —ruge Miller levantando el puño y arrugando la tarjeta hasta que desaparece—. ¿De dónde la has sacado?

—Jódete.

Miller me suelta al instante.

—¡Miller! —grito, pero ha montado en cólera y no hay nada que pueda hacer para apaciguarlo.

Gregory se las arregla para esquivar el primer puñetazo, pero ambos no tardan en rodar por el suelo con un estrépito.

—¡Miller!

Mis gritos de pánico no sirven de nada, al igual que mis piernas y mis brazos. Sería de locos meterse en medio de esos dos, pero odio sentirme tan inútil.

—Paren, por favor —lloriqueo en voz baja.

Las lágrimas que se agolpaban en mis párpados empiezan a rodar ahora por mis mejillas y nublan el doloroso paisaje.

—¡¿Para qué mierdas te metes donde no te llaman?! —brama Miller cogiendo a Gregory de la camisa y lanzándole un derechazo letal a la mandíbula que le gira la cara a mi amigo—. ¿Por qué carajos todo el mundo se cree con el puto derecho a entrometerse?

¡Plaf!

Otro golpe bestial le parte a Gregory el labio. La sangre mana a borbotones y cubre los nudillos de Miller.

—¡Déjanos en paz de una puta vez!

—¡Para, Miller! —grito intentando dar un paso adelante, pero mis piernas parecen de gelatina. Tengo que sujetarme de la barandilla para no caerme—. ¡Miller!

Está a horcajadas sobre Gregory, resoplando como una bestia, con la cara bañada en sudor. Nunca lo había visto tan fuera de sí. Está fuera de control. Agarra a mi amigo del cuello de la camisa con ambas manos y lo levanta.

—¡Le arrancaré la piel a tiras a quien se atreva a intentar arrebatármela! Quedas avisado. —Empuja a Gregory contra el suelo y se levanta sin apartar sus ojos enloquecidos de él—. ¡Más te vale cerrar el pico!

—¡Miller! —grito sorbiéndome los mocos, mientras intento respirar entre sollozos.

Entonces se vuelve lentamente hacia mí y no me gusta lo que veo. Ha perdido la razón. Ha perdido el dominio de sí mismo. Está hecho un energúmeno. Esa faceta suya, la violenta, la irracional, la posesa, no me gusta nada en absoluto. Me asusta, y no sólo por el daño que puede infligir, sino porque no parece darse cuenta de nada cuando entra en ese estado destructivo. Nuestras miradas se abrazan durante una eternidad, él resoplando sin control y yo intentando traerlo de vuelta antes de que cause más daño. Gregory está hecho pedazos. Está intentando levantarse detrás de Miller, se agarra el estómago y sisea de dolor. No se lo merecía.

—Tiene derecho a saberlo —mascula doblado sobre sí mismo de dolor.

Sus palabras, apenas inteligibles, entran en mis oídos alto y claro. Cree que no lo sé. Pensaba que venía aquí a compartir conmigo información sobre el hombre al que odia, y que esa información me haría apartarlo de mi vida. Cree que por eso Miller perdió la cabeza y no sólo porque se ha entrometido y porque casi lo descubre ante la abuela, de la que se preocupa mucho. Mi pobre corazón, que sigue fuera de sí atronando en mi pecho, mete una marcha más.

—Ya lo sabía —digo tragando saliva sin apartar la mirada de los ojos de Miller—. Sé lo que era y lo que ha hecho.

Soy consciente de que la noticia va a rematar a Gregory. Creía tener la razón perfecta para que yo dejara a Miller, creía que iba a venir a consolarme cuando descubriera la terrible verdad. Eso era lo que esperaba. Pues se equivoca, y soy perfectamente consciente de que esto podría asestarle el golpe de gracia a nuestra amistad. Nunca entenderá por qué sigo con Miller, y dudo que yo sea lo bastante fuerte o capaz para hacérselo entender.

—¿Lo sabías? —inquiere estupefacto—. ¿Sabías que este pedazo de mierda es un puto gigoló?

—Era chico de compañía —lo corrijo.

Me permito desviar la mirada de Miller y trasladarla al cuerpo dolorido de Gregory. Está empezando a ponerse derecho.

La incredulidad de su rostro me hace sentir una vergüenza que ni quiero ni esperaba sentir.

—¿Qué carajos te ha pasado? —me espeta.

Me lanza una mirada de odio que me parte por la mitad, y tengo que apretar los labios para no dejar escapar un sollozo porque sé que eso desataría de nuevo la locura de Miller.

No me doy cuenta de que en ese instante se abre la puerta detrás de mí, pero sí que oigo la voz gastada por los años de la abuela.

—¡Se enfría la cena! —exclama. Luego se hace el silencio durante un nanosegundo, el tiempo que tarda en procesar el cuadro con el que acaba de encontrarse—. Pero ¿qué demonios...?

No me da tiempo a pensar en una explicación para la abuela. Gregory vuelve a la vida y carga contra Miller, se abalanza sobre su cintura y ambos ruedan por el sendero del jardín.

—¡Maldito cabrón! —grita tomando impulso y catapultando el puño con un bramido. Miller lo esquiva y la mano de Gregory se estrella contra el asfalto—. ¡Mierda!

—¡Por todos los santos! —La abuela corre como el viento y se planta en medio de los dos hombres.

Los tiene bien puestos, y es temible. No hay ni rastro de miedo en su anciano rostro, es pura decisión.

—¡Se acabó! —grita. Se mete entre los dos y los empuja con un grito—: ¡Basta!

Ellos resoplan, uno a cada lado de ella, que los sujeta por el pecho. Maldicen y se lanzan miradas asesinas. La abuela es muy valiente pero temo por ella, la cólera que disparan ambos no parece tener intención de disiparse. La abuela no es de cristal, pero no deja de ser una anciana. No debería intervenir ni meterse entre estos dos hombres. Sobre todo por cómo está Miller. Parece poseído, incapaz de razonar.

—¡Sólo lo diré una vez! —les advierte—. ¡O paran o tendrán que vérselas conmigo!

Sus palabras me meten el miedo en el cuerpo, pero dudo que tengan el más mínimo efecto en esos dos. Para mi sorpresa, ambos se relajan y desvían sus miradas letales. Entonces recuerdo lo que me dijo William medio en broma: «Nunca nadie me ha hecho cagarme en los pantalones, Olivia, excepto tu abuela».

—Así está mejor.

Los suelta, despacio, asegurándose de que no van a moverse del sitio. Tuerce el gesto y pone cara de asco. Mira a uno y a otro enfadadísima.

—Que no tenga que volver a separarlos, ¿me han oído?

Me quedo pasmada cuando Miller asiente con un movimiento seco de la cabeza y Gregory con un gruñido mientras se limpia la sangre de la nariz.

—Bien —dice la abuela señalando la puerta principal—. Entren a la casa antes de que los vecinos empiecen a cuchichear.

Permanezco callada, pasmada, observando cómo la abuela toma las riendas de esta espantosa situación y se hace con el control. Cuando ninguno de los dos se mueve lo bastante rápido para su gusto, los empuja sin contemplaciones. Miller agacha la cabeza y sé que es porque se muere de vergüenza. Mi abuela, una mujer a la que respeta, fue testigo de su agresión. Doy las gracias porque la abuela no haya salido unos minutos antes. Entonces sí que habría visto a Miller en todo su psicótico esplendor.

Gregory pasa junto a mí primero. Luego la abuela y después Miller. Ni siquiera puedo moverme. Lentamente, sus ojos preocupados encuentran los míos, traumatizados, y se detiene. Está hecho un desastre, con el chaleco torcido, la camisa por fuera y la manga rota. Tiene el pelo enmarañado y enredado.

—Te pido disculpas —dice en voz baja.

Da media vuelta y, de cuatro zancadas, recorre el sendero y se planta en su coche.

—¡Miller! —grito.

Corro tras él aterrorizada. Mis piernas temblorosas no son de gran ayuda, y los neumáticos chirrían sobre el asfalto antes de que haya conseguido llegar al final del sendero. Me llevo la mano al pecho como si la presión pudiera calmar el latido desenfrenado de mi corazón. No funciona, y no sé si tendrá solución.

—¿Livy? —La voz grave de George me hace apartar la mirada del Mercedes de Miller, que desaparece a lo lejos. Parece confuso y viene hacia la casa—. ¿Qué ocurre, cielo?

Vuelvo a dejarme llevar por las emociones y me derrumbo. Me da un abrazo de oso y sostiene mi cuerpo enclenque.

—Ha salido todo fatal —lloro en su suéter tejido. Su pecho fofo envuelve mi diminuto cuerpo.

—Ya, ya... —me calma y me masajea la espalda con grandes círculos de su mano—. Vayamos adentro.

George me toma por los hombros y me conduce por el sendero. Cierra la puerta con cuidado al entrar. Luego me lleva a la cocina, donde encontramos a la abuela limpiando la nariz de Gregory con una gasa fría. Huele a agua oxigenada, y Gregory protesta de vez en cuando, lo que me demuestra que es la abuela la que ha elegido el tratamiento.

—Estate quieto —le dice. Por su tono, sé que todavía está molesta.

Gregory me ve en cuanto George me sienta en una silla y me da un pañuelo de tela limpio. La abuela se vuelve. Ahora falta un invitado y ha llegado el que faltaba al principio.

—¡Llegas tarde! —le grita al pobre e inocente George—. ¡La cena se ha enfriado y se ha montado un combate de boxeo en mi jardín!

—¡Un momento, Josephine Taylor!

George se pone recto y yo me tenso de pies a cabeza. La abuela no está de humor para que le griten, y George debería haberlo notado por la furia que emana de su cuerpo bajito y rechoncho. Sin embargo, eso no lo detiene:

—Acabo de llegar y, por lo que veo, que la cena se haya quedado fría es la menor de nuestras preocupaciones. ¿Por qué no tapas el asado y dejas que yo me encargue de estas pobres almas en pena?

La abuela pasa la gasa por el labio partido de George con demasiada firmeza y pregunta sorprendida:

—¿Dónde está Miller?

Ahora soy yo el blanco de su ira.

—Se fue —admito enjugándome las lágrimas con el pañuelo y robándole una mirada arriesgada a Gregory.

Él entorna los ojos y no es por la hinchazón. Por lo menos, uno de los dos se le va a poner morado: el que se libró durante el último encontronazo con Miller. Mi vapuleado amigo gruñe algo con una risa sardónica, pero no le pido que lo repita porque sé a ciencia cierta que no me va a gustar lo que ha dicho. Y a la abuela y a George, tampoco.

—¿Qué pasó? —pregunta George sentándose a mi lado.

—No tengo ni idea.

La abuela le pone a Gregory una tirita en el labio y presiona en los extremos para asegurarse de que está bien pegada sin hacer caso de los gruñidos de protesta de su paciente.

—Todo lo que sé es que Gregory y Miller no se llevan bien, pero nadie parece dispuesto a explicarme por qué.

Sus ojos expectantes se dirigen hacia mí y agacho la cabeza para no tener que verlos.

Lo cierto es que Miller y Gregory se detestan desde antes de que mi amigo descubriera su oscuro pasado. Ahora sólo puedo suponer que se odian el uno al otro categóricamente. Nada podrá arreglarlo. Puedo tener a uno o a otro. La culpa me destroza mientras veo cómo curan a mi amigo más antiguo, mi único amigo. Me siento culpable por ser la causa de sus heridas y de su dolor, y me siento culpable porque sé que no voy a elegirlo a él.

Me levanto con todas las miradas puestas en mí, todos los presentes esperando mi siguiente movimiento. Rodeo la mesa con calma y me agacho para darle un beso a Gregory en la mejilla.

—Cuando amas a alguien, lo amas por quien es y por cómo llegó a ser esa persona —le susurro al oído, y de inmediato me doy cuenta de que es probable que la abuela haya oído mi declaración. Rezo para que Gregory calle lo que sabe. No por mí, ni por Miller, sino por ella. Removería demasiados fantasmas—. No lo di por perdido entonces y tampoco voy a rendirme ahora.

Me enderezo y salgo con calma de la cocina. Dejo atrás a mi familia para ir a consolar a mi alguien.

CAPÍTULO 16

El millar de relucientes espejos que cubren el vestíbulo del edificio de apartamentos de Miller proyecta mi reflejo en todas partes; la imagen de mí, llorosa y sin esperanza, es imposible de evitar. El portero se quita el sombrero con mucha educación y me obligo a sonreírle. Elijo subir en elevador a casa de Miller en vez de escalar los cientos de escalones que ya casi ni me impresionan. Miro al frente cuando las puertas se cierran y me encuentro con más espejos. Intento evitar el feo reflejo directo de la mujer menuda, todo hueso y pellejo, que tengo delante.

Llevo en el elevador lo que me parece una eternidad cuando las puertas se abren y obligo a mis piernas a que me lleven a la reluciente puerta negra. Necesito infundirme ánimos mentalmente para llamar. Me preguntaría si está en casa..., de no ser porque el aire que me rodea se podría cortar con un cuchillo. La ira de Miller sigue presente, me envuelve y me asfixia. Puedo sentir cómo se extiende por mi piel y anida muy adentro.

Me sobresalto cuando la puerta se abre de par en par de un tirón y aparece Miller. No tiene mejor aspecto que cuando salió corriendo de mi casa hace casi una hora. No ha intentado arreglarse. El pelo sigue enmarañado, la camisa y el chaleco siguen estando rotos y sus ojos siguen furiosos. Lleva un vaso de whisky en la mano y tiene los dedos cubiertos de sangre de Gregory. Las yemas, blancas, me indican la fuerza con la que sostiene el vaso cuando se lo lleva a la boca y se bebe de un trago su contenido sin quitarme los ojos de encima. Estoy nerviosa, no sé adónde mirar más que al suelo, pero alzo la vista cuando noto un movimiento casi indetectable de sus zapatos. Ha trastabillado. Está borracho y, cuando me fijo bien en esos ojos que siempre llaman mi atención, veo algo más, algo que no me es familiar y que catapulta mi preocupación más allá de todo cuanto he vivido en presencia de Miller. Me he sentido asustada y vulnerable antes, pero por inseguridad. Nunca tuve miedo como el que tengo ahora, ni siquiera durante sus momentos psicóticos de locura. Este es un miedo distinto. Asciende por mi columna vertebral y se me enrosca al cuello. Hace que hablar me sea imposible y que me cueste respirar. Es mi pesadilla. Esa en la que me abandona.

—Vete a casa, Livy. —Tiene la lengua de trapo y arrastra las palabras, pero no es su forma lenta de vocalizar de siempre.

Me cierra la puerta en la cara. El eco del portazo resuena a mi alrededor. Doy un brinco hacia atrás, sobresaltada por su mezquindad. Estoy golpeando la puerta con el puño antes de poder decidir si es lo más sensato. Me invade el miedo.

—¡Abre la puerta, Miller! —grito sin dejar de martillear la madera negra y reluciente, sin hacer caso de la pérdida de sensibilidad que se extiende por mi mano—. ¡Abre!

¡Pam, pam, pam!

No voy a ir a ninguna parte. Pienso pasarme la noche aporreando la puerta si es necesario. No va a echarme ni de su apartamento ni de su vida.

¡Pam, pam, pam!

—¡Miller!

De repente estoy pegándole puñetazos al aire, pierdo el equilibrio y doy unos cuantos pasos desorientados hacia adelante. Consigo estabilizar mi cuerpo tambaleante justo antes de que choque con el de Miller.

—Te dije que te vayas a casa.

Se ha servido otra copa. Está a rebosar.

234

—No. —Alzo la barbilla en un valiente gesto desafiante.

—No quiero que me veas así.

Avanza hostil intentando obligarme a iniciar la retirada, pero yo me mantengo firme, no estoy dispuesta a dejarme intimidar por él. Estamos cada vez más cerca porque soy una necia, casi pecho con pecho, y su aliento, que apesta a los efluvios del alcohol, flota sobre mis acaloradas mejillas.

—No te lo diré dos veces.

Me achico un poco, pero mi determinación no permitirá que él lo vea.

—No —respondo segura de mí misma. Está intentando espantarme—. ¿Por qué haces esto?

Sumido en la incertidumbre, se bebe el contenido oscuro del vaso. Hace una mueca y de su boca se escapa aire cargado de alcohol. Arrugo la nariz asqueada, tanto de ver a Miller así como por la peste del alcohol.

—No te lo preguntaré dos veces. —Empujo las palabras para que salgan por mi mandíbula apretada. Estoy jugando a su propio juego.

Me mira de arriba abajo pensativo, mascullando palabras ininteligibles. Luego su lenta mirada azul asciende por mi cuerpo. Parece la de siempre, pero esta vez va lenta porque está borracho, no por la sensualidad característica de Miller. Empieza a bambolearse.

—Soy un desastre.

—Ya lo sé. —No discrepo. Ha dicho una verdad contundente.

—Soy peligroso.

—Lo sé.

—Pero no para ti.

Mi corazón vuelve a la vida. Lo sabía. En el fondo, lo sabía.

—Lo sé.

Su cabeza hace algo que está entre un gesto de asentimiento y un movimiento incontrolable sobre sus anchos hombros.

—Bien.

A continuación da media vuelta y comienza a dar tumbos por el apartamento. Me toca cerrar la puerta y seguirlo. Sé adónde se dirige antes de que se detenga un instante y cambie de rumbo. Se dirige al mueble bar. Ya está bastante borracho, al menos para mí. Pero parece ser que Miller no opina lo mismo.

Inclina la botella y vierte más whisky en el mueble bar que en el vaso.

—¡Mierda! —maldice dejando la botella vacía en una montaña de botellas que tintinean y amenazan con caerse—. ¡Qué desastre!

Suspiro exasperada, me coloco detrás de él, ordeno las botellas y limpio lo que ha ensuciado con la esperanza de que restaurar parte de su mundo perfecto le proporcione algo de paz.

—Gracias —murmura en voz tan baja que casi no lo oigo.

—De nada.

Su mirada me quema la cara mientras recojo las botellas. Me tomo mi tiempo... O espero pacientemente.

¡Pam!

Me vuelvo rápidamente hacia el sonido. A Miller le cuesta un poco más.

¡Pam, pam, pam!

Mi corazón, que empezaba a calmarse, se revoluciona de nuevo y miro a Miller, que también mira en dirección a la puerta. Sin embargo, no parece tener prisa por ir a ver qué está causando la conmoción, así que voy al recibidor, paso junto a la mesa circular y otro golpe resuena con estruendo en el apartamento.

—Espera —salta Miller. Me toma del brazo y me detiene—. Quédate aquí.

Sigue andando. Le cuesta dar las elegantes zancadas de siempre por culpa del alcohol. Me quedo quieta, con la cabeza a toda velocidad. Comprueba quién es por la mirilla. Prácticamente puedo ver cómo se le eriza el vello de la nuca y doy un paso hacia adelante, con cautela pero incapaz de contener la curiosidad. Abre la puerta un centímetro e intenta salir al pasillo, pero su plan para ocultar a nuestro visitante fracasa estrepitosamente cuando empujan la puerta y entran en el apartamento sin resistencia, sin duda gracias a la presente inestabilidad mental de Miller.

A mí también se me eriza el vello de la nuca y aprieto los dientes en cuanto aparece William; su cuerpo desprende autoridad. Me estudia con atención unos instantes antes de arrastrar sus ojos grises a la lamentable estampa de Miller. Qué mal. Miller está irreconocible, y William querrá saber por qué.

—¿Qué hiciste? —le pregunta William, tranquilo y sosegado, como si no fuera a tomarlo por sorpresa, como si ya lo supiera.

—No es asunto tuyo —responde Miller arrastrando las palabras y dando un portazo—. No eres bienvenido.

Siento la necesidad de apoyar a Miller, pero mi curiosidad se ha multiplicado, al igual que mi cautela. No digo nada, asimilo la animadversión que flota entre estos dos hombres.

—Y tú no eres bienvenido en la vida de Olivia —replica William volviéndose hacia mí. Seguro que ve mi expresión de incredulidad pero ni se inmuta—. Tú vienes conmigo.

Me atraganto al protestar. Miller se tensa un poco detrás de William, pero no lo suficiente como para que esté segura de que va a intervenir.

«¡Por favor, no me digas que va a ponerse de parte de él!»

—Ni hablar —contesto cuadrándome. Me asombra que Miller no haya dicho nada todavía, sobre todo después de la violenta reacción que ha tenido ante la intromisión de Gregory hace menos de una hora.

—Olivia —suspira William—, de verdad que estás poniendo a prueba mi paciencia.

Me preparo para otro comentario sobre mi madre y me preocupa la rabia que me entra sólo de pensar en William hablando de ella. Si abre la boca y dice lo que sé que está pensando, es posible que supere a Miller en lo que a posesos se refiere.

—¡Y tú estás poniendo a prueba la mía!

William disimula su sorpresa muy bien y sé que es porque no quiere mostrar ni una pizca de compasión delante de Miller. No, ahora tiene que mantener su poderosa reputación..., lo que significa que la cosa puede ponerse fea muy rápido.

—Ya te dije que tu sitio no está aquí con él.

Me quedo sin aliento un instante, recuerdo que me dijo eso mismo a los diecisiete años. Estaba en su despacho, borracha. Mi sitio no estaba con William. Mi sitio no está con Miller.

—Entonces ¿dónde? —pregunto, y William me lanza una mirada de advertencia—. Por lo visto, en tu opinión no encajo en ningún sitio. Así que, dime, ¿adónde demonios pertenezco?

—Oliv... —Miller interviene, da un paso adelante, pero lo corto. No me gusta la posibilidad de que esté de acuerdo con William.

—¡No! —grito—. Todo el mundo cree que sabe lo que es mejor para mí. ¿Y qué hay de mí? ¿Qué hay de lo que yo sé?

—Cálmate. —Miller está a mi lado, tambaleante. Me ha tomado de la nuca para intentar tranquilizarme y me la masajea con delicadeza. No va a funcionar. Ahora mismo, no.

—¡Yo sé que aquí es donde debo estar! —grito, y tiemblo más y más a medida que voy acumulando frustración—. ¡He sido como una sonámbula desde que me enviaste a casa!

Lanzo un dedo acusador en dirección a William, que retrocede un ápice.

—Ahora lo tengo a él. —Le paso a Miller el brazo por la cintura y me planto a su lado—. ¡Tendrás que enterrarme si quieres impedir que esté con él!

William se ha quedado sin habla. Miller está petrificado a mi lado y yo me convulsiono de rabia, buscando en mi interior la concentración que necesito para respirar hondo y calmarme. Tomo aire. Creo que estoy sufriendo un ataque de pánico.

—Calla.

Miller me estrecha contra sí y me da un beso en la coronilla. No es como «lo que más me gusta», pero funciona hasta cierto punto.

Me vuelvo hacia él y me escondo. Sus labios encuentran de nuevo mi coronilla y él la besa y tararea y yo cierro los ojos con fuerza.

Pasa mucho tiempo sin que nadie diga nada.

—¿Qué sientes por ella? —pregunta William con un tono cargado de recelo y reticencia.

Me quedo donde estoy, temiendo lo que Miller vaya a decir. «Fascinación» no será suficiente. Noto el latir de su corazón. Casi puedo oírlo.

—Es la sangre que corre por mis venas —dice alto y claro—. Es el aire que llena mis pulmones.

Hace una breve pausa y estoy segura de que oigo a William atragantarse, pasmado.

—Es la luz brillante y llena de esperanza de mis atormentadas tinieblas. Te lo advierto, Anderson: no intentes apartarla de mí.

Parpadeo para contener las lágrimas y me acurruco en su pecho, dando las gracias porque me haya apoyado. Luego vuelve a hacerse el silencio. Da miedo. Al cabo, oigo a alguien tomar aire y sé quién es.

—Me importa una mierda lo que te pueda pasar —dice William—. Pero en el mismísimo instante en que me huela que Olivia está en peligro, vendré por ti, Hart.

Y, con eso, la puerta se cierra con un golpe y estamos solos otra vez. El abrazo de Miller se suaviza, las vibraciones de su cuerpo se atenúan y me suelta cuando lo que de verdad quiero es que me abrace con más fuerza. Camina sobre sus piernas tambaleantes hacia el mueble bar y, torpemente, se llena otra vez el vaso de whisky, se lo echa al gaznate y traga saliva. Permanezco callada y quieta y, transcurrida lo que se me antoja una eternidad, él suspira.

—¿Cómo es que sigues en mi vida, mi dulce niña?

—Porque has luchado para mantenerme en ella —le recuerdo sin vacilar, obligándome a decirlo con seguridad—. Has amenazado con arrancarle la piel a tiras a quien intente apartarme de tu lado. ¿Te arrepientes de haberlo dicho?

Me preparo para lo que no quiero oír cuando me mira, pero baja la vista.

—Me arrepiento de haberte arrastrado a mi mundo.

—No lo hagas —contesto. No me gusta que pierda su fortaleza ahora que William se ha ido—. Vine porque quise y me quedo porque quiero.

Decido ignorar la alusión a «mi mundo». Me estoy hartando de oír las palabras «mi mundo» sin oír nunca nada más sobre él.

Se echa más whisky al cuerpo.

—Iba en serio.

Intenta enfocarme pero desiste. Da media vuelta y atraviesa la sala.

—¿Qué?

—Mi amenaza.

Planta el trasero en la mesita de café y deja el vaso con precisión a su lado, a pesar de la borrachera. Incluso lo gira un poco antes de soltarlo, ya satisfecho con su emplazamiento. El mechón rebelde ha hecho acto de presencia y se ve que le hace cosquillas en la frente porque se lo aparta. Luego deja caer la cabeza y se cubre la cara con las palmas de las manos, los codos apoyados en las rodillas.

—Mi temperamento siempre ha sido una carga, Olivia, pero me asusta mi tendencia a sobreprotegerte.

—Tu tendencia a ser posesivo —lo corrijo.

Levanta la cabeza y una arruga le cruza la frente al fruncir el ceño.

—¿Perdona?

Una diminuta sonrisa tira de las comisuras de mi boca. Hasta borracho y hecho un desastre conserva sus modales. Me acerco a él y me arrodillo a sus pies. Me mira y deja que le quite los codos de las rodillas y le coja las manos.

—Tu tendencia a ser posesivo —repito.

—Quiero protegerte.

—¿De qué?

—De los entrometidos.

Se sume en sus pensamientos, sus ojos no me ven durante unos instantes. Luego vuelven a mí.

—Acabaré matando a alguien.

Me sorprende su confesión. No obstante, que admita que tiene un defecto irracional me tranquiliza. Estoy a punto de sugerirle que vaya a terapia, a aprender a controlar las conductas agresivas, lo que sea con tal de que consiga dominarse, pero algo me lo impide.

—William se está entrometiendo —balbuceo.

—William y yo tenemos un acuerdo. —Miller arrastra las palabras—. Aunque antes tú no entrabas en la ecuación. Camina por una línea muy fina.

La animadversión casi puede palparse en su tono ebrio.

—¿Qué acuerdo? —inquiero.

Esto no me gusta nada. Los dos tienen un temperamento temible. Supongo que ambos son conscientes del daño que podrían hacerse el uno al otro.

Niega con la cabeza y maldice, frustrado.

—Quiere protegerte, igual que yo. Es probable que seas la mujer mejor protegida de Londres.

Abro unos ojos como platos por lo equivocado de su afirmación y dejo caer las manos. Discrepo: me siento la mujer más vulnerable de Londres. Pero no se lo digo. Me resisto a continuar con el debate William-Miller. Ellos se odian, y ya sé por qué, así que más me vale ir acostumbrándome.

—¿Te doy primero la mala o la buena noticia? —pregunto poniéndome en pie y tendiéndole la mano.

Me siento un poco mejor cuando atisbo una chispa en su mirada. Me resulta familiar y la necesitaba.

—La mala.

Deja su mano en la mía y las estudia cuando estrecho la suya con fuerza y tiro de ella para que se levante. No le cuesta demasiado.

—La mala noticia es que vas a tener una resaca infernal. —Le devuelvo la sonrisa diminuta y lo llevo hacia el dormitorio—. La buena es que estaré aquí para cuidarte cuando sientas que te quieres morir.

—Vas a dejar que te venere. Eso me hará sentir mejor.

Le doy un empujón en el hombro y él se deja caer sentado en la cama.

—No pongas en duda mi capacidad para satisfacerte, mi dulce niña. —Desliza las palmas de las manos por mi trasero, aprieta, tira de mí y me coloca entre sus piernas abiertas.

Niego con la cabeza.

—No voy a acostarme contigo estando borracho.

—Discrepo —replica.

Sus manos vuelan a mi cintura y se meten bajo mi camiseta. Con la mirada me reta a que lo detenga y, aunque acaba de elevar mi deseo a la estratosfera, no pienso ceder. Tengo que hacer uso de todas mis fuerzas pero las localizo deprisa, antes de que me haga capitular. No quiero que un Miller borracho me venere. Me quito sus manos de encima y niego otra vez con la cabeza.

—¡No me rechaces! —suspira sentándome en su regazo y acomodando mis piernas sobre las suyas.

No tengo más remedio que pasarle un brazo por los hombros, cosa que me acerca aún más a su cara. Los efluvios del alcohol me dan más fuerza de voluntad.

—Para —le advierto. No estoy preparada para caer víctima de sus tácticas—. No estás en condiciones y, si te beso, es probable que acabe tan borracha como tú.

—Estoy bien y soy perfectamente capaz. —Restriega las caderas contra mis posaderas—. Y necesito desestresarme.

¡Qué descaro! Soy yo la que necesita desestresarse pero, siendo sincera, no me entusiasma la idea de que Miller me haga suya bajo la influencia del alcohol. Sé que lucha para dominarse durante nuestros encuentros, y tener la barriga llena de whisky no le será de gran ayuda.

—¿Qué? —pregunta mirándome con recelo. Es evidente que percibe el ir y venir de mis pensamientos—. Cuéntame.

—No es nada. —Intento huir de su regazo. No lo consigo.

—¿Olivia?

—Déjame darte «lo que más te gusta».

—No, dime qué le preocupa a tu preciosa cabecita —insiste sujetándome con más fuerza—. No te lo preguntaré dos veces.

—Estás borracho —le espeto en voz baja; me avergüenza dudar de que vaya a cuidar de mí—. El alcohol hace que las personas pierdan el juicio y el control.

Agacho la cabeza. A Miller no le hace falta el whisky para perder el control, las dos escaramuzas con Gregory son prueba de ello. Y el encuentro en el hotel...

Permanezco en su regazo y dejo que sopese mis preocupaciones mientras jugueteo con mi anillo, nerviosa, deseando poder retirar mis palabras. Se pone rígido debajo de mí. La superficie dura de su cuerpo me magulla la piel. Luego me sujeta la cara, me pellizca las mejillas con cariño y se la acerca para consolarse. Parece arrepentido y eso hace que me sienta más culpable y más avergonzada.

—El odio que siento hacia mí mismo hunde las garras en mi alma oscura a diario —declara.

De repente parece que está casi sobrio, es posible que en parte se deba a mi omisión. Sus ojos azules parecen más fuertes, y su boca pronuncia las palabras exactas con claridad.

—Nunca me temas, te lo suplico. A ti nunca podría hacerte daño, Olivia.

Su profunda y grave afirmación alivia un poco mi pesar, pero sólo un poco. Miller no alcanza a comprender la destrucción que puede causar si me hiere emocionalmente. Ese es mi mayor miedo. Perderlo. Con tiempo, puedo recuperarme de las heridas físicas, en caso de que, sin querer, me vea atrapada en uno de sus brotes psicóticos. Pero ni todo el tiempo del mundo podría curarme las heridas mentales que puede infligirme. Eso me aterroriza.

—Es como si tu mente estuviera muy lejos —empiezo a decir con pies de plomo, escogiendo muy bien mis palabras.

—Así es —musita, y me hace un gesto para que continúe.

—No tengo miedo por mí. Padezco por tu víctima y por ti.

—¿Mi víctima? —Casi se atraganta. No le ha gustado mi elección de palabras—. Livy, no ataco a gente inocente y, por favor, no te preocupes por mí.

—Pues claro que me preocupo por ti, Miller. Acabarás entre rejas si alguien presenta cargos, y no quiero que te hagan daño. —Le paso el dedo por una leve magulladura que tiene en la mejilla rasposa.

—Eso no va a pasar —suspira, y me estrecha contra su pecho para consolarme.

Funciona, por extraño que parezca. Me fundo con su cuerpo relajado y yo también suspiro agotada. Parece muy seguro de lo que dice. Demasiado.

—Mi niña preciosa, ya te lo he dicho, y en esta ocasión no me importa repetirme. —Se deja caer en la cama y me lleva consigo. Me acomoda hasta que estoy tumbada a su lado y puede verme la cara. Me planta un reguero de besos de una mejilla a la otra y vuelta a empezar—. Tengo entre mis brazos lo único que puede hacerme daño en este mundo.

Me levanta la barbilla para que nuestros labios queden a la misma altura y el olor a whisky invade mi nariz. No me resulta difícil ignorarlo. Me está mirando como si no existiera nada más que yo en su mundo. Esos ojos borran la ansiedad que ha dejado este largo día. Sus labios avanzan y me preparo. Le acaricio el pecho, necesito sentirlo.

—¿Me permites? —susurra parándose a unos milímetros de mi boca.

—¿Me estás pidiendo permiso?

—Soy consciente de que huelo a destilería —musita haciéndome sonreír—. Y estoy seguro de que el sabor es aún peor.

—Discrepo.

Toda mi reticencia a dejar que me haga suya en estas circunstancias disminuye por su ternura. Pongo fin a la distancia que nos separa. Nuestras bocas se encuentran con más ímpetu de lo esperado. Me da igual. La inapetencia ha sido reemplazada por la necesidad imperiosa de serenarme y de recuperar al Miller relajado. Sabe a whisky, pero predomina Miller. Me invade el deseo, hace que se me nuble la mente. Las únicas instrucciones que puedo encontrar en mi cerebro, dominado por la lujuria, me dicen que le permita venerarme. Que eso acabará con mis penas. Que eso hará que todo vuelva a ir bien. Que eso lo calmará. Nuestra pasión colisiona y todo lo demás no importa. En este momento es perfecta, pero es difícil no zozobrar cuando nos enfrentamos a una resistencia infinita.

Miller se tumba de espaldas sin separar nuestras bocas, me agarra del cuello con una mano y del trasero con la otra para asegurarse de que me tiene en sus manos.

—Saboréalo —susurra contra mis labios.

La palabra, ya familiar, me hace ver más allá de mi desesperación por tenerlo en mí y obedezco, voy más despacio. Mi miedo no tiene base. Es Miller el que debe decirme que me controle; él parece tener un perfecto dominio de sí mismo. Está lúcido pese a la ingente cantidad de whisky que ha pasado entre sus labios.

—Mejor —me alaba masajeándome el cuello—. Mucho mejor.

Gimo. No estoy preparada para soltar su boca y decirle que estoy de acuerdo. Por eso gemí. Noto que sus labios dibujan una sonrisa a través de nuestro beso y entonces sí que me aparto, y rápido. Un solo vistazo a la sonrisa ocasional de Miller me hará delirar de felicidad. Me siento deprisa apartándome el pelo de los ojos y entonces, sin ningún obstáculo, la veo. No tiene límites, una sonrisa arrolladora de un millón de megavatios que me deja tonta. Siempre es devastadora, incluso cuando él está hecho una pena, pero ahora mismo va más allá de la perfección. Va todo arrugado, con la ropa hecha jirones y polvoriento, pero está guapísimo y, cuando me llega el turno de devolverle la sonrisa, igual de relajada, muerta de ganas de disfrutar de su rara aparición, voy y me echo a llorar. Toda la mierda con la que me ha tocado lidiar hoy se hace una bola enorme y mis ojos la lloran en silencio, entre incontrolables sollozos. Me siento tonta, estresada y débil y, para intentar ocultarlo, entierro la cara en las palmas de las manos y separo mi cuerpo del suyo.

Lo único que se oye en la tranquilidad que nos rodea son mis sollozos ahogados. Miller cambia de postura en silencio y me da la impresión de que tarda una eternidad en encontrar mi cuerpo tembloroso, probablemente porque el exceso de alcohol traba sus otrora elegantes y precisos movimientos. Pero llega a mi lado y me abraza. Suspira pesadamente en mi cuello y me masajea la espalda con amplios movimientos circulares de la mano.

—No llores —susurra con una voz áspera y grave como el papel de lija—. Sobreviviremos. No llores, por favor.

Su ternura y la comprensión que fluye de sus escasas palabras no hacen más que exacerbar mis emociones. Mi único propósito en la vida es aferrarme a él con todo lo que tengo.

—¿Por qué no pueden dejarnos en paz? —pregunto con una frase entrecortada.

—No lo sé —admite—. Ven aquí.

Me retira las manos, con las que me sujetaba a su cuello, y las toma entre las suyas. Le da vueltas a mi anillo sin darse cuenta mientras me observa luchar para controlar las lágrimas.

—Desearía ser perfecto para ti.

Su confesión me deja bizca.

—Eres perfecto —le discuto, a pesar de que en el fondo sé que estoy muy equivocada. Miller Hart no tiene nada de perfecto, excepto su físico y su incesante obsesión con que todo lo que lo rodea esté perfectamente dispuesto—. Eres perfecto para mí.

—Aprecio que me tengas tanta fe, sobre todo porque estoy borracho y porque he cometido un error delante de tu abuela.

Niego con la cabeza con una exhalación frustrada. Se lleva una mano a la frente, como si acabara de comprender las consecuencias de sus actos. O puede que haya empezado la resaca.

—Estaba enfadada —lo informo. No veo motivo para intentar hacer que se sienta mejor. Tendrá que enfrentarse a su ira en un momento u otro.

—Me di cuenta cuando me empujó para que caminara más deprisa.

—Te lo tenías merecido.

—Estoy de acuerdo —acepta de buena gana—. La llamaré. No, mejor le haré una visita.

Aprieta los labios y parece que le está dando vueltas a algo.

—¿Crees que si dejo que me dé un mordisco en los bizcochitos me perdonará?

Me pongo muy seria, él arquea una ceja. Quiere una respuesta sincera. Luego pierde la batalla por mantener la cara larga y la comisura de sus labios amenaza con una sonrisa.

—¡Ja, ja! —me río.

Su vis cómica me tomó por sorpresa y la risa se traga toda la tristeza. Pierdo el control. Echo la cabeza atrás y me caigo encima de él. Mis hombros suben y bajan entre carcajadas. Me duele la barriga y se me caen las lágrimas, pero estas son de la risa. Es mucho mejor que la desesperación de hace unos instantes.

—Mucho mejor —concluye Miller.

Me toma en brazos y me lleva del dormitorio al cuarto de baño. No sé si el bamboleo de Miller se debe a que está ebrio o a que me estoy desternillando. Me deja frente al lavabo y se desabrocha el chaleco mientras yo intento controlar mi ataque de risa. Me mira con su cara que quita el sentido; le parece divertido.

—Perdona —digo entre risas. Me concentro en respirar hondo, a ver si se me pasa.

—No te disculpes. Nada me produce más placer que verte tan feliz. —Se quita el chaleco y siento una gran satisfacción cuando veo que lo dobla y lo deposita con mimo en el cesto de la ropa sucia—. Bueno, eso no es del todo cierto, pero tu felicidad ocupa el segundo puesto.

Empieza a desabrocharse la camisa. Con el primer botón aparece su piel, tersa y tentadora.

Dejo de reír al instante.

—Deberías reírte más. Te...

—Me hace parecer menos intimidante. —Acaba la frase por mí—. Sí, ya me lo has dicho. Pero creo que...

—Te expresas a la perfección. —Ayudo a sus dedos torpes a desabrochar los diminutos botones. Luego lo ayudo a bajarse la camisa por los hombros—. Perfecto —suspiro.

Me siento en el lavabo para admirar la vista con ojos golosos. Cada músculo de su torso megaperfecto se mueve mientras dobla la camisa. La deja con manos expertas en el cesto de la ropa sucia y vuelve a mi lado con los brazos caídos, la barbilla pegada al pecho y la mirada ausente. Está muy concentrado. Le acaricio la sombra rasposa que oscurece su rostro. Puedo tomarme mi tiempo para acariciarlo. Mis dedos dibujan el arco de su mandíbula, vagan por sus sienes y rozan sus párpados cuando los cierra para mí. Me lo como con los ojos y lo acaricio hasta que las puntas de mis dedos se deslizan por sus brazos en dirección a sus manos.

—Deja que te cure —le digo volviéndole la mano. Los nudillos están rojos, cubiertos de sangre y un poco magullados.

Él mira mis dedos entrelazados con los suyos, estira y flexiona la mano pero no hace ningún gesto de dolor ni tampoco protesta.

—En la regadera.

Me aparta, agarra el dobladillo de mi camiseta y lo sube. Tengo que levantar los brazos para que pueda librarme de ella. Luego me quita el sostén despacio, dejando al descubierto mi modesto pecho, que se hincha y me pesa bajo su mirada de aprobación un tanto ebria. Los pezones se me ponen duros como guijarros y me arden cuando su pulgar dibuja círculos a su alrededor.

—Perfectos —dice plantándome un beso casto en los labios—. Baja.

Obedezco su orden y me bajo del lavabo. Me quito los Converse y, ya en eso, le quito los pantalones mientras él se quita los zapatos. No hay prisa, estamos contentos de poder tomarnos nuestro tiempo para desnudarnos hasta que los dos estamos en cueros. Saca un envoltorio del armario, lo rasga con dedos torpes y extrae de él un preservativo. Se lo arrebato de las manos. Me siento cómoda encapuchándolo, sus ojos azules me queman la cara y, cuando terminó, me levanta. La respuesta instintiva de mis piernas es enroscarse en su cintura. Estamos piel con piel, corazón con corazón, deseo con deseo. Nos mantiene lejos del chorro de agua de la ducha mientras esta se calienta y, cuando la temperatura es de su agrado, se mete debajo, conmigo en brazos. El agua cae sobre nosotros y se lleva la suciedad, la tensión, la duda, el dolor.

—¿Estás cómoda?

—Perfecta. —Es la única palabra que se me ocurre. Sonrío escondida en su hombro, me aparto para admirar su rostro perfecto, húmedo y deslumbrante—. ¿Puedo pasar la noche contigo?

—Por supuesto.

—Gracias. —Le muerdo la barbilla áspera para demostrarle mi agradecimiento.

—No tenías elección —me informa acercándome a la pared e indicándome que me apoye en ella—. ¿Está muy fría?

El frío de los azulejos en mi espalda me toma por sorpresa.

—Un poco. —Se dispone a separarme, pero me tenso y se lo impido—. No, ya me acostumbré.

Me mira sin acabar de creérselo pero no cuestiona mi mentirijilla piadosa.

—Estás mojada y resbaladiza —musita separando las piernas y sujetándome de las nalgas. Sus intenciones están muy claras y son justo lo que necesito. Mi respiración entrecortada se lo confirma—. Quiero deslizarme en tu interior y colmarte de felicidad.

Respiro cada vez más deprisa por la anticipación.

—Te hace feliz venerarme.

—Me hace feliz que me aceptes —me corrige retirando sus caderas y agarrándose la erección con la mano—. Me proporcionas el mayor de los placeres cuando me aceptas en mi totalidad, no sólo cuando me aceptas en tu maravilloso cuerpo.

Estoy a punto de echarme a llorar otra vez. Sus palabras reverentes me dejan estupefacta.

—Para mí no hay nada más natural.

—Mi niña dulce y preciosa. —Toma mis labios mientras se desliza entre mis pliegues hinchados. Luego empuja hacia adentro y hacia arriba con un gemido ahogado.

Arqueo la espalda cuando siento toda su envergadura colmándome por completo. Intento seguir el ritmo calmado de su lengua que seduce mi boca mientras él continúa en mi interior sin moverse, palpitante y gimiendo.

—¿Te lastimo?

—No —insisto, a pesar de que me duele un poco.

—¿Te penetro poco a poco primero?

«Porque así decidiré si te cojo como un loco directamente o si te penetro poco a poco.»

—Siempre. —Sonrío, y me separo, apoyo la cabeza en la pared para perderme en Miller, en sus maravillosos ojos, en vez de saborear las atenciones de su boca adictiva.

Asiente y se retira despacio. Se me cierran los ojos y siento mariposas en el estómago. Me atacan demasiadas sensaciones placenteras a la vez: el roce de su piel, el hecho de que me esté venerando, su belleza, su fragancia, sus atenciones y mi mechón rebelde favorito. Me producen un placer glorioso e inexorable. Me preparo para su arremetida y, cuando llega, precisa y experta, se me escapa un grito de agradecimiento. Jadeo, me niego a cerrar los ojos y a perderme un solo segundo de su cara, que se contorsiona de deseo en estado puro que realza sus rasgos. Podría desmayarme sólo con mirarlo.

—¿Qué tal? —Masculla las palabras y se retira de nuevo, casi la saca del todo antes de inclinar las caderas y clavármela con un trémulo gemido.

—Bien.

Me agarro a sus hombros y le clavo los dientes para absorber cada delicioso envite. Tiene las piernas abiertas y sus caderas me someten a un bombardeo constante, cada embestida tan controlada y precisa como la anterior.

—¿Sólo bien?

—¡Alucinante! —grito cuando roza un segundo mi clítoris y me vuelve loca—. ¡Mierda!

—Así está mejor —dice para sí, repitiendo el movimiento que me hizo maldecir.

—¡Ay, Dios! ¡Mierda! ¡Miller!

—¿Otra vez? —me tienta sin esperar mi respuesta. Sabe lo que voy a decir, así que me complace al instante.

Estoy fuera de mí. Su ritmo castigador me tiene atontada, pero él se domina mejor que nunca y observa cómo me desintegro entre sus brazos.

—Necesito venirme —jadeo muerta de desesperación. Necesito soltar todo el estrés y el trauma del día con un gemido satisfecho, o incluso un grito, al venirme.

Me hundo en su entrepierna cuando su ritmo se mantiene lento y definido y sumerjo las manos encrespadas en su pelo mojado. La avalancha de placer es más de lo que puedo soportar, y la verga de Miller, palpitante, en expansión y enterrada en mis profundidades, es un alivio tremendo. A él también le falta poco.

—Es demasiado agradable, Olivia.

Cierra los ojos con fuerza y las caderas arremeten hacia adelante y me acercan un poco más. Estoy al borde del abismo, la mitad de mi cuerpo se estremece y la otra mitad está esperando seguir su ejemplo y catapultarme a una supernova.

—Por favor —suplico, porque no tengo nada en contra de suplicar en momentos como éste—. ¡Por favor, por favor, por favor!

—¡Carajo! —Es la señal de su rendición, se retira, toma aire, me clava en el sitio con una mirada y carga hacia adelante con un grito—: ¡Carajo, Olivia!

Cierro los ojos cuando mi orgasmo se apodera de mí. Dejo caer la cabeza y mi cuerpo se tensa intentando soportar las punzantes ráfagas de presión que asaltan mi sexo. Estoy empotrada en los azulejos, nuestros cuerpos están pegados, vibrando, resbaladizos, y una respiración jadeante me canta al oído. Me está robando mordiscos y me chupa la garganta mientras mis jadeos llegan al techo. Mis brazos se niegan a colaborar, caen lacios a los costados, las palmas de las manos contra la pared. Mi único apoyo es el cuerpo de Miller. Mi mundo ha vuelto a su sitio y gira con normalidad sobre su eje. La mezcla embriagadora de sudor, sexo y alcohol me recuerda que todavía está borracho.

—¿Estás bien? —digo con un hilo de voz.

Echo la cabeza hacia adelante para hundir la nariz en su pelo mojado. No tengo fuerzas para más. Mis brazos siguen inertes.

Se endereza un poco y al moverse su semierección me acaricia por dentro. Es una delicia.

—¿Cómo no iba a estarlo? —Saca la cabeza de mi cuello, me sujeta las manos y se las lleva a los labios. Me besa los nudillos y me mantiene pegada a la pared con su cuerpo—. Cuando te tengo a salvo entre mis brazos lo único que siento es una felicidad inmensa.

Mi sonrisa satisfecha no le arranca una igual. Él también está satisfecho, pero no necesito oírlo. Porque salta a la vista.

—Me muero por tus huesos borrachos, Miller Hart.

—Y tienes a mis huesos borrachos totalmente fascinados, Olivia Taylor. —Me come la boca durante unos instantes dichosos antes de bajarme de la pared—. No te lastimé, ¿verdad?

Me examina la cara mojada con sus ojazos. Su adorable expresión es de verdadera preocupación.

Me apresuro a tranquilizarlo:

—Has sido un perfecto caballero.

Sonríe al instante.

—¿Qué? —inquiero.

—Estaba pensando en lo guapa que estás en mi regadera.

—Tú siempre me ves guapa.

—Sobre todo cuando te tengo en mi cama. ¿Puedes sostenerte en pie?

Asiento y dejo que mis piernas se deslicen hacia el suelo, pero mi mente empieza a vagar en otra dirección. Pongo las manos en sus pectorales y desciendo por su torso mientras nos miramos a los ojos. Quiero saborearlo, pero él pone fin a mi tentativa. Me sujeta los brazos y se abalanza sobre mi boca.

—Te saboreo yo a ti —musita en voz baja regalándome sus labios. Tengo la mente dispersa por toda la regadera—. Y sabes a gloria bendita.

Me agarra del cuello cuando ya no hay ninguna pared que nos mantenga en pie. Creo que se está apoyando en mí. Me saca de la regadera y se quita el condón.

—Tengo que lavarme el pelo —digo.

Sigue caminando sin tener en cuenta mi preocupación.

—Mañana por la mañana.

—Pero parecerá que metí los dedos en el enchufe. —Es rebelde hasta cuando uso crema suavizante. Lo que me recuerda...—. Tú también tienes el pelo rebelde.

—Así nos rebelaremos juntos.

Tira el condón a la basura, saca una toalla y me seca todo el cuerpo. Luego se seca él.

—¿Qué tal tu cabeza? —pregunto.

Estamos llegando al dormitorio.

—Fresca como una rosa —musita. Me echo a reír y me mira con el ceño fruncido cuando nos acercamos a la cama—. Dime qué te hace tanta gracia.

—¡Tú! —«¿Qué, si no?»

—¿Yo?

—Me dices que estás como una rosa cuando salta a la vista que no es así. ¿Te duele la cabeza?

—Empieza a dolerme, sí —admite con un bufido.

Me suelta el cuello y se lleva la mano a la frente.

Sonrío y me dispongo a quitar todos los cojines elegantes de la cama y a ordenarlos en el arcón donde él los guarda. Luego retiro la colcha.

—Adentro. —Recorro con mirada golosa su cuerpo de infarto. Hasta los pies los tiene perfectos. Caminan por la alfombra hacia mí, así que alzo la vista hasta que me alcanzan esos ojazos azules—. Por favor —susurro.

—Por favor, ¿qué?

Olvidé lo que iba a decirle que hiciera. Rebusco en mi cabeza hueca bajo su mirada traviesa. Nada.

—Se me olvidó —confieso.

Me ciegan unos dientes blanquísimos.

—Creo que mi dulce niña iba a ordenarme que me metiera en la cama.

Frunzo los labios.

—No iba a ordenarte nada.

—Discrepo. —Se echa a reír—. Y me gusta. Tú primero.

Señala la cama con ambas manos. Sus modales de caballero han vuelto.

—Debería llamar a la abuela —digo.

Se le borra la sonrisa de la cara. Odio poder arrancarle esas sonrisas tan poco frecuentes para luego hacerlas desaparecer al instante. Es como si nunca hubieran hecho acto de presencia, como si no fueran a volver. Se queda pensativo un momento, le cuesta sostenerme la mirada. Está avergonzado.

—¿Serías tan amable de preguntarle si va a estar en casa mañana por la mañana?

Asiento.

—Acuéstate. Volveré en cuanto la haya apaciguado.

Se mete bajo las sábanas, en su lado, de espaldas a mí. No debería sentir compasión, pero su arrepentimiento es tan profundo que espero que la abuela acepte lo que sé que será una disculpa sincera.

Agarro mi camiseta, me la pongo, busco la mochila, saco el teléfono y veo que ya me ha llamado unas cuantas veces. Me consume la culpa y no pierdo ni un segundo en devolverle la llamada.

—¡Olivia! ¡Maldita sea, chiquilla!

—Abuela —suspiro dejando caer mi trasero desnudo en la silla. Cierro los ojos y me preparo para la bronca que me va a caer.

—¿Estás bien? —pregunta con dulzura.

Abro los ojos. No me lo esperaba.

—Sí. —Pronuncio la palabra despacio, sin mucha convicción. Debe de haber más.

—¿Miller está bien?

Esa pregunta me deja aturdida. Empiezo a revolverme nerviosa en la silla.

—Está bien.

—Me alegro.

—Yo también. —Es todo lo que se me ocurre decir.

¿No hay pleito? ¿No me acribilla a preguntas? ¿No me exige que lo deje? La noto pensativa. Se abre una brecha silenciosa de palabras que no pronunciamos.

—¿Olivia?

—¿Sí?

—Cariño, lo que le dijiste a Gregory...

Trago saliva. Estaba casi convencida de que me había oído, pero albergaba la esperanza de que no lo hubiera hecho. Mi abuela, pese a la edad, tiene un oído muy fino.

—¿Sí? —Me reclino en la silla y me llevo la mano a la frente, lista para calmar la jaqueca inminente. Ya ha empezado, me palpitan las sienes sólo de pensar en tener que explicar mis palabras—. ¿Qué pasa?

—Tienes razón.

Aparto la mano y me quedo mirando a la nada. La confusión sustituye al incipiente dolor de cabeza.

—¿Tengo razón?

—Sí —suspira—. Ya te lo he dicho: no elegimos de quién nos enamoramos. Enamorarse es especial. Aferrarse a ese amor a pesar de las circunstancias que puedan destruirlo es aún más especial. Espero que Miller sepa la suerte que tiene de tenerte, mi querida chiquilla.

Me tiembla el labio inferior y noto un nudo en la garganta que no deja salir las palabras con las que querría responderle. Las más importantes son: «Gracias. Gracias por apoyarme, por apoyarnos, cuando parece que todo Londres se ha empeñado en sabotear lo nuestro. Gracias por aceptar a Miller. Gracias por tu comprensión sin saber toda la verdad». Gregory sabe lo que la verdad podría hacerle.

—Te quiero, abuela. —Trago saliva. Se me llenan los ojos de lágrimas que no tardan en rodar por mis mejillas.

—Yo también te quiero, cariño —dice con voz clara y firme, aunque embargada por la emoción—. ¿Te quedas con Miller esta noche?

Asiento y me sorbo los mocos. Apenas consigo balbucear un suave «sí».

—De acuerdo. Que duermas bien.

Sonrío entre las lágrimas y saco fuerzas de su tono dulce y de sus palabras cariñosas para recomponerme y hablar:

—Soñaré con los angelitos.

Se echa a reír y me recuerda otra de las rimas con las que el abuelo me mandaba a la cama.

—«Vamos a la cama, que hay que descansar, para que mañana podamos madrugar» —canturrea.

—No creo que madruguemos mañana.

—Ah, bien. —Se queda un momento en silencio—. ¿Están molidos?

—Agotados —confirmo con una carcajada—. Ahora me voy a dormir.

—Muy bien. Dulces sueños.

—Buenas noches, abuela. —Sonrío, y cuelgo.

De inmediato pienso que debería llamarla otra vez para preguntarle cómo está Gregory, pero me contengo. La pelota está en su cancha. Sabe lo que hay, sabe que no me voy a ninguna parte y sabe que nada de lo que diga podrá cambiar eso, y menos ahora. No tengo nada más que decir ni garantías de que vaya a escucharme. Me mata pero no voy a volver a exponerme a tiro. Si quiere hablar, que me llame. Satisfecha con mi decisión, salgo de la cocina pero no paso del umbral de la puerta. Empiezo a pensar en tonterías.

Por ejemplo, en el cajón donde Miller guarda la agenda.

Intento ignorar mi ataque de curiosidad, en serio, pero mis pies cobran vida propia y de repente tengo el cajón delante antes de haber podido convencerme de que fisgonear está muy mal. No es que no confíe en él, confío en él con todo mi corazón, pero es que estoy en el limbo, sin saber nada, sin enterarme de nada, y aunque sin duda eso es bueno, no puedo evitar la terrible curiosidad que siento. Es más fuerte que yo.

«La curiosidad mató al gato. La curiosidad mató al gato. La maldita curiosidad mató al puto gato...»

Abro el cajón y ahí está, mirándome, incitándome... Tentándome. Es como un imán. Me atrae, me reclama, y sin darme cuenta tengo en las manos el libro prohibido, el libro de las sombras. Ahora sólo necesito que me abra sus páginas como por arte de magia. Me paso un buen rato mirando la agenda pero sigue cerrada. Y así es como debería permanecer, cerrada para siempre, sin que nadie vuelva a leer sus páginas. En el pasado.

Sin embargo, eso sería en un mundo en el que la curiosidad no existe.

Le doy vueltas y, lentamente, abro la tapa, pero mis ojos no se posan en la primera página: se dirigen al suelo, siguiendo la trayectoria de un pedazo de papel que se cayó del interior y que aterriza en mis pies desnudos. Cierro la agenda y frunzo el ceño. Me agacho para recoger el papel vagabundo y de inmediato noto que es grueso y brillante. Es papel de foto. El escalofrío que me recorre la columna me confunde. No puedo ver la foto, está boca abajo, pero su sola presencia me inquieta. Miro hacia el umbral de la puerta intentando pensar, luego mis ojos curiosos vuelven a la fotografía misteriosa. Me dijo que no tiene a nadie. A nadie, y mira que se lo he preguntado de todas las maneras posibles. Sólo Miller, ni familia ni nada, y aunque me muero de curiosidad, no insistí para que me cuente más. Ya tenía bastantes revelaciones sobre él con las que lidiar.

Respiro hondo y le doy la vuelta muy despacio. Sé que estoy a punto de desvelar otra pieza de la historia de Miller. Me muerdo el labio nerviosa. Entorno los ojos, preparándome para lo que me pueda encontrar, y cuando por fin veo la imagen... Me relajo. Ladeo la cabeza y libero la tensión del cuello. Mientras estudio la foto, guardo la agenda de Miller en el cajón sin mirar.

Niños.

Un montón de niños que se ríen, algunos con sombrero de vaquero y otros con plumas como los indios en sus cabecitas felices. Cuento catorce en total, de edades comprendidas entre los cinco y los quince años. Están en el jardín un tanto descuidado de una antigua casa victoriana que está hecha un desastre. Las cortinas parecen trapos agujereados. La ropa de los niños me dice que la foto es de finales de los ochenta, principios de los noventa, y sonrío con ternura mientras mis ojos recorren la fotografía y comparto la alegría de los chiquillos. Puedo oírlos gritar y reír mientras se persiguen con arcos, flechas y pistolas de juguete. Pero la sonrisa me dura poco, se desvanece en cuanto veo a un niño solitario que está de pie al margen, observando las monerías de los demás.

—Miller —susurro acariciando la imagen con la punta del dedo, como si pudiera imbuir algo de vida en su minúsculo cuerpo.

Es él, no me cabe la menor duda. Ya se aprecian muchos de los rasgos que tanto he llegado a amar. Tiene el pelo rizado más enmarañado que nunca, con su mechón rebelde en el sitio, la expresión impasible y carente de emoción y los penetrantes ojos azules. Parecen atormentados... Muertos. Y aun así es un niño precioso a más no poder. No puedo quitarle los ojos de encima, ni siquiera puedo parpadear. Debe de tener unos siete u ocho años. Lleva los pantalones rotos, la camisa le queda chica y los tenis están deshechos. Parece abandonado, y la sola idea, junto con esta imagen en la que da la impresión de estar abatido y perdido, me llena de infinita tristeza. Ni siquiera me doy cuenta de que estoy sollozando hasta que las lágrimas caen en la superficie brillante de la fotografía y borran la dolorosa imagen de Miller de pequeño. Quiero dejarla así, borrosa. Fingir que nunca la vi.

Imposible.

Se me parte el corazón por el niño perdido. Si pudiera, me metería en la foto para abrazarlo, acunarlo, consolarlo. Pero no puedo. Miro hacia la puerta de la cocina envuelta en una nube de pena y de repente me pregunto por qué sigo aquí cuando puedo ir a abrazar, a acunar y a consolar al hombre en el que se ha convertido ese niño. Me apresuro a limpiarme las lágrimas, las de la cara y las que han caído en la foto. Luego la meto de nuevo en la agenda de Miller y cierro el cajón. Bien cerrado. Para siempre.

Echo a correr de vuelta a su dormitorio y me quito la camiseta por el camino. Me meto bajo las sábanas y me pego a su espalda todo lo que puedo, aspirando su fragancia. Vuelvo a estar a gusto.

—¿Adónde has ido? —Me agarra la mano con la que le abrazaba el estómago y se la lleva a los labios. La besa con dulzura.

—La abuela... —digo. Sé que esas dos palabras bastarán para que no me pregunte nada más. Pero no impiden que se vuelva para mirarme a los ojos.

—¿Está bien? —pregunta con timidez. Eso magnifica el dolor en mi pecho y se me hace un nudo en la garganta. No quiero que vea mi tristeza, así que tarareo mi respuesta. Espero que la luz tenue me tape la cara—. Entonces ¿por qué estás tan triste?

—Estoy bien —intento decir con tono seguro, pero sólo me sale un suspiro poco convincente. No voy a preguntarle por la foto porque ya sé que cualquier cosa que me cuente será una agonía.

No me cree, pero tampoco insiste. Con las últimas fuerzas de borracho, me atrae contra su pecho y me envuelve por completo con sus brazos. Estoy en casa.

—Tengo una petición —musita contra mi pelo, estrechándome con fuerza.

—Lo que quieras.

Durante unos instantes nos rodean la paz y el silencio, y me salpica de besos el pelo antes de susurrar su deseo:

—Nunca dejes de quererme, Olivia Taylor.

Ni siquiera tengo que pensarlo.

—Jamás.

CAPÍTULO 17

La mañana me recibe un segundo después, o eso me parece a mí. También tengo la sensación de estar atrapada, y una rápida evaluación de la posición de mis extremidades lo confirma. Estoy atrapada con fuerza. Me vuelvo ligeramente, veo su rostro tranquilo y busco cualquier signo de que algo lo esté perturbando. No encuentro ninguno, y el intenso olor a whisky rancio lo explica. Arrugo la nariz y contengo la respiración mientras me escabullo de su abrazo hasta que él se pone boca arriba dejando escapar un gruñido. Necesitará un café y una aspirina cuando se despierte. Compruebo el reloj y veo que son sólo las siete. Me visto rápidamente y corro hacia la puerta. No pienso molestarme en intentar prepararle un café que le guste. Hay un Costa Coffee en la esquina. Pediré uno para llevar.

Agarro las llaves de Miller de la mesa, lo dejo en la cama y me dirijo automáticamente hacia la escalera con la esperanza de regresar antes de que se despierte y servirle el café en la cama. Y la aspirina. Mis pasos resuenan en las paredes de cemento mientras desciendo los escalones y las imágenes de un niño perdido inundan mi mente y me colman de tristeza de nuevo. Mis esfuerzos por olvidarlas son en vano; veo el rostro de Miller en esa foto como si lo tuviera delante. Pero la idea de poder recompensarlo por aquellos abrazos perdidos, y por todo lo que no tuvo, me llena de determinación.

261

Cruzo la puerta de salida que da al vestíbulo, le devuelvo el saludo con la mano al portero y emerjo al aire fresco matutino casi sin aliento. No obstante, no permito que mi respiración laboriosa me retrase. Corro por la calle hasta la bulliciosa cafetería y llego en un santiamén.

—Un americano, con cuatro expresos, dos de azúcar y lleno hasta la mitad —jadeo al chico que hay detrás de la barra mientras dejo mi monedero sobre ésta—, por favor.

—Enseguida —responde algo alarmado al verme tan agobiada—. ¿Para tomar aquí?

—Para llevar.

—¿Con cuatro expresos?

—Sí, lleno hasta la mitad —repito.

Si supiera cómo tiene que saber según Miller, le daría un trago para probarlo, pero sólo puedo imaginar que sabe como si hubiesen molido granos de café hasta hacerlos pulpa y que debe de tener la consistencia del alquitrán.

El chico se pone a preparar el café y yo me pongo a contar los expresos conforme los añade en el vaso para llevar. Está tardando demasiado, pero mis modales evitan que lo agobie, de modo que, en lugar de eso, empiezo a pasearme con impaciencia y miro por encima del hombro con el ceño fruncido cuando esa extraña sensación me invade de nuevo. Una vez más, me siento observada. Miro a mi alrededor por la cafetería, pero sólo veo hombres y mujeres de negocios con las caras fijas en las pantallas de sus computadoras portátiles, bebiendo y tecleando, de modo que me olvido de la sensación y vuelvo a centrar la atención en el vacilante camarero. Ahora se está entreteniendo limpiando el vaporizador y silbando en el proceso.

—¿Te importaría...? —Dejo la frase a medias al sentir que me están observando de nuevo, pero esta vez se me eriza el vello de la nuca y un escalofrío recorre mi cuerpo, descendiendo lentamente por mi columna vertebral.

—Perdón, ¿qué decía?

Miro confundida al chico, que se ha vuelto y ha abandonado momentáneamente su tarea, y me observa con expectación. «¿Qué decía?»

—Nada. —Exhalo levantando la mano para pasármela por la nuca mientras la ansiedad se apodera de mí. Sacudo la cabeza ligeramente y él se encoge de hombros y vuelve con la cafetera.

Miro a mi alrededor de nuevo pero sólo veo a otros clientes que esperan con impaciencia. No advierto nada fuera de lo común, aunque mi cuerpo me indica a gritos que algo no va bien.

—Tres con veinte, por favor.

Arrastro mi mirada cautelosa por la barra y veo el café de Miller y una mano que lo sostiene.

—Disculpa —digo.

Me obligo a volver a la realidad, rebusco en mi monedero y tardo una vida en encontrar un billete de cinco libras y plantárselo en la mano. Agarro el vaso para llevar, me doy vuelta lentamente y miro hacia todas partes buscando algo, aunque no tengo ni la menor idea de qué. La ansiedad me ha paralizado. Siento claustrofobia. Avanzo con cautela hacia la salida y analizo con la mirada a todas las personas que veo. Nadie me mira. Nadie parece interesado en mí. Si mi alarma interior no siguiera sonando de manera ensordecedora, tildaría este desasosiego de paranoia.

—¡Señorita, su cambio!

El grito apagado del camarero no me detiene. Mis piernas han puesto el modo automático y parecen decididas a alejarme de la fuente de mi ansiedad, aunque no tenga muy claro de qué fuente se trata. Me libero del encierro de la cafetería y espero que esta libertad me devuelva la racionalidad y la calma. Sin embargo, no lo hace. Mis piernas empiezan a correr por la calle a un ritmo constante, y me vuelvo para mirar por encima del hombro en varias ocasiones. No veo absolutamente nada. Me siento frustrada conmigo misma, pero soy incapaz de convencer a mis piernas de que se detengan, y no sé si debería estar agradecida o asustada por esto. La fría sensación en mi piel aumenta y me indica que debo de estar asustada. Mis pasos se aceleran y me quedo sin respiración al instante mientras esquivo a los transeúntes con cuidado de no derramar ni dejar caer el café de Miller en el proceso. Siento un tremendo alivio al avistar su edificio y, al echar un rápido vistazo por encima del hombro, veo... algo.

Un hombre. Un hombre encapuchado que me persigue.

Y esa confirmación se registra en la parte de mi cerebro que da las instrucciones a mis piernas. Acelero el ritmo y vuelvo a mirar hacia adelante, con la mente ajena a mi entorno. Lo único que veo es la imagen de alguien con capucha siguiéndome a través de la multitud. Lo único que siento son los acelerados latidos de mi corazón.

Entro corriendo en el vestíbulo y me dirijo al elevador. El piloto automático no me lleva directamente hacia la escalera por esta vez. Ahora intenta desesperadamente alejarme de la sombra cubierta que me persigue.

—¡El elevador está averiado! —grita el portero, lo que hace que me detenga al instante—. El técnico está de camino. —Se encoge de hombros y vuelve a sus tareas.

Gruño con frustración y corro hacia la escalera, intentando recuperar la sensatez. La puerta golpea la pared y yo corro por los escalones de cemento, subiéndolos de dos en dos. El sonido de mi respiración agitada y el de mis fuertes pisadas combinan y resuenan sordamente en las paredes que me rodean.

Un fuerte golpe procedente de abajo me detiene bruscamente en el sexto piso.

Me quedo paralizada. Mis piernas se niegan a funcionar, y me limito a escuchar el eco de ese golpe mientras asciende por el hueco de la escalera hasta que se disuelve por completo. Contengo la respiración y escucho atentamente. Silencio. Mis pulmones demandan oxígeno, pero se lo niego, concentrada en el silencio que me rodea y en la persistente ansiedad que recorre mis frías venas.

Tardo unos segundos eternos en atreverme a dar un paso y asomar el cuello por el hueco. No veo nada más que escalones, pasamanos y cemento frío y gris.

Pongo los ojos en blanco y me siento ridícula. Podría haber sido un mensajero. Hay cientos en las calles de Londres. «¡Recupera la compostura!», me digo. Permito que entre algo de aire en mis pulmones y me asomo un poco más, casi riéndome de mi estupidez. Pero ¿qué demonios me pasa?

Sintiéndome idiota, empiezo a apartarme del barandal, pero al ver una mano que la agarra unas pocas plantas por debajo, me quedo paralizada de nuevo. Entonces observo aterrorizada y en silencio cómo se desliza lentamente hacia arriba, acercándose, pero no oigo ruido de pisadas. Es como si lo que sea que se dirige hacia mí no tuviese pies... o que éstos no quisieran que supiese que están ahí.

Mi cabeza me ordena a gritos que corra, que me marche, pero ninguno de mis músculos la oye. Me siento frustrada y grito mentalmente al torrente de apremiantes instrucciones de mi cerebro, pero el ensordecedor y estridente sonido de un teléfono celular interrumpe mi discusión mental y vuelvo a la realidad de la escalera. Tardo varios segundos de confusión en darme cuenta de que no es el mío. Entonces oigo unos pasos atronadores que se aproximan. No puedo moverme. Jamás había estado tan aterrada.

Nada funciona: mis piernas, mi cerebro, mi voz..., nada. Sin embargo, al oír el golpe de otra puerta más abajo, recupero la energía y subo corriendo los pocos tramos de escalera que me faltan. Los otros pasos aceleran el ritmo, lo que no hace sino aumentar aún más si cabe mi miedo y, en consecuencia, mi velocidad.

Casi me caigo al suelo de alivio al llegar al décimo piso y cruzo la puerta que da al pasillo que me llevará a la seguridad. Siento un tremendo desasosiego al ver la brillante puerta negra del apartamento de Miller, un desasosiego que se acrecienta aún más cuando esta se abre y me encuentro corriendo hacia un Miller semidesnudo y con cara de alarmado.

—¡Miller!

—¿Livy? —Corre hacia mí, y sus ojos somnolientos se van abriendo cada vez más conforme nos vamos acercando, hasta que es evidente que ya está del todo despierto y preguntándose qué demonios está pasando.

Dejo caer el café y el monedero cuando llego junto a él y me lanzo a sus brazos. Siento que el pánico disminuye y da paso a la emoción.

—¡Carajo! —exclamo, y dejo que me levante del suelo y me pegue contra su cuerpo, asegurándome contra su torso desnudo, sosteniéndome con firmeza del cuello y de la cintura—. Alguien me está siguiendo.

—¿Qué? —pregunta sin aflojar su feroz abrazo.

—Están en la escalera. —Apenas puedo respirar, pero me esfuerzo por expulsarlo todo de mi pecho agotado. No eran imaginaciones mías. Alguien me ha estado siguiendo.

De repente, despega mis extremidades entumecidas de su cuerpo desnudo para liberarse.

—Livy.

Sacudo la cabeza pegada a su pecho, negándome a apartarme de él. Sé adónde irá.

—No, por favor —le ruego.

—¡Vamos, Livy! —grita, y tira con impaciencia de mi cuerpo—. ¡Suéltame! —Su furia no me disuade y me aferro a él con fuerza, muerta de miedo, pero un grito airado acaba con mi tenacidad y, con un rápido movimiento, me despega de su cuerpo. Me sostiene con los brazos extendidos en un santiamén. Mis ojos están cargados de terror, los suyos de ira—. Quédate aquí —me ordena, y me suelta lentamente para asegurarse de que hago lo que me dice. Un pánico absoluto me impide hacer otra cosa.

La falta de su tacto consigue que me tambalee, y observo a través de mis ojos nublados por las lágrimas cómo se dirige hacia la escalera. Sólo lleva puesto su bóxer, pero la falta de ropa acentúa la furia que emana de su físico desnudo y definido. Está temblando de rabia y los músculos de su espalda se encrespan formando oleadas, como si estuvieran flexionándose para prepararse para lo que pudiera encontrarse al otro lado de esa puerta. La abre bruscamente y sin cuidado, cruza el umbral y desaparece de mi vista en un instante. Intento controlar mi respiración para poder escuchar, pero no oigo nada.

La vida parece detenerse hasta que un sonido agudo inunda el ambiente del pasillo.

El elevador.

El elevador averiado.

Empiezo a notar mis latidos en los oídos mientras permanezco congelada y desvío lentamente la mirada hacia el elevador. Las puertas empiezan a abrirse y yo retrocedo aterrorizada.

Dejo escapar un grito ahogado cuando mi espalda golpea la pared y un hombre sale de la cabina. Mi mente consternada tarda una eternidad en asimilar su traje de trabajo y su cinturón de herramientas.

—Lo siento, chica. No pretendía alarmarte.

Me relajo, con la palma en el pecho, mientras exhalo el aliento contenido y veo cómo se mete de nuevo en el elevador.

—Nada. —Miller aparece. Camina hacia mí con la misma expresión de enfado que antes de marcharse. Me agarra de la nuca y me guía hacia el interior de su apartamento. Hago una mueca al oír el portazo. Está furibundo—. Siéntate —me ordena al tiempo que me suelta y me señala el sofá.

—Esta vez he visto a alguien —digo mientras desciendo, obediente.

—¿Esta vez? —repone extrañado—. ¿Por qué no me habías dicho nada? ¡Deberías habérmelo dicho!

Junto las manos en mi regazo y bajo la mirada hacia ellas mientras jugueteo con mi anillo.

—Pensaba que eran cosas mías —confieso, consciente ahora de que mi alarma interior funciona, y muy bien.

Miller sigue de pie, temblando de rabia. No puedo mirarlo a la cara. Sé que tiene razón, y ahora me siento más estúpida que nunca.

Apoya sus manos firmes en mis muslos y yo obligo a mis ojos a elevarse ligeramente en un intento de evaluar su expresión. Se ha acuclillado delante de mí; sus manos inician unas reconfortantes caricias y él recupera su aire inexpresivo. Todo esto hace que vuelva a sentirme cómoda.

—Dime cuándo —me anima con un tono tranquilo y afectuoso.

—De camino al trabajo el otro día, cuando me bajé de tu coche. En el club. —Observo a Miller y no me gusta lo que veo—. ¿Sabes quién puede ser?

—No estoy seguro —responde, y mi recuperada comodidad se torna en un ligero recelo.

—Debes de tener alguna idea. ¿Quién podría querer seguirme, Miller?

Baja los ojos evitando mi mirada interrogante.

—¿Quién, Miller? —insisto. No pienso dejarlo pasar—. ¿Estoy en peligro?

En lugar de estar muerta de miedo, la furia me invade. Si corro algún riesgo, debería estar al tanto de ello, preparada.

—No lo estás cuando te encuentras conmigo, Olivia. —Mantiene la mirada baja, negándose a mirarme.

—Pero no estoy siempre contigo.

—Ya te he dicho —responde lentamente con los dientes apretados— que probablemente seas la mujer mejor protegida de Londres.

—¡Lamento discrepar! —espeto fuera de mí—. Me relaciono contigo y con William Anderson. Y creo que soy lo bastante inteligente como para deducir que eso probablemente me coloca en la categoría de alto riesgo.

Carajo, tiemblo al pensar en qué clase de enemigos pueden tener estos dos hombres.

—Te equivocas —replica Miller con voz tranquila pero insistente—. Puede que Anderson y yo no nos llevemos bien, pero tenemos un mismo interés.

—Yo —respondo por él, aunque no entiendo por qué implica eso que esté segura.

—Sí, tú, y el hecho de que Anderson y yo estemos, por decirlo de alguna manera, en equipos rivales hace que estés en buenas manos.

—Entonces ¡¿quién carajos ha estado siguiéndome?! —grito, lo que hace que Miller levante la mirada sobresaltado—. Yo no me siento segura. ¡Me siento muy insegura!

—No tienes de qué preocuparte.

Soy consciente del tremendo esfuerzo que le está costando mantener la calma, pero me da igual. Estoy molesta y harta de que intente quitarme este miedo justificado con excusas de que estoy en buenas manos.

De repente, me pongo de pie, lo que obliga a Miller a apoyarse sobre los talones. Sus ojos azules como el acero me observan detenidamente mientras intento encontrar algo que decir, algo que eche por tierra su declaración. No me cuesta demasiado.

—No me sentí muy protegida cuando me han estado siguiendo ahí afuera, la verdad —exclamo señalando con el brazo hacia la puerta.

—No deberías haberte marchado sin mí. —Se levanta y me agarra de las caderas, sosteniéndome. Se inclina, su mechón rebelde escapa del resto de su melena, y su mirada azul cargada de preocupación atraviesa la mía cargada de furia—. Prométeme que no irás a ninguna parte sola.

—¿Por qué?

—Prométemelo, Olivia. No te pongas impertinente, por favor.

Mi impertinencia es lo único que me mantiene estable en estos momentos. Estoy furiosa pero asustada. Me siento segura pero expuesta.

—Por favor, dime por qué.

Cierra los ojos, intentando claramente reunir algo de paciencia.

—Personas entrometidas —susurra con un suspiro; todo su cuerpo se desinfla, pero sigue agarrándome con firmeza de las caderas cuando me tambaleo tragando saliva—. Y ahora, prométemelo.

Abro los ojos como platos, asustada, incapaz de articular palabra.

—Olivia, por favor, te lo ruego.

—¿Por qué? ¿Quién pretende entrometerse?, y ¿por qué me están siguiendo?

Me sostiene la mirada y sus ojos son tan intensos como sus palabras.

—No lo sé pero, sea quien sea, es evidente que puede predecir mi próximo movimiento.

¿Su próximo movimiento? De repente, la realidad de la situación me golpea como si me dieran una patada en el estómago.

—¿No lo dejé? —digo con un grito ahogado.

«No es tan fácil dejarlo.»

Sus clientas. Siempre ha estado disponible para ellas por unos miles de libras. Ahora ya no, y es evidente que algunos no van a renunciar a él tan fácilmente. Todo el mundo quiere lo que no puede tener, y ahora, por mi culpa, él es todavía más inalcanzable.

—No lo he dejado oficialmente, Olivia. Sé las reacciones que esto provocará. Tengo que hacer bien las cosas.

Ahora todo encaja a la perfección.

—Me odiarán —digo. Cassie me odia, y ella ni siquiera es una clienta.

Miller resopla con sarcasmo dándome la razón. Entonces me mira para infundirme seguridad.

—No me estoy acostando con nadie más. —Articula las palabras de forma lenta y precisa, en un intento desesperado de dejarlo bien claro y de disipar cualquier duda que pudiera tener al respecto de que me esté diciendo la verdad—. Olivia, no he saboreado a nadie ni he dejado que nadie me saboree a mí. Dime que me crees.

—Te creo —respondo sin vacilar. Tengo fe ciega en él, a pesar de lo confundida que estoy y de no tener ninguna prueba más que sus palabras. No sé explicar por qué, pero algo profundo y poderoso me guía. Es un instinto, un instinto que me ha funcionado bien hasta ahora. Y pienso continuar siguiéndolo—. Te creo —reafirmo.

—Gracias. —Me estrecha entre sus brazos y me abraza con un alivio tremendo.

Estoy confundida y pasmada. ¿Me siguen mujeres despechadas? Pueden predecir su próximo movimiento. Saben que va a dejarlo y no quieren que lo haga.

—Tengo que pedirte algo —suspira en mi cuello mientras me pasa las manos por cada milímetro de la espalda.

—¿Qué?

—Nunca dejes de quererme.

Sacudo la cabeza, preguntándome si se acordará de que anoche me pidió lo mismo, cuando el alcohol y el cansancio lo consumían, y eso hace que me pregunte también si recuerda mi respuesta.

—Jamás —confirmo con la misma determinación que anoche, antes de que el sueño nos venciera, a pesar de que tardase ligeramente en hacerlo.

CAPÍTULO 18

La abuela está esperando en el umbral de la puerta cuando detenemos el coche delante de la casa, con los brazos cruzados sobre el pecho y sus cautelosos ojos de color zafiro fijos en Miller. Observo si lleva una pantufla en la mano, lo que sea con tal de evitar el riesgo de que nuestras miradas se encuentren. Puede que se mostrara comprensiva e indulgente anoche por teléfono, pero no soy tan ingenua como para pensar que va a dejar pasar el asunto. Ahora estamos cara a cara. No hay escapatoria. Va a echarse encima de Miller y, a juzgar por su silencioso y pensativo estado desde que salimos de su apartamento, él ya se lo espera.

Desliza su palma caliente sobre mi nuca cuando nos acercamos y empieza a masajeármela con suavidad en un intento de aliviar mis nervios. Pierde el tiempo.

—Señora Taylor —saluda formalmente al tiempo que se detiene.

—Hum —murmura ella sin abandonar su amenazadora mirada—. Son más de las nueve —me dice a mí, aunque no aparta su mirada recelosa de Miller—. Vas a llegar tarde.

—Es que...

—Olivia no irá hoy a trabajar —me interrumpe Miller—. Su jefe ha accedido a darle el día libre.

—¿Ah, sí? —pregunta mi abuela, enarcando sus grises cejas con sorpresa.

Tengo la sensación de que debería ser yo quien diese las explicaciones pero, en lugar de hacerlo, me mantengo al margen mientras Miller continúa hablando.

—Sí, quiero pasar el día con ella; darnos un respiro y pasar un poco de tiempo a solas para disfrutar el uno del otro.

Consigo contener la risa condescendiente que amenaza con hacer aparición de un momento a otro. Miller insistió en que yo necesitaba un descanso, y rara vez tengo la oportunidad de pasar todo el día con él, de modo que debería aprovecharla al máximo. Sin embargo, no soy tan estúpida como para creer que esa es la única razón.

Miller me lanza una mirada para infundirme seguridad.

—Ve a bañarte.

—Bien —digo a regañadientes, sabiendo que no podré evitar que él se encargue de mi abuela a solas.

Ahora entiendo su insistencia en que no tenía tiempo para bañarme en su apartamento esta mañana. Así tiene la excusa perfecta para hablar con ella sin que yo esté presente.

—Ve —me exhorta con voz suave—. Yo te espero aquí.

Asiento mordiéndome el labio, sin prisa por dejarlos a solas. De hecho, me gustaría dar media vuelta, huir y llevarme a Miller conmigo. Mi abuela ladea sutilmente la cabeza. Es su manera de decirme «largo de aquí». No hay manera de evitar lo inevitable, pero de no ser por el deseo de Miller de disculparse, ahora no estaría subiendo lentamente la escalera y dejándolos para que «hablen». Le conté toda la conversación que tuve con mi abuela anoche, y él sonrió con cariño cuando le relaté que ella me había hablado sobre el amor especial. Sin embargo, ella desconoce los detalles escabrosos, y quiero que siga siendo así.

Miro por encima de mi hombro cuando llego a lo alto de la escalera y veo que me están observando. Ninguno quiere hablar hasta que esté lo bastante lejos como para no oír lo que tengan que decir. Mi abuela irradia autoridad, y mi elegante y escrupuloso Miller rezuma respeto. Es algo digno de ver.

—¡Vamos! —me grita con una media sonrisa. ¿Le divierte mi preocupación?

Pongo los ojos en blanco al tiempo que suspiro exasperada y me resigno al hecho de que no hay nada que hacer.

Me meto en el cuarto de baño y me baño en un tiempo récord. El agua está fría, pero no estoy dispuesta a esperar hasta que esté más soportable, y el acondicionador apenas ha tocado mi pelo cuando ya me lo estoy enjuagando. Tengo muchas cosas en la cabeza, todas desagradables y preocupantes, pero ahora está repleta de imágenes de mi abuela moviendo el dedo frente a la cara de Miller mientras le hace un montón de preguntas que espero por Dios que sepa cómo esquivar.

Me paso una toalla por el cuerpo frío y empapado y corro por el descansillo para vestirme, con la antena puesta esperando oír palabras acaloradas, principalmente de mi abuela. Corro a mi cuarto y tiro la toalla a un lado.

—Vaya, vaya... Hola.

Doy un brinco contra la puerta y me llevo la mano al corazón.

—¡Carajo!

Miller está sentado en mi cama, con el teléfono en la oreja y una sonrisa malévola dibujada en su perfecto rostro. No parece que acaben de amenazarlo verbalmente.

—Disculpa —dice a la persona al otro lado del teléfono con la vista fija en mí—. Acaba de surgirme algo. —Pulsa un botón para terminar la llamada y deja que el teléfono se deslice hasta el centro de la palma de su mano mientras se golpetea la rodilla con las puntas de los dedos con aire pensativo—. ¿Tienes frío?

Su pregunta y la zona de mi cuerpo en la que centra su mirada mientras me la formula me obligan a bajar la vista. Sí, lo tengo, y es bastante evidente, pero mis fríos pezones empiezan a erizarse con algo más que frío mientras permanezco bajo su analítica mirada.

—Un poco —admito, y me agarro las tetas para esconderlas de su vista—. ¿Y mi abuela?

274

—Abajo.

—¿Estás bien?

—¿Por qué no iba a estarlo? —Lo veo tranquilo y sosegado, no muestra ningún signo de sentirse contrariado tras lidiar con mi protectora abuela.

—Pues porque... Es que... —empiezo a tartamudear, sintiéndome estúpidamente incómoda. Esto es ridículo. Pongo los ojos en blanco y bajo las manos—. ¿Qué te dijo?

—¿Cuándo? ¿Mientras golpeteaba la mesa con el cuchillo de trinchar más grande que tiene?

—Vamos —me río, pero mi risa nerviosa cesa al ver que Miller está completamente serio—. ¿Hizo eso?

Se mete el teléfono en el bolsillo interior de la chaqueta, se pone de pie y luego introduce las manos en los bolsillos del pantalón.

—Olivia, no puedo seguir con esta conversación mientras estás mojada y desnuda. —Niega con la cabeza como si intentara sacudirse malos pensamientos de la cabeza. Probablemente así sea—. Vístete o mueve ese precioso cuerpecito que tienes hasta aquí para que pueda saborearlo.

Mi columna se endereza y lucho contra los dardos de deseo que me dispara desde el otro lado de la habitación.

—No serías capaz de faltarle así al respeto a mi abuela —le recuerdo estúpidamente.

—Eso era antes de que me amenazara con extirparme mi virilidad.

Me río. Lo dice en serio, y no me cabe duda de que mi abuela también lo decía en serio.

—Entonces ¿esa regla ya no sirve?

Hace una mueca y un brillo travieso reluce en sus maravillosos ojos.

—He evaluado y mitigado los riesgos asociados con venerarte en casa de tu abuela.

—¿Ah, sí?

—Sí, y lo mejor de todo es que se pueden tomar medidas para minimizar riesgos. —Habla como si estuviese negociando una transacción de nuevo.

—¿Como cuál?

Los encantadores labios de Miller forman una línea recta mientras considera mi pregunta; entonces se acerca a mi silla y la levanta.

—Disculpa —dice, y espera a que me aparte de la puerta, cosa que hago sin rechistar, observando con diversión cómo coloca la parte superior del respaldo debajo del pomo—. Creo que podríamos estar cerca de una sesión de veneración libre de riesgos. —Una enorme sonrisa se dibuja en mi rostro mientras observo cómo comprueba la estabilidad de la silla antes de sacudir el pomo—. Sí —concluye, asintiendo con satisfacción con su perfecta cabeza—. Creo que cubrí cualquier posible eventualidad. —Se vuelve hacia mí y se pasa unos instantes abrasándome la piel con la mirada—. Ahora quiero saborearte.

Mi libido responde al instante. Estoy en modo receptivo total, y me encanta ver que Miller también lo está. El bulto que se intuye en sus pantalones lo demuestra.

—¡Olivia! —El grito de mi abuela atraviesa de pronto toda la tensión sexual y la mata al instante—. Olivia, voy a poner a lavar ropa blanca. ¿Tienes algo? —El crujido del suelo de madera indica que está cerca.

—Estupendo —vuelve a gruñir Miller frustrado—. Esto... es... estupendo.

Sonrío y me agacho para recoger la toalla.

—¿Dejaste algún riesgo por minimizar? —susurro mientras me envuelvo con la toalla.

Se acomoda la entrepierna y me fulmina con la mirada. Es obvio que la situación no le hace ni pizca de gracia.

—No había calculado que hoy tocaría lavar ropa blanca. —Aparta la silla de la puerta y la abre, revelando a mi abuela con un montón de prendas blancas en los brazos. Miller se coloca una sonrisa falsa en la cara, aunque sigue siendo una sonrisa, y sigue siendo algo extraño de ver, a pesar de que no sea sincera. Pero eso mi abuela no lo sabe—. Debería tener a alguien que haga estas cosas por usted, señora Taylor.

—¡Puf! ¡Cómo son ustedes los ricos! —Lo insta a apartarse de su camino e irrumpe en mi habitación, recogiendo todo lo blanco que encuentra—. No me asusta el trabajo duro.

—A Miller tampoco —suelto—. Él lava y cocina.

Mi abuela se detiene y reorganiza el montón de ropa blanca que tiene en los brazos.

—Vaya, entonces es sólo mi edad lo que sugiere que debería buscar ayuda, ¿eh?

Sonrío al ver que mi abuela le lanza a Miller una mirada desdeñosa que hace que él se revuelva incómodo en sus zapatos caros.

—En absoluto —dice desviando sus ojos suplicantes hacia mí. Soy muy mala. Ahora se está dando cuenta. Mi abuela puede ser una auténtica pesadilla, y le recordaré esta escenita cuando me reprenda por decir las cosas como son—. No pretendía...

—Ahórreselo, caballero —le espeta ella mientras pasa por su lado y me guiña un ojo con picardía. Entonces se detiene delante de mí y sus viejos ojos reparan en mi toalla blanca. La toalla que cubre mis pudores—. Voy a lavar ropa blanca —susurra aguantándose una sonrisa malévola.

—Puedes meter esto en la siguiente tanda —replico mientras me aferro a mi toalla y la miro con los ojos entornados a modo de advertencia.

—Pero es que con esto no lleno una carga —dice señalando el montón de ropa que tiene en los brazos con un minúsculo gesto de la cabeza—. Sería un gasto de agua y de energía tremendo. Tengo que llenar la lavadora.

Frunzo los labios y ella curva los suyos.

—Lo que tendrías que hacer es llenarte la boca para no poder hablar —le suelto, y su sonrisa se intensifica. Es incorregible, la muy descarada.

—¡Miller! —exclama—. ¿Has visto cómo le habla a una pobre anciana?

—Sí, señora Miller —se apresura a responder él, y esquiva su cuerpo bajo y rechoncho hasta que se coloca detrás de mí, admirando el rostro, ahora serio, de mi abuela por encima de mi hombro. Es una arpía, y está jugando a hacerse la vieja y dulce ancianita. Pero yo sé cómo es en realidad, y pienso encargarme de que Miller también lo sepa. Entonces, él se inclina, apoya la barbilla cerca de mi oreja y me rodea la cintura de manera que su mano queda abierta sobre mi vientre por encima de la toalla—. Yo tengo una manzana en el coche que le cabría perfectamente en la boca. Con eso debería resolverse el problema.

—¡Ja! —me río.

La abuela lanza un grito ahogado de indignación y el rostro se le descompone de la rabia.

—¡Muy bien!

—Muy bien, ¿qué? —pregunto—. Deja de hacerte la pobre viejecita indefensa, abuela. Ya no funciona.

Comienza a resoplar y a refunfuñar mirándonos alternativamente a mí y a Miller, que ahora tiene la barbilla apoyada en mi hombro desnudo. Agarro su mano sobre mi vientre, se la aprieto y giro el cuello para poder ver su delicioso rostro. Él me sonríe abiertamente y me da un fuerte beso en los labios.

—¡Un poco de respeto! —grazna mi abuela, interrumpiendo nuestro momento de intimidad—. ¡Dame eso! —Tira de la toalla con fuerza y deja mi cuerpo al descubierto.

—¡Abuela!

Se echa a reír amenazadoramente mientras añade la toalla al montón de ropa ya existente.

—¡Así aprenderás! —sentencia.

—¡Mierda!

Agarro lo primero que encuentro para cubrir mis pudores...,
que resultan ser las manos de Miller.

—¡Oh! —Mi abuela se agacha riéndose de manera incontrolada mientras pego las palmas de Miller a mis pechos.

—Vaya, hola otra vez, encanto —susurra en mi oído dándome
un pequeño apretón.

—¡Miller!

—¡Me las pusiste tú ahí! —ríe, deleitándose en mi error induci-
do por el pánico.

—¡Mierda! —Me lo quito de encima y corro hacia la cama, tiro
de las sábanas y me cubro de nuevo. Estoy como un tomate, mi
abuela se parte de risa, y Miller no ayuda, riendo para sus adentros.
Es una imagen encantadora, pero estoy tan avergonzada e irritada que no puedo disfrutarla demasiado tiempo—. ¡No la animes!
—Esto está muy mal.

—Lo siento —dice él. Intenta recobrar la compostura alisándose el traje y pasándose la mano por delante, aunque sus hombros siguen sacudiéndose.

—¡Abuela, sal de aquí!

—Ya me voy, ya me voy —responde con aire cansado mientras
sale por la puerta.

Sé que acaba de guiñarle un ojo con picardía a Miller porque vi
cómo él apartaba rápidamente los ojos de ella y su sonrisa se ha
borrado. Todavía se está arreglando su perfecto traje, cosa natural
en él, pero los frenéticos movimientos de su mano y la tensión de
sus hombros delatan que la situación sigue haciéndole gracia. Para
cuando la abuela se marcha, satisfecha de sí misma y riéndose por
el descansillo, estoy muy molesta.

Peleándome con el montón de tela que me envuelve, me acerco
a la puerta y la cierro de un golpe detrás de ella, lo que hace que
Miller dé un brinco sobresaltado. Ya no puede aguantarse más la
risa.

—Se supone que tienes que estar de mi parte —le espeto tirando de la tela enredada en mis pies.

—Y lo estoy. —Se ríe—. En serio, lo estoy.

Lo miro malhumorada y él se acerca a mí, aparta las sábanas de mi cuerpo y me acuna en sus brazos.

—Es un tesoro.

—Es una pesadilla —respondo sin importarme si me reprende por ello—. ¿Qué te dijo?

—Ya te lo conté: mi virilidad corre peligro.

—Eso no significa que tengas que apoyarla por miedo a perderla.

—No la estaba apoyando.

—Claro que sí.

—Si a tu abuela la contenta exponer tu precioso cuerpo desnudo en mi presencia, no voy a quejarme. —Me lleva hasta la cama y se sienta en el borde conmigo a horcajadas sobre su regazo—. Al contrario, le estaré tremendamente agradecido.

—Pues no te muestres tan agradecido —gruño—. Y me encanta cuando te ríes, pero no a mi costa.

—¿Preferirías que te mostrara a ti mi gratitud?

—Sí. —Mi respuesta es rotunda y altiva—. Sólo a mí.

—Tomo nota de su petición, señorita Taylor.

—Estupendo, señor Hart.

Él sonríe, devolviéndome el buen humor, y me regala uno de esos besos que me dejan la mente en blanco. Aunque no dura demasiado.

—El día avanza rápido y ni siquiera hemos desayunado todavía.

—Almorzaremos fuerte. —Me agarro a su cuello y tiro de él para impedir que interrumpa nuestro beso.

—Tienes que comer.

—No tengo hambre.

—Olivia —me advierte—, por favor. Quiero alimentarte, y quiero que lo aceptes.

—¿Fresas? —pruebo—. Británicas, que son más dulces, y bañadas en un delicioso chocolate negro.

—No creo que podamos hacer eso en público.

—Pues volvamos a tu casa.

—Eres insaciable.

—Es culpa tuya.

—De acuerdo. Yo he despertado este tremendo deseo en ti, y soy el único hombre que podrá saciarlo jamás.

—De acuerdo.

—Me alegro de que hayamos aclarado las cosas, aunque...

—No tengo otra opción, ya lo sé —digo. Le muerdo el labio y tiro de él entre mis dientes—. Tampoco quiero tenerla.

—Me alegro. —Me deja en el suelo y me mira con ojos cálidos. Un atisbo de sonrisa adorna su maravillosa boca.

—¿Qué? —pregunto, adoptando su misma expresión tierna.

Desliza sus manos suaves alrededor de mi trasero y tira de mí hasta colocarme entre sus muslos separados. Después me besa suavemente el vientre.

—Estaba pensando en lo preciosa que estás aquí desnuda delante de mí. —Apoya la barbilla en mi ombligo y me mira con sus divinos ojos azules cargados de felicidad—. ¿Qué te gustaría hacer hoy?

—Pues... —Mi cerebro se pone en marcha, pensando en todas las cosas divertidas que podríamos hacer juntos. Apuesto a que Miller nunca ha hecho nada divertido—. Pasear, deambular, vagar.

Me encantaría perderme por las calles de Londres con él, enseñarle mis edificios favoritos y contarle sus historias. Aunque la verdad es que no va vestido para vagar por ahí. Me quedo mirando su perfecto traje de tres piezas con el ceño fruncido.

—¿Quieres decir caminar? —pregunta algo desconcertado atrayendo mi mirada hacia sus ojos. No parece entusiasmado precisamente.

—Dar un agradable paseo.

—¿Adónde?

Me encojo de hombros, un poco triste al ver que mi idea no parece hacerle mucha gracia.

—¿Qué sugieres tú?

Medita su respuesta unos segundos antes de hablar.

—Tengo mucho que hacer en Ice. Podrías venir y ordenar mi despacho.

Me aparto disgustada. Su despacho está impoluto. No necesita que lo ordenen, y por mucho entusiasmo que imprima a su voz no va a convencerme de que ir a trabajar con él sea algo divertido.

—Has dicho pasar un tiempo a solas para disfrutar.

—Puedes sentarte en mi regazo mientras trabajo.

—No seas tonto.

—No lo soy.

Por un instante, temo que hable en serio.

—No voy a tomarme el día libre sólo para ir a trabajar contigo. —Me echo hacia atrás y me cruzo de brazos con la esperanza de que comprenda lo inflexible que soy en este asunto. La sonrisa que se dibuja en sus deliciosos labios hace flaquear mi determinación. Está sonriendo mucho, y es algo maravilloso y exasperante al mismo tiempo—. ¿Qué? —pregunto al tiempo que pienso que debería dejar de cuestionar sus motivos para su obvio disfrute y limitarme a aceptarlo sin decir ni pío. Pero este ser desesperante despierta mi curiosidad constantemente.

—Estaba pensando en lo encantadora que estás con los brazos apretándote y levantándote los pechos. —Sus ojos brillan sin cesar. Bajo la vista y veo mi ausencia de pecho.

—Ahí no hay nada. —Presiono los brazos contra mis tetas un poco más sin entender qué es lo que ve ahí que yo no veo.

—Son perfectas. —Me levanta rápidamente y yo dejo escapar un alarido cuando me tira sobre la cama y me cubre con su cuerpo trajeado—. Exijo que se queden tal y como están.

—De acuerdo —accedo antes de que su boca se pose sobre la mía y me inunde a besos delicados pero apasionados.

Estoy en la gloria, totalmente ajena a todo lo demás, y me encanta cuando Miller está así de relajado. Ha desaparecido toda la tensión.

Bueno, casi.

—Mi traje —murmura trazando un camino de besos hasta mi oreja—. Mi aspecto nunca había sido tan cuestionable desde que invadiste mi vida, niña.

—Tu aspecto es impecable.

Suelta una risotada de desacuerdo, se aparta de mi desnudez cargada de deseo y se pone de pie para alisarse el traje y colocarse bien el nudo de la corbata mientras lo observo.

—Vístete.

Suspiro y me acerco al borde de la cama mientras él se dirige a mi espejo para ver lo que está haciendo. Aunque ya estoy acostumbrada a Miller y a sus manías, mi fascinación por él sigue siendo mayúscula. Todo cuanto tiene que ver con él, todo cuanto hace lo lleva a cabo con el máximo cuidado y atención, y resulta adorable..., excepto cuando libera su temperamento. Me sacudo ese pensamiento de la cabeza, dejo a Miller jugando con su corbata y me preparo. Me pongo un vestido de flores y unas chanclas y me dispongo a secarme el pelo lidiando con él durante unos minutos, maldiciéndome por no haberle dado tiempo al acondicionador a que hiciera efecto antes de enjuagarlo. Me lo recojo, lo suelto y lo aliso unas cuantas veces. Finalmente, exhalo mi exasperación ante mis indómitos rizos y me recojo una coleta suelta por encima del hombro.

—Muy linda —concluye Miller cuando me vuelvo para presentarme ante él. Sus ojos recorren mi figura de arriba abajo ociosamente mientras sigue toqueteándose la corbata—. ¿Hoy no te pones Converse?

Miro mis uñas rosa de los pies y muevo los dedos.

—¿No te gustan? —digo.

Apuesto a que Miller no se ha puesto unas chanclas en su vida. De hecho, estoy convencida de que sólo ha usado zapatos de piel caros, hechos a mano y de la mejor calidad. Ni siquiera usa tenis en el gimnasio, prefiere ir descalzo.

—Olivia, tú podrías ponerte un andrajo y parecer una princesa.

Sonrío, agarro una bolsa, me la cruzo sobre el cuerpo y me tomo unos instantes para admirar la meticulosidad de Miller.

—La gente debe de pensar que somos una pareja extraña.

Se acerca a mí con el ceño fruncido, me agarra de la nuca y me guía fuera del dormitorio.

—¿Por qué?

—Pues porque tú vas con traje y zapatos y yo... —Miro hacia abajo buscando la palabra adecuada—. Cursi. —No se me ocurre otra mejor.

—Ya basta de eso —me reprende en voz baja mientras bajamos la escalera—. Despídete de tu abuela.

—¡Adiós, abuela! —grito, ya que me dirige a la puerta sin darme la oportunidad de ir a buscarla.

—¡Diviértanse! —grita ella desde la cocina.

—Traeré a Olivia de vuelta después —dice Miller, recuperando su tono formal justo antes de que la puerta de casa se cierre cuando salimos. Lo miro con ojos cansados y hago caso omiso de su mirada interrogante cuando se da cuenta—. Entra.

Me abre la puerta del Mercedes, y me deslizo sobre el suave asiento de piel del acompañante.

Cierra la puerta con suavidad y al instante lo tengo sentado a mi lado, arrancando el motor y en marcha antes de que me haya dado tiempo a ponerme el cinturón.

—¿Qué vamos a hacer? —le pregunto de nuevo mientras me cruzo el cinturón por el cuerpo.

—Tú dirás.

Lo miro sorprendida, pero no retraso mi respuesta.

—Aparca cerca de Mayfair.

—¿Mayfair?

—Sí, vamos a dar un paseo. —Vuelvo a mirar hacia adelante y me doy cuenta de que los dos indicadores de temperatura del salpicadero marcan dieciséis grados, como la última vez, aunque ahora hace mucho más calor. De repente me siento sofocada, pero no quiero arruinar el mundo perfecto de Miller, de modo que abro un poco la ventana.

—A dar un paseo —murmura con aire pensativo, como si el hecho le preocupase. Probablemente así sea, pero decido ignorar la preocupación en su voz y permanezco callada en mi asiento—. A dar un paseo —repite para sí de nuevo, y empieza a golpetear el volante. Siento que la inseguridad comienza a apoderarse de él—. Quiere pasear.

Sonrío y sacudo imperceptiblemente la cabeza. Después me acomodo más en mi asiento y Miller interrumpe el largo silencio encendiendo el sistema multimedia. *Pursuit of Happiness*, de Kid Mac, inunda el carro, y mi rostro adopta una expresión de extrañeza ante las sorprendentes elecciones musicales de Miller. Sé que mira de vez en cuando en mi dirección, pero no le muestro que estoy intrigada. En lugar de ello, permanezco callada durante el resto del trayecto, cavilando sobre numerosos elementos de mi curioso Miller Hart y del curioso mundo en el que me metí voluntariamente.

CAPÍTULO 19

Cuando Miller detiene el Mercedes en el espacio del estacionamiento y apaga el motor, sé que no debo salir del coche por mi cuenta. Rodea el vehículo por la parte delantera, se abrocha el saco y me abre la puerta.

—Gracias, señor.

—De nada —responde como si no hubiese captado mi sarcasmo—. ¿Y ahora qué? —Mira a nuestro alrededor brevemente y se retira la manga del saco un momento para ver la hora.

—¿Tienes prisa? —pregunto, irritada inmediatamente por su gesto grosero.

Me mira y baja los brazos.

—En absoluto. —Se alisa el traje de nuevo, lo que sea con tal de evitar mi tono amargo—. ¿Y ahora qué? —repite.

—Pasearemos.

—¿Adónde?

Dejo caer los hombros. Esto no va a ser fácil.

—Se supone que esto tiene que ser relajante. Algo tranquilo de lo que podamos disfrutar.

—A mí se me ocurren maneras mucho más gratificantes de pasar el tiempo, Olivia, y no implican mantenerte en público. —Lo dice totalmente en serio, y mis muslos se tensan cuando veo que vuelve a mirar a nuestro alrededor.

—¿Has ido a pasear alguna vez? —pregunto.

Vuelve a mirarme rápidamente con ojos curiosos.

286

—Voy de A a B.

—¿Nunca te has sumergido en las riquezas que ofrece Londres? —pregunto sorprendida de que alguien pueda vivir en esta grandiosa ciudad sin perderse en su historia. No lo puedo creer.

—Tú eres una de las mejores riquezas, y me encantaría sumergirme en ti ahora mismo. —Me estudia detenidamente, y sé lo que viene a continuación. El ritmo acelerado de los latidos entre mis piernas es buena señal, así como el deseo que se acumula en sus ojos después de ejecutar uno de esos parpadeos ociosos—. Pero no puedo venerarte aquí, ¿verdad?

—No —me apresuro a responder, y aparto la mirada antes de verme atrapada todavía más en sus cautivadores ojos azules. No quiere pasear, pero yo sí. Ardo de deseo; un deseo que se palpa en el ambiente que nos rodea, pero quiero disfrutar de Miller de otra forma—. ¿Qué hay de tus cuadros?

—¿Qué pasa con ellos?

—Debes de apreciar la belleza de las cosas que pintas. De lo contrario, no te molestarías en hacerlo. —Paso por alto el hecho de que serían todavía más bonitos si fuesen algo más claros.

Se encoge de hombros con indiferencia y mira de nuevo a nuestro alrededor. El tema empieza a irritarme.

—Veo algo que me gusta, le tomo una foto y luego lo pinto.

—¿Así de simple?

—Sí. —No me mira a la cara.

—¿No crees que sería más gratificante pintar teniendo el objeto en cuestión delante?

—No veo por qué.

Exhalo, cansada de insistir, y me cruzo el bolso por encima del hombro. Sigo sin entenderlo del todo, a pesar de que me digo a mí misma constantemente que sí lo hago. Me estoy engañando.

—¿Listo?

Contesta agarrándome de la nuca y empujándome hacia adelante, pero yo me detengo y me libero. Le lanzo una mirada desdeñosa y él me mira con la confusión reflejada en su precioso rostro.

—¿Qué pasa?

—No vas a guiarme por Londres agarrándome del cuello.

—Y ¿por qué no? —Está verdaderamente desconcertado—. Me gusta tenerte así de cerca. Pensaba que a ti también te gustaba.

—Y me gusta —admito. Siempre agradezco el confort de la calidez de su palma en mi nuca. Pero no mientras deambulo por Londres—. Dame la mano.

No creo que Miller haya tomado la mano de ninguna mujer porque sí jamás. No me lo imagino. Me ha guiado de la mano en algunas ocasiones, pero siempre con algún propósito: para dejarme en algún sitio donde quiere que esté, pero nunca de manera relajada y cariñosa.

Pasa demasiado tiempo pensando en mi petición hasta que por fin accede con una ceja enarcada.

—¡Bu! —grito con una sonrisa burlona haciéndole dar un brinco. Recobra la compostura y levanta sus ojos serios hasta los míos. Sonrío—. No muerdo.

Está casi ofendido, lo noto, pero sigue mostrándose frío e impasible. A pesar de ello, sigo sonriendo. Es una buena sonrisa.

—Descarada —se limita a decir, y me agarra más fuerte, negándose a darme el gusto de sonreír mientras toma la delantera.

Lo sigo, y cambio la posición de nuestras manos mientras vagamos por la calle de manera que nuestros dedos quedan entrelazados. Mantengo la mirada hacia adelante, permitiéndome algún que otro breve vistazo hacia Miller de vez en cuando. No necesito mirar, pero lo hago, y veo cómo observa nuestras manos y flexiona la suya hasta acostumbrarse a la sensación. Está claro que nunca ha ido de la mano así con ninguna mujer y, aunque me encanta la idea, también empaña la inmensa sensación de confort en la que me deleito cuando me agarra de la nuca. ¿Es así como agarra a todas las mujeres? ¿Y ellas sienten que una oleada de calor recorre sus cuerpos cuando lo hace? ¿Cierran los ojos lentamente y doblan un poco el cuello para absorber la sensación, plenas de satisfacción? Estas preguntas hacen que mi mano se cierre alrededor de la suya con más fuerza y vuelvo la cabeza para mirarlo, para ver bien la expresión de su rostro y comprobar lo incómodo que se siente con nuestra conexión. Va todo tieso, no para de flexionar la mano, y su expresión es casi de perplejidad.

—¿Estás bien? —le pregunto en voz baja cuando giramos hacia Bury Street.

Las pisadas regulares de sus zapatos caros golpeando el pavimento fallan ligeramente, pero no me mira.

—Estupendamente —dice.

Me río y apoyo la cabeza sobre su antebrazo.

No está estupendamente. De hecho, parece tremendamente incómodo. A pesar de ir vestido de una manera fina y exquisita que encaja perfectamente con el Londres diurno, Miller destila cierto desasosiego. Miro a nuestro alrededor conforme continuamos avanzando hacia Piccadilly y veo hombres de negocios trajeados por todas partes, algunos hablando por sus teléfonos celulares, otros llevando portafolios, pero todos parecen sentirse muy cómodos. Parecen llenos de determinación, probablemente porque lo están. Van de camino a un almuerzo, o a una reunión, o a la oficina. Cuando vuelvo a mirar a Miller me doy cuenta de que a él le falta esa determinación en estos momentos. Siempre va de A a B. No deambula. Está haciendo un esfuerzo por mí. Pero está fracasando estrepitosamente. Mi mente reflexiona por un instante en la posibilidad de que Miller se sienta tan fuera de lugar porque estoy tomada de su brazo, pero lo descarto de inmediato. Estoy aquí y tengo intención de quedarme, y no sólo porque Miller lo diga. La idea de continuar mi vida sin él me resulta inconcebible, y ese mero pensamiento nubla mi estado de felicidad y hace que tiemble contra su magnífico cuerpo. Levanto la otra mano sin pensar y sujeto su antebrazo, justo por debajo de mi barbilla.

—¿Olivia?

Mantengo la cabeza y la mano en el sitio y levanto sólo los ojos. Me está mirando con un aire de preocupación en el rostro. Fuerzo una minúscula sonrisa a través de la ansiedad que han suscitado mis pensamientos.

—Conozco y adoro la cara de dicha de mi dulce niña, y sé que ahora está intentando engañarme.

Se detiene y se vuelve hacia mí, obligándome a soltarlo de una manera inevitable y tremendamente dolorosa, pero permito que me aparte de él. Me recoge el pelo de la coleta de los hombros, lo deja caer sobre mi espalda y toma mis mejillas en las manos. Se inclina ligeramente hasta que su rostro queda a la altura del mío; entonces me devuelve un poco de esa felicidad recién mermada cuando parpadea tan increíblemente despacio que tengo la sensación de que no va a volver a abrir los ojos de nuevo. Sin embargo, lo hace, y un tremendo bienestar emanado desde cada fibra de su precioso ser me invade. Lo sabe.

—Comparte conmigo lo que te aflige.

Sonrío por dentro e intento recomponerme.

—Estoy bien —le aseguro, y aparto una de sus manos de mi mejilla para besarle la palma suavemente.

—Estás rumiando en exceso, Olivia. ¿Cuántas veces tenemos que pasar por esto? —Parece enfadado, aunque sigue mostrándose tremendamente tierno.

—Estoy bien —insisto desviando la vista de la intensidad de su interrogante mirada y descendiéndola por la longitud de su cuerpo hasta sus elegantes zapatos de cuero calado. Mi mente capta cada fino hilo de su atuendo y la espectacular calidad de su calzado. Y entonces pienso en algo y miro al otro lado de la calle—. Ven conmigo —digo, y lo tomo de la mano y tiro de él hasta la otra acera.

Él me sigue obedientemente sin protestar hasta el final de Bury Street y cuando giramos hacia Jermyn Street, hasta que nos encontramos frente a una tienda de ropa de hombre. Es una especie de boutique, llena de cosas sosas y aburridas, pero veo algo que me gusta.

—¿Qué haces? —pregunta mirando nervioso el aparador.

—Vamos a ver aparadores —digo casualmente mientras le suelto la mano y me vuelvo para mirar las prendas de hombre de la mejor calidad expuestas sobre los sólidos maniquíes de madera. Veo sobre todo trajes, pero no son estos los que me llaman la atención.

Miller me imita, se mete las manos en los bolsillos de los pantalones y ambos nos quedamos ahí parados durante una eternidad: yo fingiendo buscar algo cuando en realidad estoy pensando en cómo hacer que entre ahí, y él moviéndose nerviosamente a mi lado.

Se aclara la garganta.

—Creo que ya hemos visto bastante por ahora —declara, y me agarra de la nuca para alejarme de la tienda.

Yo no cedo, ni siquiera cuando ejerce más fuerza con sus dedos. No me resulta fácil, pero me quedo clavada en el sitio, dificultándole la hazaña de moverme.

—Entremos a echar un vistazo —sugiero.

Se queda quieto, deteniendo todos sus intentos de moverme.

—Soy muy maniático a la hora de elegir los sitios en los que compro.

—Eres muy maniático con todo, Miller.

—Sí, y me gustaría seguir siéndolo. —Intenta moverme de nuevo, pero yo me libero y me dirijo con paso decidido hacia la entrada.

—Vamos —lo insto.

—Olivia... —dice con un tono cargado de advertencia.

Me detengo en el escalón de la tienda y me vuelvo hacia él con una enorme sonrisa en la cara.

—Nada te proporciona más placer que verme feliz —le recuerdo mientras me apoyo en el marco de la puerta y cruzo una pierna por encima de la otra—. Y me haría muy feliz que entrases conmigo en esta tienda.

Sus ojos azules destellan, pero mantiene una mirada de recelo, como si estuviera intentando ocultar que le hizo gracia mi comentario de listilla. Noto que también contiene una sonrisa, y eso me llena de un tremendo júbilo. Es perfecto, porque a Miller le gusta verme contenta, y yo no podría estarlo más en estos momentos. Estoy siendo traviesa, y él me corresponde... más o menos.

—Es muy difícil negarte nada, Olivia Taylor. —Sacude la cabeza con aire pensativo y mi felicidad aumenta todavía más cuando veo que empieza a caminar hacia mí. Permanezco en el escalón de la tienda, mirándolo, incapaz de borrarme la sonrisa de la cara. Sin sacar las manos de los bolsillos, se aproxima y acerca los labios a los míos—. Es casi imposible —susurra inundando mi rostro con su aliento suave y mi nariz con su masculino aroma.

Mi determinación flaquea, pero pronto la recupero y me adentro en la tienda antes de que me embauque y me aleje del establecimiento. Al entrar, un hombre corpulento que aparece de la parte trasera me analiza con la mirada inmediatamente. Tiene pinta de salir de alguna hacienda de la campiña inglesa. Viste un traje de tweed impecable y, al observarlo más detenidamente, veo que lleva la corbata tan perfectamente anudada como Miller. Estúpida de mí, pienso que a Miller le gustará ese detalle y que eso aumentará su buen humor, de modo que me vuelvo para mirarlo, pero me llevo una enorme decepción al descubrir que desapareció de la puerta y está mirando el escaparate otra vez, con su máscara impasible cubriendo de nuevo su rostro. Pasea de un lado a otro mirando con cautela..., con recelo.

—¿Puedo ayudarla en algo?

Dejo a Miller planteándose si va a aventurarse a entrar en la tienda y desvío la atención hacia el dependiente. Sí, puede ayudarme.

—¿Tiene ropa de *sport*? —pregunto.

Él se ríe con pomposidad y señala hacia el fondo de la tienda.

—Por supuesto que sí; no obstante, son nuestros trajes y camisas los que nos otorgan nuestra buena fama.

Sigo con la mirada la dirección que me señala su dedo y veo una sección al final de la tienda con unas pocas barras y algunas prendas informales. No hay gran cosa, pero no voy a arriesgarme a intentar llevar a Miller a una tienda con más variedad. Tendría demasiado tiempo para escabullirse. Y con esa idea en mente, me doy vuelta de nuevo para ver si se decidió a entrar. No lo hizo.

Lanzo un sonoro suspiro con la intención de que me oiga, incluso desde fuera, y me vuelvo hacia el dependiente de nuevo.

—Iré a echar un vistazo.

Me dispongo a pasar, pero su cuerpo rollizo se interpone en mi camino con un gesto incómodo. Frunzo el ceño, le lanzo una mirada interrogante y veo cómo me mira de la cabeza a las uñas rosa expuestas de mis dedos de los pies, desaprobando mi vestido de flores.

—Señorita... —empieza mirándome con sus ojos pequeños y redondos—, verá, en la mayoría de las tiendas de Jermyn Street vendemos..., ¿cómo decirlo? —murmura pensativo, pero no entiendo por qué. Sabe perfectamente lo que quiere decir, y yo también—. Ropa de la máxima calidad.

Mi seguridad en mí misma disminuye al instante. No soy el perfil de su clientela típica, y no tiene ningún reparo en hacérmelo saber.

—Ya —susurro.

Me vienen a la mente demasiados pensamientos indeseados; pensamientos de gente esnob comiendo comida esnob y bebiendo champán esnob..., comida y champán que yo les sirvo de vez en cuando.

Me ofrece una sonrisa completamente falsa y empieza a juguetear con la manga de una camisa que luce un maniquí cercano.

—Quizá encontraría cosas más adecuadas para usted en Oxford Street.

Me siento estúpida, y la reacción de este hombre despreciable ante mi consulta no ha hecho sino confirmar mis constantes preocupaciones, y eso que ni siquiera ha visto a Miller. Se quedaría pasmado. ¿Yo con un espécimen elegantemente vestido como él?

—Creo que la señorita desea que le muestre la sección de ropa informal. —La voz de Miller repta por mis hombros y hace que los eleve al instante. He oído antes ese tono. Sólo unas pocas veces, pero es inolvidable e inconfundible. Está enojado.

Veo que el dependiente abre los ojos como platos y advierto su expresión de pasmo antes de lanzarle a Miller una mirada recelosa cuando se reúne conmigo en la tienda. Sé que para el hombre que no ha intentado ayudarme parecerá que está totalmente sereno, pero yo sé que le hierve la sangre de ira. Está muy disgustado, e imagino que no tardará en hacérselo saber a don «Mis prendas son demasiado finas para ti».

—Disculpe, señor. ¿Está la señorita con usted?

La sorpresa en su voz acaba con toda la seguridad que Miller trata de infundirme constantemente. Ha desaparecido por completo. Tendré que enfrentarme a esto a diario si sigo intentando entrar en su mundo. Sé que jamás lo dejaré. Ni hablar de eso. De modo que esto es algo que debo aprender a aceptar o a llevarlo mejor. Tengo descaro de sobra con mi estirado caballero de medio tiempo, pero parece que me falla en otras ocasiones, como ahora.

Miller me rodea la cintura con el brazo y me acerca hacia sí. Siento sus músculos tensos y el pánico hace que quiera sacarlo del establecimiento antes de que descargue su furia y arremeta contra este viejo.

—¿Importaría algo que no lo estuviera? —pregunta Miller con los dientes apretados.

El hombre se revuelve con desasosiego en su traje de tweed y suelta una risa nerviosa.

—Sólo intentaba ser amable —insiste.

—Pues no lo ha sido —responde Miller—. Estaba comprando para mí, pero eso no debería tener la menor importancia.

—¡Por supuesto! —El hombre rechoncho observa a Miller analizando su constitución y asiente antes de sacar con cuidado una camisa blanca—. Creo que tenemos muchas cosas que podrían interesarle, señor.

—Seguramente.

Miller apoya la mano en mi nuca y empieza a masajeármela, devolviéndome así la seguridad. Nunca falla. Me siento de nuevo reconfortada y menos expuesta ante las humillantes palabras que el dependiente me ha dirigido, a pesar de que me haya insultado con una excelente educación. Miller da un paso hacia adelante y pasa la punta del dedo por la lujosa tela de la camisa al tiempo que murmura su aprobación. Lo observo con cautela, sintiendo sus músculos encrespados todavía y consciente de que ese murmullo de aprobación era totalmente falso.

—Es una pieza magnífica —dice el dependiente con orgullo.

—Lamento discrepar. —Miller vuelve a mi lado—. Y aunque estuviera confeccionada con el material más fino que el dinero pudiera comprar, jamás se la compraría a usted. —Flexiona ligeramente la mano y me da la vuelta—. Buenos días, señor.

Salimos de la tienda y dejamos al hombre perplejo con una magnífica camisa blanca colgando de sus manos mustias.

—Pendejo de mierda —espeta Miller mientras me empuja hacia adelante.

Mantengo la boca cerrada. Ni siquiera siento la necesidad de estar molesta por no haber conseguido que Miller se interesase en alguna prenda de *sport* y, después de la escenita, mi determinación debería ser más firme. Sin embargo, no quiero vivir otro enfrentamiento como ese, y no sólo porque ha sido humillante, sino también porque todavía me preocupa el temperamento de Miller. Tenía un aspecto feroz, como si estuviera a punto de convertirse en esa amenazadora criatura que pierde la razón y parece incapaz de controlarse.

Me guía por la calle. Se me va cayendo el alma a los pies a cada paso que damos cuando empiezo a darme cuenta de que estamos volviendo al coche. ¿Ya está? ¿Nuestro tiempo de relax juntos consistía en un golpe de realidad en una tienda de ropa? La palabra *decepción* ni siquiera se acerca a lo que siento.

Llegamos junto al Mercedes de Miller y él me guía hacia el asiento del acompañante. Observo en silencio con ojos cautelosos, sin atreverme a expresar mi descontento, mientras él rodea el coche echando humo y se sienta con brusquedad tras el volante.

Estoy nerviosa.

Él, molesto.

Yo guardo silencio.

Él respira de manera agitada.

La ira parece estar intensificándose en lugar de menguar. Me siento estúpida, sin saber qué decir ni qué hacer. Introduce la llave en el contacto soltando un bufido, la hace girar y revoluciona con tanta fuerza el motor que temo que el coche vaya a estallar. Me hundo más en mi asiento y empiezo a juguetear con mi anillo.

—¡Carajo! —ruge golpeando con el puño en el centro del volante.

El golpe hace que dé un respingo y me ponga derecha en el asiento al instante, pero el sonido del claxon me pone en guardia. Ese horrible temor se apodera de mi corazón acelerado, aunque mantengo la vista en mi regazo. No puedo mirarlo. Sé lo que voy a ver, y ver a Miller iracundo no es nada agradable.

Parece que pasa una eternidad hasta que el eco del claxon se disuelve, resonando en mis oídos, y pasa todavía más tiempo antes de que reúna el valor necesario para mirarlo. Tiene la frente apoyada en el volante; agarra con las manos el círculo de cuero y su espalda asciende y desciende agitadamente.

—¿Miller? —digo en voz baja mientras me inclino un poco con cautela, aunque pronto me aparto cuando veo que levanta las manos y golpea el volante de nuevo.

Se reclina en su asiento, guarda silencio durante unos largos instantes y, entonces, tira de la manija de la puerta, sale del vehículo y cierra de un portazo.

—¡Miller! —grito al ver cómo se aleja del coche—. ¡Mierda!

¡Va a volver a la tienda! Palpo la puerta en busca de la manija mientras veo cómo sus largas piernas avanzan por el pavimento, pero detengo mis frenéticos movimientos cuando, de repente, frena y se lleva las manos al pelo. Me quedo parada, sopesando las ventajas de intentar calmarlo. No me gusta la idea en absoluto. Mi corazón sigue agitado en mi pecho, amenazando con liberarse mientras aguardo su siguiente movimiento, rezando para que no continúe hacia adelante, porque no tengo ninguna posibilidad de disuadirlo de que haga lo que tiene intención de hacer.

Todo mi ser se relaja un poco cuando veo que baja los brazos, y un poco más cuando veo que levanta la cabeza mirando al cielo. Se está calmando. Está dejando que la sensatez venza al torbellino de furia. Trago saliva y sigo sus pasos hasta un muro cercano, y entonces me relajo todavía más, sollozando para mis adentros, cuando pega las palmas de las manos a las baldosas y se apoya en la pared, con la cabeza agachada y respirando de manera constante y controlada. Está respirando hondo. Relajo las manos sobre mi regazo y apoyo la espalda en el asiento de piel al tiempo que observo la escena en silencio, sin molestarlo, mientras recupera la compostura. No tarda tanto como había anticipado, y el alivio que recorre mi ser cuando empieza a alisarse el traje y a arreglarse el pelo es indescriptible. Agradecida, exhalo tanto aire de mis pulmones que podrían llenarse mil globos con él. Ya ha vuelto en sí, aunque no entiendo por qué perdió los estribos de esa manera por una situación tan tonta.

Tras dejar pasar unos minutos para asegurarse de que está presentable, vuelve al coche, abre la puerta tranquilamente y se sienta con delicadeza tras el volante, muy calmado.

Yo espero con cautela.

Él se sume en sus pensamientos.

Entonces se vuelve hacia mí con expresión atormentada, me toma las dos manos, se las lleva a los labios y cierra sus ojos azules.

—Lo siento muchísimo. Perdóname, por favor.

Una leve sonrisa se dibuja en la comisura de mis labios ante su ruego y su capacidad de pasar de ser un caballero a un demente y a un caballero de nuevo, y todo en tan sólo unos minutos. Su temperamento es una preocupación que nuestra relación no necesita.

—¿Por qué? —pregunto sencillamente obligándolo a abrir los ojos—. Ese hombre no estaba intentando entrometerse ni amenazando nuestra relación.

—Lamento discrepar —responde Miller tranquilamente.

Enarco una ceja ante su declaración, y más aún cuando insiste en que me una a él en su lado del coche tirando de mí. Su ropa se ha arrugado bastante después de su pequeño ataque, aunque se ha pasado mucho tiempo estirándosela de nuevo. Me coloca sobre su regazo, a horcajadas encima de sus muslos y con mis manos en sus hombros, y después me rodea la cintura. Inspira hondo, me agarra la cintura con más fuerza y me mira fijamente a los ojos. Los suyos han perdido toda su fiereza y ahora se han tornado serios.

—Sí que estaba creando divisiones entre nosotros, Livy.

Intento ocultar mi confusión, pero los músculos de mi rostro me delatan, y me muestro perpleja antes de poder evitarlo.

—¿De qué modo?

—¿Qué estabas pensando?

—¿Cuándo?

Suspira profundamente, y empieza a frustrarse.

—Cuando ese pen... —Cierra la boca y mide sus palabras antes de continuar—. Cuando ese caballero indeseable te estaba hablando, ¿qué estabas pensando?

Entiendo lo que quiere decirme al instante. Será mejor que no sepa lo que estaba pensando. Volvería a ponerse furioso, de modo que me encojo de hombros, bajo la vista y mantengo la boca cerrada. No voy a arriesgarme.

Miller me hunde suavemente uno de sus dedos en la piel.

—No me prives de esa cara, Olivia.

—Ya sabes lo que estaba pensando —respondo negándome a levantar la vista.

—Por favor, mírame cuando estamos hablando.

Lo miro directamente a los ojos.

—A veces odio tus modales.

Estoy enfadada porque me ha clavado, a mí y a mi proceso mental, y al mismo tiempo estoy encantada, porque sus suaves labios se esfuerzan por contener una sonrisa ante mi descaro.

—¿Qué estabas pensando?

—¿Por qué quieres que lo diga? —pregunto—. ¿Qué estás intentando demostrar?

—Bien, lo diré yo. Te explicaré por qué estuve a punto de volver para enseñarle modales a ese hombre.

—Pues adelante —lo incito.

—Cada vez que alguien te hace infeliz o te habla de esa manera, hace que te quiebres la cabeza. Y ya sabes lo que pienso yo sobre lo de cavilar demasiado. —Me da un apretón para reafirmar su postura.

—Sí, ya lo sé.

—Y mi niña dulce y preciosa ya piensa demasiado por sí misma.

—Sí, lo sé.

—De modo que, cuando esta gente hace que te calientes la cabeza más todavía, me vuelvo loco porque empiezas a dudar de lo nuestro.

Lo miro con recelo, pero no puedo negarlo. Tiene toda la razón.

—Sí, lo sé —digo con los dientes apretados.

—Y eso aumenta el riesgo de que me dejes. Acabarás pensando que esa gente tiene razón y me dejarás. De modo que, sí, están creando divisiones entre nosotros. Están entrometiéndose, y cuando la gente mete las narices en nuestra relación, tengo cosas que decir al respecto —sentencia con voz apagada.

—¡Haces algo más que decir cosas!

—Coincido.

—Vaya, es un alivio.

Su rostro refleja extrañeza.

—¿Qué?

—Que estés de acuerdo. —Aparto las manos de sus hombros y me inclino hacia atrás contra el volante con la intención de poner la máxima distancia posible entre nosotros, aunque supongo que no servirá de nada—. Creo que necesitas ir a sesiones para controlar la ira o a terapia o algo así —suelto de golpe antes de que el temor haga que me arrepienta.

Entonces me preparo para sus mofas.

Pero no llegan. De hecho, se ríe un poco.

—Olivia, bastante gente se ha inmiscuido ya en mi vida. No voy a invitar a un extraño para que interfiera un poco más.

—No interferirá. Te ayudará.

—Lamento discrepar. —Me mira con ternura, como si fuera una ingenua—. Ya pasé por eso. Y creo que la conclusión fue que no tengo solución.

Se me parte un poco el alma. ¿Ya ha probado a ir a terapia?

—Sí que la tienes.

—Tienes razón —responde sorprendiéndome y llenándome de esperanza—. Mi solución está sentada sobre mi regazo.

Mi optimismo desaparece al instante.

—Entonces ¿ya te habías comportado como un energúmeno antes de conocerme? —pregunto con vacilación, sabiendo de antemano que nunca había alcanzado niveles de ira como lo ha estado haciendo desde que yo formo parte de su vida perfecta.

Esa pequeña línea de pensamiento resulta irrisoria. ¿Vida perfecta? No, Miller intenta convertirla en perfecta haciendo que todo lo que lo rodea sea perfecto, como su aspecto o sus posesiones y, dado que se ha estipulado que yo también soy una de sus posesiones, eso me incluye a mí, por supuesto. Y ese es el problema. Yo no soy perfecta. Mi ropa y mis modales no son impecables, y eso hace que el maniático de Miller y sus perfecciones se hundan en una espiral de caos. ¿Que yo soy su solución? Está colocándome un peso tremendo sobre los hombros.

—¿Me comporto como un energúmeno ahora?

—No se debe jugar con tu temperamento —respondo en voz baja, recordando cuando Miller me dijo esas palabras y comprendiendo ahora el alcance de su advertencia.

Desliza la mano alrededor de mi nuca y tira de mí hasta que estamos frente a frente. Ya me ha distraído de mis pensamientos indeseables con su tacto sobre mi piel y sus ojos fijos en los míos, pero sé que va a distraerme más todavía.

—Me siento perdidamente fascinado por ti, Olivia Taylor —me asegura sin apartar la mirada de la mía—. Tú inundas mi mundo oscuro de luz y mi corazón vacío con sentimientos. Te dije en repetidas ocasiones de que nunca seré fácil. —Sus suaves labios se funden con los míos y compartimos un beso increíblemente tierno y lento—. No estoy preparado para sumirme de nuevo constantemente en esa oscuridad. Tú eres mi hábito. Sólo mío. Y sólo te necesito a ti.

Suspirando mi aceptación y con un feliz brinco en mi corazón, sujeto el rostro de Miller y dejo pasar unos cuantos momentos de dicha haciéndole saber que lo entiendo. Y él lo acepta. La fluidez de nuestras bocas unidas me aparta al instante de la dura realidad a la que nos enfrentamos y me catapulta de lleno al reino de Miller, donde el confort, la ansiedad, la seguridad y el peligro luchan entre sí. A sus ojos, todo el mundo está intentando entrometerse y, por desgracia, seguramente tenga razón. Me tomé el día libre porque él me lo pidió, para poder pasar un poco de tiempo juntos y tranquilos después de los diabólicos acontecimientos de ayer y del susto de esta mañana. Está intentando arreglar el desastre de los últimos dos días, y necesito que no interfiera nadie, y no sólo hoy, sino nunca.

—Me alegro de que lo hayamos aclarado —murmura Miller mordisqueándome los labios.

Luego aparta la cabeza y me deja hecha un manojo de hormonas estimuladas sobre su regazo. Caliente. Libidinosa. Cegada por la perfección.

—Pongámonos en marcha.

A continuación traslada mi cuerpo ligero al asiento del acompañante con cuidado antes de arrancar el motor e incorporarse al tráfico.

—¿Adónde vamos? —pregunto, todavía decepcionada de que nuestro día se haya interrumpido tan pronto.

No me contesta. En lugar de hacerlo, pulsa unos cuantos botones en el volante y, al instante, los Stone Roses nos acompañan en el coche. Sonrío, apoyo la espalda en el respaldo tarareando *Waterfall* y dejo que me lleve a donde quiera.

CAPÍTULO 20

Me quedo mirando los elegantes escaparates de Harrods y recuerdo la última vez que vine aquí con mi abuela. Recuerdo a Cassie. Y recuerdo una corbata rosada de seda cayendo sobre el pecho de Miller. Me gustaría olvidar todas esas cosas, y gruño cuando me vienen a la mente. Pero Miller hace caso omiso de mi pesadumbre, baja del coche y lo rodea para recogerme al otro lado. Abre la puerta, me ofrece la mano, y yo asciendo la vista por su cuerpo lentamente hasta que mi exasperación se cruza con su satisfacción. Me dirige una mirada expectante y hace unos movimientos con la mano para que me dé prisa:

—¡Vamos!

—Cambié de idea —digo fríamente haciendo como que no veo que me está pidiendo la mano—. Vayamos a comer algo.

Puede que salga ganando con este cambio de planes, porque con todo el alboroto que se armó en la tienda anterior, Miller todavía no ha satisfecho su insistencia de que coma algo. Y no se me ocurre nada peor que acompañar a Miller a comprar más máscaras.

—Comeremos pronto. —Reclama mi mano, me saca del coche y me agarra de la nuca—. No tardaremos mucho aquí.

El optimismo invade mi mente poco entusiasta mientras me guía hacia los grandes almacenes, donde me siento al instante abrumada por todo el bullicio y la frenética actividad del interior.

—Está lleno de gente —protesto siguiendo sus pasos decididos.

Él hace caso omiso de mis quejas y avanza esquivando a las masas de compradores, la mayoría de ellos turistas.

—Querías ir de compras —me recuerda, y se detiene frente al mostrador de fragancias masculinas.

—¿En qué puedo ayudarlo, señor? —pregunta una mujer muy elegante sonriendo abiertamente. Es evidente que está haciéndole un repaso con la mirada, y eso me pone aún de peor humor.

—Tom Ford, original —pide Miller brevemente.

—Por supuesto —responde ella señalando el estante que tiene detrás—. ¿Desea la de cincuenta o la de cien mililitros?

—Cien.

—¿Desea olerla antes?

—No.

—Yo sí —intervengo, y me acerco al mostrador un poco más—. Por favor. —Sonrío y veo cómo la mujer enarca las cejas sorprendida antes de pulverizar un poco en un cartoncito y entregármelo—. Gracias.

—De nada.

Acerco el cartoncito a mi nariz y lo olfateo. Casi muero de placer. Es como tener a Miller embotellado.

—Mmm.

Cierro los ojos y mantengo el cartón en mi nariz. Es como estar en el cielo.

—¿Te gusta? —me susurra al oído, y el encanto de su cercanía se añade al de mi sentido del olfato.

—Es algo sublime —digo en voz baja—. Huele a ti.

—O yo huelo a eso —me corrige mientras le entrega una tarjeta de crédito a la mujer, que ahora no para de mirarnos a él y a mí de manera alterna.

Lleva a cabo la transacción y sonríe mientras me entrega la bolsa a mí. Es una sonrisa falsa.

—Gracias —la acepto y, a regañadientes, me aparto el cartoncito con la fragancia de la nariz y lo dejo caer en la bolsa. Entonces reclamo la mano de Miller—. Que tenga un buen día.

A continuación me dirige a la escalera mecánica, pero decide subirla andando en lugar de dejar que nos transporte hasta la planta superior.

Dejamos la escalera atrás y Miller nos abre paso a través de más gente hasta otro tramo de escalones, y después a través de más gente y más departamentos.

Estoy totalmente desorientada; con la frenética actividad de la gente y nuestro zigzagueo por la tienda gigante, me estoy mareando. Voy hacia donde Miller me guía, mirando a mi alrededor sin fijar la vista en ninguna parte mientras él avanza con decisión, sabiendo perfectamente adónde quiere ir. No me encuentro bien. Si veo un traje, creo que voy a hacerlo jirones.

—Ya llegamos —dice.

Se detiene ante el umbral de un área para hombres, me suelta la nuca y se mete las manos en los bolsillos. Abro los ojos como platos ante la variedad de prendas que tengo delante de mí. Montones de ellas. Algunas cosas ya me están llamando la atención; mis piernas quieren llevarme en una dirección, pero entonces mis ojos descubren otra cosa que me gusta y me detengo. Hay demasiado.

Y es predominantemente informal.

Su aliento golpea mi oreja.

—Creo que esto era lo que buscabas.

La felicidad y la euforia me invaden y me vuelvo para mirarlo. Lo que veo es la satisfacción reflejada en sus brillantes ojos azules.

—Debes de estar regocijándote en tu segundo placer favorito —le digo, porque estoy que no quepo en mí de la dicha.

Va a dejar que lo vista. Es como un tendedero humano, cada centímetro de su físico perfecto está preparado para que lo decore con algo que no sea un traje de tres piezas.

—Lo cierto es que sí —confirma, y me dan ganas de chillar de emoción cuando alimenta aún más mi júbilo sonriéndome.

Contengo la respiración para no gritar de alegría y lo agarro de la mano. Prácticamente lo arrastro por la tienda. Mis ojos miran en todas direcciones buscando las prendas de sport perfectas con las que vestir a mi perfecto Miller.

—¡Livy! —exclama alarmado cuando prácticamente tropieza detrás de mí. Pero no me detengo—. ¡Olivia! —Ahora se está riendo, y eso hace que detenga mi tenaz marcha por Harrods para volverme y disfrutar de la imagen.

Casi me desmayo al verlo..., casi. Al menos este atontamiento es una mejora comparado con echarme a llorar.

—Carajo, Miller —susurro pasándome la mano por el cuello y masajeándomelo..., relajándome..., como suele hacerlo él.

Se me está yendo de las manos. Soy como un niño en una tienda de caramelos con demasiadas cosas magníficas a mi alrededor: Miller sonriendo, Miller riendo, un montón de prendas informales con las que vestirlo... No sé qué hacer con todo esto, si absorber el placer de ver a Miller tan animado o arrastrarlo hasta los probadores antes de que cambie de idea.

Acerca su rostro al mío, con los ojos todavía brillantes y los labios esbozando una sonrisa. De nuevo el dilema de siempre: ¿los ojos o la boca?

—Tierra llamando a Olivia —dice suavemente, mostrándome cómo disfruta de mi estado de confusión—. ¿Necesitas que te haga eso?

Su delicado tacto hace palidecer mis mejillas, y asiento por no ponerme a llorar delante de él otra vez. Estoy sensible, lo cual es absurdo. Me está haciendo feliz, aunque una parte de la razón por la que estamos aquí es porque se siente culpable por su reacción en la tienda anterior.

Me sostiene la mirada y se acerca hasta que su esencia me inunda y su nariz roza mi cuello. Entonces pega su cuerpo firme contra mí, me levanta lentamente del suelo y entierra la cara en mi cuello. Yo me aferro a él con fuerza. Con mucha fuerza. Y él también lo hace.

Permanecemos entrelazados, perdidos en los brazos del otro, en pleno Harrods, y a los dos nos da igual que alguien nos pueda estar mirando. De repente ya no me importa tanto despojar a Miller de su traje. Quiero que me lleve a casa, que me meta en su cama y que me adore.

—Dije que no quería entretenerme mucho aquí —susurra en mi cuello, sosteniéndome todavía.

—Hum. —Saco fuerzas de donde no las tengo para soltarlo y apoyar los pies de nuevo en el suelo—. Gracias.

Acaricio durante unos segundos las mangas de su traje mientras él me observa.

—No quiero que me des nunca las gracias, Livy.

—Pues siempre estaré agradecida por tenerte.

Dejo de acariciarle las mangas y me aparto. Me ha devuelto a la vida, aunque esa vida sea cuestionable y estresante. Pero ahora tengo a mi fastidioso caballero de medio tiempo y a su mundo perfecto y preciso.

Al bajar la vista veo unos zapatos magníficos, y levanto los ojos hasta los suyos de nuevo. Sigue sonriendo, pero un poco menos.

—Tienes treinta minutos —dice.

—¡Bien!

Salgo de mi abstracción y me dirijo inmediatamente a una pared con estanterías repletas de pantalones de mezclilla. La idea de ver a Miller con pantalones de mezclilla se me hace... rara, pero estoy desesperada porque deje atrás esos trajes, o que al menos no sean tan formales. Y la posibilidad de ver su trasero perfecto cubierto por mezclilla se me hace demasiado atractiva como para resistirme. Miro las etiquetas que describen la talla de cada estilo y al final escojo un par de pantalones deslavados que dan la impresión de ser algo holgados. Parecen perfectos.

—A ver. —Me vuelvo y los sacudo intentando calcular la talla. Las perneras son demasiado cortas para las piernas largas y musculadas de Miller. Los doblo de nuevo, los dejo en la estantería y tomo otros más largos—. Estos. —Los sostengo delante de mí, sonriendo para mis adentros al ver que debo sostener la cintura a la altura de mi pecho para que el dobladillo no arrastre por el suelo—. Estos deberían quedarte.

—¿Quieres saber mi talla? —pregunta desviando mi mirada del azul de los pantalones al azul de sus ojos sonrientes. Combinan casi perfectamente.

Aprieto los labios y repaso rápidamente su físico.

—Deberías tener este cuerpo grabado en esa preciosa mente que tienes, Livy —dice con voz grave, seductora y sexy de infarto.

—Y lo está —respondo al instante—. Pero no lo había clasificado con números.

—Ésos son perfectos. —Me los quita de las manos y mira la prenda con vacilación—. Y ¿con qué desea mi preciosa niña que los combine?

Sonrío al verlo tan dispuesto a complacerme, me vuelvo y veo una camiseta al otro lado del pasillo.

—Con eso —señalo, y veo con el rabillo del ojo cómo Miller sigue mi gesto.

—¿Eso? —pregunta con un tono algo alarmado.

—Sí. —Me acerco y descuelgo una camiseta descolorida con aire *vintage* de la barra—. Es sencilla, casual e informal. —La levanto—. Perfecta.

No da la impresión de que a él se lo parezca en absoluto, pero se acerca y me la quita de las manos.

—¿Y para los pies?

Miro a mi alrededor con la frente arrugada.

—¿Dónde está la zona de calzado?

Mis oídos perciben un sonoro suspiro.

—Ven, te la mostraré.

Sé que para él esto supone un gran esfuerzo, pero me sorprende muchísimo que esté tan dispuesto, aunque no se lo demuestro. Ahora mismo me encuentro en mi salsa.

—Guíame —digo. Hago un gesto con la mano al tiempo que sonrío y lo sigo inmediatamente cuando empieza a caminar.

Me tiemblan las manos a los costados, desesperada por agarrar unas cuantas prendas más en el trayecto, pero sé que está teniendo demasiada paciencia, y el riesgo de que salga huyendo me disuade de hacerlo. Paso a paso.

Observo a Miller con interés mientras atravesamos otro departamento, este repleto de trajes. Están por todas partes, tentándolo, y tengo que hacer un esfuerzo sobrehumano para no reírme cuando lo sorprendo echando un vistazo rápido.

—Ralph Lauren tiene unos trajes exquisitos —comenta tranquilamente, obligándose a pasar de largo.

—También tiene ropa de *sport* fantástica —respondo, segura de que él no lo sabe.

—¡Miller! —El chillido agudo se me clava en los hombros.

Cuando me vuelvo y veo a una mujer irritantemente emperifollada que se acerca, mi expresión de felicidad se torna en amargura. Está radiante, y acelera los pasos para llegar hasta él más deprisa. Es casi perfecta, como todas las demás, con el pelo brillante, impecablemente maquillada y vestida con ropa cara. Me preparo para otro golpe de realidad. La odio al instante.

—¿Cómo estás? —le pregunta con voz cantarina sin mirarme siquiera. No, tiene toda su atención puesta en mi perfecto Miller—. Tienes un aspecto fantástico, como siempre.

—Bethany —la saluda Miller fríamente, y toda muestra de la relajación con la que me había estado deleitando desaparece al instante al ver esos labios rojos y su pelo perfecto—. Estoy muy bien, gracias. ¿Y tú?

Ella pone cara de enojada y carga todo el peso sobre una cadera, inclinando el cuerpo hacia un lado. Todo su lenguaje corporal despide ondas de atracción a diestro y siniestro.

—Yo siempre estoy bien, ya lo sabes.

Pongo los ojos en blanco y me muerdo la lengua, languideciendo por dentro. Otra más. Ahora sólo falta que advierta mi presencia y me aniquile con una de esas miradas o mofándose de mí. Y como me saque alguna de las tarjetas de Miller, no respondo por mis actos.

—Excelente —responde él cortante, a pesar de ser absolutamente correcto.

Puedo sentir su agitación; todos los signos de Miller y su necesidad de repeler a la gente salen a la superficie, y es en este momento cuando me pregunto por qué estas mujeres están tan interesadas en él con lo hostil que puede llegar a ser. Es un caballero perfecto en las citas, él mismo lo dijo, pero ¿qué otra cosa les atrae de él? ¿Cómo responderían si las bendijera con sus actos de veneración? Me río para mis adentros. Serían como yo: incapaces de vivir sin él. Condenadas. Muertas.

Miller se aclara la garganta y juguetea con la ropa entre las manos.

—Bueno, vamos a seguir con las compras —dice pasando junto a Bethany y esperando claramente que lo siga.

Sin embargo, cuando siento una mirada inquisitiva fija en mí soy incapaz de convencer a mis piernas para que se muevan. Ahí viene.

—Ah —exclama la mujer mirándome de arriba abajo—. Parece que alguien se me ha adelantado hoy. —Me quedo boquiabierta y ella sonríe, sin importarle lo más mínimo que me sienta claramente insultada—. Perdona, ¿tú eres...?

Voy a decirle exactamente quién soy. Aceptarlo o llevarlo mejor, esas son mis opciones. Puedo ser bastante impertinente, eso ha quedado demostrado, ahora sólo tengo que aprender a usarlo de manera inteligente. Esta mujer, al igual que el resto, hace que me sienta inferior, pero Miller no muestra ninguna señal de peligro ante la posibilidad de que ella se entrometa entre nosotros o me haga dudar de mi valía.

—Hola, soy Oli...

—Lo siento, tenemos prisa —me interrumpe Miller justo cuando acabo de encontrar mi descaro y estoy a punto de descargarlo—. Siempre es un placer. —Inclina la cabeza ante Bethany, que ahora parece tener mucha curiosidad, y me empuja con suavidad por la espalda en lugar de agarrarme de la nuca como de costumbre.

—Sí, lo mismo digo —ronronea ella. La rigidez se apodera de Miller de manera instantánea—. Espero verte pronto.

Me empuja con premura. Ambos avanzamos en silencio; la tensión es palpable. «Siempre es un placer.» Estoy crispada por dentro y por fuera. Giramos una esquina y llegamos a la zona de calzado para hombre. Miller agarra inmediatamente el primer par que ve y me lo enseña. Ni siquiera lo miro. Bethany ha deshecho todo lo que progresamos esta mañana.

—¿Qué tal estos? —pregunta, intentando distraerme desesperadamente.

No va a funcionar. Todo el descaro con el que estaba a punto de atacar a esa mujer bulle en este momento dentro de mí, mezclado con altas dosis de ira, y ahora sólo tengo a una persona delante sobre la que descargarlo.

Aparto los zapatos de un manotazo.

—No.

Retrocede indignado, con unos ojos como platos y sus perfectos labios ligeramente entreabiertos.

—¿Disculpa?

Entrecierro los ojos hasta formar dos furiosas ranuras.

—No empieces con eso —le advierto—. Era una clienta. ¿Podría estar siguiéndome?

—No. —Casi se echa a reír.

—¿Por qué no dejaste que me presentara? Y ¿por qué no la pusiste en su lugar?

Miller deja los zapatos de nuevo en el mostrador e incluso los recoloca antes de acercarse a mí con aire pensativo. La respuesta de mi cuerpo es irritante e indeseada, pero es la que es.

—Ya te lo dije antes: no quiero que nadie se entrometa, de modo que cuantos menos lo sepan, mejor. —Levanta mi tensa barbilla con la yema de su dedo índice y me la acerca a su rostro cubierto por una oscura barba incipiente. A través de su belleza puedo ver que está enfadado—. Cuando hablo de que sólo hay un *nosotros*, no un *tú* o un *yo*, también quiero decir que no hay un *ellos*.

Por muy tentadora que me resulte la idea de una existencia en la que sólo estemos Miller y yo, sé que es imposible.

—¿Cuántas hay? —pregunto.

Necesito saber a cuántas de ellas tengo que enfrentarme. Necesito una hoja de marcación, algo con lo que ir apuntándolas conforme me voy encontrando con ellas. ¿Cuántas predecirán su próximo movimiento? ¿Cuántas me seguirán?

—Eso no importa —desliza la mano por encima de mi hombro y empieza a masajearme para infundirme algo de calma—, porque ahora sólo está mi dulce niña.

Su sinceridad me atraviesa, disipando todas mis dudas.

«Déjalo en paz.»

Recobro la compostura. No encuentro las palabras adecuadas para responderle, de modo que agarro unas botas que hay sobre una mesa cercana.

—Estas —anuncio, y se las doy directamente a una empleada sin darle la oportunidad a Miller de rechazarlas.

Ella sonríe y se pone toda tiesa en cuanto lo ve a él.

—Sí, señora. ¿Número? —me pregunta mientras mantiene su mirada hambrienta sobre él, provocándome sin darse cuenta.

Me encantaría decirle el número, y me fastidia tener que volverme hacia Miller para preguntarle.

—Nueve y medio —responde él tranquilamente, observándome con detenimiento.

Detesto el grito sofocado de deleite que emana de la dependienta, y me odio a mí misma por avivar su claro interés.

Me pongo delante de Miller y la miro con enfado.

—Un nueve y medio —confirmo señalando el calzado con la cabeza—. Y es verdad lo que dicen.

Me quedo estupefacta ante mi descarada sugerencia, y la tos de pasmo de Miller detrás de mí me indica que él también lo está. Pero no me importa. Nuestro día de tranquilidad para disfrutar el uno del otro no ha sido tal, y todas estas intromisiones están empezando a molestarme.

—¡Por supuesto! —La dependienta da un respingo ante el nivel de decibelios de su propia voz, evita mi mirada y se pone como un tomate—. Siéntense, por favor. Vuelvo enseguida.

Se marcha a toda prisa, sin menear el trasero y sin volverse para lanzarle miraditas por encima del hombro. Río para mis adentros, satisfecha por haberla hecho sentir incómoda mientras me prometo seguir por este camino.

—Tengo que pedirte algo. —El susurro de Miller en mi oído borra mi expresión petulante.

No quiero darme la vuelta, pero no tengo elección cuando me agarra de los hombros y me da la vuelta. Me preparo, sabiendo lo que voy a encontrarme. Y estoy en lo cierto. Su rostro es inexpresivo, con un aire de desaprobación reflejado en sus ojos.

—¿Qué? —Toda mi satisfacción desaparece bajo su mirada censuradora. Me pasé.

Se mete las manos en los bolsillos.

—¿Qué es verdad y quién lo dice?

Mis labios se estiran hasta que están a punto de romperse.

—Lo sabes perfectamente.

—Explícate —ordena sin devolverme la sonrisa.

Esto hace que la mía se intensifique.

—¿Aquí en Harrods?

—Sí.

—Pues... —Me vuelvo para echar un vistazo rápido a nuestro entorno inmediato y veo a demasiados compradores cerca como para hablar de algo así—. Luego te lo cuento.

313

Lo está haciendo a propósito. Sabe perfectamente de qué hablo.

—No. —Se acerca y pega el pecho al mío hasta que respira sobre mí—. Quiero saberlo ahora. No tengo ni idea. —Si se está esforzando por mantenerse serio, no lo parece. Está perfectamente sereno, incluso un poco frío.

—Estás jugando.

Retrocedo un paso, pero él no va a permitir que me salga con la mía y ocupa el espacio que he creado.

—Explícamelo.

Maldita sea. Busco mi descaro en mi interior y articulo una explicación en un susurro muerta de vergüenza.

—Los pies y... —carraspeo— la virilidad masculina.

—¿Qué pasa con ellos?

—¡Miller! —Me revuelvo nerviosa y siento que mis mejillas se calientan bajo la presión.

—Cuéntamelo, Livy.

—¡Está bien! —grito.

Me pongo de puntillas y pego la boca a su oreja:

—Se dice que un hombre con los pies grandes tiene también la verga grande.

Me arde la cara y siento cómo su cabeza asiente pegada a mí y su cabello me hace cosquillas en la mejilla.

—¿De verdad? —pregunta todavía serio, el muy cabrón.

—Sí.

—Interesante —comenta golpeándome la oreja con su aliento caliente.

Esto acaba con toda mi compostura; pierdo el equilibrio y me tambaleo un poco hacia adelante hasta dar contra su pecho. Sofoco un grito.

—¿Estás bien? —pregunta con un tono cargado de arrogancia.

—Perfectamente —mascullo, mientras me obligo a recuperar las fuerzas y a apartarme de su pecho.

—Perfectamente —murmura él con tranquilidad, y una mirada maliciosa observa cómo me esfuerzo por recobrar la compostura—. Anda, mira. —Señala con un gesto de la cara por encima de mi hombro para que me vuelva—. Ahí está mi nueve y medio.

Me echo a reír, ganándome un toque en la espalda por parte de Miller y una mirada de confusión de la dependienta.

—¡Nueve y medio! —canturrea, y empiezo a reírme a carcajadas de manera incontrolada—. ¿Está bien, señorita?

—¡Sí! —grito.

Me doy la vuelta y agarro el primer zapato que encuentro; lo que sea con tal de distraerme del número nueve y medio. Me ahogo de risa cuando miro la talla del calzado con el que pretendía distraerme y veo que en letras grandes y en negrita dice que se trata, de hecho, de un nueve y medio. Me doblo hacia adelante, partiéndome, y lo dejo donde estaba.

—Está bien —confirma Miller.

No lo estoy viendo, sin embargo sé que me está mirando la espalda, aparentemente inexpresivo ante la dependienta, pero seguro que tiene ese brillo juguetón en los ojos. Si fuese capaz de mirar a Miller y a la empleada coqueta sin desternillarme en su cara, me volvería al instante para disfrutar de esa imagen. Pero no puedo parar de reírme, y mis ojos se sacuden con violencia.

Mientras observo el zapato escogido al azar detenidamente y sonrío como una idiota, oigo el sonido del papel cuando la dependienta saca las botas de la caja.

—¿Necesita un calzador, señor? —pregunta.

—No lo creo —gruñe Miller, probablemente inspeccionando las botas y quejándose mentalmente porque no tienen las suelas de piel.

Más relajada, me vuelvo lentamente y lo veo sentado en una butaca de ante, intentando meter el pie en la bota. Lo observo en silencio, al igual que la dependienta, y pienso en lo bonitas que son las botas, informales y de piel marrón suave y gastada.

—¿Son cómodas? —pregunto esperanzada, preparándome para un bufido, pero no me contesta y se pone de pie, mirándose los pies, antes de volver a sentarse apresuradamente.

Se desata los cordones y coloca las botas ordenadamente de nuevo en la caja. Quiero gritar de emoción cuando veo que las recoloca una vez en la caja para que queden lo mejor posible entre el papel. Le gustan, y lo sé porque aprecia sus posesiones, y ahora esas botas son su posesión.

—No están mal —dice para sí, como si no quisiera admitirlo en voz alta.

Recupero la sonrisa. Va a ceder, maldita sea.

—Pero ¿te gustan? —digo deteniéndome en todas las palabras.

Mientras se abrocha los cordones con el máximo cuidado, levanta la cara y me observa.

—Sí —responde con las cejas enarcadas, retándome a hacer un acontecimiento de esto.

No puedo ocultar mi alegría. Yo lo sé, Miller lo sabe, y cuando agarro la caja, me doy la vuelta y se la planto a la dependienta en las manos con una enorme sonrisa, ella también lo sabe.

—Nos las llevamos, gracias.

—Estupendo, las dejaré detrás del mostrador.

Desaparece con la caja y nos deja a Miller y a mí a solas.

Agarro los pantalones y la camiseta.

—Vamos a que te pruebes esto.

Su suspiro de cansancio no me desanima. Nada lo hará. Pienso vestirlo con ropa informal aunque me cueste la vida.

—Por aquí.

Marcho en la dirección de los probadores y sé que Miller me sigue porque mi piel responde a las señales de su proximidad.

Me doy vuelta, le entrego la ropa y observo cómo la toma sin protestar y desaparece en el cambiador. Me siento a observar el bullicio de Harrods y observo todas sus formas de vida: los turistas; la gente que ha venido a darse un capricho, como mi abuela con su piña de quince libras, y la gente que claramente compra aquí de manera regular, como Miller y sus trajes a medida. Es una mezcla ecléctica, y así son las existencias. Hay algo para todo el mundo; nadie se marcha con las manos vacías, aunque sólo sea con una simple lata de galletas de Harrods para regalárselas a alguien por Navidad. Sonrío, y entonces vuelvo la cabeza al oír un carraspeo familiar.

Mi sonrisa se intensifica hasta alcanzar límites ridículos al ver su expresión de agobio y de incomodidad, y entonces desaparece cuando echo un vistazo a lo que hay por debajo de su cuello. Está descalzo en la puerta, con los pantalones a la cadera puestos, que son de su talla, y la camiseta se ajusta a su cuerpo perfectamente. Me muerdo el labio para evitar que se me abra la boca. Carajo, qué bueno está. Tiene el pelo alborotado tras haberse pasado la camiseta por la cabeza y las mejillas algo sonrosadas por el esfuerzo, cosa que me resulta absurda. No tiene botones que abrocharse ni dobladillo que meterse, ni cinturón que ajustarse ni corbata que anudarse, ni cuello que arreglarse, de modo que ponerse una camiseta apenas requiere esfuerzo.

Supuestamente.

No obstante, parece agobiado.

—Te ves fantástico —digo en voz baja.

Echo un vistazo por encima de mi hombro y veo justo lo que esperaba: un montón de mujeres volteando desde todas partes, mirando con la boca abierta al hombre sobrenatural que tienen ante sí. Cierro los ojos y tomo aire para relajarme. Aparto la vista de las decenas de observadoras y me vuelvo de nuevo hacia mi espectacular caballero de medio tiempo. Miller adornado con sus finos trajes es algo digno de admirar, pero verlo despojado de toda esa ropa exquisita y con unos pantalones de mezclilla desgastados y una sencilla camiseta roza los límites de la realidad.

Se revuelve nervioso, tira de la camiseta y estira los pies hacia adelante, incómodo con los dobladillos de los pantalones.

317

—Tú sí que estás fantástica, Olivia. A mí parece que me han arrastrado de espaldas por un seto.

Contengo una sonrisa maliciosa. La agitación de Miller me proporciona las fuerzas para hacerlo. Necesito ganármelo. No debo irritarlo más. De modo que me acerco lentamente, observándolo, hasta que se da cuenta de que me estoy aproximando. Deja de juguetear y sigue mi camino hasta que lo tengo delante.

—Me temo que discrepo —susurro, recorriendo con la mirada su rostro con barba incipiente.

—¿Por qué quieres que me vista así?

Su pregunta hace que nos miremos a los ojos. Sé la razón, pero no puedo articular mi respuesta de manera que pueda entenderlo. No lo captará, y también corro el riesgo de enfurecerlo.

—Porque... yo... —Me tropiezo con mis palabras bajo su magnífica figura—. Yo...

—No voy a ponerme esta ropa si la razón es simplemente para que te sientas mejor respecto a nosotros, o si crees que va a cambiarme. —Desliza la mano por mi hombro y empieza a masajear mis músculos tensos—. No voy a ponérmela si crees que de este modo la gente dejará de entrometerse, de mirar o de comentar. —Apoya la otra mano sobre mi otro hombro, me agarra y desciende la cabeza hasta que nuestros ojos quedan al mismo nivel—. Soy yo el que no es digno de ti, Olivia. Y eres tú quien me ayuda. No la ropa. ¿Por qué no lo entiendes?

—Yo...

—No terminé —me interrumpe, y me agarra con más fuerza mientras me atraviesa con una mirada de advertencia. Sería absurdo discutir. Su traje ha desaparecido, pero su atuendo informal no ha borrado su autoridad ni su potente presencia. Y me alegro. Necesito eso—. Olivia, acéptame como soy.

—Y lo hago —digo, aunque la culpa me consume.

—Entonces deja que vuelva a ponerme el traje.

Me lo está rogando con sus absorbentes ojos azules y, por primera vez en la vida, me doy cuenta de que los trajes de Miller no son sólo una máscara; son también una armadura. Los necesita. Se siente seguro con ellos. Siente que tiene el control cuando los lleva. Sus trajes perfectos forman parte de su mundo perfecto y son un accesorio perfecto para mi perfecto Miller. Quiero que los conserve. No creo que obligarlo a usar pantalones de mezclilla haga que se relaje lo más mínimo, y me pregunto si quiero que pierda ese aire estirado. Lo entiendo. Me da igual cómo se comporta en público, porque a mí me trata con veneración, con cariño. Es mi elegante y maniático Miller. Soy yo quien tiene el problema. Yo y mis complejos. Tengo que superarlos.

Asintiendo, agarro el dobladillo de la camiseta y se la quito por la cabeza mientras él levanta los brazos voluntariamente. Una masa musculosa y definida queda expuesta, atrayendo las miradas de más compradores cercanos, esta vez incluso de los hombres. Le entrego la camiseta arrugada a la empleada y miro a Miller con ojos arrepentidos.

—No es adecuada —murmuro.

Él me sonríe, y es una sonrisa de agradecimiento que me parte mi corazón egoísta.

—Gracias —dice tiernamente.

Me rodea con los brazos y me estrecha contra su pecho desnudo. Mi mejilla descansa sobre uno de sus pectorales y suspiro mientras deslizo las manos por debajo de sus antebrazos y me aferro a él con fuerza.

—No quiero que me des nunca las gracias.

—Siempre estaré agradecido por tenerte, Olivia Taylor —dice copiando mis palabras, y me besa en la frente—. Siempre.

—Y yo por tenerte a ti.

—Me alegro de que lo hayamos aclarado. Y ahora, ¿quieres quitarme también los pantalones?

Desciendo la mirada hasta sus muslos, y es un movimiento estúpido, porque me recuerda lo increíblemente magnífico que se ve Miller con pantalones de mezclilla.

—No, hazlo tú. —Lo empujo hacia el probador, ansiosa por privar a mis ojos de esa gloriosa visión, especialmente porque, por lo que parece, no volveré a contemplarla de nuevo—. Te espero aquí.

Satisfecha conmigo misma, tomo asiento y noto un millón de miradas fijas en mí procedentes de todas las direcciones. Decido no darles el gusto de sentirme intimidada y saco el teléfono de mi bolso... y veo que tengo dos llamadas perdidas y un mensaje de texto de William. Me hundo con un gruñido lastimero. De repente, enfrentarme a las miradas de los curiosos no parece tan mala idea.

Eres exasperante, Olivia. Enviaré un coche a buscarte a las 19.00 h. Imagino que estarás en casa de Josephine. William.

Aparto los ojos de la pantalla, como si hacerlo fuese a cambiar lo que dice el mensaje. No lo hace. La irritación me consume y mi pulgar golpea la pantalla táctil automáticamente.

Estoy ocupada.

Eso es. ¿Enviará un coche? Y una mierda. Además, no pienso estar ahí de todas formas. Lo que me lleva a enviar otro mensaje.

No estaré ahí.

No necesito ver las cortinas moviéndose y la nariz curiosa de mi abuela pegada al cristal de la ventana. Le dará algo cuando note que William anda cerca. Su respuesta es instantánea:

No te hagas de rogar, Olivia. Tenemos que hablar sobre tu sombra.

Sofoco un grito al recordar su promesa cuando se marchó ayer del apartamento de Miller. ¿Cómo lo sabe? Giro el teléfono en mi mano pensando que esto es lo que necesita para cumplir su amenaza. No voy a confirmarlo, a pesar de que necesito saber cómo lo sabe y, justo cuando tomo esa decisión, el teléfono empieza a sonar. Me pongo tensa al instante y pulso «Rechazar» antes de enviarle un mensaje rápido para decirle que lo llamaré más tarde con la esperanza de que eso me proporcione algo de tiempo. Llamo a mi abuela para decirle que se me está acabando la batería y que la llamaré desde el teléfono de Miller. Ella me suelta un discurso sobre lo inútiles que son los celulares. Después apago el teléfono.

—¿Olivia?

Levanto la vista y siento que toda mi irritación y mi pánico abandonan mi cuerpo al ver a Miller, vestido de nuevo con su traje perfecto.

—Se me ha muerto el teléfono —le digo. Lo meto despreocupadamente en el bolso y me levanto—. ¿Comemos?

—Sí, vayamos a comer.

Me agarra de la nuca y salimos de la tienda con premura, dejando atrás el conjunto informal que tanto me gusta pero que voy a dejar en paz por el momento y a un montón de mujeres reexaminando a Miller ahora que se cambió. Les sigue gustando lo que ven, cosa que no me sorprende.

—Bueno, eso ha sido media hora de nuestra vida juntos que nunca recuperaremos.

Murmuro mi asentimiento, intentando no dejar que mi mente se desvíe demasiado, aunque consciente de que, por mucho que lo desee, William Anderson no va a desaparecer, y menos ahora si sabe lo de mi sombra.

—Menos mal que ya no estamos limitados a una sola noche.

Sofoco un grito y giro el cuello bajo su mano para mirarlo. Él mira hacia adelante sin expresión, sin un atisbo de ironía en su rostro.

—Quiero más horas —murmuro, y compruebo cómo dirige sus ojos azules cargados de comprensión hacia mí.

Se inclina y me da un beso breve en la nariz. Después se pone derecho y continúa avanzando.

—Mi dulce niña, tienes toda una vida.

Una felicidad inmensa estalla dentro de mí y deslizo el brazo alrededor de su cintura, estrechándolo de costado mientras siento su antebrazo apoyado en la parte superior de mi columna para que pueda seguir sujetándome mientras se adapta a mi demanda de cercanía. Apenas soy consciente ahora del caos que reina en Harrods. Apenas soy consciente de nada, excepto de los recuerdos de una proposición de una noche y de todos los acontecimientos que nos han llevado hasta aquí. Mi corazón apesadumbrado revive henchido de felicidad.

CAPÍTULO 21

Sacudo la manta de vellón, la dejo caer sobre el césped y estiro bien todas las esquinas con la esperanza de reducir al máximo cualquier necesidad obsesiva que Miller pueda tener de recolocarla.

—Siéntate —ordeno señalando la manta.

—¿Por qué no podíamos ir a un restaurante? —pregunta mientras deja dos bolsas de Marks & Spencer sobre el césped.

—No se puede hacer un picnic en un restaurante. —Observo cómo desciende incómodo hasta el suelo, sacándose la parte trasera del saco de debajo del trasero al ver que se ha sentado sobre él—. Quítate el saco.

Dirige sus ojos azules hacia mí, cargados de estupefacción.

—¿Por qué?

—Estarás más cómodo. —Me arrodillo y empiezo a deslizarle el saco por los hombros y a animarlo a estirar los brazos. No se queja ni objeta, pero observa con preocupación cómo la doblo por la mitad y la dejo lo más ordenadamente posible en un extremo de la manta.

—Mejor —concluyo, y agarro las bolsas.

Hago caso omiso de los ligeros tics que ha desarrollado el cuerpo de Miller. No vale la pena darles importancia, porque dentro de un minuto estará recolocando el saco para atender su necesidad compulsiva, reconozca el problema o no. Podría plancharla y dejarla perfecta, que para él seguiría estando mal.

—¿Quieres camarones o pollo? —pregunto levantando dos recipientes de ensalada.

323

Lo sorprendo apartando rápidamente la vista del saco. Pone todo su empeño en hacer como si nada. Me mira y señala los recipientes con indiferencia.

—La verdad es que me da igual.

—A mí me gusta con pollo.

—Pues para mí la de camarones.

Noto cómo sus músculos oculares tiran de sus iris azules en sus cuencas en dirección el saco mientras le entrego la ensalada de camarones.

—Hay un tenedor en la tapa.

Retiro la tapa de mi ensalada y me siento sobre mis piernas observando cómo Miller inspecciona el envase.

—¿Es de plástico?

—¡Sí, es de plástico! —Me río, dejo mi recipiente sobre la manta y agarro el suyo. Le quito la tapa, saco el tenedor y lo hundo en un montón de hojas de lechuga y camarones—. Disfruta.

Agarra el envase y juguetea un poco con la comida antes de llevarse con recelo el tenedor a la boca y masticar lentamente. Es como un proyecto de ciencias. La necesidad de estudiarlo en acción me supera. Sigo su ejemplo y agarra mi propia ensalada y mi tenedor y tomo un bocado. Lo hago todo sin prestar atención, mi deseo de seguir observando a Miller es demasiado fuerte como para resistirme. Apuesto a que nunca se había sentado en el suelo en Hyde Park. Seguro que nunca se ha comido una ensalada de un recipiente de plástico, y nunca se le ha pasado por la cabeza que existan los cubiertos desechables. Todo resulta tremendamente fascinante, siempre lo ha sido, y probablemente siempre lo será.

—Espero que no estés quebrándote la cabeza.

La declaración de Miller me saca de mi abstracción tan rápido que se me cae un trozo de pollo sobre el regazo.

—¡Mierda! —maldigo, y lo recojo.

—¿Ves? —dice Miller con un tono cargado de petulancia—. Eso no pasaría en un restaurante, y llevarías puesta una servilleta.

Se mete el tenedor lleno de lechuga en la boca y mastica con engreimiento.

Lo fulmino con la mirada, estiro el brazo para agarrar la bolsa, saco un paquete de servilletas desechables y lo abro. Con precisión y con un murmullo sarcástico, me limpio la mayonesa del vestido de flores.

—Problema solucionado. —Arrugo el papel y lo tiro a un lado.

—Y un camarero se llevaría la basura.

—Miller —suspiro—. Todo el mundo debería hacer un picnic en Hyde Park alguna vez.

—¿Por qué?

—¡Porque sí! —replico, y lo señalo con mi tenedor—: Deja de buscar problemas.

Resopla, suelta el envase de ensalada y se acerca a hurtadillas a su saco.

—No estoy buscándolos. Son bastante evidentes, no es necesario hacerlo. —Agarra la prenda, la vuelve a doblar y la coloca con cuidado en el suelo—. ¿Y el aderezo?

—¿Qué?

—El aderezo. —Ocupa su sitio de nuevo y toma la ensalada—. ¿Y si quiero aderezar más esta... —mira el recipiente con vacilación— comida?

Deposito mi recipiente sobre la manta y me dejo caer hacia atrás, exasperada. El cielo está azul y despejado. Cualquier otro día disfrutaría de la imagen, pero en esta ocasión la frustración me lo impide. Un picnic. Eso es todo.

—¿Qué te pasa, mi dulce niña? —Su rostro aparece planeando sobre mí.

—¡Tú! —lo acuso—. Dijiste que querías pasar un día tranquilos y disfrutando, y podríamos hacerlo si dejases de ser tan esnob y disfrutaras del paisaje, de la comida y de la compañía.

—Adoro la compañía. —Baja la boca hasta la mía y me ciega con sus labios suaves y apasionados—. Sólo estoy señalando las desventajas del picnic, y la peor de ellas es que no puedo venerarte aquí.

—Tampoco podrías hacerlo en un restaurante.

—Lamento discrepar —responde enarcando una ceja sugerente.

—Para ser todo un «caballero», a veces tu etiqueta sexual resulta bastante cuestionable.

Hago una mueca al oír mis descuidadas palabras, pero Miller no parece darles la menor importancia. Me separa los muslos y se acomoda entre ellos. Estoy perpleja. Se va a arrugar todo. Me agarra las mejillas y pega la nariz a la mía.

—Para ser una niña tan dulce, a veces tu dulzura resulta bastante cuestionable. Dame «lo que más me gusta».

—Se te va a arrugar la ropa.

—Te lo he pedido una vez.

Sonrío y abrazo a Miller, así como a su momentánea espontaneidad. Me deleito en su peso, inhalo el aire mezclado con su esencia. Cierro los ojos y me dejo llevar por la dicha, disfrutando por fin de ese momento de relajación que nos habíamos prometido. Es cálido, cariñoso, y completamente mío, y justo cuando empiezo a abstraerme de todo y el bullicio de Hyde Park se transforma en un murmullo distante, unos pensamientos amenazan durante un segundo con aparecer, nublando mi felicidad mental, y entonces algo estúpidamente obvio se apodera de mi cerebro, desterrando mi alegría y haciendo que mi cuerpo relajado se tense debajo de Miller. Sé que lo ha notado, porque sus ojos me observan analíticamente al instante.

—Compártelo conmigo —dice mientras me aparta el pelo de la cara.

Yo sacudo la cabeza esperando deshacerme así de los pensamientos indeseados.

No lo consigo.

Su rostro está cerca, pero lo único que veo es un niño sucio y perdido. No hace falta que nadie me diga que el niño de la fotografía no comía como un rey, y sé perfectamente que su cuerpo no estaba cubierto de prendas caras, sino más bien de harapos.

—¿Olivia? —dice con tono preocupado—. Por favor, comparte conmigo tu carga. —No tengo escapatoria, y menos ahora que se ha puesto de rodillas y me obliga a mí también a incorporarme. Estamos el uno frente al otro, con las manos entrelazadas y descansando sobre su regazo mientras él traza suaves círculos en mi piel con los pulgares—. ¿Olivia?

Me esfuerzo por mirarlo a los ojos cuando le hablo, buscando la más mínima reacción a mi pregunta.

—Por favor, dime por qué tiene que ser todo tan perfecto.

No encuentro nada. Ningún gesto, ninguna expresión, ninguna señal reveladora en sus ojos. Está muy tranquilo.

—Esto ya lo hemos hablado, y estoy seguro de que concluimos que el tema estaba terminado.

—No, tú dijiste que el tema estaba zanjado —replico.

Yo no quería terminarlo, y ahora mi horrible proceso mental está pisoteando todas mis conclusiones. Se avergüenza de su niñez. Quiere borrarla de su memoria. Quiere ocultarla.

—Por una buena razón —dice.

Me suelta las manos y aparta la vista, buscando otra cosa que hacer que no sea enfrentarse a mi mirada y a la presión de mis preguntas. Empieza a juguetear con su saco, alisando la prenda que ya está inmaculadamente doblada.

—Y ¿qué razón es esa? —Se me parte el corazón cuando me mira con el rabillo del ojo, con su atractivo rostro cargado de cautela—. Miller, ¿cuál es la razón?

Me acerco a él muy despacio unos centímetros, como si me aproximase a un animal asustado, y apoyo la mano en su antebrazo. Baja la mirada, muy quieto, y hecho un auténtico desastre. Tengo paciencia. Llegué a una conclusión, pero soy incapaz de compartirla con él. Sabrá que estuve fisgando, y quiero que me cuente su historia por voluntad propia. Que la comparta conmigo.

Sólo pasan unos segundos, aunque a mí se me hacen eternos, antes de que vuelva a la vida y se ponga de pie, dejando que mi mano caiga sobre la manta. Levanto la vista para mirarlo. Levanta su saco, se lo pone, se abrocha los botones y se estira las mangas.

—Porque estaba terminado —dice insultando a mi inteligencia con su esquiva respuesta—. Tengo que ir a Ice.

—Bien, vamos —suspiro, y empiezo a recoger los restos de nuestro breve picnic y a acumular la basura en una de las bolsas—. En realidad, no.

Tiro la bolsa a un lado, me levanto y me planto delante de la alta constitución de Miller. Debo de parecer minúscula y frágil a su lado, pero mi determinación es enorme. Siempre está exigiéndome que comparta mis problemas con él y, sin embargo, él decide cargar los suyos sobre sus hombros.

—Yo no voy a ir —declaro atravesándolo con la mirada, sabiendo perfectamente que no irá sin mí. No después de lo de esta mañana. Quiere tenerme cerca, cosa que me parece estupenda, pero no en Ice.

—Lamento discrepar —responde indignado, pero su tono carece de su típica seguridad y, en un intento de demostrarme que va en serio, me agarra de la nuca e intenta que dé media vuelta.

—¡Miller, dije que no! —Me lo quito de encima, furiosa y frustrada, y lo abraso con ojos decididos—. No voy a ir. —Me siento de nuevo, me saco las chanclas y me tumbo boca arriba, cambiando el azul de sus ojos por el del cielo—. Voy a disfrutar de un rato tranquilo en el parque. Puedes ir a Ice tú solo.

Me pondré a chillar y a patalear si intenta levantarme.

Cruzo los brazos por detrás de la cabeza y mantengo la vista fija en el cielo, mientras siento que empieza a ponerse nervioso. No sabe qué hacer. Supuestamente, le encanta que sea insolente. Apuesto a que no sabe cómo reaccionar. Me preparo para el espectáculo, me pongo cómoda, decidida a no ceder, y mi mente divaga de nuevo a lo que ha hecho que mi insolencia asome en primer lugar. Miller y su mundo perfecto. Mi conclusión es bien simple, y no tiene nada de lo que avergonzarse. Vivió una infancia de pobreza, vestía harapos, y ahora está obsesionado con vestir la ropa más fina que se pueda comprar.

Cómo consiguió el dinero para comprarse los millones de trajes armadura que ahora posee es irrelevante. Creo. O no. Mi conclusión me ha llevado a plantearme nuevas preguntas, preguntas que no me atrevo a formular, no por miedo a enfadarlo, sino porque temo cuál puede ser la respuesta. ¿Cómo llegó a formar parte de «ese mundo»? Aquel lugar era un orfanato. Miller me confirmó que no tenía padres y que estaba él solo. Es huérfano. Mi maniático, elegante y perfecto Miller siempre ha estado solo. Se me parte el corazón al pensarlo.

Estoy tan profundamente sumida en mis pensamientos que doy un brinco cuando una cálida dureza me presiona de repente el costado. Vuelvo la cabeza y me encuentro de frente con sus ojos. Se ha acurrucado a mi lado y, después de besarme la mejilla, apoya la cabeza en mi hombro y desliza el brazo por mi estómago.

—Quiero estar contigo —susurra. Sus actos y sus palabras hacen que mis brazos dejen de servir de almohada para mi cabeza y se enrosquen alrededor de él como pueden—. Quiero estar contigo cada minuto del día.

Sonrío con tristeza porque, si mi conclusión es cierta, Miller no ha tenido nunca a nadie.

—Nosotros —confirmo, y lo estrecho entre mis brazos para reconfortarlo—. Me muero por tus huesos, Miller Hart.

—Y tú me tienes profundamente fascinado, Olivia Taylor.

Lo estrecho con más fuerza. Permanecemos tumbados sobre la manta de vellón durante una eternidad; Miller, murmurando y pintando cuadros en mi vientre con la punta de su dedo, y yo, sintiéndolo, escuchándolo, oliéndolo y dándole «lo que más le gusta».

Por fin estamos disfrutando el uno del otro, y es un momento de dicha indescriptible.

—Esto fue agradable —susurra.

Se incorpora sobre un hombro y apoya su barbilla perfecta cubierta por una barba incipiente sobre la palma de su mano. Continúa trazando leves líneas en mi estómago, observando sus suaves movimientos con aire pensativo. Yo me limito a mirarlo. Es un placer increíble, me siento en el cielo. Estamos sumidos en nuestro propio momento privado, rodeados por paseos de Hyde Park y por el distante caos del Londres diurno, pero totalmente solos.

—¿Tienes frío? —Me observa y recorre con la mirada mi vestidito de flores.

Ya es por la tarde y se está levantando una ligera brisa. Miro al cielo y veo que unas cuantas nubes grises nos sobrevuelan lentamente.

—Estoy bien —respondo—, pero parece que va a llover.

Miller sigue mi mirada hacia el cielo y suspira.

—Y Londres proyecta su sombra negra —murmura para sus adentros, en voz tan baja que casi no lo oigo. Pero lo he oído, y sé que su afirmación tiene un significado más profundo. Exhalo para hablar, pero al final decido callarme. De todos modos, él ya se ha puesto de pie antes de que me dé tiempo a preguntar—. Dame la mano.

Acepto su ofrecimiento y dejo que me levante sin esfuerzo. Su ropa está totalmente arrugada, pero no parece importarle mucho.

—¿Podemos repetirlo algún día? —pregunto mientras recojo nuestras ensaladas a medio terminar y las meto en una bolsa.

Miller se dispone a doblar la manta correctamente.

—Por supuesto —accede alegremente sin mostrar ningún tipo de reticencia. Ha disfrutado de verdad, y yo no podría estar más contenta—. Tengo que pasar por el club. —Encorvo mis delicados hombros y Miller se da cuenta—. No tardaré —me asegura acer-

cándose e inclinándose hasta que nuestros labios se rozan ligeramente—. Te lo prometo.

No estoy dispuesta a dejar que nada nos arruine el momento,
de modo que me agarro de su brazo y dejo que nos guíe por el césped hasta que llegamos a un sendero.

—¿Puedo quedarme contigo esta noche? —le pido.

Me siento culpable por estar tanto tiempo ausente en casa últimamente, pero sé que a mi abuela no le molesta lo más mínimo, y
la llamaré en cuanto lleguemos al apartamento de Miller.

—Livy, puedes quedarte conmigo siempre que quieras. No tienes que preguntar.

—No debería dejar sola a mi abuela.

Se ríe ligeramente, y el sonido desvía mi mirada de su pecho a
su rostro.

—Tu abuela dejaría en ridículo al perro guardián más feroz.

Sonrío y apoyo la cabeza sobre su brazo mientras ambos deam-
bulamos.

—Coincido.

Un fuerte brazo me rodea el hombro y me estrecha contra su
costado.

—Si prefieres que te lleve a casa, lo haré.

—Pero quiero quedarme contigo.

—Y a mí me encanta tenerte en mi cama.

—Llamaré a mi abuela en cuanto lleguemos a tu apartamento
—afirmo, y tomo nota mental de acordarme de preguntarle si le
importa, aunque estoy segura de que no.

—De acuerdo —dice con una risita.

—Mira, un bote de basura.

Arrugo la bolsa que llevo en la mano y me dirijo al bote con
decisión, pero vacilo al ver a un hombre que está tirado en un banco cercano. Tiene un aspecto harapiento, sucio y ausente, como los
numerosos indigentes que frecuentan las calles de Londres. Mi
avance hacia el bote se ralentiza mientras observo sus movimien-

tos espasmódicos, y al instante concluyo que probablemente sea a causa de las drogas o del alcohol. Mi naturaleza hace que sienta compasión y, cuando levanta sus ojos vacíos y me mira, me detengo por completo. Me quedo mirando al hombre, que probablemente apenas lo sea; parece estar en la última etapa de la adolescencia, pero la vida en las calles se ha cobrado un precio muy alto con él. Tiene la piel cetrina y los labios resecos.

—¿Tiene unas monedas, señorita? —me grazna, tocándome más todavía la fibra sensible.

Es una pregunta bastante frecuente, y normalmente me cuesta muy poco pasar de largo, sobre todo desde que mi abuela me recuerda que cada vez que les llenas el bolsillo de dinero, también estás financiando su adicción a las drogas o al alcohol. Pero este joven desaliñado con estas ropas desaliñadas y hechas jirones y sus zapatillas hechas polvo me recuerda algo, aunque no sabría decir qué.

Después de pasar demasiado tiempo mirándolo, alarga la mano hacia mí, sacándome de mis miserables pensamientos y de las imágenes de un niño que parece desorientado.

—¿Señorita? —repite.

—Lo siento. —Niego con la cabeza y continúo, pero cuando levanto la bolsa para tirarla a la basura, una mano cálida me rodea la cintura y me sostiene con firmeza.

—Espera.

El timbre grave de la voz de Miller me acaricia la piel y me vuelvo hacia él. Sin mediar palabra, agarra la bolsa y saca las dos ensaladas a medio comer. Después mete la bolsa en la papelera, da media vuelta y se acerca al indigente. Yo observo, perpleja y en silencio, cómo Miller llega hasta él, se agacha y le ofrece las dos ensaladas y la manta de vellón. El joven acepta con manos vacilantes lo que él le ofrece y asiente agradeciéndoselo con la cabeza pesada. Se me humedecen los ojos y estoy a punto de derramar lágrimas cuando mi perfecto caballero de medio tiempo apoya una mano en la rodilla del hombre y frota la sucia pernera de sus pantalones de mezclilla en círculo para infundirle seguridad. Actúa con delicadeza, con cuidado y con comprensión. Son acciones de alguien que entiende la situación que está viviendo el muchacho. Le está contando su historia lentamente y sin palabras. No hacen falta. Sus actos lo dicen todo, y yo me quedo perpleja y, sobre todo, triste.

Ese niño perdido seguía estándolo.

Hasta que yo lo encontré.

Observo cómo Miller se levanta, se mete las manos en los bolsillos de los caros pantalones del traje y se vuelve lentamente para mirarme. Se queda ahí, observándome con detenimiento mientras llego a otra desgarradora conclusión. ¿Huérfano? ¿Indigente? Me muerdo el labio hasta hacerme daño, lo que sea con tal de evitar que la aflicción brote de mis ojos al ver a mi precioso hombre de pasado desestructurado.

—No llores —susurra acortando la distancia que nos separa.

Sacudo la cabeza sintiéndome estúpida.

—Lo siento.

Cuando lo tengo lo bastante cerca, hundo la frente en el hueco bajo su barbilla. Él sostiene mi cuerpo afligido rodeándome con sus firmes brazos.

—Dale dinero y probablemente se lo gastará en drogas, alcohol o tabaco —me dice en voz baja—. Dale comida y una manta y saciará su hambre y se mantendrá caliente. —Me besa la parte superior de la cabeza, se aparta de mí y se apresura a secarme el torrente de lágrimas que desciende por mis mejillas—. ¿Sabes cuántos niños perdidos hay en las calles de Londres, Olivia?

Niego ligeramente con la cabeza.

—No todo es riqueza y esplendor. Esta ciudad es preciosa, pero tiene una parte oscura y marginal.

Absorbo sus palabras y me siento ignorante y tremendamente culpable. Sé que dice la verdad. Y lo sé porque no sólo yo estuve al borde de ella, sino que Miller vivió en esa parte oscura y marginal toda su vida.

Mantiene sus ojos fijos en los míos y, durante ese instante, intercambiamos un millón de mensajes en silencio. Me lo está contando. Y yo lo estoy entendiendo.

—Pasé una tarde fantástica, gracias. —Me acaricia una ceja con el pulgar y se inclina para besarme la frente.

—Yo también.

Sonríe y me agarra de la nuca como de costumbre. Hace que dé media vuelta y nos encaminamos hacia la salida de Hyde Park.

—Si no nos damos prisa nos va a caer un aguacero —dice mirando al cielo.

Levanto la vista siguiendo su gesto y veo que las nubes grises se han tornado negras y, de repente, una gota enorme golpea mi mejilla, y demuestra que Miller tiene razón.

—Será mejor que corramos —digo tranquilamente.

El traje de Miller ya está lleno de arrugas; si además se le empapa se va a poner furioso.

Y, mientras pienso esto, empieza a diluviar.

—¡Mierda! —exclamo al ser acribillada por un montón de goterones helados—. ¡Carajo!

La lluvia es incesante, y cae al suelo con fuerza, salpicando nuestras piernas.

—¡Corre! —grita Miller, pero me quedé tan pasmada ante el repentino frío que me ataca que no sé distinguir si está alarmado o riéndose.

Sin embargo, echo a correr. Rápido. Miller me agarra de la mano y tira de mí. Levanto la vista a través de mi pelo mojado y veo sus rizos oscuros pegados contra su cabeza. Las gotas de agua cubren su rostro y resaltan sus pestañas largas y oscuras.

Al contemplar esa imagen, me detengo de repente y Miller se suelta de mi mano. Él también se detiene y se vuelve dirigiendo unos ojos azules increíblemente brillantes hacia mí.

—¡Vamos, Olivia! —Está totalmente empapado y obscenamente guapo, aunque algo alarmado.

—Besame —le exijo, permaneciendo estática, haciendo caso omiso de la fría lluvia que ahora entumece mi piel.

Arruga su magnífica frente y su gesto me hace sonreír.

—¿Qué?

—¡Dije que me beses! —grito a través de la lluvia, preguntándome si de verdad no lo ha entendido.

Se ríe un poco, amplía su postura, echa un vistazo a nuestro alrededor y se relaja. Yo sigo con los ojos clavados en él. No los apartaría por nada del mundo. Espero a que Miller inspeccione nuestro entorno inmediato. Ya no le importa la incesante lluvia.

Unos instantes después, sus brillantes ojos azules vuelven a mirarme.

—Que no tenga que volver a pedírtelo —le advierto, y cuando veo que camina hacia mí, con convicción y con un amor puro y absoluto emanando de sus hipnóticas orbes, inspiro profundamente.

Me levanta, me estrecha contra su traje mojado y me besa de manera teatral. Me agarra de la nuca para sostenerme en el sitio y mis piernas se enroscan alrededor de su cintura. Nos besamos sin límite, con pasión. Es un beso cargado de deseo, de lujuria, de adoración, de consuelo, y representa todo lo que siento por Miller Hart.

Nuestros labios húmedos se acarician con facilidad, nuestras lenguas batallan con furia pero con ternura. Lo agarro de la nuca y pego mi cuerpo al suyo. Podría besarlo así eternamente. El calor de nuestros cuerpos entrelazados hizo desaparecer el frío. El malestar no tiene cabida, sólo hay espacio para la serenidad.

Yo la siento, y sé que Miller también.

—Sabes todavía mejor bajo la lluvia —dice entre nuestras ansiosas lenguas, que se niegan a detenerse—. Carajo, eres exquisita.

—Mmm.

Jamás sería capaz de hallar las palabras para describir cómo me está haciendo sentir él ahora mismo. No las hay. De modo que se lo demuestro besándolo con más intensidad todavía y abrazándolo con más fuerza.

—Date por saboreada —murmura débilmente. Yo gimo de nuevo y él ralentiza nuestro beso hasta que nuestras lenguas apenas se mueven—. Parece ser que sí que puedo venerarte en Hyde Park.

Me besa los labios y me aparta el pelo mojado de la cara.

—No con plena capacidad —replico.

Permanezco enroscada alrededor de su cuerpo empapado. No estoy preparada para soltarlo todavía.

—Coincido. —Da media vuelta y empieza a avanzar sin prisa por el parque mientras la lluvia sigue cayendo con furia—. De modo que tengo que ir al club, para acabar lo antes posible, y llevarte a casa para poder demostrarte mi plena capacidad.

Asiento, entierro el rostro en su cuello y dejo que me lleve hasta el coche.

Si existe la perfección más allá del mundo perfecto de Miller, debe de ser esto.

Estoy empapada, sentada en el asiento de piel del Mercedes de Miller, y detecto una creciente preocupación a mi lado ante el húmedo estado de su magnífico coche. La pantalla dual del control de temperatura señala una media de dieciséis grados, el número perfecto para que Miller mantenga la calma, pero no teniendo en cuenta el frío que siento. Me muero por subir la temperatura, pero me temo que ya he forzado a Miller al límite con el traje mojado, el picnic en Hyde Park y las compras. Subir la temperatura podría ser la gota que derrame el vaso. Comienzo a tiritar y me hundo más en mi asiento, mirando con el rabillo del ojo cómo se aparta el pelo de la frente.

Tracy Chapman canta sobre coches rápidos, cosa que me hace sonreír, ya que Miller está conduciendo tremendamente despacio.

El aire de calma y la serenidad que flota entre nuestros cuerpos húmedos es palpable. Ninguno de los dos dice nada, y no es necesario. El día de hoy ha sido mejor de lo que podría haber esperado, dejando a un lado el pequeño percance matutino. Miller logró superar algunos asuntos difíciles y, además de hacer que me sienta increíblemente orgullosa, consiguió que mis sentimientos por él aumenten. Y lo más satisfactorio de todo es que sé que por fin dió un paso fuera de su caja perfecta y le gustó lo que ha visto. El hecho de que ahora esté congelándome en el asiento y que no me atreva a subir la temperatura de su flamante coche es irrelevante.

—¿Tienes frío? —dice. Su tono preocupado no capta mi atención, pero la pregunta sí.

No creo que también me conceda calor además del picnic, de que haya estado a punto de comprar ropa informal y de que me haya besado bajo la lluvia. Eso ya sería demasiado.

—Estoy bien —miento obligándome a dejar de tiritar.

—Olivia, no estás bien en absoluto —repone.

Luego estira el brazo y mueve los dos diales por turnos, asegurándose de que coinciden, subiendo la temperatura del coche hasta unos calentitos veinticinco grados.

No quepo en mí de júbilo, y acerco la mano para acariciar su maravillosa barba incipiente, áspera y rasposa, aunque familiar y reconfortante.

—Gracias.

Apoya la mejilla en mi mano y después la sujeta y me besa las puntas de los dedos. A continuación, coloca nuestras manos entrelazadas sobre su regazo y las mantiene ahí, conduciendo con una sola.

Quiero que este día no termine jamás.

CAPÍTULO 22

—Tony —saluda Miller, y me guía de la nuca por delante del encargado de su club sin que parezca importarle la expresión de preocupación de su rostro.

La verdad es que parece intranquilo, y aunque por lo visto él no tiene problemas en pasarlo por alto, yo no puedo.

—¿Livy? —dice Tony a modo de pregunta, como si estuviera sorprendido de verme.

Una vez me dijo que Miller era feliz en su pequeño mundo privado y meticuloso. Pero yo sé que no es verdad. Miller no era feliz. Puede que fingiera serlo, pero yo sé, porque me lo ha dicho él mismo, que hoy lo ha pasado de maravilla.

Es evidente que Tony no sabe qué pensar del hombre empapado y desaliñado que tiene delante. Yo no digo nada. Sólo le sonrío levemente a modo de saludo mientras desaparecemos de su vista.

—No le gusto —susurro en voz baja, casi de mala gana, planteándome si preguntar el motivo será una pérdida de tiempo.

—Se preocupa demasiado —responde Miller cortante mientras me guía por el laberinto de pasillos que llevan a su despacho.

Sé que Tony se opone a lo nuestro, como todos los demás, y no estoy segura de por qué su desaprobación me preocupa más que la del resto de los entrometidos. ¿Por su aspecto? ¿Por sus palabras? Y ¿por qué Miller no se enoja con él como con los demás?

Introduce el código en el teclado numérico, empuja la puerta y nos encontramos de inmediato con el perfecto orden que reina en su despacho. Todo está como tiene que estar.

Excepto nosotros.

Miro mi cuerpo empapado y después el de Miller y pienso en el aspecto tan desastroso que tenemos. Curiosamente, ahora que estoy rodeada de la familiaridad y la exactitud de su mundo, me siento incómoda e... inapropiada.

—¿Olivia?

Me vuelvo hacia Miller, que está junto al mueble bar sirviéndose un whisky mientras se quita la corbata.

—Perdona, estaba fantaseando.

Me obligo a salir de mi ensoñación y cierro la puerta detrás de mí.

—Siéntate —dice señalando la silla que está detrás de su mesa—. ¿Quieres tomar algo?

—No.

—Siéntate —insiste cuando ve que sigo junto a la puerta unos segundos después—. Vamos.

Miro mi vestido, y después la elegante silla de Miller. Ya me preocupaba bastante sentarme en su coche empapada, y ahora me enfrento a su preciosa silla de piel del despacho.

—Pero estoy toda mojada —digo tirando del dobladillo de mi vestido y soltándolo, dejando que se pegue contra mi muslo para demostrárselo. No sólo estoy mojada: estoy chorreando.

Detiene el vaso frente a sus labios y recorre con la vista todo mi cuerpo, observando el desastre que estoy hecha. O tal vez no. Sus ojos aterrizan en mi pecho y después ascienden hasta los míos. Se han tornado nublados.

—Me gusta verte mojada. —Me señala con el vaso y su mirada feroz acaba con mi sensación de frío y enciende mi latente deseo.

Mi cuerpo se enciende y mi respiración se agita bajo el calor de sus fríos ojos azules.

Empieza a acercarse a mí, tranquilo, pausado, y con un millón de emociones reflejadas en sus ojos. Deseo, lujuria, determinación y muchas más, pero no tengo la ocasión de continuar elaborando mi lista mental porque desliza su brazo libre por debajo de mi trasero y me eleva hasta su boca. El olor y el sabor del whisky me traen a la memoria a un Miller ebrio, pero las atenciones con las que me colma su divina boca pronto hacen que lo olvide. Nuestra ropa empapada se pega, y hundo los dedos en su cabello alborotado. Éste es un beso lento, meticuloso y suave. Gime de placer y mordisquea con ternura mi labio inferior cada vez que se aparta para darme piquitos y después vuelve a introducir la lengua en mi boca.

—Necesito desestresarme —farfulla, y me echo a reír. Creo que no lo vi nunca tan relajado—. ¿Qué te parece tan gracioso?

—Tú. —Me aparto y me tomo mi tiempo palpando su rostro, deleitándome en la aspereza de su incipiente barba—. Tú eres gracioso, Miller.

—¿En serio?

—Sí.

Ladea la cabeza pensativo mientras me lleva hasta su mesa con un solo brazo.

—Nunca me habían llamado *gracioso*.

Me coloca sobre su silla de piel de cara a su impoluto escritorio. Tengo una absurda sensación de calma cuando veo que todo está en su sitio, concretamente el único objeto que decora siempre su mesa: un teléfono.

—¿No tienes una computadora? —pregunto.

Golpetea la sección de la mesa que oculta todas las pantallas y yo sonrío. Qué... ordenado.

—Te prometí que no tardaría.

—Es verdad —digo, y me apoyo en el respaldo de la silla—. ¿Qué tienes que hacer?

Ahora empiezo a preguntarme dónde guarda todo el papeleo, los archivos y los documentos.

Se quita la corbata plateada que adorna su cuello y el saco y se queda en chaleco y camisa.

—Tengo que hacer unas llamadas y demás.

—Y demás... —susurro mientras observo cómo deposita su bebida con cuidado sobre la mesa y se arrodilla en el suelo al otro lado.

Apoya los antebrazos sobre la superficie blanca y me mira con aire pensativo. Eso hace que me hunda más todavía en el respaldo. ¿Qué va a decirme?

—Tengo que pedirte algo.

Me pongo en alerta.

—¿Qué?

Sonríe ante mi evidente preocupación y se mete la mano en el bolsillo.

—Quiero que tengas esto —dice. Coloca algo sobre la mesa pero mantiene la mano encima para que no pueda ver lo que hay debajo.

Miro la mano y lo miro a él, y mi recelo se intensifica.

—¿Qué es?

Sonríe un poco más, y detecto que está nervioso, lo que no hace sino ponerme más nerviosa a mí también.

—Una llave de mi apartamento. —Levanta la palma y revela una llave Yale.

Mis músculos se relajan y mi mente se niega a centrar la atención hacia el lugar donde mis estúpidos pensamientos se estaban dirigiendo.

—Una llave —digo entre risas.

—Puedes quedarte en mi casa siempre que quieras. Entrar y salir a tu antojo. ¿La aceptas? —Parece esperanzado mientras la desliza por la mesa hacia mí.

Pongo los ojos en blanco, y entonces sofoco un grito cuando la puerta se abre de repente y veo entrar a Cassie, tambaleándose.

—¡Mierda! —maldigo entre dientes, y el miedo acelera mi corazón.

Miller se levanta al instante y atraviesa la habitación.

—Cassie —suspira con aire cansado, y hunde sus anchos hombros cuando se detiene.

—¡Vaya, hola! —dice ella riendo y apoyándose en el marco de la puerta.

Está borracha, pero borracha de verdad, no sólo alegre. Esto pinta mal, pero por muy ebria que esté, sigue teniendo un aspecto asquerosamente perfecto. Fija los ojos en Miller; bueno, lo de fijarlos es un decir, dada su condición. Ni siquiera se ha percatado de que estoy aquí. Soy invisible.

—¿Qué haces aquí?

—Han cancelado mi cita —dice agitando una mano en el aire con indiferencia antes de cerrar la puerta con tanta fuerza que hace temblar las paredes del despacho.

Mi mirada oscila entre ambos, y me alegra ver que lleva sólo un segundo aquí y la paciencia de Miller ya parece haberse agotado. Espero que la eche de la habitación de nuevo. Lo que no me gusta es la mirada inquisitiva de Cassie hacia Miller. Y sé la razón.

—¡Mira qué pinta tienes! —Está estupefacta, y yo me quedo igual cuando se tambalea hasta él y empieza a sobarle el cuerpo con sus manos de manicura. Me cuesta un esfuerzo tremendo no abalanzarme sobre ella y tirarla contra el suelo. Quiero gritarle que le quite las manos de encima—. Uy, Miller, cariño, estás empapado.

«¿Cariño?»

En un intento por distraerme, empiezo a girarme el anillo alrededor del dedo una y otra vez, hasta que estoy convencida de que me hice una ampolla. Lo está acariciando, haciendo una escena, como si fuera a morirse por haberse mojado un poco.

«¡Quítale las putas manos de encima!»

—Miller, ¿qué pasó? ¿Quién te hizo esto?

—Me lo hice yo mismo, Cassie —dice ofendido, retirando sus manos del pecho.

Se aparta, y yo me relajo un poco al ver que ha puesto distancia entre ellos. Aunque no por mucho tiempo, porque la zorra implacable se acerca de nuevo. Me pongo tensa y pienso en un montón de improperios que lanzarle desde el otro extremo de la habitación, y me asusto ante mi actitud. Me obligo a tranquilizarme, pero sólo consigo enfurecerme todavía más.

—¿Qué quieres decir? —pregunta con confusión, y empieza a repasarlo con la mirada y a sobarlo por todas partes de nuevo.

—Fuimos de picnic al parque —intervengo. No estoy dispuesta a seguir aquí sentada viendo cómo Miller se enfrenta solo a la persistente presencia de Cassie—. La pasamos estupendamente — añado para más escarnio.

Detiene las manos sobre el torso de Miller y ambos me miran; Miller, harto, y Cassie, pasmada.

—Olivia —ronronea—. Qué sorpresa.

No creo que esté siendo sarcástica, pero aunque sus palabras de lagarta no muestran su desconcierto, su rostro sí lo hace. Entonces desvía su mirada de incredulidad hacia Miller, que exhala su creciente frustración.

—¿Qué quieres, Cassie? —Le aparta sus insistentes manos del pecho de nuevo y empieza a desabrocharse el chaleco—. No pienso estar aquí mucho tiempo.

—Pues... —Se acerca al mueble bar y se sirve un vodka solo—. Esperaba que me llevaras a tomar algo.

Se me eriza el vello y le lanzo una mirada a Miller, que ahora está quitándose el chaleco. Su camisa mojada transparenta y se pega por todas partes. Me atraganto al verlo. Tiene un aspecto magnífico, y Cassie también lo ha advertido. Se están dando toda clase de conflictos: mi insolencia me dice que le arranque la cabeza a Cassie, y mi libido que tire a Miller contra el suelo y lo devore vivo. La situación es muy incómoda. Entonces, Miller se quita la camisa mojada y expone su perfecta y definida musculatura. Me quedo boquiabierta; no por la imponente imagen que tengo ante mí, sino porque la ha ofrecido ante los ojos sedientos de Cassie.

Ella se balancea ligeramente en el sitio, con el vaso de vodka pegado a los labios, mientras estudia cómo se contraen y se relajan los músculos húmedos de Miller.

—Creo que ya has bebido suficiente —gruñe Miller mientras se dirige al baño.

Observo cómo desaparece por la puerta y sé que Cassie también lo hace. La furia me invade. Ahora se ha vuelto hacia mí y, aunque sé que probablemente me fulminará con la mirada, no puedo evitar mirarla a la cara.

—¿Qué le has hecho? —me espeta desde el otro extremo del despacho moviendo el vaso de vodka en dirección a la puerta del baño.

Tengo que mantener la calma. Me cuesta controlar la furia. Estoy deseando cargar contra ella. Está entrometiéndose, seguramente más que nadie. Pero Miller no se comporta como un energúmeno con ella, como tampoco lo hace con Tony. ¿Va a decirme que Cassie también está preocupada? Sí, está muy preocupada. Le preocupa que le arrebate a Miller, y tiene motivos. Apuesto a que esta mujer hace de la malicia un gran arte. Jamás estaré a su altura en eso, no es mi estilo, de modo que continúo observándola y me siento de nuevo en la silla de Miller.

—Logré que vea la luz a través de su oscuridad —replico.

Se echa hacia atrás y exhala en silencio. Quedó totalmente pasmada y sin palabras. Es una gran sensación, pero oigo pasos cerca, de modo que dejo a Cassie y su cara de asombro y desvío tranquilamente los ojos por la habitación hasta que lo encuentro. Se está pasando una toalla por la cabeza, mirándome con sus ojos azules brillantes.

—Ven aquí —dice en voz baja, con la cabeza ladeada.

Me levanto de la silla y atravieso la estancia para reunirme con él de inmediato. Conozco ese resplandor en su mirada. Cassie está a punto de ser testigo de una pequeña muestra del estilo de veneración de Miller. Esto superará cualquier barbaridad que yo pueda decirle. Una cálida palma reclama mi nuca y unos cálidos labios demandan mi boca un instante después. Es un beso breve, pero dotado de las características de siempre, y provoca las mismas reacciones de siempre en mí, y estoy segura de que oigo una exclamación sofocada de sorpresa a mi espalda. Sí, Miller deja que lo bese, y en un patético ataque de propiedad, apoyo las manos en su pecho desnudo para que Cassie vea que yo también lo toco.

—Ven. —Me envuelve los hombros con la toalla y utiliza las esquinas para secarme la frente mojada—. Ve a secarte al baño.

Vacilo. No estoy dispuesta a dejar la habitación con una Cassie ebria y ahora callada al acecho.

—Estoy bien —digo sabiendo que no tengo las de ganar.

Él sonríe. Me da un breve beso en la mejilla y luego se acerca al armario oculto y abre las puertas. Busca entre las hileras de camisas finas y saca una dándole un tirón a la manga. Cassie ahoga un grito de horror; Miller la mira feo... y yo no quepo en mí de gozo.

—Ponte esto. —Me pasa la camisa, me vuelve y me da un empujoncito en la espalda—. Dame tu vestido y haré que alguien lo ponga debajo de los secadores de manos durante un rato.

—Puedo hacerlo yo misma —protesto. Sería un buen modo de pasar el rato mientras Miller hace lo que tenga que hacer.

—Nada de eso —resopla, y me empuja hacia adelante.

Me doy vuelta cuando llego al baño y veo que Miller cierra la puerta y Cassie sigue mirando su espalda boquiabierta.

—Cinco minutos.

Asiente muy serio y desaparece de mi vista cuando la madera se interpone entre nosotros. Frunzo el ceño en dirección a la puerta mientras los fuegos artificiales de mi interior se apaciguan y dejan paso a un poco de desconcierto. Acabo de permitir que me saque de su despacho sin protestar. Ahora no tengo la sensación de que el hecho de que acabe de tomar una de sus valiosas camisas y me la haya dado para que me la ponga sea un avance. Más bien parece

345

que intentase distraerme. Me río en voz alta. Qué idiota soy. Y con esa conclusión, abro la puerta y me planto de nuevo en el despacho. Ambos se dan vuelta, y ambos parecen agitados. Están demasiado cerca, probablemente para que yo no oyera su conversación.

—¡Por el amor de Dios! —exclama Cassie, y bebe un buen trago de vodka—. ¿No puedes deshacerte de eso?

Lanzo un grito ahogado de indignación, y Miller se vuelve con violencia y le quita el vaso de la mano.

—¡A ver si aprendes a cerrar la puta boca! —grita, y deja el vaso sobre la mesa de un golpe que hace que Cassie dé un brinco y se tambalee. Ahora veo su rabia, y eso es lo único que evita que empiece a decirle de todo. No necesito poner a esta mujer en su sitio porque Miller está a punto de hacerlo por mí. Acerca su rostro al de ella—. De lo único que voy a deshacerme será de ti —la amenaza con fiereza—. No me provoques, Cassie.

Ella se agarra al mueble bar para apoyarse y tarda un instante en recobrar la compostura. Su mirada se desvía en mi dirección brevemente.

—Te van a crucificar —dice con conocimiento de causa. Lo sé porque los hombros desnudos de Miller se tensan.

—Por algunas cosas vale la pena arriesgarse —susurra él con tono de incertidumbre.

—Nada merece ese riesgo —replica Cassie. Su voz despide cierto temor, y ese temor recorre la habitación y se instala dentro de mí. Profundamente.

—Te equivocas. —Miller inspira hondo para calmarse, se aleja de ella y vuelve unos ojos inexpresivos hacia mí—. Ella lo merece. Quiero dejarlo.

Cassie sofoca un grito, y si yo pudiera apartar mis ojos inundados de Miller, sé que vería una expresión de sorpresa reflejada en su perfecto rostro.

—Miller..., no... No puedes hacerlo —tartamudea. Agarra de nuevo el vaso y bebe con la mano temblorosa.

—Sí puedo.

—Pero...

—Lárgate, Cassie.

—¡Miller! —Le está entrando el pánico.

Él tensa la mandíbula y sus ojos siguen fijos en mi cuerpo inmóvil en la puerta mientras se saca el teléfono del bolsillo del pantalón, pulsa un botón y se lo pega a la oreja—. Tony, ven por Cassie.

Lo que sucede a continuación me deja con los ojos como platos y la boca abierta.

—¡No!

Cassie se abalanza sobre él y lo estampa contra el mueble bar. Los vasos y las botellas se estrellan contra el suelo del despacho. Me encojo ante el estrépito, pero mis piernas se niegan a trasladarme al otro lado de la habitación para intervenir. Lo único que puedo hacer es observar estupefacta cómo Miller intenta agarrarle las manos, que agita contra él mientras le grita, lo araña y le suplica:

—¡No lo hagas! ¡Por favor!

Las señales que denotan la amenazadora ira de Miller inundan la sala. Su pecho agitado, sus ojos de loco y el sudor hacen acto de aparición. Detesto pensar en el daño que podría causarle a esta mujer. Detesto a Cassie, odio todo cuanto tiene que ver con ella, pero me preocupa lo que pueda ocurrirle.

Miller está a punto de perder los estribos.

Dejo caer la camisa al suelo y corro por la habitación sin pensar en el peligro en el que me estoy poniendo. Sólo necesito hacer que me vea, que me oiga, que me sienta. Lo que sea con tal de apartarlo de la dirección a la que sé que se dirige.

—¡Miller! —grito, aceptando muy a mi pesar que esto no funcionará. Le grité reiteradamente frente a la casa de mi abuela y no sirvió de nada—. ¡Mierda! —maldigo cerca de ellos, observando el frenético forcejeo.

Cassie está llorando, y su pelo perfecto está ahora despeinado y revuelto.

—¡No te atrevas a dejarme! —aúlla—. ¡No pienso permitírtelo!

Abro los ojos alarmada. Entre estos dos hay algo más que asuntos de negocios. Cassie ha perdido los estribos y, aunque temo por ella, también estoy preocupada por Miller. Esas uñas son como garras y no paran de atacarlo mientras él intenta refrenarla y ella continúa gritando sin parar. Está enloquecida, y a Miller poco le falta.

Trato de que me vea, trato de acercarme y tocarlo, pero a cada intento tengo que retroceder para evitar ser golpeada por alguna furiosa extremidad. El pánico empieza a devorarme viva, pero antes de decidir mi mejor movimiento, Tony irrumpe en el despacho.

Su teatral llegada desvía mi mirada del forcejeo, pero no detiene a Miller y a Cassie.

—¡Tony, haz algo! —le ruego, acercándome de nuevo hacia ellos y sintiéndome insignificante e impotente—. ¡Miller, para!

Alargo el brazo cuando veo un espacio despejado hacia su torso. Mi cuerpo se aproxima, desesperado por detenerlos.

—¡Livy, no! —brama Tony, pero su tono no me detiene.

Me estoy acercando, lo tengo a mi alcance, pero entonces un abrasador latigazo me recorre la mejilla y me envía hacia atrás al tiempo que lanzo un grito de dolor. Me llevo la mano al rostro al instante y las lágrimas inundan mis ojos.

El golpe que recibí en la cara me dejó aturdida.

—¡Mierda!

No encuentro dónde agarrarme para mantener el equilibrio, de modo que me rindo ante lo inevitable y dejo que mi cuerpo caiga contra el suelo.

Todo se nubla a mi alrededor: la visión, los sonidos..., y la cara me arde de dolor. Intento aclarar mis pensamientos, o al menos recuperar la claridad de visión, pero hasta que siento unas manos fuertes sobre mis hombros no regreso a la habitación.

Todo está en silencio; un silencio sepulcral.

Levanto la vista y veo unos ojos azules traumatizados inspeccionando mi rostro, hasta que se centran en la zona que me arde. Cassie está junto al mueble bar, temblando por la impresión y con una expresión de recelo en su rostro estupefacto. Acerca sus manos temblorosas hasta la botella de vodka y, en lugar de servirse un vaso, se lleva la botella a los labios. No estoy segura de quién me golpeó, pero al cabo de unos segundos observando a Cassie a través de mi visión borrosa, llego a la conclusión de que ha sido ella, y ahora se está preparando para... algo.

—Tony —dice Miller con la voz cargada de ira.

—Estoy aquí, hijo. —El gerente se acerca y me mira con lástima. Me siento estúpida, como una carga, y débil.

—Saca a esa zorra de mi puto despacho. —Miller me ayuda a levantarme y me acuna en sus brazos antes de volverse hacia Cassie. Prácticamente se ha terminado la botella entera.

—Puedo ponerme de pie —protesto, y tengo la garganta irritada tras mi grito de alarma.

—Shhh —susurra, y pega sus suaves labios contra mi sien al tiempo que fulmina a Cassie con la mirada.

Ella está recelosa y se agita a pesar de su estado de embriaguez, pero aún conserva su aire de superioridad.

—No debería haberse entrometido —espeta quitándole importancia al incidente y apurando el resto del vodka.

Tony interviene y agarra a Cassie del brazo.

—Vamos —ordena. Le quita la botella de las manos y la apoya con fuerza sobre el mueble.

—¡No!

—¡Largo! —grita Miller—. ¡Llévatela antes de que la mate!

—¡Sé que no me harías daño! —ríe ella—. ¡No serías capaz!

Tony empieza a arrastrarla hasta la puerta, pero ella se resiste. Es implacable.

—¡Carajo, Cassie! Deja que se te pase la borrachera y ya solucionarán esto más tarde.

—¡Estoy bien! —replica ella. Consigue soltarse de Tony, se tambalea hasta la mesa y se deja caer sobre la silla de Miller.

Aunque acabo de recuperar la visión, veo claramente que me mira con el ceño fruncido. ¿Incluso ahora? Acaba de golpearme, ha atacado a Miller, y sigue mostrándose hostil. ¿Es que no ve la agresividad que emana cada uno de los poros de mi caballero de medio tiempo? ¿Es idiota?

—Dame un puto respiro —gruñe, y se lleva la mano a la cruz de diamantes incrustados que siempre lleva colgada al cuello. Juguetea con ella y maldice entre dientes.

—Cassie —le advierte Miller. Siento su pecho agitado debajo de mí—. No.

—¡Vete a la mierda!

Tony corre a su lado y se agacha para estar a su altura, con las palmas apoyadas en la mesa de Miller.

—No lo permitiré, Cassandra.

Ella se vuelve hacia Tony con la barbilla levantada y se acerca a su rostro hasta que sus narices se tocan y continúa jugueteando con su cruz.

—Vete... a... la... mierda.

—¡Cassie!

—¡Quiere dejarlo! —exclama ella—. ¿Alguna vez habías oído algo tan gracioso? Jamás lo permitirán.

Quiero gritar que todas esas mujeres no tienen elección, que ahora es mío, pero Miller me estrecha contra su cuerpo. Es un apretón para infundirme confianza.

Cassie se echa a reír.

—Es hilarante.

El metal de su colgante se divide en dos y observo horrorizada cómo un polvo blanco se esparce sobre el impoluto escritorio de Miller. Sofoco un grito, Tony maldice y Miller se tensa de la cabeza a los pies.

¿Cocaína?

De no haber visto cómo las finas partículas se derramaban de la preciosa joya de Cassie probablemente nunca me habría dado cuenta de que estaba ahí; el residuo se camufla perfectamente en la blanca y brillante superficie. Me quedo sin habla mientras observo cómo se saca una tarjeta de crédito del sujetador, junto con un billete, y empieza a recoger el polvo formando una línea larga y perfecta. Es una experta.

Tony se pasea por la habitación maldiciendo sin parar, y Miller se limita a observarla mientras me mantiene agarrada con fuerza. La tensión se palpa en el ambiente, y me pregunto, nerviosa, quién hará el próximo movimiento. Siento la acuciante necesidad de liberarme de Miller, pero si lo hiciera perdería los estribos. Todo el mundo está más seguro mientras permanezco en sus brazos. Entonces, de repente, ya no lo estoy. Miller me sienta sobre un sofá en un rincón y se dirige a Cassie, aunque ella no se ha dado cuenta. Está demasiado ocupada aspirando el polvo sobre el escritorio con un billete enrollado.

—Cálmate, hijo —lo tranquiliza Tony, y me mira con preocupación.

El dolor de mi rostro ha sido sustituido por una tremenda aprensión. Todas las personas presentes en la sala, excepto yo, son como cartuchos de dinamita. Y la mecha de Miller es la que arde más rápido.

Golpea el escritorio con las palmas de las manos e inclina hacia adelante su pecho desnudo acercándose a Cassie. Ella está esnifando y limpiándose la nariz, con una sonrisa maliciosa en el rostro.

—Te lo pedí más de una vez. Si tengo que pedírtelo otra, no me hago responsable de mis actos.

Ella resopla su falta de preocupación y se acomoda en el respaldo de la silla. Veo cómo la arrogancia se dibuja en su rostro. No le tiene miedo.

—Sonríe —se limita a contestar, y cruza una pierna por encima de la otra... sonriendo.

Frunzo el ceño extrañada. ¿Que sonría? ¿Qué motivos tiene para sonreír? Ninguno.

—Vamos, Miller. —Tony hace todo lo posible para rebajar la tensión, y espero que lo consiga.

Cassie levanta sus cejas perfectas.

—¿Quieres un poco?

—No —escupe Miller.

Ella hace pucheros y deja que sus labios se transformen lentamente en una sonrisa maliciosa.

—Sería la primera vez.

Sofoco un grito, incapaz de evitar que mis reacciones de desconcierto salgan de mi boca. ¿Se droga? Además de todo lo demás, ¿ahora tengo que añadir su adicción a las drogas a la lista?

—Te odio con todas mis fuerzas —silba Miller acercándose.

—Te está arruinando la vida.

Se inclina más hacia ella, amenazante, y sus palmas tiemblan sobre la blanca superficie.

—Me está salvando.

La risa de Cassie es fría y mordaz mientras también se acerca a él.

—Nada puede salvarte —replica.

Estoy completamente aturdida, intentando procesar toda esta explosión de información al tiempo que trato desesperadamente de aferrarme a las fuerzas que necesito para ayudar a Miller. Miro a Tony, rogándole con la mirada que intervenga.

Pero es demasiado tarde.

Miller se lanza desde el otro lado de la mesa y agarra a Cassie del cuello.

Dejo escapar un grito.

Esto es una locura. Es surrealista. Miller ha perdido el control, y la perturbada que está sentada al otro lado de la mesa, en lugar de temer por su vida, está riéndose en su cara.

—¡Mierda! —Tony corre hacia ellos y recibe un puñetazo en la mandíbula, pero en lugar de ceder, le pone más empeño. Sabe tan

352

bien como yo que esto sólo puede acabar de una manera, que es con Cassie en el hospital—. ¡Suéltala!

—¡Es un puto parásito! —ruge Miller—. ¡La vida ya es bastante miserable sin su ayuda!

—¡Miller! —Tony lo golpea en las costillas. Miller grita y yo hago una mueca de dolor—. ¡Déjala!

Miller se aparta del escritorio y se da vuelta con violencia.

—¡Sácala de aquí y métela otra vez en rehabilitación!

—¡No necesito ayuda! —espeta Cassie con maldad—. Eres tú quien necesita la puta ayuda. —Se quita a Tony de encima y empieza a arreglarse el vestido, colocándose el dobladillo de nuevo sobre la rodilla—. ¿Estás dispuesto a arriesgarlo todo por eso? —dice agitando el brazo en mi dirección.

¿«Eso»? ¿Otra vez? Puede que esté aturdida por todo lo que está sucediendo en mi presencia, pero su persistente insolencia y sus constantes insultos están empezando a encabronarme.

—¡¿Quién carajos te crees que eres?! —le grito levantándome, y me doy cuenta al instante de que Miller se ha detenido—. ¿Crees que con unas pataletas y echando veneno por la boca vas a conseguir que cambie de opinión? —Doy un paso adelante, sintiendo cómo aumenta mi confianza, sobre todo cuando veo que Cassie cierra la boca de golpe—. No puedes evitarlo.

—No es por mí por quien deberías preocuparte. —Arruga los labios. Son sólo más palabras, pero su manera de pronunciarlas me pone los pelos de punta.

—Ya basta —interviene Tony, agarra a Cassie del brazo y la lleva hasta la puerta del despacho—. Eres tu peor enemigo, Cassandra.

—Siempre lo he sido —asiente ella riendo mientras se deja conducir hacia la salida sin resistirse ni protestar. Sin embargo, al llegar al umbral, se detiene y se vuelve sin prisa, sorbiendo por la nariz—. Fue un placer conocerte, Miller Hart.

Sus palabras de despedida enfrían las caldeadas emociones que imperan en el ambiente del despacho de Miller y dejan el aire cargado de tensión. La puerta se cierra de golpe, por cortesía de un Tony encolerizado, y Miller y yo nos quedamos a solas.

Él está nervioso.

Yo inquieta.

Ambos permanecemos en silencio durante lo que parece una eternidad. En mi mente se repiten constantemente los últimos diez minutos hasta que empiezo a darme cuenta de que estoy empapada y de que me duele la cara. Empiezo a temblar y me rodeo el cuerpo con las manos en un acto reflejo. Es un mecanismo de defensa. No tiene nada que ver con el frío que siento.

Tengo la mirada fija en el suelo, y no me atrevo o no quiero torturar a mis ojos viendo a Miller en su modo cien por ciento psicópata. Ya han visto suficiente durante los últimos dos días. Estos ataques se están volviendo demasiado frecuentes. Necesita ayuda. La cruda realidad de la vida de Miller no hace sino volverse más y más oscura.

—No me prives de tu rostro, Olivia Taylor.

La suavidad de su voz es forzada, un intento por tranquilizarme, aunque no estoy segura de que vaya a funcionar. No creo que nada lo haga. Vuelvo a cuestionar mi capacidad de espantar los demonios de Miller, porque ahora veo que lo único que hago es echar más leña al fuego. Y lo detesto. Detesto mis dudas constantes a causa de todas estas personas que se entrometen en nuestra relación.

—Olivia...

Oigo el leve impacto de unos pasos que se acercan, pero mantengo la vista baja.

Sacudo la cabeza y mi barbilla empieza a temblar.

—Deja que vea esos ojos brillantes.

La calidez de su mano conecta con mi dolorida mejilla y siento un tremendo malestar. Me aparto con un siseo y vuelvo la cara para que no me vea. Ya sé que debo de estar toda colorada por el golpe que acabo de recibir, y eso, sin duda, lo pondrá más furioso todavía. Parece estar calmándose. Necesito que siga así. Aparta la mano ligeramente y la mantiene en el aire, justo en mi campo de visión.

—¿Puedo? —pregunta en voz baja.

Me derrumbo, por dentro y por fuera, con el corazón hecho pedazos. Él me sujeta en silencio, como si esperara que mi cuerpo cediera, y se sienta en el suelo meciéndome en sus fuertes brazos. La familiaridad de su pecho desnudo contra mí no ejerce su efecto de siempre. Sollozo, y es un llanto desgarrador que procede de lo más hondo de mi ser. Todo esto es demasiado. La fuerza que Miller me infunde parece haberse agotado y me ha dejado hecha un despojo vacío. No le hago ningún bien. No puedo sacarlo de la oscuridad porque mi propio mundo se está volviendo oscuro en el proceso. William tiene razón: una relación con Miller Hart es imposible. Además, esto no funciona. Juntos, estamos muertos e increíblemente vivos al mismo tiempo. Lo nuestro no puede ser.

—Por favor, no llores —me ruega estrechándome contra sí con su tono grave ahora sincero y nada forzado—. No soporto verte así.

No digo nada, no sé qué decir, y aunque lo supiera, los sollozos no me dejan hablar. La mejor parte de mi existencia ha consistido en evitar un mundo cruel. Pero Miller Hart me ha arrastrado y me ha puesto justo en el centro de ese mundo.

Y sé que nunca escaparé.

Entierra el rostro en mi pelo y empieza a tararear esa reconfortante melodía. Es un intento desesperado de animarme. Intuye mi abatimiento, está preocupado y, cuando lleva tarareando unos minutos y yo todavía no he dejado de llorar, gruñe suavemente, se levanta conmigo en brazos y me lleva tranquilamente hasta el cuarto de baño.

Me coloca sobre el retrete y me aparta el pelo enmarañado de la cara con mucho cuidado de evitar tocarme la mejilla dolorida. Finalmente dejo que mis ojos irritados se eleven para mirarlo. Los suyos reflejan pánico al posarse sobre mi rostro e inspira hondo para calmarse.

—Espera —ordena con brusquedad. Agarra una toalla de una pila que hay junto al lavabo y la empapa con agua fría. Al instante lo tengo arrodillado a mis pies, con la toalla en la palma de la mano—. Tendré cuidado.

Asiento mi aceptación y hago una mueca antes incluso de que la fría tela haya tocado mi cara.

—Shhh. —El frío impacta contra mi sensible mejilla y me aparto sofocando un grito de dolor—. Eh, eh, eh... —Me agarra del hombro con la otra mano para estabilizarme—. Deja que se acostumbre. —Inspiro hondo y me preparo para la presión que sé que está a punto de aplicar—. ¿Mejor? —pregunta buscando consuelo en mis ojos.

No tengo fuerzas para hablar, de modo que asiento patéticamente, privando a Miller de mis ojos cuando los cierro con fuerza por el dolor. Siento que todo me pesa: los ojos, la lengua, el cuerpo, el corazón...

Levanto las manos y me froto los ojos cansados con la base, masajeando las cuencas con frenesí, esperando borrar de este modo las visiones que se repiten en mi mente, no sólo de lo acontecido esta tarde, sino de todos los últimos ataques de ira de Miller y de la horrible imagen de él metiéndose cocaína por la nariz. Estoy siendo ingenua y ambiciosa.

—Voy por hielo —murmura Miller, sonando tan mísero como yo me siento.

Me toma la mano y reemplaza la suya con la mía para sostener la toalla en mi mejilla antes de levantarse.

—No. —Lo agarro de la muñeca para evitar que se marche—. No te vayas.

La esperanza que ilumina sus ojos vacíos se tiñe de culpa. Se agacha de nuevo y apoya las manos sobre mis rodillas.

—Consumes cocaína —digo sin plantearlo como una pregunta. Es absurdo que lo niegue.

—No desde que te conocí, Olivia. Hay muchas cosas que no he hecho desde que te conocí.

—¿Lo dejaste así como así? —Sé que sueno cínica, pero no puedo evitarlo.

—Así como así.

—¿Con qué frecuencia?

—¿Importa eso? Lo dejé.

—A mí me importa. ¿Con qué frecuencia consumes?

—Consumía. —Su mandíbula se tensa y cierra los ojos con fuerza—. De vez en cuando.

—¿De vez en cuando?

Sus ojos azules aparecen lentamente de nuevo, cargados de arrepentimiento, de dolor... y de vergüenza.

—Me ayudaba a superar...

Sofoco un grito.

—Mierda...

—Livy, nunca tuve ningún motivo para dejar de hacer las cosas que hacía. Así de simple. Ya no necesito nada de eso. No ahora que te tengo a ti.

Bajo la mirada confundida, estupefacta y dolida.

—¿Quién te va a crucificar?

—Mucha gente. —Se ríe nervioso, obligando a mis ojos a mirarlo de nuevo—. Pero jamás renunciaré a nosotros. Haré lo que quieras que haga —promete.

—Ve al médico —espeto sin pensar—. Por favor.

No puede enfrentarse a todos esos problemas solo. Seguro que tiene solución. Me da igual que le hayan dicho lo contrario.

—No necesito ir al médico. Necesito que la gente deje de meterse en nuestra vida. —Su mandíbula se tensa. La mera mención de los entrometidos provoca una ira muy preocupante en él—. Necesito que la gente deje de hacer que caviles tanto.

Sacudo la cabeza con una sonrisa triste en los labios. No lo entiende.

—Yo puedo aprender a enfrentarme a los entrometidos, Miller. —Tengo que hacerlo. Él se tomará todas las intromisiones como algo personal. Quizá sea paranoia. Las drogas hacen que la gente se vuelva paranoica, ¿no? No tengo ni idea, pero es un problema, y estoy segura de que puede solucionarse—. Eres tú quien me pone triste.

Sus manos dejan de frotarme las rodillas para infundirme calma.

—¿Yo? —pregunta en voz baja.

—Sí, tú. Tu temperamento. —El odio de Cassie es desagradable y desconcertante, pero no hizo que me sienta tan desesperanzada como esto. Esto es obra suya—. Yo puedo ayudarte, pero necesitas ayudarte a ti mismo. Tienes que ver a un médico.

Sus ojos azules se oscurecen mientras inspeccionan mi rostro, y pasa de estar en cuclillas a arrodillarse. Lo miro, y me sumo en la tranquilidad que siempre me ofrece su expresiva mirada, como ahora; a pesar de la situación en la que nos encontramos, a pesar de cómo se siente, el consuelo que me transmite es enorme. Me aprieta los muslos antes de tomarme las manos y se lleva mis nudillos hasta sus suaves labios, manteniendo en el proceso el contacto visual.

—Olivia, ¿comprendes lo profundos que son mis sentimientos por ti? —Cierra los ojos con fuerza, privándome del consuelo con el que sobrevivo en parte—. ¿Lo comprendes?

—Abre los ojos —le ordeno suavemente, y, tras tomar aire para recobrar fuerzas, los abre despacio—. Comprendo lo profundos que son mis sentimientos por ti —replico—. Si tú sientes lo mismo por mí, entonces sí, lo entiendo. Lo entiendo, Miller. Pero yo no voy por ahí atacando a todo el que amenaza lo nuestro. Nuestra unión es suficiente. Deja que hablemos por nosotros mismos.

Un dolor emocional invade su rostro perfecto, haciendo que junte los labios y que cierre los ojos con fuerza.

—No puedo evitarlo —admite, y hunde su rostro en mi regazo.

Se está escondiendo, avergonzado de su confesión. Sé que en esos momentos pierde los cabales, pero tiene que intentar dejar de hacerlo. Corto el contacto de nuestras manos y hundo los dedos en su pelo húmedo mientras observo cómo le masajeo la nuca. Sus palmas se deslizan alrededor de mi trasero y se aferra a mí con desesperación, girando la cara hasta que su mejilla descansa ahora sobre mis muslos. Tiene la mirada perdida. Transfiero mis caricias a su mejilla y trazo con suavidad los contornos de su perfil con la esperanza de que mi tacto tenga el mismo efecto en él que el suyo en mí.

Paz.

Consuelo.

Fuerza.

—Cuando era niño me arrebataban todo lo que tenía —susurra, y me roba el aliento con lo que parece una predisposición a hablarme de su infancia—. No tenía muchas posesiones, pero las que tenía las apreciaba, y eran mías, sólo mías. Pero siempre me las quitaban. Nada tenía valor.

Sonrío con tristeza.

—Eras huérfano —digo como si fuera un hecho, porque Miller acaba de decírmelo a su manera. No es necesario que le mencione la foto.

Asiente.

—Viví en un orfanato desde que tengo memoria.

—¿Qué les pasó a tus padres?

Suspira, e inmediatamente me doy cuenta de que esto es algo que jamás le ha contado a nadie.

—Mi madre era una joven irlandesa que huía de Belfast.

—Irlandés —exhalo, y ahora veo los ojos azules y brillantes y el pelo oscuro de Miller como lo que son: típicamente irlandeses.

—¿Has oído hablar de los asilos de las Magdalenas? —pregunta.

—Sí —digo sofocando un grito, horrorizada.

Las hermanas de la Magdalena pertenecían a la Iglesia católica y decían trabajar en nombre de Dios para purificar a las jóvenes que tenían la desgracia de caer en sus garras, o cuyos parientes avergonzados las enviaban allí, generalmente embarazadas.

—Parece ser que consiguió fugarse. Vino hasta Londres para darme a luz, pero mis abuelos la siguieron y se la llevaron de vuelta a Irlanda.

—Y ¿qué hicieron contigo?

—Me abandonaron en un orfanato para poder volver a casa, libres de la desgracia. Nadie tenía por qué enterarse de que yo existía. Nunca fui una persona sociable, Olivia. Siempre he sido un solitario. No me llevaba bien con los demás y, como consecuencia, pasaba mucho tiempo encerrado en un armario oscuro.

Abro los ojos como platos. Me siento indignada pero, sobre todo, triste. Más que nada porque detecto lo avergonzado que se siente. No tiene de qué avergonzarse.

—¿Te encerraban en un armario?

Asiente ligeramente.

—No sabía relacionarme.

—Lo siento —digo sintiéndome culpable. Todavía no sabe relacionarse; sólo conmigo.

—No te preocupes. —Me acaricia la espalda—. No eres la única a la que han abandonado, Olivia. Sé lo que se siente, y esa es sólo una pequeña parte de por qué no te dejaré jamás. Una pequeñísima parte.

—Y porque soy tu posesión —le recuerdo.

—Y porque eres mi posesión. La posesión más preciada que he tenido jamás —confirma, y luego levanta la cabeza para buscar mis ojos abatidos. Se lo arrebataron todo. Lo entiendo. Miller sonríe con ternura ante mi tristeza—. Mi dulce niña, no te entristezcas por mí.

—¿Por qué?

Por supuesto que me entristezco por él. Es una historia tremendamente triste, y eso es sólo el principio de la miserable vida que ha tenido hasta ahora. Todo es inconexo: el huérfano, el indigente, el chico de compañía. Hay cosas que conectan esas fases con la vida de Miller, y me asusta conocerlas. Cuando me las contaste, tanto verbal como emocionalmente, siempre me invadió una tremenda angustia y una gran tristeza. Lo que une esos puntos podría ser una información que me partiría el corazón sin remedio.

El calor desciende por mi espalda húmeda hasta mis caderas y asciende por mis costados hasta que se aferra a mis clavículas y me agarra del cuello.

—Si mis veintinueve años de miserias me han llevado hasta ti, eso hace que hasta la parte más insoportable de la historia haya valido la pena. Volvería a repetirlo sin pensar, Olivia Taylor. —Se inclina hacia adelante y me besa en la mejilla con dulzura—. Acéptame como soy, mi dulce niña, porque es mucho mejor de cómo era antes.

El nudo que tengo en la garganta aumenta de tamaño y casi me impide respirar. Es demasiado tarde. Mi corazón ya está roto, y el de Miller también.

—Te quiero —digo lastimosamente—. Te quiero muchísimo.

La herida de mi corazón se desgarra todavía más cuando veo temblar, aunque sólo sea un poco, la mandíbula sin afeitar de Miller. Sacude la cabeza sin poder creérselo antes de levantarse y reclamar mi cuerpo entero, pegándome contra él y ofreciéndome la cosa más intensa de la historia de las cosas:

—Doy gracias a Dios por eso, y no soy un hombre religioso.

Respirando pegada al pelo mojado que se le pega al cuello, cierro los ojos y me hundo en los músculos de su cuerpo, aceptando todo lo que me ofrece y devolviéndoselo. Mi fuerza ha vuelto, con más potencia que nunca, y la determinación corre violentamente por mis venas. No ha accedido a ver a un terapeuta ni a un médico, pero la nueva información recibida sobre este hombre desconcertante y sus confesiones son un buen comienzo. Ayudarlo, sacarlo de ese viaje al infierno autoimpuesto será más fácil ahora que cuento con los datos que necesito para entenderlo.

Las intromisiones serían irrelevantes de no ser por las extremas reacciones de Miller con los entrometidos. Me considera su posesión, y siente que ellos se la quieren arrebatar. En un mundo ideal, todos estos idiotas entrometidos desaparecerían con sólo tronar los dedos, pero dado que no vivimos en un mundo mágico, tendremos que explorar otras opciones. Y la más evidente es que Miller controle su temperamento, ya que ha quedado claro que esos idiotas no sólo son entrometidos, sino también persistentes. Siempre considerará su intromisión como que la gente intenta arrebatarle su posesión, su posesión más preciada. Es natural que reaccione de esa manera.

Me estrecha con tanta fuerza que creo que se me van a partir los huesos, y casi no puedo respirar. Disfruto de «lo que más le gusta» y lo saboreo, pero mi cuerpo agotado y mi mente exhausta también necesitan descansar desesperadamente. Todavía estamos en Ice, los entrometidos merodean por aquí, ambos seguimos mojados y desaliñados, y Miller aún no ha hecho nada de lo que tenía que hacer.

Me retuerzo un poco en sus brazos para que me suelte y poder mirarlo. Sus ojos reflejan que está tan cansado como yo.

—Quiero que me metas en tu cama —digo en voz baja, y beso con delicadeza sus suaves labios.

Se pone en marcha al instante. Me suelta y se asegura de que no me caigo. Sale a su despacho y vuelve antes de que me dé tiempo a seguirlo, abrochándose una camisa seca con todos los botones en los ojales incorrectos.

—¿Quieres una camisa? —pregunta tras hacerme un repaso rápido—. Sí —responde por mí, y da media vuelta y desaparece de nuevo. Suspiro y lo sigo. Esta vez me lo encuentro en la puerta—. Ponte esto —me ordena agitando una en el aire.

—No tengo parte de abajo.

—Ah. —Arruga la frente observando mi vestido y mira la camisa con vacilación.

No saldría de aquí vestida sólo con una de las camisas de Miller ni aunque él lo permitiera, cosa que, por otra parte, dudo que hiciera.

Agarro la camisa y la dejo en un aparador cercano.

—Llévame a casa y ya está. —Estoy a punto de desmayarme.

Suspira y me agarra de la nuca como de costumbre.

—Como prefieras.

Me guía hasta la salida del club, y somos conscientes de que Cassie y Tony nos observan, pero nuestra clara cercanía habla por sí sola, no hay necesidad de decir nada ni de esbozar una sonrisa victoriosa.

Miller me coloca en el asiento de su Mercedes. Sube la calefacción, con la misma temperatura a ambos lados del coche, y me lleva a su apartamento en silencio. Me toca prácticamente durante todo el camino. No está preparado para perder el contacto hasta que llegamos al estacionamiento subterráneo de su bloque de apartamentos y tiene que soltarme para salir del vehículo. Yo me quedo donde estoy, calentita y acurrucada en el asiento del pasajero, hasta que Miller me toma en brazos y me sube los diez pisos hasta la puerta negra brillante que nos llevará a la intimidad.

—Llama a tu abuela —me dice mientras me sienta sobre un taburete—. Después nos daremos un baño.

Mi esperanza se disipa ante esa sugerencia. Bañarme con Miller es una bendición, pero también lo es que me abrace en su cama, y ahora mismo prefiero la segunda opción.

—Estoy muy cansada —suspiro, y saco mi teléfono de la bolsa. Apenas tengo energía para hablar con mi abuela.

—¿Demasiado cansada como para bañarte? —pregunta, y la decepción se refleja en su rostro. Ni siquiera tengo energías como para sentirme culpable.

—¿Nos bañamos por la mañana? —intento, y pienso en que mi pelo estará hecho una maraña al día siguiente después de dormirme dejándomelo mojado, y el de Miller también. La imagen mental dibuja una sonrisa en mi rostro sin vida.

Lo considera durante unos momentos, y me pasa la yema del pulgar por la ceja mientras sigue sus movimientos.

—Por favor, deja que te lave. —Su rostro es suplicante.

—De acuerdo —accedo. ¿Cómo podría negarme?

—Gracias. Te daré un poco de privacidad para que llames a tu abuela mientras preparo el baño. —Me besa en la frente y se vuelve para marcharse.

—No necesito privacidad —protesto, preguntándome qué se cree que voy a decirle. Mi declaración detiene su huida, y veo que se mordisquea el labio pensativo—. ¿Por qué piensas que necesito privacidad?

Encoge sus hombros perfectos, y en sus ojos perfectos disminuye el cansancio y deja espacio para una mirada traviesa. Sonrío con recelo ante los signos de un Miller juguetón.

—No lo sé —responde—. A lo mejor quieren hablar de mis *bizcochitos*.

Una sonrisa tonta se extiende hasta mis mejillas.

—Eso lo haría en tu compañía.

—No deberías. Me da vergüenza.

—¡Qué mentiroso!

Sonríe alegremente, borrando cualquier posible pesar que pudiera seguir sintiendo y aturdiéndome.

—Llama a tu abuela, mi dulce niña. Quiero que nos bañemos y meter a mi hábito bajo las sábanas.

CAPÍTULO 23

Oigo voces. Son débiles, pero están ahí. La habitación sólo está iluminada por los puntos de luz que emite Londres de noche en el horizonte. Si no supiera dónde me encuentro, pensaría que estoy en un balcón, mirando la ciudad, pero no es así. Estoy tumbada en el viejo sofá de Miller, delante de la inmensa ventana de cristal, desnuda y envuelta en una manta de cachemir. Es decir, en un lugar mejor.

Me incorporo, tiro de la manta y parpadeo para despejarme, bostezando y estirándome en el proceso. La vista y el sueño me distraen de las voces que oí hace unos momentos, pero entonces el tono ligeramente elevado y agitado de Miller me recuerda su ausencia en el sofá. Me levanto y me envuelvo con la manta antes de recorrer el suelo de madera hasta la puerta. La abro sin hacer ruido y escucho a hurtadillas. Miller vuelve a hablar bajo, pero parece irritado. La última vez que contestó a una llamada en plena noche, desapareció. Las imágenes de nuestro encuentro en el hotel atraviesan mi mente como una bala y hago una mueca de dolor. No quiero pensar en él de ese modo. El hombre al que me enfrenté en aquella habitación no era el Miller Hart que conozco y quiero. Tiene que cambiarse el número de teléfono para que esas mujeres no puedan hacerse con él. Ya no está a su disposición, aunque compruebo de mala gana que aún no lo saben.

Avanzo hacia el sonido de su voz sorda, sus palabras se vuelven más claras conforme me acerco, hasta que llego a la puerta de la cocina y veo las marcas de arañazos que Cassie le ha dejado en la espalda desnuda.

—No puedo —dice con determinación—. No es posible.

Sus palabras me llenan de orgullo, pero entonces apoya el trasero en una silla y veo que hay otra persona con él en la habitación.

Una mujer.

Me pongo tensa.

—¿Qué pasa? —pregunta ella claramente sorprendida.

—Las cosas han cambiado. —Levanta la mano y se la pasa por el pelo—. Lo siento.

Trago saliva. ¿Se acabó? ¿Lo ha dejado oficialmente?

—No aceptaré un no por respuesta, Miller. Te necesito.

—Tendrás que buscarte a otro.

—¿Perdona? —La mujer se echa a reír. Desvía la mirada más allá de la figura sentada de Miller y me sorprende en la puerta.

Me escondo al instante, como si no me hubiese visto ya. Es madura pero muy atractiva, con el pelo rubio ceniza, una melena perfecta corta, y envuelve con los dedos una copa de vino. Tiene unas garras rojas y largas por uñas. Eso es prácticamente todo lo que llego a ver antes de esconderme como una idiota y, sintiéndome muy estúpida por ello, me doy vuelta para dirigirme al dormitorio, intentando en vano estabilizar mis erráticos latidos. La está rechazando. Mi intervención es innecesaria, y recuerdo perfectamente que Miller dijo que cuanta menos gente supiese de mí, mejor. Lo detesto, pero debo hacerle caso, ya que no tengo ni idea de dónde nos estamos metiendo.

—Vaya, vaya. —Oigo su voz suave mientras me escabullo y mis hombros saltan hasta tocar los lóbulos de mis orejas.

Sé que me vio, pero una pequeña e inocente parte de mí esperaba que mi furtivo movimiento me hubiera apartado de su vista antes de que sus ojos pequeños y redondos me hubiesen visto.

Me equivocaba.

Ahora me siento como una chismosa, cuando fue ella la que ha invadido el apartamento de Miller en mitad de la noche. ¿También va a sacarme su tarjeta y a decirme que la guarde bien? ¿Va a ofrecerme que lo compartamos? Después de todo, puede que le arranque la piel a tiras.

—¿Qué? —La intensa voz de Miller tensa mis hombros más todavía.

—No me habías dicho que tenías compañía, querido.

—¿Compañía? —Suena confundido y yo, consciente de que me han atrapado de plano, doy media vuelta y me enfrento a la situación, mostrando mi cara justo cuando Miller se asoma para ver qué ha llamado la atención de su invitada—. Livy. —Su silla araña el suelo de mármol cuando se levanta apresuradamente.

Me siento violenta y estúpida ahí de pie, envuelta con una manta, con el pelo en la cara y los pies descalzos moviéndose de manera nerviosa.

Miller parece agitado, cosa que no me sorprende, pero la mujer que está en su cocina da la impresión de estar interesada mientras se relaja en su silla y se lleva la copa de vino a sus labios rojo intenso.

—¿De modo que ahora te entretienes en casa? —ronronea.

Miller hace caso omiso de su pregunta y se acerca a mí rápidamente, hace que dé media vuelta y me empuja con ternura fuera de la cocina.

—Deja que te meta en la cama —susurra.

—¿Es una de ellas? —pregunto, dejando que me aleje de allí. Sé que lo es, y lo sé por los aires de superioridad que se gasta y por su ropa de diseñador.

—Sí —responde entre dientes—. Me desharé de ella y enseguida estaré contigo.

—¿Por qué está aquí?

—Porque se toma ciertas libertades.

—Eso parece —coincido.

—¡Querido! —La voz segura y petulante de la mujer provoca en mí el mismo efecto que la última vez que oí hablar a una de las clientas de Miller. Me pongo tensa bajo sus manos, y él lo hace también—. No la escondas por mí.

—No la estoy escondiendo —escupe él por encima del hombro mientras sigue avanzando—. Vuelvo dentro de un minuto, Sophia.

—Te estaré esperando.

Ahora que mencionó su nombre y que ella contestó con un exceso de seguridad me doy cuenta de que tiene un acento raro. Es definitivamente europea. Es sólo un dejo, pero perceptible. Es como la mujer del Quaglino's, pero más descarada y más segura de sí misma, cosa que no creía posible.

Una vez en su dormitorio, retira las sábanas y me mete en la cama. Me tumba con cuidado y apoya los labios en mi frente.

—Vuelve a dormirte.

—¿Cuánto vas a tardar? —pregunto, incómoda porque tenga que estar ahí fuera con esa mujer. Es arrogante. No me gusta, y definitivamente no me gusta la posibilidad de que babee encima de Miller.

—Estás en mi cama y estás desnuda. —Me aparta el pelo de la cara y me acaricia la mejilla con la nariz—. Quiero disfrutar de «lo que más me gusta» con mi hábito. Por favor, deja que me encargue de esto. Me daré toda la prisa que pueda, te lo prometo.

—De acuerdo. —Me resisto a estrecharlo en mis brazos porque soltarlo cuando se marche me costará demasiado—. Mantén la calma, por favor.

Él asiente. Me besa una vez más en los labios con suavidad y sale del cuarto, cerrando la puerta tras de sí y dejándome sola con la oscuridad y con mis pensamientos; pensamientos indeseados, pensamientos que, si les dedico mucho tiempo, acabarán volviéndome loca.

Es demasiado tarde.

No paro de dar vueltas. Entierro la cabeza bajo la almohada, me incorporo, espero oír algún golpe y considero volver con Miller, cada vez más furiosa. Pero cuando oigo el pomo de la puerta, me tumbo de nuevo, fingiendo que no me he pasado los últimos diez minutos volviéndome loca con pensamientos sobre reglas, elementos de inmovilización, dinero en efectivo y preocupada por el temperamento de Miller.

Una luz oscura inunda la habitación y, al cabo de unos instantes, lo tengo pegado a mi espalda, apartándome el pelo del cuello para lamerlo.

—Hola —susurro, volviéndome hasta que tengo su rostro frente al mío.

—Hola. —Me besa la nariz con ternura y me acaricia el pelo.

—¿Se ha ido?

—Sí —responde de manera rápida y asertiva, pero no dice nada más, cosa que me parece bien. Quiero olvidar que estaba aquí.

—¿En qué estás pensando? —pregunto tras un largo silencio que a él no parece molestarle, pero que yo interrumpo para intentar distraer mi mente de visitantes nocturnas.

—Estoy pensando en lo preciosa que estás en mi cama.

Sonrío.

—Pero si apenas puedes verme.

—Te veo perfectamente, Livy —responde en voz baja—. Te veo allá donde miro, con luz o en la oscuridad.

Sus palabras y su cálido aliento sobre mi cara me relajan por completo.

—¿Estás nervioso?

—Un poco.

—Tararéame.

—No puedo tararear a la fuerza —objeta, un poco tímido.

—¿Puedes intentarlo?

Medita unos instantes, me estrecha un poco más contra su pecho y apoya la barbilla en mi cabeza.

—Me siento presionado.

—¿Presionado a tararear?

—Sí —confirma, y me besa el pelo.

Es un buen trato, pero cuando el silencio se alarga y nos sumimos en un mundo de paz y tranquilidad, abrazándonos el uno al otro, supera la presión de mi petición y empieza a tararear bajito, lo que me sume en un profundo y relajado sueño.

—Livy... —Su susurro me despierta. Intento volverme, pero no consigo moverme—. Olivia.

Abro los ojos y me encuentro sus brillantes ojos azules y su característica sombra de barba, ahora más larga.

—¿Qué?

—Estás despierta. —Se apoya sobre los antebrazos y restriega su entrepierna contra la mía para mostrarme su estado actual—. ¿Lo hacemos? —pregunta, y la idea de que Miller me venere me despierta como si el mismísimo Big Ben estuviese sonando junto a la cama.

—Con condón —exhalo.

—Hecho. —Su mano desciende por mi cadera hasta mi abertura y extiende mi caliente humedad sofocando un grito de satisfacción—. ¿Estabas soñando conmigo? —pregunta seguro, volviendo a apoyar la mano sobre el colchón y retrocediendo.

—Puede ser. —Me hago la dura, pero entonces se hunde en mí y mis intentos de hacerme la indiferente desaparecen al instante—. Ahhh —gimo.

Levanto los brazos y enrosco los dedos alrededor de su cuello. Su deliciosa plenitud en mi interior me lleva a lugares más allá del placer, tal y como Miller había prometido.

Sí que estaba soñando con él. Soñaba que esto duraba para siempre, no sólo una vida, sino más allá; una vida de perfecta precisión en todo, especialmente cuando me hace el amor. Me he acostumbrado a sus manías. Siempre me fascinará, pero lo más importante es que estoy absoluta, dolorosa y perdidamente enamorada de él. Me da igual quién sea, lo que haya hecho y lo obsesivo que se muestre.

Nuestros cuerpos deslizándose rítmicamente superan los límites del placer. Me mira con total devoción, alimentando mis sentimientos cada vez más con cada golpe de sus caderas. Estoy ardiendo, exhalando jadeos en su rostro mientras mis palmas se humedecen por el sudor que empapa su nuca.

—Me muero por besarte —murmura hundiéndose profundamente mientras intenta controlar su agitada respiración—. Me muero de ganas, pero no quiero apartar los ojos de tu rostro. Necesito verte la cara.

Aprieto mis músculos internos por acto reflejo y lo siento latir lenta y constantemente.

—Carajo, Livy, la perfección no es nada comparada contigo.

Quiero contradecirlo, pero tengo toda mi concentración puesta en igualar el meticuloso ritmo de sus caderas. Sus embestidas son firmes y precisas, y sus retiradas lentas y controladas. Las cosquillas que siento en el estómago se preparan para descender algo más, para hacer erupción y volverme loca con sensaciones incontenibles, y no sólo del tipo físico. Mi corazón también estalla.

De repente, me estoy moviendo, me incorpora y me coloca sobre su regazo mientras él se pone de rodillas y me guía arriba y abajo.

—Tienes la medida justa —gruñe, y cierra los ojos lentamente—. Lo único en mi vida que ha sido perfecto de verdad eres tú.

A través de mi estado de dicha, intento comprender qué significa eso, especialmente viniendo de un hombre que siempre busca la perfección.

—Quiero ser perfecta para ti —digo, empujando mi cuerpo contra el suyo y pegando el rostro en su cuello—. Quiero ser todo lo que necesitas.

No tengo problemas en admitirlo. En momentos como este, veo a un hombre relajado y contento, no estirado y malhumorado o impredecible y peligroso. Si puedo ayudar a trasladar algunas de esas cualidades del dormitorio a la vida de Miller cuando no me está venerando, lo haré, durante el resto de mis días. La mitad del día de ayer fue un comienzo perfecto.

Me siento hipnotizada cuando me aparto y lo miro a los ojos, aferrándome a su pelo y moviéndome exactamente como él me indica. El poder que emana siendo tan tierno es increíble, y su velocidad y contención me hacen perder la razón. Jadea y une nuestras frentes.

—Mi dulce niña, ya lo eres —repone. Baja los labios hasta los míos y nos besamos con fervor. Nuestras lenguas chocan y se enroscan mientras yo asciendo y desciendo continuamente—. Eres demasiado especial, Livy.

—Tú también.

—No, yo soy un fraude. —Encorva las caderas un poco, provocando un grito de ambos—. ¡Carajo! —exclama, levantando el trasero de los talones y arrodillándose mientras me sostiene contra él sin ningún esfuerzo.

Dejo caer la cabeza hacia atrás mientras me agarro a su espalda y me aferro con los tobillos para conseguir un poco más de estabilidad.

—No me prives de tu rostro, Livy.

La cabeza me pesa y gira a su libre albedrío conforme la presión se acumula y bulle. Voy a estallar.

—Me voy a venir.

—Por favor, Livy, deja que te vea —dice con una suave embestida—. Por favor.

Me obligo a cumplir su ruego, reuniendo la poca energía que me queda para agarrarme de su cuello para ayudarme. Grito.

—Túmbate hacia atrás.

—¿Qué? —grito, cerrando los ojos y sintiendo cómo mis músculos se contraen persistentemente. Ya no puedo controlarlo más.

—Túmbate hacia atrás —repite. Apoya la mano en mis lumbares y deja que me recueste contra ella para bajarme hasta que la parte superior de mi espalda toca el colchón y la parte inferior de mi cuerpo se mantiene aferrada a su cuerpo arrodillado—. ¿Estás cómoda?

—Sí —jadeo arqueando la espalda y hundiendo los dedos en mis rizos rubios y revueltos.

—Bien —gruñe.

La expresión de su rostro me indica que él también está cerca del orgasmo. Su estómago se endurece como señal del aumento de tensión.

—¿Estás lista, Livy?

—¡Sí!

—Carajo, yo también.

Sus caderas parecen cobrar voluntad propia. De repente, me percute con violencia y la delicadeza anterior desaparece. Está temblando, intentando controlarse, y me pregunto una vez más si se trata de una continua batalla por evitar la ferocidad de la que fui testigo en el hotel.

Esa línea de pensamiento requiere una mente despejada, y ahora mismo no la tengo. Me estoy viniendo.

—¡Miller!

Da un nuevo golpe de caderas y nos lleva a los dos al límite. A continuación deja escapar un bramido contenido y yo un grito sofocado. Clava los dedos en mi piel mientras se hunde un poco más en mí, temblando, sacudiéndose y jadeando.

Estoy agotada, completamente inservible, me cuesta incluso mantener los ojos clavados en el rostro húmedo posterior al clímax de Miller. Recibo con ganas su peso cuando se deja caer sobre mí, manteniendo los ojos cerrados pero compensando el hecho de no verlo al sentirlo por todas partes. Está empapado en sudor, jadeando contra mi pelo, y es la sensación más increíble y profunda del mundo.

—Lo siento —susurra de repente, y yo arrugo la frente a través de mi agotamiento.

—¿Qué?

—Dime qué voy a hacer sin ti. —Me aplasta con fuerza, ejerciendo presión sobre mis costillas—. Dime cómo voy a sobrevivir.

—Miller, me estás asfixiando —digo prácticamente jadeando las palabras, pero él me aprieta más y más—. Miller, quítate. —Siento cómo sacude la cabeza en mi cuello—. ¡Miller, por favor!

Se aparta rápidamente de mi cuerpo, agacha la cabeza y los ojos y me deja jadeando en la cama. No me mira. Me froto los brazos, las piernas y el resto del cuerpo para comprobar su estado, pero él se niega a reconocer el desasosiego que me ha causado. Parece preocupantemente abatido. ¿A qué viene esto?

Me pongo de rodillas como él y le tomo las manos.

—No tienes que preocuparte por eso porque ya te expliqué lo que pienso —digo con calma, infundiéndole seguridad y aliviada por que parece estar tan preocupado por nuestra posible separación como yo.

—Nuestros sentimientos son irrelevantes —dice totalmente convencido.

Su declaración hace que retroceda ligeramente.

—Por supuesto que son relevantes —difiero mientras me invade una gélida sensación que no me gusta.

—No. —Sacude la cabeza y aparta las manos dejando que las mías caigan sin vida sobre mis muslos—. Tienes razón, debería haber dejado que te alejaras de mí.

—¿Miller? —Siento que el pánico se apodera de mí.

—No puedo arrastrarte a mi oscuridad, Olivia. Esto tiene que terminar ahora.

El pecho se me empieza a romper lentamente. Lleno su mundo de luz. ¿Qué le pasa?

—No sabes lo que dices. Te estoy ayudando. —Intento agarrarle las manos de nuevo, pero él las aparta y se levanta de la cama.

—Voy a llevarte a casa.

—No —susurro observando cómo su espalda desaparece en el cuarto de baño—. ¡No! —Salto de la cama y corro tras él, agarrándolo de los brazos y obligándolo a volverse hacia mí—. ¿Qué estás haciendo?

—Estoy haciendo lo correcto —dice sin sentimientos, sin remordimientos o aflicción. Se cerró a mí, peor que nunca antes, y se ha colocado firmemente la máscara sin necesidad de ponerse el traje—. No debería haber dejado que esto llegara tan lejos. No debería haber vuelto por ti.

—¡¿Esto?! —grito—. ¡Querrás decir *nosotros*! Ya no hay un *esto*, ni un *tú* o un *yo*. ¡Sólo un *nosotros*!

Me estoy desmoronando, y mi cuerpo tembloroso se niega a relajarse, no hasta que me sujete y me diga que me estoy imaginando que oigo cosas.

—Hay un *tú* y hay un *yo* —replica mirándome lentamente. Sus ojos azules están vacíos—. Jamás podrá haber un *nosotros*.

Sus frías palabras se me clavan en el corazón, que está a punto de rompérseme en mil pedazos.

—No. —Me niego a aceptar esto—. ¡No! —Lo sacudo de los brazos, pero él permanece impasible e indiferente—. Yo soy tu hábito. —Empiezo a sollozar, y las lágrimas brotan de mis ojos de manera incontrolada—. ¡Yo soy tu vicio!

Aparta los brazos y da unos pasos hacia atrás.

—Los vicios son malos.

El pecho se me abre y mi corazón destrozado queda expuesto.

—Estás diciendo estupideces.

—No, lo que digo tiene todo el sentido del mundo, Livy.

Se aleja y se mete en la ducha, sin inmutarse cuando el agua fría cae sobre su cuerpo.

No pienso rendirme. Debe de pasarle algo. El pánico alimenta mi tenacidad, me meto en la ducha y me aferro a su cuerpo mientras él intenta lavarse el pelo.

—No permitiré que vuelvas a hacerme esto. ¡Ahora no! ¡No, después de todo!

Hace como si no estuviera y se enjuaga el pelo sin llegar siquiera a lavárselo. Después escapa de mí rápidamente y sale por el otro lado de la regadera. Pero no voy a rendirme, y grito mientras lo persigo. Me agarro a su espalda mojada intentando detenerlo, pero él se me quita de encima, intenta secarse y sale como puede del cuarto de baño.

Estoy totalmente desquiciada. El corazón me late con fuerza y estoy temblando.

—¡Miller, por favor! —grito postrándome de rodillas y viendo cómo desaparece de nuevo—. ¡Por favor! —Entierro la cabeza en mis manos, como si la oscuridad o esconderme pudiera sacarme de esta pesadilla.

—Levántate, Livy. —Su tono impaciente no hace sino que llore con más intensidad—. ¡Levántate!

Hago frente a su mirada fría como el acero con mis ojos llenos de lágrimas.

—Acabas de hacerme el amor. Te acepté como eres. Querías que olvidara a ese hombre, y lo he hecho.

—Sigue aquí, Livy —dice con los dientes apretados—. ¡Nunca desaparecerá!

—¡Ya lo había hecho! —insisto con desesperación—. Nunca aparece cuando estamos juntos.

Eso no es verdad, y lo sé, pero me hundo cada vez más en el infierno y me aferraré a lo que sea con tal de salir de él.

—Claro que sí —escupe agachándose y tirando de mi cuerpo hecho un despojo hacia la puerta—. No sé cómo se me ocurrió pensar que podría hacer esto.

—¿Hacer qué?

Recula, me suelta y sacude la mano en mi dirección, señalando mi cuerpo.

—¡Esto!

—¿Te refieres a *sentir*? —Lo golpeo en el pecho—. ¿Te refieres a *amar*?

Cierra la boca de golpe y retrocede, esforzándose por controlar los temblores de su cuerpo.

—No puedo amarte.

—No... —murmuro lastimosamente—. No digas eso.

—La verdad duele, Olivia.

—Es por esa mujer que vino anoche, ¿verdad? —pregunto, y de repente su cara de engreimiento es lo único que veo a través del miedo—. Sophia. ¿Qué te dijo?

—No tiene nada que ver con ella. —Sale del cuarto de baño y sé que es porque me estoy acercando al quid de la cuestión.

—¿De verdad quieres dejarlo?

—¡Sí! —brama, volviéndose y atravesándome con ojos encendidos de furia, pero al instante se echa atrás, al darse cuenta de lo que acaba de decir—. ¡No!

—¡¿Sí o no?! —chillo.

—¡No!

—¿Qué pasó desde que volviste a la cama anoche?

—¡Mierda, demasiadas cosas! —Desaparece de mi vista y se mete en el vestidor. Lo sigo y veo cómo se pone unos shorts y una camiseta—. Eres joven. Te olvidarás de mí. —Se niega a mirarme o a responderme, el muy cobarde.

—¿Quieres que me olvide de ti?

—Sí, mereces más de lo que yo puedo darte. Te lo dije desde el principio, Livy. No estoy disponible emocionalmente.

—Y desde entonces me has venerado y me has dado todo lo que le has ocultado al resto del mundo. —Mantengo la vista fija en sus ojos azules y vacíos, intentando desesperadamente encontrar algo en ellos—. Me has destruido.

—¡No digas eso! —grita, mostrando claramente su sentimiento de culpa en su tono y su expresión. Sabe que es verdad—. Te devolví a la vida.

377

—¡Enhorabuena! —grito enfurecida—. ¡Sí! Lo hiciste, pero en cuanto vi la luz y la esperanza, ¡acabaste conmigo sin piedad.

Recula ante mis palabras, que no son más que la pura verdad, y al no encontrar ninguna respuesta adecuada, pasa por mi lado para huir de sus errores, asegurándose de no establecer ningún tipo de contacto.

—Tengo que irme.

—¿Adónde?

—A París. Me marcho por la tarde.

Sofoco un grito y casi me atraganto. ¿A la ciudad del amor?

—Te vas con esa mujer, ¿verdad?

Mi corazón está herido de gravedad. Miller, todas esas mujeres elegantes, su autodominio, el dinero, los regalos...

Y lo único que puedo ver es la cara bonita y egoísta de mi madre. Mi cara. Y ahora también la cara de Miller.

¡No dejaré que me haga esto!

—Te olvidaré. —Enderezo los hombros y observo cómo se detiene al oír mi promesa—. Me aseguraré de hacerlo.

Se da vuelta despacio y me mira con ojos de advertencia. Me da igual.

—No hagas ninguna tontería, Livy.

—Acabas de renunciar a tu derecho a pedirme nada, así que perdona si decido ignorarte. —Paso a toda velocidad por su lado, consciente de lo que estoy haciendo y totalmente dispuesta a cumplir mi amenaza.

—¡Livy!

—Buen viaje.

Agarro mi vestido húmedo y me lo pongo mientras me dirijo a la salida del apartamento.

—Livy, no es tan sencillo como dejarlo y ya está.

Viene detrás de mí. Oigo cómo el sonido de sus pies descalzos golpeando el suelo de mármol se intensifica mientras se acerca y yo corro hacia la puerta. Ahora está preocupado, mi promesa indirecta ha estimulado su vena posesiva. No quiere que ningún otro hombre me disfrute.

—¡Livy! —Me agarra del brazo y me doy la vuelta furiosa, y entonces veo que su máscara se ha levantado ligeramente.

Sin embargo, esa leve esperanza no evita que le dé una cachetada con la mano abierta que le gira la cara. La deja ahí unos instantes mientras yo intento en vano controlar mi temperamento.

—¡Sí! ¡Deberías haber dejado que me alejara de ti! —le espeto con absoluta determinación—. ¡Deberías haberme permitido olvidar!

Gira el rostro lentamente hacia mí.

—No quería que me recordaras así. No quería que me odiaras.

Me echo a reír, sorprendida ante sus motivos egoístas. No le importa lo más mínimo lo que la gente piense de él. Pero ¿yo? ¿Yo soy diferente?

—Qué noble de tu parte, pero has cometido un error fatal, Miller Hart.

Me mira con cautela y me suelta el brazo.

—¿Por qué?

—¡Porque ahora te odio aún más que cuando me convertiste en una de tus putas! ¡No eres más que un cobarde que no cumple lo que dice! ¡Eres un gallina!

Tomo aire para relajarme un poco, avergonzada por haberme mostrado tan desesperada y haberle rogado. Sabe cómo me siento, y ahora yo sé cómo se siente él, aunque es él quien quiere rendirse, cuando soy yo quien estaría dando un gran salto de fe en este caso. Soy yo la que está actuando en contra de todas mis reglas y mi moralidad.

—Jamás dejaré que me tengas de nuevo —le juro—. Jamás.

Hasta yo me sorprendo ante lo decidida que parezco.

—Es lo mejor que puedes hacer —susurra con un hilo de voz, y se aleja otro paso de mí, como si le preocupara contradecirse si me tiene demasiado cerca—. Cuídate, Livy.

El doble sentido de su última frase me ofende.

—Ahora estoy a salvo —proclamo, y le doy la espalda a un hombre claramente destrozado y me alejo de él por última vez.

Mi desesperación se ha esfumado ante sus palabras y sus actos cobardes. Ahora sé cómo se siente. Él sabe cómo se siente también, lo que lo convierte en un débil y un cobarde.

Lo único que quiero en estos momentos es que sufra. Quiero golpearlo en el corazón, su punto más resistente, y destruirlo.

CAPÍTULO 24

Son más de las nueve de la noche y estoy agotada ante el torrente de emociones, pero mi mente vengativa me impediría dormir. El resentimiento me anima a clavar el cuchillo y a retorcerlo sin parar. Las cuatro llamadas perdidas de William no han ayudado a mi estado mental. En todo caso, han alimentado mi sed de venganza. No me cabe la menor duda de que estoy a punto de darle la razón de una vez por todas. Soy la hija de mi madre.

Ya no tengo mi tarjeta de socia de Ice, pero eso no me detendrá. Nada lo hará. Me salto la corta cola y me planto ante el portero, que suspira con exasperación antes de proporcionarme acceso sin mediar palabra. Paso por su lado y me dirijo a una de las barras. Observo mi entorno, la música y el ambiente desenfadado. La música de esta noche es bastante oscura. Ahora mismo suena *Insomnia*, de Faithless. Muy apropiada.

—Champán —pido, y apoyo el trasero contra la barra mientras observo la luz azul que predomina en el club de Miller.

Está atestado de la élite londinense. Las típicas masas de juerguistas bien vestidos ocupan cada espacio disponible, pero a pesar de la cantidad de gente que me rodea en todas las direcciones, sé que las cámaras de seguridad estarán centradas en mí, y sólo en mí. Miller ya habrá avisado a Tony, y no me cabe duda de que el portero ya habrá advertido al gerente de mi llegada.

—¿Señorita?

Me vuelvo y acepto la copa de champán. Ignoro la fresa y me lo bebo de un trago. Pido otra inmediatamente. Me dan una nueva y, cuando me vuelvo, veo que Tony cruza la pista de baile en mi dirección. Parece furioso y, sabiendo lo que está a punto de suceder, desaparezco en medio del mar de gente y me dirijo hacia la azotea.

Mientras asciendo por los escalones de cristal esmerilado, miro por encima del hombro y sonrío al ver que Tony está justo en el lugar que acabo de abandonar, mirando a su alrededor confundido. Se inclina sobre la barra y habla con el camarero, que se encoge de hombros antes de atender a un cliente que espera. Tony golpea la barra de cristal con el puño y se vuelve para buscarme por el club. Satisfecha, continúo mi camino hasta que giro la esquina y atravieso el umbral de la pared gigante de cristal y me encuentro entre un montón de gente que ríe, bebe y charla sin reparar en las fantásticas vistas.

Bebo un trago de champán y espero. No tengo que aguardar demasiado. Sorprendo a un chico mirándome desde el otro lado de la terraza y sonrío tímidamente antes de apartar la vista de él y disfrutar del paisaje.

—¿Estás sola?

Me vuelvo para mirarlo a la cara. Viste unos pantalones de mezclilla oscuros y una camisa blanca. Mis ojos recorren toda la longitud de su cuerpo hasta que llego a su rostro. Es bastante atractivo. Está recién afeitado y tiene el pelo castaño y corto, más largo por la parte superior y con la raya al lado.

—¿Y tú? —pregunto, relajando la postura y llevándome la copa a los labios.

Sonríe un poco y me dirige hasta el final de la azotea apoyando la mano ligeramente en mi zona lumbar. No siento chispas invadiendo mi cuerpo cuando me toca, pero es un hombre, y eso es lo único que necesito.

—Me llamo Danny. —Se inclina y me besa en las mejillas—. ¿Y tú eres...?

—Livy. —Miro hacia la cámara y sonrío mientras él se toma su tiempo para presentarse.

—Encantado de conocerte, Livy —dice mientras se aparta—. Me encanta tu vestido.

No me extraña que le guste. Es ceñido y corto.

—Gracias.

—De nada —responde con ojos brillantes.

Pasamos un rato charlando y yo le correspondo cuando sonríe y se ríe con bastante facilidad, pero no porque me sienta atraída por él. Es porque sé que las cámaras están fijas en mí desde todas las direcciones, grabándolo todo y almacenándolo para que Miller lo vea cuando vuelva de París.

—¿Te gusta seguir algún tipo de protocolo?

Me cuesta evitar arrugar la frente con confusión.

—¿Te refieres a si me gustaría que me llevases a cenar o directamente a la cama?

Sonríe con suficiencia.

—Las dos cosas me parecen bien.

Mi confianza flaquea unos instantes, pero pronto la controlo de nuevo.

—Consideraremos que la fresa es la cena —digo.

Inclino mi copa y atrapo la fruta. Me aseguro de masticarla lentamente y de tragármela más despacio todavía.

Él hace lo propio e imita mis acciones con una sonrisa cómplice.

—Son unas vistas fantásticas. —Señala con su copa vacía hacia el espacio abierto que hay más allá y miro siguiendo su indicación.

—Sí —contesto—, pero se me ocurre una manera mucho mejor de pasar el resto de la noche.

Mi atrevimiento debería sorprenderme, pero no es así. Tengo una misión, una misión peligrosa. Miller no es el único que lleva puesta una máscara. Esto es demasiado fácil.

Miro de nuevo a Danny con ojos seductores y él se acerca y desciende lentamente el rostro hacia el mío hasta que nuestros labios se rozan.

En un intento de mantener mi fría seguridad, cierro los párpados y evoco imágenes de Miller. Es triste y patético, pero es la única manera de llevar a cabo mis crueles actos. Los labios de Danny no me ayudan a cumplir mi objetivo; no tienen nada que ver con los de Miller, pero no me detengo. Dejo que me bese y me deleito únicamente sabiendo el daño que esto le hará al hombre que amo, al hombre que sé que me ama, pero que es demasiado cobarde como para luchar por lo nuestro.

—Vayamos a mi casa —murmura Danny contra mis labios poniéndome la mano en el trasero.

Yo asiento e, inmediatamente, me toma de la mano y empieza a guiarme para salir de la azotea. Miller Hart ha reavivado una imprudencia latente. He demostrado que William tenía razón. Soy la hija de mi madre, y eso debería ponerme frenética, pero en lo único que pienso es en la fría realidad de mi vida sin Miller en ella. Es un hombre plagado de complicaciones y desafíos, pero lo necesito, a él y a todos los obstáculos que lo acompañan.

Bajamos la escalera. Danny va delante. Llegamos a la planta baja y se abre camino entre la multitud, ansioso por escapar del barullo de la gente y de tener un poco de intimidad. Pero entonces se detiene y me sorprende besándome de nuevo y murmurando en mi boca con un suspiro:

—Puede que haga eso unas cuantas veces más antes de que salgamos de aquí —dice mientras restriega suavemente la entrepierna contra mi vientre.

No protesto, principalmente porque estoy encantada de ver que hay una cámara justo encima de nosotros, de modo que rodeo sus anchos brazos con el cuello y dejo que haga lo que quiera, como diciendo: «Me parece bien».

Separa a regañadientes su cuerpo del mío, reclama mi mano y continúa para detenerse sólo unos pasos más adelante. Sin embargo, esta vez no me besa.

—Disculpa —dice mientras intenta sortear a alguien que se interpone en su camino.

No veo de quién se trata, pero no me hace falta.

—No vas a marcharte con la chica. —La voz ronca de Tony hace que me desinfle detrás de Danny, pero también acrecienta mi determinación.

Danny se vuelve para mirarme.

—No le hagas caso —digo con firmeza, y lo empujo por la espalda para animarlo a seguir.

—¿Quién es?

—Nadie.

Tomo la delantera y tiro del perplejo Danny. Tony no puede detenerme, y eso destrozará aún más a Miller.

—¡Livy, déjate de juegos!

El rugido furioso de Tony hace que me detenga.

—¿Quién ha dicho que esto sea un juego? —inquiero secamente.

—Yo. —Da un paso adelante y mira con ojos de advertencia a un desconcertado Danny, que ya me ha soltado la mano.

El chico se echa a reír.

—Bueno, no sé qué se traen entre manos, pero yo no pienso meterme en esto.

Se marcha y nos deja a Tony y a mí mirándonos con furia el uno al otro.

—Un chico listo.

—¿A ti qué te importa?

—No me importa.

—Entonces ¿por qué intervienes?

—Porque te vas a meter en problemas.

—Encontraré a otro —le espeto, lo empujo a un lado y me dirijo a la barra de nuevo con piernas temblorosas—. Champán —pido cuando llega mi turno por fin.

Tony aparece delante de mí al otro lado de la barra, echando al camarero que se disponía a servirme.

—No te vamos a servir más alcohol.

Aprieto los dientes con fuerza.

—¿Por qué no te metes en tus asuntos?

Se inclina sobre la barra, también apretando los dientes.

—Si supieras el daño que estás haciendo, te dejarías de tanta tontería, encanto.

¿Yo? ¿Daño? Mi temperamento alcanza límites peligrosos. Si antes actuaba por resentimiento, ahora es por rabia pura y absoluta.

—¡Ese hombre me ha destrozado la vida!

—¡Ese hombre está encadenado, Livy! —grita haciéndome recular—. Y, a pesar de lo que podáis haber pensado, no puedes liberarlo.

—¿De qué?

No me gusta el tono ni la mirada de Tony. Parece demasiado convencido.

—De sus cadenas invisibles —dice casi susurrando, pero oigo las palabras perfectamente por encima de la música ensordecedora y de la multitud.

La garganta se me empieza a cerrar. No puedo respirar. Tony observa mientras asimilo su afirmación, probablemente preguntándose qué estoy cavilando. No lo sé. Está hablando en clave. Está insinuando que Miller es un hombre débil e impotente, y eso no es verdad. Es muy poderoso, física y mentalmente. He experimentado ambas cosas.

Permanezco en silencio. La mente me da vueltas y mi cuerpo empieza a temblar, sin saber qué hacer a continuación. Me siento agobiada en la oscuridad, y mis malditos ojos empiezan a amenazar con derramar lágrimas de desesperanza.

—Vete a casa, Livy. Sigue con tu vida y olvida que alguna vez conociste a Miller Hart.

—Eso es imposible —sollozo, y mi cara se inunda al instante, incapaz de seguir conteniendo mi dolor.

El cuerpo de Tony se desinfla a través de la niebla acuosa que inunda mi visión y de repente desaparece, pero mi cuerpo no se mueve, y me quedo plantada en el bar, perdida e inútil.

—Ven conmigo.

Siento una mano que me toma suavemente del brazo, me aleja de la atestada barra y me guía a través del club y por la escalera que da al laberinto que se esconde bajo el club. La información que me ha proporcionado Tony, por vaga y críptica que sea, indica que esto no es decisión de Miller.

Me tambaleo y tropiezo delante del gerente, casi desorientada, y cuando llegamos frente al despacho de Miller, introduce el código, abre la puerta y me guía hasta la mesa. A continuación me sienta con cuidado en la silla.

—No quiero estar aquí —murmuro lastimosamente, ignorando el confort que siento al estar en uno de los espacios perfectos y ordenados de Miller—. ¿Para qué me has traído aquí?

Debería haberme metido en un taxi y haberme mandado a casa.

Tony cierra la puerta y se vuelve hacia mí.

—En la mesa hay algo para ti —dice sin ningún entusiasmo, e intuyo que es porque no quiere que tenga lo que sea que es.

Paseo la vista por la brillante superficie blanca. Veo el teléfono inalámbrico en su sitio de siempre y, en el centro de la mesa, un sobre, perfectamente colocado, con la parte inferior en paralelo con el borde de la mesa. Sólo Miller podría haberlo dejado ahí.

El instinto me lleva a hundirme en el respaldo de la silla de piel, poniendo distancia entre ese trozo de papel inofensivo y yo. Estoy recelosa y segura de que no voy a querer leer lo que contiene.

—¿Es suya? —pregunto sin apartar la vista del sobre.

—Sí —suspira Tony—. Pasó por aquí de camino a la estación de St. Pancras.

No miro a Tony, pero sé que acaba de exhalar un torrente de aliento receloso. Levanto lentamente las manos y agarro el sobre, que tiene mi nombre completo escrito en la parte delantera con una letra que reconozco. Es la de Miller. Por mucho que intente controlarlo, no puedo evitar temblar mientras extraigo la nota. Intento en vano estabilizar la respiración, pero mis acelerados latidos lo hacen imposible. Despliego el papel y me froto los ojos para recuperar la claridad de visión. Entonces contengo el aliento.

Mi dulce niña:

¿Que cómo sabía que acabarías aquí? Esta noche se han apagado las cámaras de seguridad a petición mía. Si decides permitir que otro hombre te disfrute, me lo tengo merecido, pero no soportaría ser testigo de ello. Imaginármelo ya me tortura bastante. Verlo me mataría. Te hice daño, y espero arder en el infierno cuando llegue allí por ello. De todos los errores de mi vida, tú eres lo que más lamento, Olivia Taylor. No lamento haberte venerado ni haber disfrutado de ti. Lamento la imposibilidad de mi vida y mi incapacidad de darte un para siempre. Debes confiar en mí y en la decisión que he tomado, y saber que lo hice con todo mi pesar. Me mata tener que decirlo, pero espero que consigas olvidarme y que encuentres a un hombre digno de tu amor. Yo no soy ese hombre.

Mi fascinación por ti nunca morirá, mi dulce niña. Puedo privar a mis ojos de verte, y negarle a mi boca tu sabor. Pero no hay nada que pueda hacer para reparar mi corazón roto.

Eternamente tuyo,

MILLER HART

—No —sollozo, y todo el aire contenido en mis pulmones sale despedido de mi boca con dolorosos jadeos.

La inicial del apellido de Miller se emborrona cuando una lágrima cae sobre el papel y hace que la tinta se corra por la página. Yo debo de tener el mismo aspecto que la letra manchada y distorsionada.

—¿Te encuentras bien? —La voz de Tony interrumpe mis caóticos pensamientos, y levanto mis ojos pesados hacia otra persona que se oponía a nuestra relación.

Todo el mundo está empeñado en separarnos, como yo lo estuve en su día. Y, después de cómo se ponía Miller cuando temía que yo perdía la fe en nosotros, ahora lo hizo él.

—Lo odio —digo tal y como lo siento, con total sinceridad.

Esta carta no ha aliviado mi dolor. Sus palabras son contradictorias, lo que me hace más difícil aceptar su decisión. *Su* decisión. Y ¿qué hay de la mía? ¿Qué hay de mí y de mi disposición a aceptarlo y a dejar que me llene de la fuerza que necesito para ayudarlo? ¿O no tiene solución? ¿Está tan sumido en las profundidades del infierno que no puedo ayudarlo a salir de él? Todos estos pensamientos y preguntas sólo consiguen transformar mi dolor en odio. Después de todo lo que hemos soportado, no debería tomar esta decisión él solo. Dejo caer la carta sobre la mesa y me levanto al instante. Se está escondiendo. Llevaba escondiéndose toda la vida..., hasta que me conoció. Me mostró a un hombre que estoy segura de que nadie más ha visto. Se agazapa tras unos modales que ocultan a un pendejo brusco y arrogante, y tras unos trajes que ocultan al Miller relajado que es cuando nos perdemos el uno en el otro. Es un fraude, tal y como dijo él mismo.

Una neblina roja me envuelve y recorro su mesa tambaleándome en dirección al mueble bar, al otro extremo de la habitación. Prácticamente me dejo caer sobre éste. Estoy unos instantes observando las botellas y los vasos perfectamente ordenados, respirando con dificultad.

—¿Livy? —Tony parece estar cerca y muy alarmado.

Grito enloquecida y paso el brazo por la superficie, arrojando todos los objetos que adornan el mueble al suelo con un fuerte estrépito.

—¡Livy! —Tony de pronto me agarra de los brazos y se esfuerza por retenerme mientras yo continúo chillando y forcejeando con él como una poseída—. ¡Cálmate!

—¡Suéltame! —grito.

Consigo soltarme y corro hacia la salida del despacho de Miller. Mis piernas se mueven deprisa, al ritmo de mi corazón, y me alejan de la perfección de Miller, por la escalera, y hasta el aire de la medianoche. Me lanzo a la calzada dándole a un taxi sólo dos opciones: parar o arrollarme. Me meto dentro.

—A Belgravia —jadeo.

Cierro la puerta de golpe y veo cómo Tony sale corriendo de Ice, agitando los brazos frenéticamente en dirección al portero mientras observa cómo me alejo. Me dejo caer sobre el respaldo de piel y le doy a mi corazón tiempo para recuperarse, con la frente apoyada en el cristal mientras veo pasar el Londres nocturno.

Es cierto que Londres proyecta su sombra negra.

CAPÍTULO 25

Su bloque de apartamentos se me antoja hostil, con el vestíbulo acristalado frío y silencioso. El portero se inclina la gorra cuando paso por su lado. Mis tacones rompen el espeluznante silencio y resuenan por el inmenso espacio. Evito el elevador y empujo la puerta que da a la escalera, esperando que la energía que tendré que emplear en subir reduzca parte de la ira que invade todo mi cuerpo.

Mi plan fracasa. Corro por la escalera y me encuentro introduciendo la llave en la cerradura de su puerta brillante en un santiamén, pero mi temperamento no parece haberse enfriado. Sabiendo exactamente adónde me dirijo, corro por su tranquilo apartamento hasta la cocina y empiezo a abrir los cajones. Encuentro lo que estoy buscando; a continuación corro hasta su dormitorio y cruzo la primera puerta en dirección a su vestidor.

De pie en el umbral, armada con el cuchillo más siniestro que he encontrado, paseo la vista por las tres paredes repletas de trajes y camisas de diseñador hechos a medida. O máscaras. Yo los considero máscaras. Algo que usa Miller para esconderse. Su armadura y protección.

Y, con ese pensamiento en mente, grito enloquecida y empiezo a atacar las filas y filas de prendas caras. Acuchillo la tela, haciéndola jirones. La fuerza de mis brazos me facilita la tarea, la ira es mi amiga, pero sólo utilizo el cuchillo para hacer algunos agujeros por todas partes antes de desgarrar la ropa con las manos.

—¡Las odio! —grito atacando las filas de corbatas.

Estoy rozando el nivel de psicosis que Miller ha mostrado en demasiadas ocasiones los últimos días, y sólo me detengo cuando todos y cada uno de los artículos de su vestuario están destrozados. Después me dejo caer de sentón agotada, con la respiración agitada, y observo los montones de tela desgarrada que me rodean. No pensaba que mi misión de destruir sus máscaras fuese a hacer que me sintiera mejor, y, efectivamente, no lo hace. Tengo las manos hinchadas, me duele la cara y mi garganta está irritada de tanto gritar mientras asesinaba la ropa. Estoy tan destrozada como el desastre que he causado. Me doy vuelta y veo el mueble que está en el centro del vestidor de Miller. Me apoyo contra él. Perdí los zapatos entre los restos, y tengo el vestido subido hasta la cintura. Permanezco ahí sentada en silencio, jadeando, durante un buen rato, preguntándome... ¿y ahora qué? Puede que ser destructiva evite que piense durante unos instantes, pero el alivio dura poco. Llegará un punto en el que lo habré destruido todo, probablemente hasta a mí misma. Hasta que no me reconozca. ¿Qué haré entonces? Ya estoy al borde de la autoaniquilación.

Dejo caer la cabeza hacia atrás, pero doy un brinco cuando un fuerte estrépito resuena por todo el apartamento. Me quedo parada y la respiración se detiene en mi garganta. Entonces empieza el martilleo. Un temor familiar me paraliza, aquí sentada, mientras escucho los persistentes golpes en la puerta, abro los ojos como platos y el corazón casi se me sale del pecho. Miro a mi alrededor, al desastre que me rodea. Y entonces reparo en el cuchillo. Lo recojo lentamente y observo el resplandor de su hoja mientras lo giro en la mano. Me levanto con las piernas temblorosas. Quizá debería esconderme, pero mis pies descalzos empiezan a moverse por su cuenta y mi mano se aferra al mango del cuchillo con fuerza. Camino sobre los restos de la ropa de Miller en dirección al ruido, con precaución, con cautela, hasta que recorro el pasillo de puntillas y llego al salón. Desde allí, miro con temor hacia el recibidor y veo que la puerta se mueve físicamente con cada golpetazo.

Entonces los golpes cesan y se hace un silencio inquietante. Me dispongo a avanzar, tragándome el miedo, decidida a enfrentarme a la desconocida amenaza, pero me detengo cuando la cerradura mecánica gira y la puerta se abre acompañada de una sonora maldición.

Me tambaleo hacia atrás sobrecogida, con el pulso retumbándome en los oídos, mareada y desorientada. Me lleva unos instantes de pánico asimilar lo que tengo delante de mí. Parece desequilibrado, algo curioso viniendo de mí después del rato que he pasado en su vestidor. Está destrozado, jadeando y sudoroso, casi vibrando de ira.

No me ha visto. Miller cierra la puerta de golpe y le da un puñetazo tan fuerte que astilla la madera, y entonces ruge con los nudillos abiertos. Retrocedo alarmada.

—¡Mierda! —La palabra resuena en el inmenso espacio abierto, golpeándome desde todas las direcciones y haciendo que me congele en el sitio.

Quiero correr a socorrerlo o gritarle para que sepa que estoy aquí, pero no me atrevo a hablar. Está completamente desquiciado, y me pregunto cuál es la causa de su estado. ¿Su propia intromisión? Observo, consternada y angustiada, su espalda agitada mientras el eco de su voz desaparece. Apenas unos segundos después, sus hombros se tensan visiblemente y gira su cuerpo desastrado hacia mí. La perfección que define a Miller ha desaparecido. El nudo que tengo en la garganta estalla, asfixiándome, y me muerdo el labio para evitar que un sollozo escape de mi boca. El sudor que desciende por sus sienes cae sobre su saco, pero no parece importarle la posibilidad de que su traje caro se moje. Me mira con ojos salvajes; entonces inclina la cabeza hacia atrás de nuevo y grita hacia el cielo antes de postrarse de rodillas.

Miller Hart agacha entonces la cabeza derrotado.

Y llora. Son sollozos de angustia que hacen que su cuerpo se agite.

Nada podría causarme más dolor. Está liberando años de emociones contenidas, y no puedo hacer nada más que mirar, compadeciéndolo. Mi propia ansiedad da paso a la tortura de ver sufrir a este hombre desconcertante. Quiero abrazarlo y consolarlo, pero mis piernas pesan mil toneladas y se niegan a llevarme hasta él. Mi cuerpo no responde. Intento decir su nombre, si bien no consigo nada más que sofocar un grito de angustia.

Pasa una eternidad. Me echo a llorar yo también, aunque lo que Miller está llorando son las lágrimas de toda una vida. Comienzo a preguntarme si parará alguna vez cuando veo que levanta lentamente su mano herida y se la pasa por las mejillas cubiertas por una sombra de barba, reemplazando las lágrimas con manchas de sangre.

Levanta la cabeza y veo su rostro y sus ojos enrojecidos, pero no los fija en mí. Hace todo lo posible por evitar establecer contacto visual conmigo. Agitado, se levanta del suelo y avanza en mi dirección, obligándome a apartarme. Pasa por mi lado, aún evitando mis ojos, y se dirige a su habitación. Después de depositar mi arma sobre la mesa redonda del recibidor, convenzo por fin a mis piernas de que se muevan y lo sigan. Se quita el saco, el chaleco y la camisa y cruza su dormitorio en dirección al baño. Deja caer la ropa, tirándola al suelo. Se detiene en la puerta del baño, se quita los zapatos, los calcetines, los pantalones y los calzoncillos y se queda desnudo. El sudor cubre su espalda haciéndola brillar.

No continúa hacia adelante, sino que permanece en la puerta en silencio, cabizbajo y con sus musculosos brazos extendidos aferrándose al marco de la puerta. No sé qué hacer, pero sé que no puedo soportar seguir viéndolo en ese estado, de modo que me acerco a él con precaución hasta que estoy lo bastante cerca como para oler su fragancia masculina mezclada con el limpio sudor que exuda su cuerpo.

—Miller —digo en voz baja levantando la mano para tocarle el hombro. Sin embargo, cuando apoyo la mano en su piel, tengo que esforzarme por no retirarla al instante. Está ardiendo.

No tengo que soportar el calor abrasador demasiado tiempo. Se aparta con un siseo y me deja angustiada ante su rechazo. Se acerca a la regadera, entra en ella y abre la llave.

Está agitado. Agarra la esponja y la llena de gel de baño. Tira la botella al suelo sin cuidado y se enjabona. Estoy alarmada, no sólo por su extraño desorden, sino también por la urgencia con la que se limpia el cuerpo. Se está frotando la piel con brusquedad, pasándose la esponja por todas partes, enjuagándola y cargándola con más gel. El vapor pronto envuelve el inmenso espacio, lo que me indica que la ducha está demasiado caliente, aunque a él no parece afectarle.

—Miller. —Avanzo unos pasos, preocupándome cada vez más conforme el vapor aumenta—. ¡Miller, por favor! —Pego la palma al cristal para intentar captar su atención. Tiene el pelo empapado cubriéndole la cara, impidiéndole la visión, pero le da igual. Se frota con movimientos desesperados, con una mezcla de terror y de furia. Se va a hacer ampollas—. ¡Miller, para! —Intento meterme en la regadera vestida, pero salgo corriendo cuando el agua entra en contacto con mi piel—. ¡Mierda! —Está ardiendo—. ¡Miller, cierra la llave!

—¡No puedo soportarlo! —grita, recogiendo la botella del suelo y echándose el gel por todo el pecho—. ¡Me dan asco! ¡Las siento por toda la piel! ¡Las siento en mi ropa!

Me quedo sin palabras. Entendí las suyas perfectamente. Pero esa es la menor de mis preocupaciones. Se va a hacer mucho daño si no consigo que salga de ahí.

—Miller, escúchame. —Intento parecer calmada, pero mi voz denota mi ansiedad y no puedo evitarlo.

—¡Debo limpiarme! Necesito borrar todo rastro de ellas de mi cuerpo.

Tengo que entrar y cerrar las llaves, pero incluso desde fuera el agua me abrasa.

—¡Cierra la llave! —grito perdiendo la compostura—. ¡Miller! ¡Cierra la puta llave!

No me hace caso y, cuando pasa de frotarse el pecho a frotarse los brazos, veo unas marcas rojas formándose en sus pectorales. Me pongo en acción asustada y, sin pensar en el dolor que me causará, me meto en la regadera palpando la pared para buscar las llaves.

—¡Mierda, mierda, mierda! —grito mientras el agua me escalda por todas partes.

Aparto a Miller de mi camino, sacándolo de su locura, y cierro las llaves frenéticamente para detener el dolor que el agua nos está infligiendo a él y a mí. Cuando esta deja de caer sobre nosotros, me apoyo contra la pared, exhausta, con la piel quemada y dolorida, y espero a que el vapor se desintegre y revele el cuerpo desnudo e inmóvil de Miller. Su rostro es inexpresivo. No hay nada en ese rostro capaz de detener mi corazón, ni siquiera una muestra de malestar tras haber estado bajo el agua hirviendo durante mucho más tiempo que yo.

Me acerco a él y alargo la mano para apartarle los mechones de pelo de la cara mientras lleno de aire mis pulmones.

—No te atrevas a apartarme de tu vida otra vez —le advierto con firmeza—. Te quiero, Miller Hart. Te quiero tal y como eres.

Sus apenados ojos azules ascienden lentamente por mi cuerpo húmedo y abatido y me miran con anhelo.

—¿Por qué? —pregunta en un susurro.

Este hombre puso a prueba los límites de mi resistencia. Me hizo pasar de la más absoluta desesperación al más absoluto placer. Me ha vuelto insensata, estúpida, ciega... y valiente.

Puedo amarlo porque llega hasta mi alma.

—Te quiero —repito sin sentir la necesidad de justificarlo ante nadie, ni siquiera ante él—. Te quiero —murmuro—. No me rendiré sin pelear. Me enfrentaré a todo el mundo y los venceré. Incluso a ti. —Lo agarro de la nuca y acerco su rostro al mío, mirando cómo me observa con ojos vacíos—. Soy lo suficientemente fuerte como para amarte.

Pego los labios a los suyos, forzando nuestra reunión, y mi lengua entra con delicadeza en su boca, lo que hace que deje escapar un gemido antes de apartarse.

—No he podido hacerlo —dice en voz baja—. No podía hacerte eso, Livy.

Me levanta contra su cuerpo y yo rodeo sus caderas con mis piernas mientras mantengo las manos en sus hombros, pero no puedo evitar que mi rostro busque el confort de su cuello. Apoyo la mejilla en su hombro, inspiro hondo para absorber su aroma y siento cómo el consuelo que me proporciona recorre mi cuerpo a través de nuestro contacto. No ha podido hacerlo.

—Quiero venerarte —digo pegada a su cuello, y mi aliento caliente colisiona con su piel ardiente.

La mezcla de los dos es casi intolerable. Necesito recordarle lo que tenemos. Necesito demostrarle que puedo hacer esto. Que él puede hacerlo.

—Aquí el que venera soy yo.

—Hoy, no.

Me despego de su cuerpo y lo saco de la regadera, lo guío hasta su cama y lo empujo sobre el colchón. Su larga figura se estira y observa cómo coloco sus extremidades hasta que me aseguro de que está cómodo. Entonces beso su rostro impasible y dejo que se relaje mientras preparo un baño. Me aseguro de que el agua está sólo templada y miro en su armarito estúpidamente ordenado, asegurándome de que no muevo sus botellas, tubos y botes perfectamente dispuestos hasta que encuentro unas sales de baño. Probablemente se enfurezca cuando vea el desastre que hice en su vestidor, pero ya me encargaré de eso más tarde. No soy tan idiota como para pensar que un picnic en el parque y un beso bajo la lluvia hayan eliminado las costumbres obsesivas de Miller por completo.

Dejo correr el agua, me quito el vestido empapado y regreso al dormitorio. Empiezo a recoger la ropa que ha tirado al suelo, probablemente la única que todavía tiene intacta. La doblo como es debido y la deposito sobre una cómoda. Levanto la vista cuando siento unos ojos azules que me abrasan la piel desnuda.

—¿Qué? —pregunto sobrecogiéndome bajo su minuciosa mirada.

—Sólo estoy pensando en lo preciosa que estás ordenando mi dormitorio. —Se pone de lado y apoya la cabeza en su brazo doblado—. Continúa.

La angustia disminuye un poco más. Sonrío, y mi gesto devuelve algo de brillo a sus orbes azules. Es un brillo familiar y muy agradable.

—¿Quieres tomar algo?

Asiente.

—¿Alguna preferencia?

Niega con la cabeza.

Siento que arrugo la frente y me dispongo a salir de la habitación. Antes de hacerlo, miro por encima del hombro y lo encuentro observando mis pasos de cerca, hasta que desaparece de mi vista. Corro por el pasillo y por el salón hasta el mueble bar.

Agarro un vaso corto, asegurándome de que se parezca a los que he visto que usa. Para elegir el whisky, cierro los ojos, muevo la mano y señalo una botella. Satisfecha con mi elección aleatoria, lleno el vaso hasta la mitad y derramo un poco fuera.

—¡Mierda! —maldigo, y golpeo con la botella las demás al dejarla con demasiada torpeza.

Ahora soy una inútil por una razón muy distinta. El hombre carismático (aunque ahora mismo nadie lo diría) que está en la habitación al otro lado del pasillo ha hecho del refinamiento un arte. Yo, no.

Pongo los ojos en blanco, me llevo el vaso a los labios y doy un buen trago. Y me entran arcadas al instante.

—¡Mierda! —Pego los labios y hago una mueca mientras levanto el vaso y observo el líquido oscuro con asco—. Es repugnante —mascullo, y doy media vuelta para regresar con Miller.

Sigue de lado, mirando hacia la puerta cuando entro.

—Whisky.

Levanto la bebida y él desvía la mirada hacia el vaso para volver a posarla sobre mí al instante. No dice nada, simplemente me observa en silencio.

Me acerco a la cama con aire pensativo, sosteniéndole la mirada, y extiendo la mano cuando llego hasta él. Levanta su musculoso brazo lentamente y agarra el vaso. Parpadea dolorosamente despacio, obligándome a cruzar las piernas estando de pie para evitar que el pulso que siento al instante se convierta en una fuerte palpitación. El mero hecho de que esos rasgos familiares estén presentes resulta delicioso, lo esté haciendo adrede o no. Mi inmensa mochila de intensidad ha vuelto, dejando a un lado su condición actual. Veo una luz esperanzadora al final del túnel.

—Preparé un baño —le digo mientras observo cómo se lleva el whisky a los labios y bebe lánguidamente—. No está demasiado caliente.

Mira el vaso durante un breve momento y me derrite con un leve movimiento de su preciosa boca.

—Ven aquí.

Mueve la cabeza para que siga su orden y me deslizo junto a él, dejando que me acurruque en su pecho para poder tomarse la bebida con una mano y acariciarme el pelo con la otra.

—Deben de dolerte los nudillos —digo encantada de haber vuelto a mi zona de confort, aunque los acontecimientos que me han llevado hasta aquí nos estén matando.

—Están bien. —Pega los labios a la parte superior de mi cabeza y no dice nada más.

Noto y oigo cómo bebe frecuentes sorbos y, aunque estoy feliz pegada a su pecho, me gustaría cuidarlo e intentar sonsacarle cuidadosamente una explicación.

Me aparto a regañadientes de la firme y cálida seguridad de su pecho y le tomo la mano. Miller frunce el ceño pero deja que lo ayude a levantarse y que lo guíe hasta el baño, trayendo su bebida consigo. La inmensa bañera ya está bastante llena, de modo que cierro la llave y le hago una señal para que se meta. Deja la bebida sobre una superficie cercana sin decir nada y finalmente me parece apropiado pasar unos cuantos momentos en silencio, absorbiendo su desnudez mientras se da la vuelta. Los definidos músculos de su espalda resaltan bajo las luces del techo, y las nalgas de su bonito trasero son duras y terminan en unos muslos largos y fuertes y unas pantorrillas perfectamente formadas. Hago caso omiso de las marcas de arañazos. En este hombre magnífico, hasta los defectos son perfectos. Está herido, más que yo, y cree que está destinado a vivir un infierno. Necesito saber por qué es tan insistente con respecto a su destino. Quiero ser la persona que lo cambie.

Miller se vuelve, y mi mirada, que estaba felizmente centrada en sus bizcochitos, se enfrenta ahora a otra cosa firme, suave y... preparada. Levanto la vista y me encuentro con unos ojos azules brillantes, pero una cara seria. Y me ruborizo. ¿Por qué me ruborizo? Me arden las mejillas cuando me mira, y empiezo a mover los pies como si estuviera recibiendo una descarga de puro e inexorable deseo. Perdí el aplomo por completo. Mi determinación anterior está siendo abatida por su embriagadora presencia.

—Quiero venerarte —exhalo.

Me llevo las manos temblorosas a la espalda para desabrocharme el sostén. Dejo que se deslice por mis brazos y que caiga sobre mis pies. Su mirada desciende hasta mis pantis. Hago lo que me ordena en silencio y me las quito lentamente. Ahora estamos los dos desnudos, y su deseo mezclado con el mío está creando un cóctel embriagador que flota en el mudo ambiente que nos rodea.

Señalo en dirección al baño con un gesto de la cabeza. Es eso o postrarme de rodillas y rogarle que me venere a su manera al instante, pero necesito demostrarle que soy fuerte, que puedo ayudarlo.

Se pasa la lengua por los labios en un último intento de doblegarme. Me resisto a duras penas, pero consigo mantenerme firme e indico la bañera de nuevo. Su boca no sonríe, pero sus ojos sí. Asciende los escalones y se mete en el agua burbujeante.

—¿Me harías el honor de acompañarme? —pregunta en voz baja.

Respondo subiendo los escalones tranquilamente, tomándome tiempo para evaluar mi mejor posición, y al final me coloco detrás de él. Con un gesto de la cabeza, le indico que se mueva hacia adelante, y lo hace enarcando ligeramente una ceja, dejándome sitio detrás para que me meta. Me abro de piernas y deslizo las manos sobre sus hombros para atraerlo contra mi pecho. Sus rizos oscuros y mojados me cosquillean en la mejilla, y su cuerpo pesa un poco, a pesar de que el agua lo aligera, pero estoy enroscada a su alrededor, abrazándolo, dándole «lo que más le gusta».

—Esto es muy agradable —dice con voz suave, tranquila.

Murmuro para indicarle que estoy de acuerdo y le rodeo los hombros con los brazos restringiendo su movimiento, pero no se queja. Responde a mi constricción relajando la cabeza hacia atrás y tocándome las piernas allí donde reposan sobre su estómago.

—Esto no va a ser fácil —declara casi con dolor. Sus palabras me confunden. No me dice nada nuevo.

—Tampoco era fácil ayer, ni anteayer, pero estabas dispuesto a luchar. ¿Qué cambió?

—Un golpe de realidad.

Quiero verle la cara, pero me preocupa lo que pueda encontrar en sus ojos si lo hago.

—¿Qué quieres decir?

—No tengo libertad para tomar ciertas decisiones —mascula lentamente, con vacilación.

Mi cuerpo se tensa sin que pueda hacer nada por evitarlo, y sé que se ha dado cuenta, porque me aprieta las pantorrillas como si quisiera infundirme seguridad. No me da la impresión de que Miller se sienta muy seguro, de modo que el hecho de que intente que yo lo haga me parece un poco absurdo.

Trato de pensar en qué puede estar queriendo decir, y no hallo ninguna respuesta evidente.

—Explícate —le ordeno con severidad, lo que provoca que se vuelve hacia mi mejilla y me dé un ligero mordisco.

—Si es lo que deseas...

—Así es —confirmo.

—Estoy atado a esta vida, Olivia.

No me mira cuando pronuncia esa chocante declaración, de modo que lo agarro de las rasposas mejillas y le levanto la cara para poder mirarlo a los ojos mientras las palabras de Tony resuenan en mi mente.

—Explícate —le pido, y beso con ternura su preciosa boca con la esperanza de que me devuelva la fortaleza que siempre me infunde. Nuestros labios se mueven lentamente, pegados, y sé que hará que este beso dure eternamente si no lo detengo, de modo que lo hago, a regañadientes—. Habla.

—Estoy en deuda con ellos.

Intento mostrarme tranquila, pero esas palabras me llenan de temor. Hay dos preguntas que necesito formular en respuesta a esa afirmación, y no sé cuál debería plantearle primero.

—¿Por qué estás en deuda con ellos?

Miller parpadea incómodo. Veo que se vuelve más reacio a hablar conforme progresa la conversación y empieza a proporcionarme información. Sus escuetas respuestas son muestra de ello. Está obligándome a preguntarle en lugar de compartirlo conmigo abiertamente.

—Me proporcionaron control.

Otra respuesta confusa que suscita un montón de preguntas más.

—Explícate —digo con impaciencia, aunque estoy esforzándome al máximo por no parecerlo.

Me aparta la mano y apoya la cabeza hacia atrás.

—¿Recuerdas que te expliqué lo de mi talento?

Me quedo mirándole la coronilla, queriendo recordarle sus modales.

—Sí —respondo alargando la palabra y con cautela. Mi tono hace que se revuelva ligeramente.

—Mi talento me proporcionó cierta cantidad de libertad.

—No lo entiendo. —Cada vez estoy más confundida.

—Era un prostituto común y corriente, Livy. No tenía ningún control y nadie me respetaba —explica haciendo que me encoja—. Hui del orfanato con quince años. Me pasé cuatro en la calle. Así fue como conocí a Cassie. Me colaba en casas vacías en busca de cobijo. —Me trago mi sorpresa para no interrumpir su discurso, pero entonces se da la vuelta y me encuentra con cara de pasmo—. Apuesto a que jamás habrías pensado que tu hombre era un experto abriendo cerraduras.

¿Qué quiere que responda a eso? No, jamás lo habría imaginado, pero tampoco se me habría pasado por la cabeza que fuera un chico de compañía, un drogadicto... Decido no seguir con esa línea de pensamiento. Podría llevarme horas. Y en cuanto a Cassie..., ¿ella también era una indigente?

Miller sonríe ligeramente y aparta la vista de mi cara de estupefacción.

—Ellos nos encontraron. Nos dieron trabajo. Pero yo era guapo y, además, era bueno. De modo que me sacaron de la calle y me utilizaron para obtener el máximo partido de mí. Glamour y sexo. Conmigo ganan una fortuna. Yo soy «el chico especial».

Me quedo helada, y siento cómo la vida escapa de mi cuerpo. Unos horribles escalofríos me ponen el húmedo vello de punta. Está pasando con demasiada frecuencia. Me quedé sin palabras. ¿Lo sacaron de la calle?

—Tú eres mi chico especial. —No se me ocurre nada más que decir aparte de reafirmar mis sentimientos por él, de hacerle sentir que es algo más que una máquina de placer parlante y andante—. Eres mi chico especial, pero eres especial porque eres precioso y adorable, no porque me proporciones orgasmos que me dejan sin sentido.

Lo beso en la nuca y lo estrecho contra mí.

—Pero eso ayuda, ¿verdad? —replica.

—Bueno... —No puedo negarlo. Lo que me hace sentir físicamente es increíble, pero no tiene nada que ver con cómo me hace sentir emocionalmente.

Se ríe ligeramente y me enfado, no porque me parezca inapropiado que le vea la gracia a eso, sino porque yo no se la veo.

—Puedes decir que sí, Livy.

Tiro de su cara hacia la mía y lo veo sonriendo con picardía.

—Bueno, sí, pero te quiero por razones que van más allá de tus habilidades sexuales.

—Pero soy bueno. —Su sonrisa se intensifica.

—El mejor.

La sonrisa se le borra de inmediato.

—Tony me ha llamado —dice entonces.

Me pongo tensa de nuevo. De los pies a la cabeza. Las cámaras estaban desconectadas, pero Tony me vio. ¿Se lo habrá contado a Miller? No estoy segura, aunque después de ver cómo perdió el control fuera de Ice aquella vez, Tony debería preferir callar. Me observa evaluando mi reacción. Debo de parecer totalmente culpable.

—Yo...

—No me lo digas. —Aparta la vista de mí—. Podría matar a alguien.

Me pongo a mirar a todas partes, dando gracias a todos los dioses porque Miller decidiera apagar las cámaras. Detesto haber reaccionado así, y detesto que él lo predijera. En un intento de desviar

404

mi culpabilidad y los pensamientos de Miller, preparo mi siguiente pregunta.

—¿Y Cassie?

—Los convencí para que la dejaran venir conmigo.

Quiero enfadarme con él por haberles pedido eso, pero la compasión me lo impide.

—Ser el chico especial tiene sus ventajas. —Suspira—. Yo elegía a mis clientas, decidía las fechas que me venían bien y establecía mis propias normas. Lo de no tocarme era condición sine qua non. No necesitaban tocarme para conseguir lo que querían, y estaba harto de que me utilizaran como un objeto. Besarse es algo demasiado íntimo.

Aparta mis piernas de su cuerpo y se vuelve despacio, de manera que queda tumbado de cara a mi torso, mirándome. Alargo la mano y le acaricio el mechón de pelo rebelde que le cae sobre la frente.

—Saborear a alguien es algo íntimo. —Se eleva deslizándose por mi cuerpo y hunde su lengua en mi boca, gimiendo y mordiéndome suavemente los labios—. Una vez que te probé a ti, supe que me estaba metiendo en algo que no debía. Pero, carajo, es que sabes tan bien...

Rodeo de nuevo su firme cintura con las piernas y mi deseo se dispara al sentirlo fuertemente encerrado entre mis muslos y hace que me pregunte si seré capaz de liberarlo alguna vez. Creo que ahora lo entiendo un poco mejor. Sin contar con nuestro espantoso encuentro en el hotel, no ha hecho nada más que adorarme. Deja que lo toque y que lo bese. Quiere intimidad conmigo.

—¿Quiénes son? —pregunto contra su boca.

De repente entiendo claramente las confusas palabras de Tony. Él lo sabe. Él sabe quiénes son «ellos».

—Moriría antes de exponerte a ellos. —Me muerde el labio y tira de él entre sus dientes—. Por eso necesito que confíes en mí mientras soluciono esto. —Me mira con ojos suplicantes—. ¿Lo harás?

—¿Qué tienes que solucionar? —No me gusta cómo suena eso.

—Muchas cosas. Por favor, te lo ruego, no te rindas. Quiero estar contigo. Para siempre. Solos tú y yo. Nosotros. Es lo único que sé ahora mismo, Olivia. Es lo único que quiero. Pero sé que harán todo lo posible para evitar que te tenga. —Levanta la mano, me acaricia la mejilla con la punta de un dedo y me pasa el pulgar por el labio inferior. Responde ante alguien; alguien desagradable—. Les debo mucho.

—¿Qué les debes? —inquiero. «¡Esto es absurdo!»

—Me sacaron de la calle, Livy. Para ellos, les debo la vida. Conmigo ganan mucho dinero.

No tengo ni la menor idea de qué decir, y sigo sin entender cómo «ellos», sean quienes sean, pueden mantenerlo en este mundo toda la vida. Una deuda de por vida me parece algo irracional. No pueden esperar eso de él.

—No he practicado sexo con nadie desde que te conocí, Olivia. Dime que me crees.

—Te creo —digo sin vacilar. Confío en él.

—Conozco a esas mujeres. No puedo permitir que la gente vaya haciendo preguntas. No puedo permitir que descubran lo tuyo, de ninguna manera.

De repente todo cobra sentido y el pánico se apodera de mí.

—Y ¿qué hay de aquella mujer de Quaglino's? —Recuerdo su cara, primero de sorpresa, después de satisfacción, y por último de suficiencia. Dijo que no era una chismosa, pero no le creí.

—Conozco muchos trapos sucios sobre Crystal, y lo sabe. Ella no me preocupa.

No voy a molestarme en preguntar qué trapos sucios son ésos. No quiero saberlo.

—¿Y Tony y Cassie? —le recuerdo. No confío en Cassie lo más mínimo.

—No me preocupan —responde con firmeza, y no estoy segura de si eso me hace sentir mejor o peor.

¿Atado? ¿encadenado? ¿Moriría antes de exponerme a esa gente? Cassie y Tony conocen a esa gente, y también conocen las consecuencias de nuestra relación.

Pero ¿cuánta gente nos ha visto juntos? Estuvimos en el club, de compras, en el parque. Empiezo a mirar a todas partes.

—Podría habernos visto cualquiera. —Mi voz suena preocupada, y no me importa, porque lo estoy.

—Puse en práctica una estrategia de control de daños donde era necesario.

—¡Espera! —Vuelvo a mirar a Miller—. ¿Recuerdas la noche en que acabé en el hospital?

Lo recuerda, y lo sé porque una expresión incómoda se dibuja en su rostro mojado, pero no le doy la oportunidad de confirmarlo o negarlo.

—Nos estaban siguiendo, ¿verdad? Dejaste allí tu coche y fuimos en metro porque nos estaban siguiendo. —¿Cuántas veces nos habrán seguido? ¿Cuántas veces me habrán seguido a mí?—. ¿Ya saben lo mío?

Miller suspira.

—Hay señales que indican que sí. Fui muy poco cuidadoso. Te expuse. Pensaba... —Se toma unos instantes pero no se le ocurre ninguna excusa.

¿«Señales»? No hace falta que me explique nada. Empiezo a darle vueltas a mi inocente cabeza.

—Me he ocupado de todos los que podían suponer un problema —añade.

—¿Cómo?

—No preguntes, Olivia.

Me pongo muy seria.

—Aquella mujer me vio en tu apartamento.

—Lo sé.

—¿Qué le dijiste?

De repente evita mis ojos, de modo que le tiro de la barbilla y arrugo los labios.

—Le dije que habías pagado.

—¿Qué? —Sofoco un grito—. ¿Le dijiste que soy una clienta?

—No sabía qué otra cosa decir, Olivia.

Sacudo la cabeza sin poder creer lo que me está diciendo. ¿Tengo pinta de pagar a cambio de sexo? Hago una mueca de dolor mientras las imágenes de billetes de mil dólares tirados sobre una mesa se proyectan en mi mente torturada.

—¿Qué pasó después de que Sophia se fuera anoche? ¿Qué te hizo cambiar desde que volviste a la cama hasta que te has despertado esta mañana?

Se cerró completamente en sí mismo, sin previo aviso ni razón.

—Me dijo algunas cosas y me hizo cavilar. —Parece avergonzado, y debería estarlo después de todas las veces que me regañó por hacer precisamente eso—. Me recordó mis obligaciones.

¿Obligaciones? Me va a estallar el maldito cerebro.

—Y ¿qué ha pasado hoy?

Tengo que saberlo. Me parece que hay demasiados testigos, aunque Miller parece seguro de que guardarán silencio.

Baja la vista.

—Me asusté.

—¿Por qué razón?

—Si antes ya castigaba a esas mujeres, ahora podría ser peligroso. Podría hacerles daño.

Frunzo el ceño, lo obligo a mirarme y veo temor en sus ojos, lo que no hace sino aumentar el mío.

—¿Por qué?

Toma aire de manera lenta y controlada y a continuación lo exhala acompañado de sus palabras.

—Porque, cuando las miro, veo un motivo por el que no puedo estar con mi dulce niña. —Deja que asimile sus palabras durante unos instantes. Entiendo lo que quiere decir—. Veo entrometidas.

Aprieto los labios con fuerza y las lágrimas inundan mis ojos doloridos.

—No puedo arriesgarme a tomarlas cuando lo único que veo es eso. Acabarán muertas. Pero, lo que es más importante: no puedo hacernos eso a nosotros.

Se me escapa un pequeño sollozo, y Miller se pega a mi cuerpo cubriéndome por todas partes. Mis brazos se aferran a su espalda mojada con fuerza.

—Tienes que esconderme —sollozo, detestando la cruda realidad que implica la vida de Miller.

—No quiero hacerlo. —Pega la boca a mi cuello y me chupa suavemente—. Pero van a ponerme esto difícil y tengo que protegerte. He intentado alejarme de ti, y sé que debería hacerlo, pero la fascinación que siento por ti es demasiado grande.

Sonrío a pesar de mi tristeza.

—Yo estoy demasiado fascinada por ti como para permitírtelo.

—Voy a solucionar esto, Olivia. No te rindas.

Me siento fuerte y decidida, y voy a infundirle esas sensaciones a Miller.

—Jamás. Y ahora voy a venerarte —declaro, y vuelvo el rostro hacia el suyo.

No sé qué futuro nos aguarda, y eso me asusta, pero me aterra la idea de una vida sin él. No tengo más opción que confiar en Miller y en que hace lo que considera más correcto. Él conoce a esta gente. No es sólo de las mujeres de quienes debo preocuparme.

—Voy a saborearte despacio —susurro.

Acerca el rostro lentamente al mío.

—Gracias —murmura, y entonces me absorbe con un beso largo, delicado y sin prisa. Nuestras lenguas se enroscan con suavidad mientras él se pone de rodillas y me coloca sobre su regazo.

—Quiero venerarte yo a ti —farfullo contra su boca, sintiendo cómo intenta ponerse al mando.

—Tu petición ha sido recibida —me asegura, pero no cesa en el beso en el que tiene el control absoluto, y recorre con las manos cada milímetro de mi espalda—, y desoída.

Se levanta de la bañera sosteniéndome pegada a su cuerpo con firmeza. Baja los escalones y me transporta por el baño, parando a sacar un condón del armario antes de dirigirse al dormitorio. Pero no se detiene en la cama, cosa que me extraña, y continúa dándome deliciosos lametones. Nos encontramos en el pasillo brevemente, antes de que Miller abra la puerta de su estudio. Entramos. Sonrío. El desorden y el caos de la habitación hacen que me sienta cómoda. Agarra un dispositivo negro mientras me sostiene y pulsa unos cuantos botones y casi me echo a llorar cuando *Demons* de Imagine Dragons empieza a sonar desde todas partes.

—Carajo, Miller —sollozo contra su boca, y dejo que la letra llegue a lo más profundo de mi ser.

—Pintemos algo perfecto —exhala, y apoya mi trasero húmedo sobre el borde de la mesa que ocupa toda la longitud de la pared.

Siento que golpeo objetos con mi cuerpo, pero él no parece estar horrorizado ni tener prisa por colocarlos en su sitio. Detiene nuestro beso y me deja jadeando en su cara cuando sus labios se alejan y me tumba sobre la mesa. Mi piel ardiente y mojada apenas siente el frío de la superficie. Estoy ardiendo. Me abro de piernas y él se coloca entre ellas.

—¿Te parece? —pregunta, y estira el brazo para acariciarme un pezón. La sangre de mi cuerpo se concentra al instante en mi sexo. Realmente es especial. Podría venirme ya.

Asiento y exhalo sonoramente cuando retuerce una de mis erectas protuberancias con suavidad, pero tengo los pechos sensibles, ansiosos por recibir su tacto.

—Te lo he preguntado una vez —dice con voz severa, muy serio, mientras saca el condón y lo desliza por su miembro con la mandíbula tensa.

Arqueo la espalda y aprieto los talones contra su trasero, acercándolo hasta mí.

—Por favor —le ruego, olvidando todos mis planes de venerarlo.

Me aferro al borde de la mesa y cierro los ojos con fuerza.

—Me estás privando de ellos, Olivia. —Me agarra el pezón y me lo retuerce suavemente entre sus dedos índice y pulgar—. Ya sabes cómo me hace sentir eso.

Lo sé, pero me está dejando sin sentido. La cabeza empieza a darme vueltas. Mis manos abandonan el borde de la mesa y se hunden en mi pelo empapado. Me estoy volviendo loca, y cuando desciende la mano hasta la parte interna de mi muslo y empieza a trazar provocadores círculos cerca de mi sexo palpitante, le expreso mi desesperación.

—¡Miller!

Los músculos de mi estómago se contraen, haciendo que mis hombros se despeguen de la mesa, y estiro los brazos hacia los lados y tiro recipientes de pinceles y paletas de pintura por todas partes, pero estoy demasiado extasiada como para preocuparme por ello, y a Miller no parece importarle un poco de desorden más. Sus ojos brillan y rezuman victoria. Me estoy retorciendo de placer y me cuesta respirar, y eso que todavía no me ha tocado en mi parte más sensible. Todo esto es demasiado: su tacto, mis pensamientos..., la profunda letra de la canción.

—Hago que te sientas viva —dice.

Hunde dos dedos en mí, y su acción hace que expulse todo el aire de los pulmones. Me dejo caer de nuevo sobre la mesa y lo miro directamente a la cara. Puede que el placer que me proporciona me ciegue, pero nada distorsionaría la visión de sus penetrantes ojos azules mientras observan cómo me retuerzo cuando me toca. Los tiene entornados, pero ejecuta cada parpadeo tan despacio como siempre, tomándose su tiempo en cerrarse antes de abrirse de nuevo.

—Hago que te preguntes cómo sobrevivirías sin mis atenciones hacia este cuerpo tan exquisito —prosigue. Saca los dedos lentamente y acaricia mi palpitante clítoris con el pulgar antes de hundirlos de nuevo—. Grita mi nombre, Olivia —ordena.

Me resulta casi imposible no cerrar los ojos, pero lo que sí que no puedo evitar es contener un alarido. Alcanzo el orgasmo. Mi cuerpo entra en shock. Intento aferrarme a algo pero no lo consigo, y el aire sale despedido de mi boca con un sonoro y ensordecedor alarido de su nombre muerta de placer. Él me mira. Su rostro permanece impasible y sus ojos victoriosos mientras mi sexo se contrae persistentemente alrededor de los dedos que mantiene profundamente hundidos dentro de mí. Los deja ahí y desciende el torso sobre mí, acercando la cara a la mía.

—Y yo me pregunto constantemente cómo podría sobrevivir sin el privilegio de colmarte de atenciones. —Me besa con dulzura en los labios—. Especialmente cuando llegamos a esta parte en concreto.

Dejo que me devore mientras me mete y me saca los dedos lentamente, ayudándome a recuperarme de mi estado de éxtasis mientras trabaja en mi boca con constantes gemidos de gratitud. Yo jamás podría venerarlo tan bien. Estoy segura de que no podría hacer que se sintiera tan a gusto y tan seguro.

—Ahora voy a tomarme mi tiempo haciéndote el amor. —Hunde la nariz en mi pelo y despega el torso del mío, exponiendo mi piel mojada al aire fresco del estudio—. Voy a demostrarte lo mucho que me fascinas.

Mis ojos buscan los suyos y nos quedamos mirando mientras él retira los dedos y los desliza sobre mi labio inferior para después lamerlos lentamente. Después se limita a observarme durante mucho rato. Su riguroso examen no me hace sentir incómoda pero, como siempre, hace que me pregunte qué pasa por esa compleja mente suya.

—¿En qué estás pensando? —pregunto en voz baja, y soy incapaz de resistirme a pasar un dedo por los definidos músculos de su estómago.

412

Él sigue su trayectoria y deja que lo palpe durante un momento antes de apartarme la mano y llevársela a los labios. Me besa todos los dedos de uno en uno, con la palma abierta, y después me coloca la mano con cuidado sobre mi pecho.

—Estoy pensando en lo preciosa que estás sobre mi mesa de pintura.

Sonrío ligeramente y él comienza a moverme la mano, animándome a seguir sus instrucciones y a masajear mi pecho. Un gemido escapa de mis labios y lanzo un suspiro largo de relajación.

—Estás preciosa en todas partes. —Se lleva la mano libre hasta la entrepierna y sofoca un pequeño grito cuando envuelve su erección por la base con la palma. Su mandíbula se tensa—. Carajo, eres demasiado preciosa.

Mira hacia abajo, se guía hacia mi abertura y roza mi entrada. Empiezo a jadear, motivándolo a acariciarme nuevamente de manera tentadora. Esto es demasiado.

—¡No! —Me sorprendo a mí misma con mi repentina exclamación, y Miller me mira alarmado también—. ¡No me vuelvas loca, por favor!

Y entonces, su mirada de sobresalto se convierte en complicidad.

—Sé que te encanta pero, por favor, no me tortures.

Estoy desesperada y no me importa mostrarlo. Después de lo de hoy y de todo lo que ha pasado, no necesito que me atormente ni me mortifique.

Sin decir nada, se introduce lentamente dentro de mí, transfiriendo las manos a mis caderas y elevándome ligeramente. Mi preocupación disminuye y es sustituida inmediatamente por una agradable sensación de serenidad y calma. Me agarro el otro pecho, me relajo y dejo que me lleve al éxtasis, ese lugar en el que nuestros problemas y complicaciones no existen. Ese lugar en el que quiero perderme para siempre con Miller Hart. Su veneración. Su boca. Sus ojos. Lo que más le gusta.

Su figura, larga y potente, me bombea lentamente de manera controlada. Sus músculos se contraen con cada movimiento de sus caderas y sus labios se separan mientras me observa. No hay tensión, no hay nada más que placer, pero su talento para proporcionar tal exquisita sensación no tarda en dejarme sin sentido, y la presión que noto entre las piernas empieza a abrirse camino hacia mi epicentro. Quiero que esto dure. Quiero seguir y seguir, de modo que aprieto los dientes y contraigo los músculos para intentar detener lo inevitable, o al menos retrasarlo de alguna manera.

Su mirada de concentración no ayuda. Ni tampoco la imagen de la perfección de su cuerpo. Todas las cualidades adictivas de Miller son poderosas por separado. Pero combinadas, son letales.

—Me encanta ver cómo tu cuerpo lucha contra lo inexorable.

Me suelta la cintura, apoya la mano en mi garganta y empieza a descender por el centro de mi pecho hasta mi estómago. Gimo de placer y arqueo la espalda mientras él sigue entrando y saliendo de mí. Parece resultarle fácil mantener un ritmo constante, mientras que yo estoy al borde de dejar de resistirme.

—Me encanta sentir cómo se tensa todo tu cuerpo. —Traza suaves círculos sobre los tirantes músculos de mi estómago y yo gimoteo, esforzándome por seguir mirándolo, cuando lo único que quiero es echar la cabeza atrás y gritar su nombre—. Especialmente aquí. —Sale de mí y vuelve a entrar con determinación. Su mano regresa a mi cadera y sus movimientos se detienen mientras controlo mis gritos. Él también jadea ahora, y su cabello ondulado está empapado en sudor—. ¿Está funcionando, Livy? —pregunta con engreimiento, sabiendo perfectamente la respuesta.

—Nada funciona. —Me retuerzo bajo sus manos. Las mías abandonan mis pechos y empiezo a agitarlas hacia los lados. Golpeo algo de nuevo, pero esta vez siento una humedad distinta de la nuestra. Miro a un lado y veo mi mano cubierta de pintura y un bote con agua volcado junto a este. La turbia solución avanza por la mesa en mi dirección—. ¡Carajo! ¡Miller!

Levanto las manos y me aferro a sus antebrazos, clavándole las uñas en la carne. Su mandíbula se tensa, se le descompone el rostro e inclina la cabeza hacia atrás, pero sus ojos no se mueven. Contengo el aliento. Las chispas vencen y se abren paso hacia mi sexo.

Me gratifica con su ritmo constante y continuado. Entra lentamente. Sale lentamente. Me agarra con suavidad. Todo lo hace de manera relajada y decidida.

—¡¿Cómo?!... —grito. El misterio me enoja a pesar de mi estado de desenfreno—. ¿Cómo puedes controlarte tanto?

Se mueve, cambia la posición de los pies para disfrutar de más estabilidad y me agarra las manos. Entrelaza los dedos con los míos y se acerca a mi rostro.

—Por ti. —Utiliza los brazos a modo de palanca, elevando mi cuerpo ligeramente con cada suave embestida. Me muerdo el labio, aceptando todas y cada una de sus delicadas arremetidas—. Quiero atesorar cada momento que puedo disfrutar de ti. —Tira con ímpetu con sus fuertes brazos y me incorpora, hundiéndose más en mí. Lanza un grito, y yo respondo con un alarido. Nuestros pechos chocan y él se detiene para dejar que me adapte a su penetración inconcebiblemente profunda. Respira contra mi rostro, con jadeos cortos, agitados y cargados de placer—. Te saboreo y quiero deleitarme en cada momento que paso contigo. —Sus labios atacan los míos con un beso voraz. Su entrepierna comienza a menearse de nuevo, ajustándose a su ritmo anterior—. Carajo, Olivia, ojalá pudiera dedicar cada momento del día y de la noche a adorarte.

Su exquisita boca pierde algo de ternura cuando se hunde más en mí, y su beso se transforma en un beso lujurioso.

Mi ansia por mi caballero de medio tiempo se intensifica. Pero nuestra cruda realidad la contiene. No puede dedicarme cada momento del día y de la noche. Está encadenado, y eso me hace sentir tremendamente impotente.

—Algún día —digo a través de nuestro beso sensual, moviendo la boca y mordiéndole el labio antes de hundir mi lengua de nuevo dentro de la suya y pegando los senos contra su pecho.

—Pronto —responde él, ladeando mi cabeza y descendiendo para chupar la piel húmeda de mi garganta—. Te lo prometo. No te decepcionaré —susurra besando suavemente el hueco antes de animarme a apartarme de la seguridad de su torso. Me mira y me colma de determinación y de fuerza—. No nos decepcionaré.

Asiento, y entonces dejo que me baje de nuevo hasta la mesa. Libera mis manos, alarga el brazo hacia un lado de mi cuerpo, agarra algo y vuelve a posar las manos en mi vientre. Bajo la vista y veo la punta de su dedo índice cubierta de pintura roja. Ligeramente desconcertada, lo miro a los ojos y veo que está centrado en mi barriga. Entonces arrastra un dedo por mi piel mientras empieza a penetrarme suavemente de nuevo, reanimando el persistente clímax. Comienzo a notar un cosquilleo y siento una tremenda satisfacción al ver a Miller concentrado en su tarea mientras deja que su miembro entre y salga sin esfuerzo dentro de mí.

De manera lenta y pausada, desempeña ambas funciones: pintar en mi vientre y hacerme el amor. Pero a mí se me agota el tiempo.

—Miller —jadeo arqueando la espalda y formando una bola con el puño. Estoy a punto, efervescente.

—Me encanta sentirte —susurra, y sacude las caderas un poco, lo que provoca que deje escapar un alarido al tiempo que él emite un grito grave—. Siento tus palpitaciones alrededor de mí —jadea—. ¡Carajo, Olivia!

—¡Por favor! —ruego, y empiezo a sacudir la cabeza mientras me sumo en un torbellino de sensaciones intensas. No hay vuelta atrás. Voy a estallar en mil pedazos. Me agarra de los muslos con las dos manos y empieza a tirar de mí contra él, no con una fuerza extrema, pero bastante más potente de lo que suele hacerlo—. ¡Vaya!

Intento desesperadamente contenerlo, mantener un poco el control en medio de mi absurdo placer para poder verle la cara mientras se viene. Lo miro y me vuelvo loca cuando compruebo que echa la cabeza atrás, con la mandíbula a punto de romperse por la presión de sus dientes apretados. Ahora nuestros cuerpos chocan sonoramente y con cada golpe aumenta nuestro placer.

Y entonces sucede.

Para los dos.

Miller se hunde en mí, lanza un rugido y se detiene profundamente. Yo grito su nombre y estallo. Pierdo la capacidad de visión, mis músculos internos se contraen espasmódicamente al igual que mi cuerpo.

—Carajo —digo exhalando satisfecha y lentamente, recuperando por fin algo parecido a la visión normal y encontrando su pecho hinchándose y deshinchándose y su rostro empapado de sudor.

Miro mi vientre y veo unas cuantas líneas, pero él cubre rápidamente con la mano las letras y las emborrona extendiendo la pintura por todas partes. Ahora las palabras no son más que una gran mancha de tinte rojo.

Su cuerpo cae sobre mí y sus labios buscan los míos.

—No he podido controlarme más. Lo siento. Lo siento muchísimo.

Prestando especial atención a mi boca, me cubre de besos. El cuerpo. La boca... El corazón.

Sonrío y lo abrazo, sosteniéndolo entre mis brazos y devolviéndole el beso.

—Había sentimiento —digo en voz baja contra su boca.

La ausencia de este durante mi encuentro en aquel hotel con su yo castigador era el problema, no necesariamente la violencia con la que me tomó. Fue lo poco cariñoso y lo frío que se mostraba.

Miller entierra el rostro en el hueco de mi cuello.

—¿Te lastimé?

417

—No —le aseguro—. Únicamente siento dolor cuando estamos separados.

Se incorpora lentamente, revelando su pecho cubierto de pintura.

—Acabamos de pintar un cuadro perfecto, mi dulce niña.

Sonrío y exhalo.

—Tararéame.

Él sonríe a su vez y me regala una de sus cualidades más maravillosas.

—Hasta que no me quede más aliento en los pulmones.

CAPÍTULO 26

No hay nada como preparar un café perfecto, pero yo no lo conseguiré sin la ayuda de una cafetera ultramoderna, y salir del apartamento de Miller sin él no es una opción en estos momentos.

Voy en pantis con una de sus camisetas negras. Echo un vistazo por toda la encimera de la cocina buscando una tetera..., pero no encuentro ninguna. De hecho, no encuentro prácticamente nada: ni una tostadora, ni tablas de cortar, ni trapos de cocina ni ninguno de los artículos que se pueden encontrar en cualquier cocina. Todo el espacio disponible está vacío. Decido que la obsesión por el orden de Miller debe de haberlo llevado a esconderlo todo y empiezo a abrir los armarios en busca de la tetera. Busco en todos los armarios de pared, abriéndolos de uno en uno y, cuantos más abro, más me desespero. Todo lo que contienen está almacenado de una manera exageradamente perfecta, aunque eso me facilita la inspección. Sin embargo, sigo sin encontrar la tetera. Cierro el último armario con el ceño fruncido y empiezo a golpetear con los dedos la encimera vacía. Pronto me olvido del misterio de la tetera ausente cuando empiezo a sentir un cosquilleo en la piel. Mis dedos se detienen y sonrío, de espaldas a la puerta. Y el cosquilleo se va transformando en un torbellino de chispas internas.

—¡Bu! —susurra contra mi cuello haciendo estallar todas y cada una de mis terminaciones nerviosas. Sus manos firmes se deslizan por debajo de mi camiseta, me agarran de la cintura y me dan la vuelta. Me encuentro cara a cara con un Miller desnudo y soñoliento—. Buenos días. —Sus labios también se mueven adormecidos, y me hipnotizan momentáneamente.

—Buenos días.

Sonríe y se inclina para reclamar mi boca.

—Vaya susto me acabo de llevar —dice pegado a mis labios, mordisqueándose los suyos a cada palabra.

—¿Por?

—Porque ha entrado en mi vestidor. —Se aparta y me mira mientras yo aprieto los labios, avergonzada y sintiéndome muy culpable. Carajo, está... tranquilo. Me relajo, pero me extraña su reacción. Él ladea la cabeza—. Aunque supongo que ahora es mejor llamarlo *el armario de los trapos*.

—Te lo repondré todo —le prometo con sinceridad, pensando en que probablemente no me alcance con el dinero que tengo guardado de mi madre—. Lo siento.

Desliza la mano hasta los rizos que me cubren la nuca y me atrae hacia adelante hasta que sus labios rozan mi frente.

—Ya te perdoné. ¿Buscabas algo?

—Una tetera —respondo levantando la vista, aún sorprendida de que esté tan calmado.

—No tengo.

—Y ¿cómo preparas bebidas calientes?

Deslizo las manos por sus brazos hasta sus hombros y él me levanta y me coloca sobre la encimera.

No responde. Me deja sobre la superficie y se dirige al fregadero. Siento curiosidad, pero no la suficiente como para convencer a mis ojos de mirar lo que está haciendo, ya que están fijos en la increíble visión de su trasero, que se contrae a cada paso que da. Inclino la cabeza pensativa, con una sonrisa de satisfacción, y entonces se vuelve privándome de la imagen de sus bizcochitos.

—Tierra llamando a Olivia. —Su tono suave desvía mi vista hacia su torso hasta que alcanza a ver un atisbo de sonrisa. Hace un gesto con la cabeza para indicarme que mire, y veo que pulsa un botón sobre una llave cromada de última tecnología. El vapor empieza a ascender inmediatamente por encima de su cabeza—. Agua hirviendo instantánea.

Pongo los ojos en blanco y apoyo las manos en mi regazo.

—Qué ordenado —murmuro con aire burlón—. Seguro que te measte encima de la emoción cuando te enteraste de que lo habían inventado.

Frunce los labios en un intento de contener una sonrisa.

—Es una idea magnífica, ¿no te parece?

—Sí, para los maniáticos obsesivos como tú, que odian el desorden, es perfecto.

—No es necesario que te pongas insolente.

Cierra la llave e inmediatamente saca un trapo de debajo del fregadero para secar las gotas de agua que su pequeña demostración ha dejado atrás. No me pasa desapercibido que no ha replicado a mi referencia al trastorno obsesivo-compulsivo, y no me molesto en decirle que sí es necesario que me ponga insolente, prefiriendo provocarlo un poco más.

—Estoy orgullosa de ti —le digo mientras le echo un vistazo a toda la cocina con interés, consciente de que me estará observando con curiosidad.

—¿En serio?

—Sí. Me has colocado en tu encimera, haciendo que ahora esté un poco menos ordenada, y te expusiste a algunos riesgos. —Vuelvo a fijar la vista en su figura inquisitiva y desnuda.

—Soy bueno evaluando y minimizando riesgos. —Da unos pasos hacia mí, y su mirada se vuelve sedienta—. Pero necesito saber cuáles son los riesgos para poder hacerlo.

—Tienes razón —digo asintiendo y obligándome a no mirar más debajo de su cuello. Detecto por su mirada ardiente que se está poniendo duro. Si miro, me rendiré, y me lo estoy pasando demasiado bien provocándolo—. Te diré cuál es el riesgo.

421

—Hazlo, por favor —susurra con voz grave y seductora.

Se me erizan los pezones.

Me quito lentamente la camiseta, apoyo las piernas desnudas sobre la encimera y me tumbo boca arriba, con todo el cuerpo estirado sobre la superficie de mármol. Me cuesta permanecer relajada teniéndolo desnudo y tan cerca, y me cuesta todavía más cuando siento el frío mármol en mi piel. Sofoco un grito de la impresión y giro la cabeza a un lado para verlo.

Está sonriendo, y eso hace que expulse todo el aire almacenado en mis pulmones rápidamente para igualar su felicidad.

—A mí esto no me parece ningún riesgo. —Sus ojos descienden desde mi cara hasta los dedos de mis pies y ascienden por todo mi cuerpo de nuevo. La lujuria que veo en su mirada me golpea entre las piernas como una maza. Me retuerzo ante la evidente intención que exuda cada poro desnudo de su cuerpo—. Me parece más bien una oportunidad.

Atrapo mi labio inferior entre los dientes y sigo los pasos que le faltan para llegar hasta mí con la mirada.

—Levanta las piernas —me ordena suavemente, y su instrucción hace que la presión de mis dientes aumente sobre mi labio—. Ahora, Olivia. —Ese tono autoritario es suficiente.

No siento vergüenza, ni reticencia, ni pudor. Elevo las rodillas hasta que apoyo las plantas de los pies sobre la encimera. La idea de su tacto inminente me consume. Estoy vibrando de la cabeza a los pies. Desliza los dedos por la parte superior de mis pantis y me las quita bajándolas poco a poco por mis muslos. Me da un toque para que levante los pies cuando llega hasta ellos. A continuación dobla pulcramente la pequeña prenda de algodón y la deposita con cuidado a un lado antes de colocar las manos sobre mis muslos y separármelos. Trago saliva y cierro los ojos, aguardando su siguiente movimiento.

—¿Con los dedos o con la lengua?

—Me da igual —exhalo entre gemidos entrecortados. Cualquier cosa está bien—. Pero tócame ya.

—Pareces desesperada.

—Lo estoy —admito sin ninguna vergüenza.

Me tienta hasta volverme loca de deseo y desesperación y entonces me tortura con sus artes de idolatría. Es una sensación insoportable y maravillosa a la vez.

—Con los dedos —decide, y tienta mi entrada acariciando con el pulgar mi carne caliente. Arqueo la espalda con violencia y lanzo un grito—. Así puedo besarte si quiero.

Abro los ojos y veo que está apoyado sobre un brazo encima de mí, con el rostro sobre el mío, y con su mechón rebelde sobre la frente. Permanezco quieta y soporto la agonizante espera hasta que vuelva a tocarme mientras él observa mi rostro. Y entonces sucede, y levanto la cabeza sin pensar para atrapar sus labios. Sólo me ha introducido medio dedo, y mis ansiosos músculos hacen todo lo posible para aferrarse a él, tensándose fuertemente, pero él lo saca y separa nuestras bocas. Gimo con desesperación y apoyo la cabeza de nuevo sobre la encimera mientras jadeo y me retuerzo.

—Tú no estás al mando, mi dulce niña —me advierte con petulancia, lo que despierta de nuevo mi impaciencia.

—Siempre dices que harás todo lo que yo quiera. —Uso su propia promesa en su contra, aunque sé perfectamente que no se estaba refiriendo a los actos sexuales.

—Coincido. —Acerca los labios a los míos todo lo posible sin llegar a tocarlos—. Pero no me has dicho qué es lo que quieres.

—A ti —respondo sin vacilar.

—A mí ya me tienes. Dime qué quieres que te haga —contesta él a la misma velocidad, haciendo que me ruborice al captar su intención. ¿Quiere que le dé instrucciones?—. Vamos, Livy. Considéralo como una norma de procedimiento para asistir nuestra evaluación y reducción de riesgos.

Su tono destila un aire burlón que hace que me ruborice todavía más, pero despierta mi descaro. De modo que, tras una larga inhalación de oxígeno para aumentar mi confianza, localizo ese descaro y me aferro a él con las dos manos para asegurarme de que no desaparezca.

—Penétrame —digo.

—¿Con qué? —pregunta socarronamente.

—Con los dedos —exhalo, viendo al instante que no sólo quiere instrucciones. Quiere que le dé órdenes exactas, paso por paso.

—Ah, ya entiendo —responde ocultando lo mucho que lo divierte esto y bajando la mirada hacia la mano que mantiene suspendida sobre mis muslos—. ¿No debería comprobar antes tu... —frunce los labios y piensa durante un segundo— estado?

¡Maldito sea! Estoy gruñendo de necesidad, y mis dedos se disponen a hacer el trabajo como él no se ponga a ello pronto.

—¡Miller, por favor!

Me sumo en la oscuridad, cerrando los ojos con desconsuelo. Estoy al borde de la desesperación, y la presión entre mis piernas empieza a latir con ansia.

—Céntrate, Livy.

Me separa las piernas de nuevo cuando intento cerrarlas para contener las pulsaciones.

—¡Me lo pones muy difícil! —grito sacudiendo el cuerpo.

Apoya sus dos grandes palmas contra mis hombros para sostenerme en el sitio. Abro los ojos y lo tengo pegado a mi nariz, con un resplandor triunfante en sus profundos y satisfechos ojos azules. Levanto la mano, me aferro a su pelo y tiro de él con frustración.

No causa ningún efecto. Aparta mis dedos de sus oscuras ondas y me coloca la mano en el vientre mientras me la aprieta levemente con una expresión de advertencia en su rostro serio.

—Me encanta tu descaro —susurra con los labios suspendidos sobre los míos, tentándome, y aunque sé que no va a recompensarme con un beso de infarto, mi cuerpo responde y se eleva en vano intentando atraparlos de todos modos.

—¿Quieres saborearme? —farfulla, permitiendo únicamente una ligera fricción entre nuestras bocas y denegándome el contacto pleno—. ¿Quieres saborearme y perderte en mí para siempre?

—¡Sí! —Mi frustración aumenta y él continúa negándome el contacto que le estoy exigiendo.

—¿Recuerdas quién puede saciar esta inexorable necesidad?

—Tú —gimo mientras me retuerzo con el breve contacto de sus dedos en mi abertura.

Se aparta de mí rápidamente, y su expresión de santurrón se transforma en otra cosa. No sé muy bien en qué, pero sólo puedo compararla con la gloria. Parece como si hubiera encontrado oro. Para cualquier otra persona, su rostro parecería totalmente inexpresivo, pero para mí expresa un millón de palabras de felicidad. Miller Hart está feliz. Está satisfecho. Y sé perfectamente que eso no le había sucedido en la vida.

—No quiero ser sólo el hombre que te proporciona orgasmos que te dejan sin sentido.

Esa afirmación interrumpe mi placer y mis reflexiones, y al instante advierto que la felicidad ha desaparecido de sus ojos. Estoy muy confundida.

—Siempre dices eso —respondo en voz baja, relajándome ante su incertidumbre.

Me he jurado hacer que se sienta como algo más que una máquina del placer andante y parlante, pero él parece satisfecho con las alabanzas que obtiene de mí cuando lo hacemos. De hecho, lo exige, calentándome hasta volverme loca y regodeándose en mis súplicas. Se lo merece, carajo, merece una medalla, pero nunca me había planteado que a lo mejor hago que se sienta utilizado. Le gusta que le suplique que me toque. Hace que se sienta deseado. Necesitado.

Me muero por dentro al considerar la terrible idea de que les diga esa misma frase a todas las mujeres con las que ha estado. ¿Les suelta esas palabras cautivadoras a todas? Probablemente sí. Es su trabajo. ¿Hace que se sientan tan bien como me hace sentir a mí? Sé que sí.

Miller se vuelve taciturno en el calor del momento, y arde de deseo armado con un cinturón y una cama con dosel.

—¿Muestras tanta pasión a todas las mujeres con las que has estado?

Mi propia pregunta me toma por sorpresa, principalmente porque sólo pensaba meditar sobre ella en silencio. Mi subconsciente anhela una respuesta.

—Todo lo que obtienes de mí me sale de manera natural, Olivia Taylor. Nunca antes me había sentido fascinado por nadie. Nunca me había entregado por completo a nadie. A ti te lo doy todo. Todas y cada una de las partes de mi ser. Y rezo cada segundo del día para que no pierdas la fe en mí, aunque yo sí lo haga. —Presiona los labios con ternura contra los míos y los deja así durante lo que me parece una eternidad, infundiéndome fuerza e intensificando mi amor por él—. Mantenme en este magnífico lugar de luz a tu lado. —Me suelta y me mira con ojos suplicantes—. No dejes que vuelva a caer en la oscuridad, te lo suplico.

Asimilo sus palabras, inmovilizada bajo su clara mirada azul. Oír cómo reafirma sus sentimientos y se expresa tan bien debería llenarme de alegría, pero no me pasa desapercibida la parte negativa de su afirmación: «Aunque yo sí lo haga».

Soy perfectamente consciente de las últimas acciones de Miller. Determinadas palabras provenientes de la gente equivocada podrían volver a sumirlo en la oscuridad, y sólo mi fuerza puede sacarlo de ella de nuevo.

—Acaríciame —ordeno con ternura—, con los dedos. —Le agarro la mano y la guío hasta el lugar donde se unen mis muslos—. Después métemelos y sácamelos con suavidad.

Asiente sin mediar palabra y apoya la mano sobre la encimera mientras inicia sus caricias. Me quedo sin aliento.

—Deja que te saboree —susurra acercando el rostro al mío.

Mi respuesta es automática, instintiva. Levanto la cabeza y sello nuestras bocas con un gruñido mientras rodeo su cuello con los

426

brazos. Todos mis músculos se preparan y se tensan, y separo un poco más los muslos para facilitarle la tarea. Me acaricia con movimientos medidos y relajados. Desliza dos dedos por mi sexo y presiona de manera deliciosa. Apenas si puedo respirar, y mi beso se vuelve cada vez más intenso conforme aumenta mi placer.

Sofoco un grito mientras chupo su labio inferior antes de apoyar la cabeza sobre el banco de la cocina.

Tiene la mirada perdida, y su respiración agitada iguala la mía mientras mantiene el constante movimiento de sus dedos sobre mi sexo palpitante.

—Carajo, Olivia.

Deja la cabeza colgando cuando por fin atraviesa el umbral de mi entrada con los dedos, ejerce más presión sobre sus caricias y se introduce en mí exhalando un suave gemido.

Elevo el pecho con un grito delirante.

—¡Miller!

—¡Carajo! Me encanta oír cómo gritas mi nombre.

Saca los dedos y vuelve a metérmelos de nuevo. La intensidad de sus movimientos no sólo la delatan mis incesantes gritos y gemidos, sino también la tensión de su rostro. Combato la apremiante necesidad de cerrar los ojos con fuerza, desesperada por perderme en un oscuro placer, pero más aún por mirarlo. Sus adictivos ojos, nublados por el deseo, son una visión maravillosa, pero me siento obligada a renunciar a ella cuando se inclina y atrapa mi erecto pezón con el calor de su boca. Eso me provoca una sobrecarga sensorial y empiezo a temblar.

—¡Carajo!

Mis manos aplican presión en su cabello y lo empujo contra mi pecho. Mis caderas comienzan a elevarse para recibir el bombeo de sus dedos. Todas mis terminaciones nerviosas vibran de manera incontrolada, sacudo la cabeza y pierdo la razón. Empiezo a sentir que se aproxima el clímax. El placer que domina mi ser se concentra en un punto, listo para estallar. Y, con un mordisco en el pezón y una pequeña rotación de sus fuertes dedos dentro de mí, sucede.

El mundo deja de rodar sobre su eje. La vida se detiene. La mente se me queda en blanco. Oigo un gruñido distante y, cuando he superado la primera descarga de placer, dejo caer la cabeza a un lado agotada. Abro los ojos y veo a Miller sobre mí, mirándome mientras continúa acariciándome suavemente entre las piernas hasta que me recupero. Su gruesa erección late y se eleva orgullosa desde su entrepierna.

No digo nada, principalmente porque no tengo energía, aunque sí tengo la suficiente como para alargar el brazo y agarrarlo. Deslizo el pulgar por su cabeza hinchada para extender la gota de semen que emana de la punta. Miller sisea y los músculos de su pecho se tensan con fuerza al sentir mi tacto. Su sexo late incesantemente, y veo cómo su corazón golpea en su pecho. Basta con que deslice la mano contraída alrededor de su miembro para llevarlo al límite. Me aparta la mano de en medio y eleva el resto de su férrea longitud hasta mi vientre, gruñendo y meneando la cabeza mientras se viene encima de mí. La calidez de su esencia me cubre y hace que mi cuerpo se relaje de nuevo sobre el mármol con un suspiro de satisfacción. Estoy flotando en un mundo mágico de perfección.

—¿Tienes sueño?

Su voz grave me acaricia los oídos y murmuro mientras cierro los ojos. Saca la mano de entre mis muslos y la apoya sobre mi vientre. Entonces extiende su leche por todas partes, hasta mis tetas y por mis piernas. Estoy cubierta. Y no puede importarme menos. Se inclina y me besa los labios, animándome a abrirlos para él. Dejo que colme mi boca con sus atenciones. Podría quedarme dormida aquí mismo, sobre la sólida encimera.

—Vamos. —Tira de mí para incorporarme y se coloca entre mis piernas separadas sin interrumpir nuestro beso. Me apoya los brazos sobre sus hombros, me agarra del trasero y me levanta—. Ayúdame a preparar el desayuno.

—¿En serio? —espeto.

Él se vuelve y me mira confundido.

La encimera, la ropa... yo. Y ¿ahora quiere que lo ayude a preparar el desayuno en su perfecta cocina, donde las tareas se llevan a cabo con precisión militar? No estoy segura de estar preparada y, sinceramente, interferir en sus hábitos obsesivos hasta ese punto me asusta un poco.

—No le demos demasiada importancia —me advierte.

Pero es importante. Tremendamente importante.

—Prepáralo tú —le digo, sintiéndome algo abrumada. Ya me ha dado bastante. No quiero forzar las cosas.

—No te librarás tan fácilmente. —Me besa la mejilla para infundirme seguridad, me deja en el suelo y me da la vuelta de manera que mi espalda queda pegada a su pecho. Luego apoya la barbilla sobre mi hombro—. Pero antes, vayamos a lavarnos un poco.

Me empuja hacia adelante con las manos sobre mi vientre y me guía hasta que estamos delante del fregadero y abre la llave. Humedece una toalla, vierte en ella un poco de detergente líquido y me la pasa por delante. Después se arrodilla para limpiarme las piernas. Me esfuerzo por no echar la cabeza atrás y gemir pidiendo más.

Después de lavarnos las manos juntos, se inclina sobre mí y limpia el fregadero mientras yo lo observo sonriendo.

—Al refrigerador —murmura, y me empuja suavemente hasta que estamos delante de las enormes puertas de espejo. La desnudez de Miller está oculta, pero la mía no—. Qué vista. —Me da un mordisquito en el hombro, con los ojos fijos en los míos, y desliza la mano por mi estómago hasta mi entrada. Contengo el aliento y pego la mejilla a un lado de su rostro, retorciéndome—. Eres tan cálida y apetecible —susurra, y entonces lame la marca del mordisco que me ha dado en el hombro y extiende mi humedad con cuatro dedos. La deslizante fricción sobre los nervios de mi clítoris me obliga a gemir mientras observo cómo se nublan sus ojos—. Mi dulce niña sigue palpitando.

Pego el trasero a su entrepierna, lo que provoca que Miller imite mis sonidos de éxtasis.

—Querías darme de comer —le recuerdo, estúpida de mí. Prefiero mil veces su veneración a la mundana tarea de comer.

—Correcto, pero no puedo prometer que no vaya a aprovechar al máximo tu tentador estado mientras preparamos el desayuno.

Entonces comienza a trazar círculos alrededor de mi clítoris lentamente, acelerando la pulsación.

«¡Que Dios me ayude!»

—Miller. —Cierro los ojos brevemente, me aparto y mi cuerpo se dobla sobre sí mismo para escapar de su tacto inconcebiblemente habilidoso.

Él pega la boca a mi oreja.

—Puede que a partir de hoy adopte la costumbre de preparar nuestras comidas con mi hábito pegado a mi pecho.

Si lo hace de verdad, puede que no volvamos a comer jamás. Mi necesidad por él es mi perdición, y me dispongo a darme vuelta.

Pero no voy a ninguna parte.

—Nada de eso. —Pega la mano contra la suave piel de mi vientre y sus dedos ascienden lentamente hasta que descansan sobre la comisura de mi boca. Nuestras miradas se encuentran mientras extiende mi propia humedad por mis labios—. Lámelos.

Aunque su orden debería hacer que me negara tímidamente, lo que hace es multiplicar mis ansias. Obedezco y le lamo muy despacio los dedos mientras él me mantiene donde estoy, más con sus ojos sedientos que con la mano con la que me agarra firmemente.

—Está rico, ¿no te parece?

Asiento, pero me inclino más a pensar que la carne que está debajo de la humedad sabe mejor.

—Ya basta por ahora. —Retira los dedos y desliza las manos por debajo de mis brazos hasta que alcanza las mías—. Esto podría llevarnos algo de tiempo.

430

—Sólo si no mantienes las manos quietas —respondo en voz baja, deseando no tener que ir a trabajar para que pudiéramos estar preparando el desayuno todo el día.

Eleva nuestras manos y entrelaza nuestros dedos para que abramos la nevera juntos.

—Tú no querrías que lo hiciera, así que esta discusión no tiene sentido.

—De acuerdo.

El refrigerador de Miller se abre y veo los estantes de comida perfectamente organizada. Principalmente hay fruta o algo igual de sano y agua embotellada. Acerca nuestras manos a la cesta de fresas, y yo sonrío.

—¿Vamos a desayunar chocolate?

—Eso sería tremendamente poco saludable.

—¿Y?

Me mordisquea el lóbulo de la oreja mientras saca la fruta del refrigerador.

—Desayunaremos fresas con yogur griego.

—No suena tan apetecible —protesto, y seguro que también es *light*.

Me ignora, y la línea recta de sus labios me indica que deje de quejarme sin la necesidad de emitir una advertencia verbal. Un leve toque de sus caderas sobre mis lumbares seguido de sus pasos hacia atrás hace que mis pies retrocedan imitando sus pies y alejándonos del reflejo de las puertas del refrigerador. Sus ojos están fijos en los míos, me abrasan la piel desnuda, y permanecemos así hasta que se ve obligado a darnos la vuelta. Avanzamos por la cocina como si fuéramos uno. Sacamos una tabla de cortar de un armario, dos cuencos de otro, un escurridor de un tercero y, finalmente, un cuchillo de un cajón antes de colocarlo todo en perfecto orden sobre la encimera. Nuestras manos trabajan unidas, aunque es Miller quien instiga cada movimiento. Yo me dejo llevar alegremente porque así no puedo hacer nada mal. Tararea su dulce melodía en mi oreja distraídamente. Parece muy tranquilo, cosa que me llega al alma. Está feliz y contento, como si el hecho de que yo prepare el desayuno como él quiere y siga sus pasos fueran lo más maravilloso del mundo. Y es posible que lo sea para Miller. Me ayuda a levantar el cuchillo y me cubre la mano con la suya mientras toma una fresa y la coloca en la tabla de cortar. Entonces guía mi mano para elevar el cuchillo y apoya el filo en la parte superior para quitarle el rabito. Deja el trozo cortado en una esquina, parte el fruto rojo y carnoso por la mitad y me da un cariñoso beso en la mejilla antes de meter los trozos en el escurridor.

—Perfecto —me elogia, como si él no hubiese participado en la cadena de movimientos precisos que acabamos de realizar.

Sin embargo, eso hace que el mundo perfecto de Miller siga girando sobre su eje perfecto, de modo que le sigo la corriente con gusto. Toma otra fresa, manteniendo la barbilla sobre mi hombro. Decir que la cercanía de su constante respiración en mi oreja mientras tararea es reconfortante es quedarse corta. Esto debe de ser lo más cerca que uno puede estar del cielo mientras sigue en la tierra.

—He pensado que hoy podrías quedarte conmigo —dice en voz baja, guiando mi brazo hacia la fresa.

Una leve presión de mi mano parte la carne y revela su jugoso interior, que hace que se me haga agua la boca. No se me ocurriría cometer la estupidez de robar un pedazo, no bajo la vigilancia de mi maniático Miller, de modo que me quedo boquiabierta cuando veo que agarra una de las mitades y se la lleva a la boca. Frunzo el ceño y sigo su dirección. Me distraigo momentáneamente al ver cómo abre lentamente los labios antes de introducir el pedazo entre ellos. Aunque sólo momentáneamente. El enfado me saca de mi embelesamiento.

—Eso es...

No consigo seguir objetando. La boca de Miller me acalla. Mastica y el jugo inunda nuestro beso, convirtiéndolo en el más sabroso del mundo. Miller y fresas...

—Mmm —murmuro de placer mientras el zumo de la fruta resbala por mi barbilla.

—Coincido —susurra, e interrumpe nuestro beso para lamerme el hilo de humedad, cumpliendo así su papel autoimpuesto de limpiar nuestro desastre. Puede que esto le proporcione placer, pero en cierto modo sigue siendo una forma de ordenar, por lo que no es de extrañar que se preste voluntario para hacerlo.

—Hoy tengo que ir a trabajar —murmuro bajo su penetrante mirada.

Estoy caliente, y pasar un día entero encerrada en el apartamento de Miller, apartada del mundo, es algo imposible de resistir, pero no puedo faltar al trabajo otra vez.

Me besa la nariz con un suspiro de conformidad. De demasiada conformidad.

—Lo entiendo, pero prométeme que no irás por ahí tú sola. —Su ruego transforma mi sensación de felicidad y comodidad en preocupación. Me están siguiendo—. Yo te llevaré y te recogeré.

—¿Cuánto tiempo esperas tener que hacer de chaperón? —pregunto.

Aunque estoy más que preocupada por las revelaciones de una sombra indeseada, también entiendo que Miller no puede cuidar de mí eternamente.

—Sólo hasta que establezcamos de quién se trata y por qué lo hace. —Vuelve a apoyar la barbilla en mi hombro y a cortar las fresas.

—¿Establezcamos, quiénes?

Noto que vacila unos segundos antes de contestar.

—Tú y yo.

Me pongo recelosa. Detesto estarlo. El recelo es algo peligroso, y también despierta mi curiosidad. Detesto la curiosidad, probablemente más que el recelo.

—No puedo decidir nada a menos que me proporciones información, cosa que no vas a hacer, de modo que sólo tú puedes tomar las decisiones.

—Bueno, así es como debe ser —dice de manera casual, lo que acrecienta mi recelo y mi curiosidad—. No quiero que tu preciosa cabecita se preocupe por ello —afirma mientras corta otra fresa con el cuchillo y me besa en la sien—. Vamos a dejar el tema aquí.

—¿Dónde? —pregunto poniendo los ojos en blanco. Acaba de ponerme en mi sitio, más o menos, pero no puedo evitar mostrarme sarcástica.

—No es neces...

—Miller. —Suspiro—. ¡Relájate!

Por cada paso que damos hacia adelante, retrocedemos un millón.

—Estoy muy relajado. —Presiona la entrepierna contra mis lumbares y me muerde el cuello, haciendo que me retuerza y me ría, y de este modo contradice mi anterior pensamiento.

—¡Para! —grito riéndome.

—Jamás.

Pero sí que para, y yo dejo de reírme al instante también, irguiendo la cabeza para escuchar.

—¿Eso fue el timbre? —pregunto intrigada. Nunca antes había oído el sonido.

—Creo que sí. —Miller parece tan interesado como yo.

—¿Quién será?

—Bueno, vamos a averiguarlo.

Me quita el cuchillo de la mano y lo coloca en paralelo con la tabla de cortar antes de soltarme. Después, ordena la encimera con premura pero con exactitud y recoge mis pantis dobladas y mi camiseta.

Me toma de la mano y recorre el apartamento velozmente. Llegamos a su dormitorio en un santiamén. El timbre suena de nuevo y él masculla entre dientes algo sobre el alboroto. Se pone un bóxer negro limpio, saca los montones de camisetas negras de su cajón y empieza un nuevo montón; comienza a girar cada una de las malditas camisetas mientras el timbre suena de fondo con insistencia.

Yo permanezco callada y observo cómo se inquieta cada vez más mientras se pone la camiseta. Me toma las manos y me besa los nudillos.

—Date un baño.

Me besa la frente y desaparece, dejándome plantada en medio de su vestidor, con la curiosidad como única compañera. Me carcome por dentro, y no estoy preparada para quedarme sola y volverme loca, de modo que me pongo las pantis y una camiseta y sigo a Miller en silencio mientras sus largas y fuertes piernas recorren rápidamente el trayecto hasta el recibidor.

Miller abre la puerta de entrada con violencia, una violencia que parece multiplicarse por mil cuando ve a quien sea que se encuentra al otro lado. No veo nada; la alta constitución de Miller me bloquea la visión, pero a juzgar por la frialdad que emana de su exquisito físico, no queremos ver a esa persona.

—Lárgate ahora mismo o quédate y concédeme el placer de que te parta todos los huesos del cuerpo.

El odio que destila su tono es profundo. Aterrador. ¿Quién es? Veo que la espalda de Miller se agita, y casi empieza a salirle humo por las orejas. Va a perder los estribos en cualquier momento. Mierda, ¿no ha escuchado nada de lo que hemos hablado? Simplemente no puede controlarlo.

—Me quedaré.

Mi corazón se acelera al oír la voz de ese hombre. ¿Ha venido a buscarme? Miller cierra los puños con fuerza, lo que hace que se le hinchen las venas de los brazos. Mierda, se está preparando para atacar. Me acerco, dividida. ¿Intervengo o me quedo al margen?

—Como quieras —responde Miller como si nada, como si no estuviera decidido a asesinar a nuestro invitado.

—Lo que quiero es que desaparezcas para que mi chica pueda pensar por sí misma sin tu influencia.

Miller da un paso adelante. Es amenazador, y es lo que pretende. Mi ansiedad aumenta, así como mi ritmo cardíaco.

—Voy a decirlo sólo una vez —advierte con el puño cerrado—. Nunca he hecho que Olivia haga nada que no quiera hacer. Su sitio está conmigo. Ella lo sabe. Yo lo sé, y tú deberías asimilarlo también. Si yo voy a alguna parte, ella viene conmigo.

Reúno el valor y me acerco hasta Miller. Deslizo la palma por su espalda antes de sortearlo y colocar mi cuerpo delante del suyo. Un ojo morado, una mejilla magullada y un labio partido me reciben.

—Gregory —digo nerviosa, sintiendo las preocupantes vibraciones de Miller. Está rígido contra mi espalda—. ¿Estás bien?

Sus ojos marrones se suavizan ante mi presencia, y su expresión se torna casi de alivio.

—De maravilla —bromea al tiempo que le lanza una mirada asesina a Miller—. Tenemos que hablar.

Una fuerte mano me agarra de la nuca y empieza a masajearme. Si es un intento de aliviar mi ansiedad, fracasará estrepitosamente. Es un torbellino que me inunda de manera incontrolada. Nada conseguirá reducirla, y mucho menos eliminarla.

—Habla, entonces —ordena Miller.

—A solas —sisea Gregory, erradicando cualquier esperanza que pudiera albergar de que había venido a solucionar las cosas con Miller. Me siento impotente.

—El infierno se congelará antes de que deje a Olivia a solas contigo.

—¿Temes que te abandone?

—Sí. —Su respuesta rápida y brutalmente sincera me deja perpleja, y es evidente que a Gregory también, porque no replica.

Los ojos de mi amigo me absorben durante unos momentos hasta que encuentra algo que decir.

—¿Quieres hablar conmigo a solas? —dice, y su pregunta hace que se me tensen todos los músculos del cuerpo.

Quiero hacerlo. No tengo miedo de lo que pueda decir ni de que intente convencerme de que deje a Miller, cosa que probablemente haga. Estaría perdiendo el tiempo, y Gregory ya debe de haberse dado cuenta a estas alturas. Ya ha recibido dos palizas por entrometerse, dos palizas importantes. No creo que quiera una tercera.

—¿Y bien? —dice al ver que sigo en silencio, pensando en cómo manejar la situación. O en cómo manejar a Miller.

Mi rostro inexpresivo mira de repente a Miller cuando éste me da media vuelta. La ira y el estrés han desaparecido, y sus ojos están claros y preocupados.

—¿Quieres pasar un momento a solas con tu amigo?

Me quedo de piedra, totalmente atónita. Asiento, incapaz de articular palabra debido a mi asombro. Miller asiente también, exhala un largo suspiro y me besa en la nariz mientras su palma acuna mi nuca. ¿Está preparado para darle a alguien la oportunidad de interferir?

—Voy a darme un baño —dice tranquilamente—. Tómate el tiempo que necesites.

Su extraña actitud me ha tomado por sorpresa, y sé que a Gregory también. Prácticamente puedo oír su estupefacción a través de los latidos de su corazón. Me dispongo a asentir de nuevo, pero entonces pienso en lo violento que debe de sentirse Gregory en el apartamento, y yo también, en realidad. Con Miller al acecho, listo para atacar en cuanto lleguen a sus oídos palabras que desapruebe, no conseguiré relajarme.

—Iremos a la cafetería —digo, menos segura de lo que me habría gustado. Se me cae el alma a los pies cuando veo que Miller empieza a negar con la cabeza con preocupación—. Estaré con Gregory —añado con ojos suplicantes pero con pocas esperanzas de convencerlo. Mi amigo debe de estar preguntándose a qué viene todo esto. No puedo contarle lo de mi perseguidor, no después de todo lo que ha pasado—. Por favor. —Dejo caer los hombros, abatida.

Los sentimientos encontrados que lo invaden se reflejan claramente en su rostro.

—De acuerdo —accede a regañadientes, y me quedo tan asombrada que casi me caigo de sentón. A continuación aparta sus ojos cálidos de los míos y se endurecen cuando se posan sobre Gregory—. Confío en que la protejas con el mismo cuidado y atención que yo.

Casi me atraganto y me quedo mirando su rostro perfecto y serio con la boca abierta, sabiendo que Gregory lo estará mirando con la misma cara. La verdad es que no ayuda en nada a su causa. Yo lo entiendo. Lo comprendo. Veo más allá de su postura estirada y oigo más allá de sus confusas palabras. Pero los demás, no.

—¿Qué? —pregunta Gregory con una mezcla de diversión y absoluta exasperación en su tono.

Miller se crispa y entorna los ojos.

—No me gusta repetirme.

—¡Mierda! —Mi amigo se echa a reír—. ¿De dónde carajos sacaste a este pendejo?

—¡Greg! —exclamo dándome la vuelta y retrocediendo hacia el pecho de Miller para evitar lo inevitable.

—¡Es que esto es muy fuerte!

—¡Fuerte va a ser la paliza que te voy a dar! —espeta Miller atravesando con la mirada a mi ya molido amigo.

—¡Basta! —grito levantando las manos violentamente—. Por favor..., ¡ya basta!

Quiero decir un millón de cosas, tanto a Gregory como a Miller, pero, ante el riesgo de complicar aún más la situación, respiro hondo para tranquilizarme y cierro los ojos para reunir algo de paciencia.

—Gregory, espérame en la cocina —digo señalándola—. Miller, tú ven conmigo. —Lo agarro de la mano y empiezo a tirar de él—. ¡Tardaré diez minutos! —grito por encima del hombro sin darles a ninguno de los dos la oportunidad de protestar.

No voy a dejarlos a solas. Acabaría encontrándome un charco de sangre y huesos.

—Te esperaré en el pasillo —espeta Gregory, y cierra dando un portazo tan fuerte que tiemblan las paredes del apartamento.

Miller empieza a farfullar y me obliga a detenerme.

—¿Acaba de cerrar de un golpe mi puta puerta? —Sus ojos se tornan feroces y se dispone a volverse con un gesto descompuesto de disgusto—. ¡Acaba de cerrar de un golpe mi puta puerta!

—¡Miller! —grito plantándome delante de él—. ¡Al dormitorio! ¡Ahora! —Se me ha agotado la paciencia y me siento tan furibunda que el calor se me ha subido a la cara. Ahora está siendo quisquilloso porque sí—. ¡Que no tenga que repetírtelo! —Estoy temblando. He llegado a mi límite con esos dos bulldogs, que dejan que su ego les impida ver lo que realmente importa: ¡yo!—. ¡Voy a tomarme un café con Greg!

—Bien —dice malhumorado—, pero si alguien te ha tocado un solo pelo para cuando vuelvas, no respondo por mis actos.

—Estaré bien.

¿Qué cree que me puede pasar?

—Más le vale asegurarse de ello —resopla.

«¿Qué?»

—¡Pareces un imbécil engreído!

—Olivia. —Se inclina y pega la nariz a la mía con los ojos brillantes de fervor, mientras que los míos irradian frustración—. Ya sabes lo que pienso de la gente que se entromete, y ya sabes cómo me siento cuando hacen que te sientas mal. Te juro que le partiré el espinazo si regresas con algún daño, ya sea físico o emocional.

Todo mi cuerpo se desinfla dramáticamente. Lo hago adrede, para que vea lo mucho que me frustra.

—No quiero que te quiebres la cabeza después. —Desliza la mano hasta mi nuca y tira de mí hacia adelante, reduciendo así el minúsculo espacio que separaba nuestras bocas y sellando nuestros labios.

—No lo haré —le prometo, dejando que disipe todo mi enfado. Eso lo tengo ya más que superado—. Y, después de todo lo que me has hecho pasar durante las últimas veinticuatro horas, Miller, voy a tomarme un café con mi amigo.

Frunce los labios contra los míos.

—Como gustes. —Después de esa declaración no tiene más remedio que aceptarlo. Me envuelve con los brazos y se aparta de mi boca para poder enterrar el rostro en mi pelo rubio y rebelde. Es como si supiera que «lo que más le gusta» puede infundirme algo de fuerza. Nunca falla—. Confío en tu fuerza, mi niña maravillosa.

Lo abrazo y dejo que él me estreche con fuerza. O con más fuerza todavía. Puede que me haya molestado mucho con lo que ha pasado desde que ha aparecido Gregory, pero mis fuerzas no han flaqueado. Jamás renunciaré a lo nuestro.

—Debería bañarme.

Me suelta y me retira el pelo por detrás de los hombros para poder verme la cara.

—No me prives de ti durante demasiado tiempo.

Sonrío y me aparto de él con ternura. Me dirijo a la regadera y me preparo mentalmente para otra sesión de intromisión por parte de mi mejor amigo.

CAPÍTULO 27

Salgo del apartamento de Miller y me encuentro a Gregory apoyado en la pared del pasillo, mirando su teléfono.

—Hola —digo, y cierro la puerta.

Levanta la vista y se aparta de la pared con una tensa sonrisa.

—Hola, muñeca.

Sólo con escuchar esas palabras me dan ganas de llorar.

—¿Qué nos ha pasado? —pregunto.

Gregory mira hacia la brillante puerta negra y después a mí.

—Que apareció ese tipo que detesta tu café.

—Es muchas más cosas que el tipo que detesta mi café —contesto tranquila—. Y sólo odió mi primer café, así que, técnicamente, ya no podemos seguir llamándolo así.

—Chupavergas.

—Eso está reservado para Ben. ¿Lo has visto últimamente?

Sus anchos hombros se ponen rígidos. Se siente culpable.

—No estamos aquí para hablar de mi desequilibrada vida sentimental.

Casi tropiezo como resultado de su osadía.

—Mi vida sentimental no está desequilibrada —replico.

—¡Relájate! —Se coloca delante de mí en dos pasos—. ¡Ese de ahí dentro —dice señalando la puerta de Miller— está desequilibrado, y te lo está pegando!

Me pongo a la defensiva y el rostro se me descompone de la rabia.

—No pienso escuchar esto.

441

Doy media vuelta y me dispongo a abandonar nuestra «charla» para ir a buscar el consuelo de mi desequilibrado, obsesivo-compulsivo, perseguido por sus demonios, posesivo, dolido, drogadicto, excélebre chico de compañía y caballero de medio tiempo. Es cierto que está algo desequilibrado, pero es mi Miller, con sus manías y sus problemas. Y lo amo.

—¡Olivia, espera! —Gregory me agarra del brazo con cierta brusquedad, pero me suelta en cuanto grito—. ¡Mierda! —maldice.

Me doy vuelta y me froto el brazo con el ceño fruncido.

—¡Contrólate!

Parece realmente nervioso.

—Perdona, es que no quería que te fueras.

—Pues dímelo.

Fija sus ojos marrones en mi brazo.

—Espero no haberte dejado ninguna marca. Me gustaría conservar intacto el espinazo.

Aprieto los labios para evitar sonreír ante su chiste mordaz.

—Estoy bien.

—Mierda, menos mal. —Se mete las manos en los bolsillos y baja la vista avergonzado—. ¿Empezamos de nuevo?

Siento un tremendo alivio.

—Por favor.

—Genial. —Levanta la vista con sus ojos marrones llenos de remordimiento—. ¿Damos un paseo y hablamos? No me siento cómodo criticando al tipo que odia tu café cuando está tan cerca.

Pongo los ojos en blanco, me agarro de su brazo y lo guío hacia la escalera.

—Vamos.

—¿Se ha averiado el elevador?

Me detengo al instante, extrañada ante mí misma. No me había dado cuenta de que estaba adoptando todos los hábitos obsesivos de Miller.

—No.

Gregory arruga la frente también mientras nos dirigimos al elevador y nos metemos en él en cuanto llega. Su rostro refleja temor, pero no estoy segura de si debo decírselo o preguntarle cómo está, ya que ambos estamos sonriendo ahora, de modo que pruebo algo completamente diferente.

—¿Qué tal el trabajo?

—Como siempre —mascula sin entusiasmo, cortando en el acto la conversación.

Me esfuerzo de nuevo.

—¿Tus padres bien?

—Estupendamente.

—¿Qué tal van las cosas con Ben?

—Regular.

—¿Ha salido del clóset?

—No.

Pongo los ojos en blanco.

—¿De qué hablábamos antes de que conociera a Miller?

Se encoge de hombros mientras la puerta se abre. Salgo primero y busco en mi mente en blanco algo de lo que hablar que no sea Miller y la inevitable intromisión que se avecina. No se me ocurre nada.

Saludo amablemente al portero con la cabeza y, haciendo caso omiso del reflejo del cuerpo de Gregory arrastrando los pies detrás de mí, empujo la puerta y emerjo a un soleado y fresco día londinense. Creía que el inmenso espacio abierto que me rodea me provocaría una sensación de libertad, pero no es así en absoluto. Me asfixio al pensar en el inminente interrogatorio de Gregory, y estoy desesperada por volver corriendo junto a Miller y obtener mi libertad a través de sus besos en su apartamento. A través de «lo que más le gusta». A través de él.

Me vuelvo, suspirando, y encuentro a Gregory con cierto aire incómodo detrás de mí. Es evidente que tampoco se le ocurre nada que decir o hacer. Ha insistido en charlar. Debe de tener cosas que decir y, aunque no deseo escucharlas especialmente, me gustaría que lo soltase ya y decirle que está perdiendo el tiempo... otra vez.

—¿Vamos a tomar café o no? —pregunto señalando la dirección de la cafetería.

—Claro —farfulla malhumorado, como si supiera que está a punto de malgastar saliva.

Se acerca a mí y empezamos a avanzar por la calle. Nos separa una distancia de al menos un metro y la incomodidad rellena ese espacio. Las cosas nunca habían sido así entre nosotros, y no estamos conversando, lo que me proporciona demasiado tiempo de reflexión silenciosa para preguntarme cómo hemos llegado a esto. Nuestra estúpida discusión en mi dormitorio aquel día fue motivo de preocupación, pero parece que la hostilidad entre Miller y Gregory ha disminuido, lo cual es sin duda algo positivo.

Cruzamos una carretera con bastante facilidad, ya que es bastante temprano, y seguimos caminando tranquilamente. Gregory toma aire constantemente para hablar, pero nunca llega a decir nada, y yo busco ansiosa una señal que me indique que estamos cerca de la cafetería. El malestar que nos oprime se está volviendo casi insoportable.

—Sólo dime qué le ves.

Gregory me detiene y yo abro y cierro la boca intentando buscar la mejor manera de explicarlo. En mi mente está clarísimo, pero cuando intento exteriorizarlo no me salen las palabras adecuadas. No tengo por qué justificarme ante nadie, pero de repente es muy importante para mí que Gregory entienda por qué sigo aquí.

—Todo. —Sacudo la cabeza, deseando que se me hubiera ocurrido algo mejor.

—¿Es porque es chico de compañía?

—¡No!

—¿Por dinero?

—No seas idiota. Sabes que tengo una cuenta en el banco repleta de dinero.

—¿Porque es intenso?

—Mucho, pero no tiene nada que ver con eso. No sería Miller si no tuviera sus problemas. Ese hombre es el resultado de la vida que ha tenido hasta ahora. Era huérfano, Gregory. Sus abuelos lo metieron en un orfanato de dudosa reputación y obligaron a su joven madre a volver a Irlanda, dejándolo atrás porque su existencia supondría una vergüenza para la familia.

—Eso no le da derecho a comportarse como un auténtico imbécil —mascula arrastrando las botas sobre el suelo de cemento bajo sus pies—. Todos tenemos problemas.

—¿Problemas? —exclamo indignada—. ¡Ser huérfano, indigente, sufrir de TOC y recurrir a la prostitución para sobrevivir no es un problema, Greg, es una puta tragedia!

Mi amigo abre los ojos como platos, y yo frunzo el ceño extrañada.

—¿Indigente?

—Sí, era indigente.

—¿Tiene un TOC?

—No está diagnosticado, pero es bastante evidente.

—¡¿Prostitución?! —grita con efectos retardados.

Soy consciente de mi error inmediatamente. Chico de compañía. No es necesario que Gregory sepa que Miller fue un prostituto común y corriente y, aunque no haya mucha diferencia, lo último resulta menos horrible. Lo cual es totalmente ridículo.

—Sí. —Elevo la barbilla, retándolo a hacer algún comentario, y pienso en lo que diría si añadiese lo de las drogas a la lista.

Mi estrategia fracasa a todos los niveles.

—¡Vaya, la cosa mejora! —Se ríe, pero es una sonrisa nerviosa—. Y estoy bastante seguro de que es un psicótico también, así que tienes un demente en toda regla.

—Él-no-es-un-demente —digo deteniéndome en todas las palabras con los dientes apretados, y siento que empieza a hervirme

445

la sangre—. Tú no lo ves cuando estamos solos. Nadie lo ve. Sólo yo. Sí, puede ser un estirado, y ¿qué más da si le gusta que las cosas estén de una manera determinada? ¡Ni que estuviera matando a alguien!

—Probablemente lo haya hecho.

Reculo disgustada. Las palabras se me acumulan en la punta de la lengua y en el cerebro, sin saber con cuáles empezar a insultar a Gregory.

—¡Vete a la mierda! —Me decanto por esta socorrida expresión y, una vez se la espeto a la cara, doy media vuelta y me dirijo de regreso al apartamento de Miller pisando con fuerza el pavimento.

—¡Livy, vamos!

—¡Lárgate! —No me volteo para mirarlo. Es posible que estalle si lo hago. Pero entonces me viene algo a la cabeza y doy media vuelta de nuevo—. ¿De dónde sacaste la tarjeta de Miller?

Se encoge de hombros.

—De esa morena que estaba en Ice la noche de la inauguración. ¡Esa que era ardiente!

«Cassie.»

Monto en cólera y la presión se acumula en mi cabeza. ¡Zorra! Acelero el paso, preocupada por mi creciente furia. Quiero golpear algo. Con fuerza.

—¡Ah! —grito con voz aguda cuando Gregory me levanta de pronto en el aire cogiéndome en brazos.

Cambia de dirección y cruza de nuevo la calle en dirección a la cafetería, haciendo caso omiso de mi mirada de incredulidad.

—Impertinente —dice simplemente—. Me alegra que te hayas mostrado tan perseverante.

La tensión acumulada desaparece de mi cuerpo y me relajo en sus brazos.

—Lo quiero, Gregory.

—Ya lo veo —admite a regañadientes—. Y ¿él te quiere?

—Sí —respondo, porque sé a ciencia cierta que es así. No lo dice directamente, pero es su manera de ser.

—¿Te hace feliz?

—Más de lo que te puedas llegar a imaginar, pero sería mucho más feliz si la gente nos dejara en paz.

Siento que mi amigo se desinfla bajo mi cuerpo suspendido con un suspiro. Se detiene, me deja en el suelo y me agarra de mis pequeños hombros.

—Nena, tengo una mala sensación. Es tan... —Hace una pausa, se lleva la mano a la frente y se la frota en un claro gesto de preocupación.

—¿Tan qué?

Arruga los labios y deja caer ambas manos a sus costados.

—Oscuro.

Asiento e inspiro hondo.

—Conozco todo lo oscuro que hay en él. Y yo lo lleno de luz. Lo estoy ayudando y, tanto si decides aceptarlo como si no, él me ha ayudado a mí también. Es el hombre de mi vida, Gregory. Jamás renunciaré a él.

—Vaya. —Mi amigo exhala y a continuación hincha las mejillas de aire—. Lo que estás diciendo es muy fuerte, Olivia.

Me encojo de hombros.

—Es la verdad. ¿Es que no lo ves? No me tiene presa ni me obliga a nada. Estoy ahí por voluntad propia y porque es donde tengo que estar. Espero que encuentres a la persona adecuada para ti algún día, y espero que te mueras por él tanto como yo por Miller. Él es especial.

Hago una mueca de dolor para mis adentros al darme cuenta de lo que acabo de decir, y a continuación alejo ese pensamiento de mi mente todo lo posible.

Siento una inmensa paz cuando veo la evidente expresión de asimilación de Gregory. No estoy segura de que lo entienda, y tal vez nunca lo haga, pero con que lo aceptara me bastaría para empezar. No espero que sean amigos del alma. No creo que Miller pueda tener una amistad así de intensa con nadie; no es una persona sociable. No encaja con la gente, y menos aún con los entrometidos. Pero lo mínimo que podrían hacer es comportarse de manera civilizada. Por mí, deberían hallar la manera de hacerlo.

—Lo intentaré —susurra Gregory casi a regañadientes, pero el corazón me da un brinco de alegría—. Si él está dispuesto a intentarlo, yo también.

Sonrío, probablemente sea la sonrisa más amplia que he esbozado jamás, y me lanzo a sus brazos haciendo que se tambalee con una pequeña risita.

—Gracias. Él también se preocupa por mí, Gregory. Tanto como tú. —Decido omitir que probablemente se preocupe más, porque sé que eso no ayudaría a mi causa.

No decimos nada más. Simplemente nos abrazamos con la energía de demasiadas semanas de tiempo perdido, hasta que por fin me separo victoriosa y eufórica. Su disposición, claro está, depende de que Miller acceda, pero no me cabe la menor duda de que lo hará. Mientras Greg prometa no interferir y dejar que sea feliz, todo irá bien. Beso su atractiva mejilla, me agarro de su brazo y nos damos vuelta para continuar con nuestro trayecto hasta la cafetería.

Entonces me quedo parada.

La sangre abandona mi cerebro y Gregory me sostiene con el otro brazo para que no me caiga.

—¿Livy? ¿Qué pasa?

No conozco el BMW blanco que está estacionado junto a la banqueta, pero no es el sofisticado vehículo lo que llama mi atención, sino la mujer que está apoyada en él, observándonos mientras se fuma un cigarrillo. Ya la he visto antes, y jamás olvidaré su rostro.

Sophia.

Viste una preciosa gabardina impermeable de color blanco polar como su coche. Tiene los labios pintados de rojo intenso, y su cabellera perfecta y recta está tan perfecta como la última vez que tuve el placer de verla. Siento náuseas.

—¿Livy? —La voz de preocupación de Gregory me devuelve a la realidad y arranca mis ojos de la expresión de superioridad dibujada en todo su rostro impecable—. Mierda, te has quedado blanca como la cal. —Me pone la mano en la frente—. ¿Vas a vomitar?

—No —respondo débilmente, considerando las altas probabilidades que hay de que lo haga.

Esa mujer despierta mis recelos más que ninguna de las otras de la vida de Miller con las que me he topado. Por una razón, y es que estaba en el apartamento de Miller en mitad de la noche. También estaba bebiendo vino, en casa, y esa idea no se me había pasado por la cabeza hasta ahora. Con ella hay algo diferente, y no me gusta. No me gusta nada. Después de arreglar las cosas con Gregory, lo que menos necesito es que me monte una escena, me suelte alguna advertencia o me menosprecie.

Intentando desesperadamente recomponerme, fuerzo una sonrisa y tiro del brazo de mi amigo.

—¿Vamos a llegar algún día a la cafetería?

—Me estaba preguntando lo mismo. —Sonríe y me sigue. Creo que no se ha dado cuenta de nada, aparte de que me haya dado un algo de repente.

Sophia podría fastidiarlo todo y, cuando oigo el sonido de unos tacones caros sobre el pavimento a mis espaldas, sé al instante que está a punto de hacerlo.

—Olivia, ¿no? —ronronea, lo que provoca que se tensen todos los músculos de mi cuerpo.

Tropiezo y cierro los ojos con fuerza con la esperanza de que, si finjo no oírla, tal vez se largue. Lo dudo mucho, pero por intentarlo que no quede. Continúo caminando. Gregory me está hablando, pero no escucho nada de lo que dice, sólo el murmullo distante de su tono en la distancia. A ella, en cambio, sí la oigo:

—¿O prefieres que te llamen «niña dulce e inocente»?

El corazón se me para en el pecho y mis pies dejan de pisar la acera. No hay escapatoria. Y, cuando Gregory mira por encima de su hombro con curiosidad, sé que estoy a punto de vivir una confrontación.

Me doy vuelta despacio y la veo a sólo unos pasos detrás de mí. Da una lenta fumada a su cigarrillo y me observa detenidamente.

—¿Puedo ayudarte? —pregunto con el tono más relajado y despreocupado que consigo expresar, sin molestarme en mirar y analizar la expresión de Gregory. Sé que será inquisitiva, y de todos modos yo no puedo apartar mi mirada recelosa de esa mujer altiva.

—Ehhh, creo que sí —responde, y tira la colilla de su cigarrillo a la cuneta—. Vayamos a dar una vuelta, ¿te parece? —Alarga el brazo hacia el BMW y, cuando miro, me encuentro al chófer sujetando la puerta abierta.

—¿Quién es esta? —pregunta por fin Gregory acercándose a mí.

—Sólo soy una amiga —dice Sophia respondiendo por mí, aligerando la presión de inventarme una respuesta consistente antes de que Gregory continúe sondeando. Sin embargo, no estoy segura de que su explicación haya funcionado.

—¿Livy? —Mi amigo me da un toque en el hombro para obligarme a volverme hacia él. Tiene las cejas enarcadas a modo de interrogación.

—Una amiga —farfullo débilmente mientras mi mente se apresura en calcular mi próximo movimiento.

No se me ocurre nada. Ella me ha llamado «niña dulce e inocente». ¿Miller ha estado hablando con ella sobre mí?

—No tengo todo el día. —Sophia interrumpe mis pensamientos con su impaciencia.

—No tengo nada que decirte.

—Pero yo tengo mucho que decirte a ti. Si es que Miller te importa lo más mínimo... —me suelta para provocarme.

Mis piernas me sorprenden transportándome automáticamente hacia el coche, incentivadas por sus palabras y por la posible información.

—¡Livy! —grita Gregory, pero no me doy la vuelta. No necesito verle la cara, y no necesito que me disuada de hacer algo que sé que podría ser tremendamente imprudente—. Olivia, ¿adónde vas?

Me vuelvo y veo que el chófer de Sophia intercepta a Gregory para evitar que venga a por mí.

Gregory lo mira con el ceño fruncido.

—¿Quién demonios eres tú? ¡Apártate de mi camino!

El chofer levanta la mano y la apoya en el hombro de Gregory.

—Sé inteligente, chico. —Su tono apesta a amenaza, y Gregory se asoma por encima de él, todavía frunciendo el ceño, con su atractivo rostro cargado de confusión.

—¡Olivia!

Empieza a forcejear con el conductor, pero es un hombre corpulento, amenazador.

Me meto en el coche. La puerta se cierra y, unos momentos después, la otra puerta trasera se abre y Sophia se acomoda en el asiento de piel. Debo de estar completamente loca. No me gusta esta mujer, y sé que no me va a gustar lo que tenga que decirme. Aun así, me invade un deseo completamente irracional de saber. Si ella sabe algo que pueda ayudar, necesito averiguar qué es. Más información. Información que puede que me rompa el corazón, ya maltrecho, o puede que simplemente acabe con mi persona.

El coche se aleja de la banqueta justo cuando Gregory empieza a golpear la ventana de mi lado. Me odio por hacerle esto, pero le hago caso omiso.

—¿Es tu novio? —pregunta Sophia alisándose la gabardina.

Estoy a punto de espetarle que mi novio es Miller, pero algo me detiene. ¿El instinto, tal vez?

—Es mi mejor amigo —digo en cambio—. Y es gay.

—¡Vaya! —se ríe—. Qué idílico. El mejor amigo gay.

—¿Adónde vamos? —pregunto para cambiar de tema. No quiero que sepa nada más sobre mi vida.

—A dar un agradable paseo.

Me mofo. Nada que tenga que ver con Sophia es agradable.

—Has dicho que tenías información. ¿Qué información? —le espeto. Vayamos al grano. No quiero estar en este coche, y estoy decidida a salir de él cuanto antes. Tan pronto como esta mujer me informe de por qué estoy aquí.

—Antes de nada, me gustaría que te alejaras de Miller Hart.

Es una petición, pero la ha expresado de tal manera que es imposible pasar por alto la amenaza. El alma, el corazón, la esperanza..., todo se me cae a los pies. Pero ahora las palabras de Miller sobre control de daños y distracción cobran sentido. Nadie puede saber lo nuestro, y, aunque me mata, sé lo que tengo que hacer.

—¿Alejarme de él? Si sólo lo he visto unas cuantas veces —repongo.

Siento que estoy a punto de meter la pata y decir la verdad, y eso que sólo acaba de empezar. Sophia tiene mucho más que decir, lo intuyo.

—No está disponible.

Frunzo el ceño, centrándome en sus ojos azules que rezuman victoria. Esta mujer siempre consigue lo que quiere.

—Eso no es asunto mío.

—¿Ah, no? —Sonríe. Me pone los pelos de punta—. Estás bastante cerca de su apartamento.

Siento que flaqueo, pero recobro la compostura antes de delatarme.

—Mi amigo vive cerca de aquí.

—Hum...

Abre un bolso estructurado de Mulberry, mete la mano y saca una cigarrera de plata labrada. Su gesto condescendiente me encoleriza. Noto que la irritación sustituye a la incomodidad que siento, y llego a la conclusión de que eso es algo positivo. «¡Insolencia,

452

carajo, no me falles ahora!» Sus largos dedos seleccionan un cigarro de una fila ordenada sujeta por una barra de plata. Cierra la tapa y se lleva el cigarro a los labios rojos.

—Miller Hart no puede perder el tiempo con una niñita curiosa.

Estiro el cuello mientras se enciende el cigarrillo.

—¿Disculpa?

Ella da una larga fumada, me observa con aire pensativo y expulsa una columna de humo en mi dirección. Hago caso omiso de la pútrida nube que me envuelve con la vista fija en ella. No pienso amilanarme. Mi descaro hace acto de aparición y llega pisando con fuerza.

—La mayoría de las mujeres se divierten con Miller Hart, «niña dulce e inocente» —dice subrayando de nuevo el término cariñoso con el que Miller se refiere a mí—. Y algunas, como tú, son tan estúpidas que creen que conseguirán algo más. No lo harán. De hecho, creo que dijo que eras «sólo una niñita que tiene más curiosidad de la que le conviene», que tomó tu dinero y se divirtió contigo, pero nada más.

Sus palabras me revuelven el estómago, y se suman a todas las demás reacciones indeseadas que está obteniendo de mí con sus crueles comentarios.

—Sé perfectamente lo que puedo esperar de Miller —digo—. No soy estúpida. Fue divertido mientras duró.

—Hum... —murmura mientras me observa detenidamente y haciéndome sentir tan incómoda que quiero apartar la mirada. No obstante, me mantengo firme y no lo hago—. Nadie lo conoce como yo. Lo conozco bien —asegura.

Me dan ganas de partirle la cara.

—¿Qué tan bien? —No sé a qué ha venido esa pregunta. No quiero saber la respuesta.

—Conozco sus normas —dice—, sus manías, los demonios que lo persiguen. Los conozco todos.

453

—¿Crees que es tuyo?

—Sé que es mío.

—¿Estás enamorada de él?

Su vacilación me dice todo lo que necesito saber, pero sé que me lo va a confirmar.

—Amo profundamente a Miller Hart.

La presión en mi cuello aumenta, pero no ha dicho que Miller la ame a ella, y eso fortalece mi determinación. No soy una más ni ninguna «curiosa». Puede que al principio sí, pero nuestra recíproca fascinación cambió eso muy deprisa. Él no soporta a Sophia. Canceló su cita, y era yo la que estaba ahí para preocuparse por él cuando se sumió en ese estado. No tengo miedo de que esté enamorado de esta mujer. Ella es sólo una clienta. Es evidente que quiere ser algo más, pero para Miller es sólo otra entrometida a la que probablemente heriría si volviera a verla. Quiere lo que no puede tener. Para Sophia, Miller Hart es inalcanzable, al igual que para cualquier otra mujer. Excepto para mí. Yo ya lo tengo.

Cuando el coche se detiene junto a la banqueta, se da la vuelta en su asiento de cara a mí y eleva la barbilla para exhalar el humo hacia el techo del vehículo, ahorrándome esta vez la tóxica bocanada. A través de sus capas de maquillaje, detecto un aire pensativo mientras me mira de arriba abajo con ojos de desaprobación.

—Hemos terminado. —Sonríe y señala hacia la puerta, ordenándome en silencio que salga. Lo hago, ansiosa por alejarme de la gélida presencia de esta mujer tan horrible. Cierro de un portazo, me vuelvo y la ventanilla desciende. Está sentada en su asiento, con aspecto pretencioso y como si no pasara nada—. Ha sido una charla agradable.

—No, no lo ha sido —escupo.

—Me alegro de que ambas sepamos en qué situación estamos. No pueden atrapar a Miller con niñitas estúpidas. Sería su fin.

Sube la ventanilla, el coche se aleja rápidamente y yo me quedo temblando nerviosa en la banqueta. Me esfuerzo por respirar para

454

controlar el miedo, pero por más que intento relajarme y decirme que sólo está tratando de asustarme, no puedo evitar que pequeños fragmentos de temor se instalen en lo más profundo de mi ser. No, no son pequeños fragmentos. Son meteoros. Inmensos y dañinos. Y me asusta que nos destruyan. ¿Su fin?

Sumida en un torbellino de incertidumbres, me llevo la mano al cuello y empiezo a masajeármelo, pero me detengo un momento al darme cuenta de que hay una razón por la que estoy haciendo esto. Levanto la mano y el vello se me vuelve a poner de punta. Me doy la vuelta en busca de mi sombra. Hay peatones por todas partes. La mayoría de ellos se desplazan rápido, pero ninguno parece especialmente sospechoso. El temor asciende por mi columna, obligándome a enderezar la espalda. Me están vigilando. Sé que me están vigilando. Me vuelvo hacia un lado y el pelo me golpea la cara, después me vuelvo hacia el otro con la esperanza de que algo me llame la atención, cualquier cosa que haga que deje de pensar que me estoy volviendo totalmente loca.

No veo nada.

Pero sé que hay algo.

Sophia. Pero se ha marchado. ¿O son sólo las consecuencias prolongadas de su reciente presencia? Es posible; la mujer tiene pinta de dejar una huella indeseada.

Sigo mirando hacia todas partes mientras analizo el entorno que me rodea, y no tardo en darme cuenta de que me han dejado a kilómetro y medio de casa de Miller. El pánico se apodera de mí. Me vuelvo y echo a correr a toda velocidad en dirección al bloque de apartamentos de Miller. No miro atrás. Esquivo a la gente y cruzo las calles sin mirar hasta que veo su edificio en la distancia. La visión no me alivia.

Entro volando en el vestíbulo y me meto directamente en un elevador que estaba abierto. Pulso el botón de la décima planta varias veces frenéticamente.

—¡Vamos! —grito, y me planteo salir del elevador y subir por la escalera. La adrenalina se ha apoderado de mí, y seguramente

455

subiría más rápido andando que en este elevador, pero las puertas empiezan a cerrarse, y me dejo caer contra la pared, cada vez más impaciente—. ¡Vamos, vamos, vamos! —Comienzo a pasearme por el pequeño espacio, como si moverme fuese a hacer que ascendiera más deprisa—. ¡Vamos! —Pego la cara contra las puertas cuando se abren y salgo en cuanto el agujero es lo bastante grande como para que quepa mi cuerpo menudo.

Mis pies apenas tocan el suelo. Corro por el pasillo como alma que lleva el diablo, con el pelo agitándose detrás de mí. Tengo el corazón a punto de estallar de nervios, de miedo, de ansiedad, de desesperación...

La puerta está abierta de par en par, y oigo gritos. Gritos fuertes. Es Miller. Ha perdido los estribos. Mi necesidad de llegar hasta él se dispara. Apenas siento las piernas después del sobreesfuerzo, y cruzo la puerta mirando en todas las direcciones hasta que veo su espalda desnuda. Tiene a Gregory agarrado de la garganta y empotrado contra la pared.

—¡Miller! —grito, y mis rodillas ceden cuando me detengo de repente.

Me veo obligada a agarrarme a una mesa cercana para permanecer de pie. Los ojos se me inundan de lágrimas. Todas mis emociones se agolpan y es tanta la presión que siento que ya no puedo contenerla más.

Se vuelve violentamente, con ojos feroces, el pelo alborotado y movimientos salvajes. Parece una bestia, una fiera peligrosa. Es peligroso. Implacable. Único.

Es el chico especial.

Suelta a Gregory de inmediato, y el cuerpo de mi amigo desciende por la pared mientras jadea y se lleva las manos a la garganta con un gesto de dolor. Mi desesperación no deja espacio en mi mente para sentirme culpable o preocuparme por él.

Las largas piernas de Miller recorren la distancia que nos separa en una milésima de segundo. Sus ojos siguen oscuros, pero el alivio se refleja en esa mirada azul que tanto adoro.

—Livy —exhala con el pecho desnudo tremendamente agitado.

Me abalanzo hacia adelante cuando estoy segura de que está lo bastante cerca como para alcanzarme y aterrizo en sus brazos abiertos. El estrés que siento se reduce un millón de niveles con el simple hecho de notar su tacto.

—Me han seguido —sollozo.

—Carajo —maldice. Suena como si eso le causase un dolor físico—. ¡Mierda! —Me levanta del suelo y me estrecha con fuerza—. ¿Sophia?

La ansiedad que destila su voz ronca de nuevo hace aumentar mis niveles de estrés. Está demasiado agitado.

—No lo sé. —Y no hace falta que le pregunte cómo sabe que era Sophia. Imagino que ha conseguido una descripción estrangulando a Gregory—. Me dejó a varias calles de distancia. Los sentí después de que se marchara.

Sacudo la cabeza y mantengo el rostro pegado a su cuello. Es absurdo, pero me concentro en inhalar su aroma con la esperanza de que rodearme de todas las cosas que me hacen sentir bien haga que desaparezca este desasosiego. Estoy temblando, da igual lo fuerte que me abrace y, a través de ese movimiento involuntario de mi cuerpo, siento su corazón golpeándome el pecho. Está muerto de preocupación, y eso no hace sino intensificar mi creciente temor.

—Ven aquí —dice con voz áspera, como si no tuviera ya el control pleno de mi peso muerto.

Me lleva hasta el interior de su apartamento mientras yo le clavo las uñas en los hombros. Intenta brevemente desengancharme de él, pero cuando me niego en silencio aferrándome aún con más fuerza a su cuerpo, desiste y se sienta en el sillón conmigo todavía pegada. Se esfuerza por moverme, colocándome las piernas a un lado hasta que quedo acunada sobre su regazo con la cabeza enterrada bajo su barbilla.

—¿Por qué te has subido a ese coche, Olivia? —pregunta sin ira ni reproche en el tono—. Contéstame.

—No lo sé —admito.

Por estupidez. Por curiosidad. Deben de ser la misma cosa.

Suspira y farfulla para sí.

—No te acerques a esa mujer, ¿me oyes?

Asiento, deseando de corazón no haberlo hecho. No saqué nada positivo de ello, excepto saber algo que no quería saber y hacerme algunas preguntas dolorosas.

—Me ha dicho que le dijiste que yo no era más que un entretenimiento para ti.

Las palabras, aunque ya están fuera de mi boca, me dejan un sabor amargo.

—No quiero que la veas —dice con los dientes apretados, intentando de nuevo apartarme de su pecho. Esta vez cedo, porque necesito verle el rostro, un rostro perfecto que refleja un millón de emociones distintas—. Es mala persona, Olivia. La peor. Tenía un motivo para decirle lo que le dije.

—¿Quién es? —susurro temiendo su respuesta.

—Una entrometida. —Su respuesta es directa y me dice todo lo que necesitaba saber.

—Está perdidamente enamorada de ti —le digo, aunque sospecho que él ya lo sabe.

Asiente y el gesto hace que se desprenda su mechón rebelde. Desvío la mirada hacia éste brevemente y siento una imperiosa necesidad de apartárselo. Y lo hago. Despacio.

Me agarra de la barbilla y me acerca a su cara hasta que nuestras bocas están a un milímetro de distancia.

—Quiero que tengas muy claro que la odio.

Asiento, y sus ojos se cierran muy despacio. Inspira lentamente y libera el aire de la misma manera.

—Gracias —musita acariciándome la mejilla con la nariz.

Me sumerjo en su evidente agradecimiento y veo la realidad de la situación: son mujeres despechadas; mujeres que dependen de las atenciones que este hombre herido les proporcionaba. Nadie me dijo que mi relación con Miller iba a ser fácil, pero nadie me advirtió tampoco que sería casi imposible.

Me corrijo al instante: hubo una persona que sí lo hizo.

—¿Qué le has dicho? —pregunta Miller.

—Nada.

Recula.

—¿Nada?

—Dijiste que cuanta menos gente lo supiera, mejor.

Con una expresión de dolor, me estrecha de nuevo contra sí.

—Mi niña lista y preciosa...

Nos quedamos en silencio, y siento que la pesada carga de un millón de preocupaciones desaparece. Tenemos que resolverlas, encargarnos de ellas o lo que sea, pero en este momento me dan igual. Me siento feliz escondiéndome del mundo cruel en el que estamos atrapados, sumergida en el confort que me proporciona Miller, un confort del que estoy empezando a depender.

—No perderé, Olivia —me jura—. Te lo prometo.

Asiento sin moverme mientras él sigue acunándome con fervor.

—Vaya, vaya.

El arrogante saludo me hiela la sangre, y tanto Miller como yo levantamos la cabeza al instante. No me gusta lo que veo y, definitivamente, no me gustan las arrugas de furia que se dibujan en el atractivo rostro del ser que amo.

—No sirve de nada que te dé un teléfono, Olivia, si nunca lo contestas.

—William —exhalo, y siento cómo Miller se mueve debajo de mí.

Carajo. Gregory, William, un montón de mierda por parte de Sophia... La situación no podría ponerse peor. Siento que está a punto de desatarse el caos, y la hostilidad instantánea que emana de Miller con la aparición de William no ayuda a que me relaje. Las cosas pueden ponerse muy feas muy deprisa.

William entra en la habitación con el teléfono en la mano, y le lanza una breve mirada de pocos amigos a Gregory al pasar. El pobrecillo sigue frotándose la garganta en el suelo apoyado contra la pared. Aun así, la llegada del antiguo padrote de mi madre despierta su interés inmediatamente.

Sin darme cuenta, me encuentro de pie, y Miller está todo erguido, sacando pecho como un gorila a punto de atacar.

—Anderson —dice prácticamente gruñendo, reclamándome y pegando mi espalda a su pecho desnudo.

William se sirve un whisky. Cavila durante unos instantes antes de seleccionar una botella baja y regordeta que está al fondo.

—Dijiste que me llamarías, Olivia.

Decido pasar por alto su observación y espero conteniendo el aliento a que Miller entre en modo obsesivo ante la visión de un entrometido, de alguien que no sólo se está entrometiendo en esta relación, sino que también ha osado tocar sus botellas perfectamente ordenadas. Va a montar en cólera.

—¿Qué haces aquí? —pregunto.

William se vuelve lentamente y hace girar el líquido oscuro en el vaso antes de olfatearlo y asentir brevemente con aprobación. Siento que Miller pierde los estribos, y sé que William también lo ha notado, incluso desde el otro lado de la habitación. Pero hace como si nada. Lo está provocando. Sabe lo de su TOC.

—Me ha llamado Miller —responde de manera casual.

—¿En serio? —balbuceo, y me suelto y me vuelvo para mirarlo.

¿De verdad ha invitado a William a interferir?

Las fosas nasales de Miller ondean y vuelve a agarrarme con enfado.

—Creía que te habían secuestrado.

—¿Creías que me habían secuestrado? —repito—. ¿Que me había secuestrado Sophia?

¿Por qué demonios iba a hacer eso? Y ¿por qué ha llamado a William? Miller lo detesta, y sé que el sentimiento es mutuo.

Su rostro no refleja ninguna expresión, pero sus ojos exudan un temor puro y absoluto.

—Sí.

Me quedo sin palabras.

Y sin aliento.

Entonces algo me golpea como una bala en la sien.

—¿Le has contado a William lo de mi sombra? —Me preparo para su respuesta, aunque ya sé cuál va a ser.

Miller asiente. De pronto tengo una necesidad imperiosa de elevar las manos y liberar mi cuello de una soga invisible, y acabo palpándome la garganta con frenesí. Miller interviene y me agarra las manos.

—¿Olivia? —La voz sedosa pero cargada de hostilidad de William hace que me vuelva hacia el extremo opuesto de la estancia—. Cuando digo que te recogeré a una hora determinada en un lugar determinado, espero que estés ahí. Y, cuando te llamo, espero que me contestes.

Hago acopio de la poca paciencia y la poca fuerza que me queda para no echar la cabeza atrás de pura exasperación, pero incluso sin ver directamente su falta de respeto, William provoca mi insolencia. Cosa que no me importa, y menos ahora.

—No soy una pinche niña —siseo formando puños con las manos bajo la retención de Miller.

Me libero y me alejo de él. La ansiedad desaparece con una sucesión de estúpidos titulares de noticias que me vienen a la cabeza.

—Deberías haber escuchado —dice Miller con voz suave desde detrás de mí, haciendo que me dé la vuelta al instante. Me estoy mareando con tanto giro de sorpresa.

—¿Qué? —grito.

Deduzco por su mirada de acero y la reticencia de su tono que detesta tener que admitirlo.

Sus brazos caen sin fuerza sobre sus costados, hunde sus anchos hombros y su mirada es amenazadora pero de rendición al mismo tiempo. No sé qué pensar de todo esto.

—Si Anderson te pide algo, deberías escucharlo, Livy.

Justo cuando pensaba que ya nada podría sorprenderme, va y me dice eso.

—Quería venir por mí. ¡Estaba contigo! Y ¿debería haberlo escuchado? Y ¿debería haberlo escuchado también cuando no paraba de decirme que me alejara de ti?

Miller desvía la vista y fija una mirada asesina en William, al otro lado de la habitación.

—No lo escuches jamás cuando te diga eso —sisea.

Dejo caer la cabeza hacia atrás y miro al cielo suplicando ayuda, preguntándome a quién y qué debería escuchar.

—¿Por qué crees que Sophia podría secuestrarme?

No me puedo creer que esa pregunta haya salido de mi boca. Sé que necesito algo de insolencia para sobrevivir con Miller Hart, pero no un cinturón negro ni... Sofoco un grito cuando de repente comprendo algo.

—Defensa personal.

—Es una necesidad.

—¡¿Por si alguna de sus putas celosas intenta secuestrarme?!

—¡Olivia! —grita Miller encolerizado, y yo cierro la boca al instante, sobresaltada.

De repente reparo en Gregory y me centro en él por un momento. Está boquiabierto y sus ojos reflejan inquietud.

—No me puedo creer lo que estoy oyendo —balbucea—. ¿Estamos grabando una escena de *El padrino*?

Cierro los ojos, me dirijo al sofá y me dejo caer sobre el blando cojín, agotada.

—No me ha retenido en contra de mi voluntad. —Tomo aire y pienso en preguntas dentro de mi mente plagada de tanta locura—. Si te atrapan conmigo será tu fin. —Lo miro—. Eso es lo que me ha dicho.

Y aunque antes me ha parecido una advertencia absurda, el rostro serio de Miller y su mirada hacen que vea la realidad. Me siento y trago saliva. No quiero formular la pregunta que tengo en la punta de la lengua.

—¿Tenía ella...? ¿Me ha...? ¿Es ver...? —Hago una pausa para ordenar las palabras en mi mente y luego las dejo escapar con un susurro de aprensión—: ¿Ha dicho la verdad?

Miller asiente, lo que provoca que mi mundo, que ya se estaba desmoronando, se derrumbe por completo. El temor que se había transformado en sorpresa y en ira resurge y me paraliza. Se me revuelve el estómago. Oigo cómo Gregory sofoca un grito. Siento que Miller se pone tenso. William parece... triste.

¿Sophia sabe cuáles son las consecuencias de que Miller deje esta vida? Está encadenado, y no sólo por las mujeres que forman parte de esta red de hedonismo. Siento náuseas. ¿Su fin? ¿Quién es esa gente?

El sonido de un teléfono celular atraviesa la tensión en el ambiente, y William contesta sin perder ni un instante. Parece apesadumbrado mientras habla en voz baja con la persona que ha llamado, y se mueve nervioso en el sitio con su traje fino y gris.

—Dos minutos —dice con firmeza antes de colgar y de atravesarme con su mirada plateada. Está lleno de pesar. Se me hace un nudo en el estómago—. Váyanse —murmura mientras me mira—. De inmediato.

Enarco una ceja confundida y me levanto mirando a Miller. Él asiente como si supiera a qué se está refiriendo.

—¿Qué sucede? —pregunto. No estoy segura de cuánta mierda más puedo tragar.

Miller se acerca a mí y desliza la palma por mi cuello, recurriendo a su táctica de relajarme masajeándome la nuca. Me lo quitaría de encima, pero no puedo moverme. Se vuelve hacia William.

—¿Tienes el paquete?

William se lleva la mano al bolsillo interior y saca un sobre marrón. Cavila durante unos segundos y finalmente se lo entrega a Miller, que se lo coloca debajo del brazo, mete la mano y saca dos pasaportes y un montón de papeleo. Abre uno de los libritos de color vino con la boca por la página de la foto y le echa un vistazo. Soy yo. Me atraganto con nada, incapaz de hablar mientras veo cómo comprueba el siguiente, con una foto suya.

—Tienen que irse ya —insiste William mirando su reloj.

—Vigílala. —Miller me suelta y corre hacia su dormitorio dejándome ahí plantada, ahogándome de pánico. Me estoy asfixiando. Un mundo cruel se cierne sobre mí y hace de mi vida un caos.

—¿Qué está pasando? —pregunto por fin, y mi voz tiembla tanto como mi cuerpo.

—Se van —responde William directamente, esta vez sin emoción en la voz.

—No tengo pasaporte.

—Ahora sí.

—¿Es falso? ¿Por qué tienes un pasaporte mío falso?

Y ¿de dónde lo han sacado? Casi me echo a reír, pero la falta de energía me lo impide. Estamos hablando de William Anderson. Nada es imposible para él. Debería saberlo ya.

Se aproxima a mí con cuidado, con una mano en el bolsillo y la otra en su vaso de whisky.

—Porque, Olivia, desde que descubrí tu relación con Miller Hart, supe que la cosa acabaría de esta manera. No intervine para complicar las cosas.

—¿Acabaría cómo? ¿Qué está pasando? ¿Por qué hablan todos en clave?

William parece considerar algo por un momento antes de mirarme con sus ojos grises llenos de compasión. Él lo sabe todo acerca de la oscuridad de Miller. Las cadenas que lo atan y su mal temperamento no son los únicos motivos por los que William se había mostrado tan insistente en su empeño por mantenerme alejada de él. De repente lo veo todo claro. Él también conoce las consecuencias de nuestra relación. Sonríe ligeramente, apoya la palma en mi mejilla y me acaricia la piel fría con el pulgar.

—Quizá debería haber hecho esto con Gracie —dice con un hilo de voz, casi para sí mismo, y su distinguido rostro refleja la evocación de aquella época—. Quizá debería haberla alejado de aquellos horrores. Haberla apartado de esto.

Observo su semblante lleno de remordimientos, pero no le hago la pregunta evidente, que sería a qué se refiere con *esto*.

—¿Te arrepientes de ello?

—Todos los días de mi maldita vida.

La preocupación se transforma en tristeza. William Anderson, el hombre que amó a mi madre con pasión, vive arrepentido. Es un arrepentimiento intenso y vivo. Un arrepentimiento que lo traumatiza. No se me ocurre ninguna palabra para aliviar su dolor, de modo que hago lo único que me parece que puedo hacer. Alargo los brazos hacia esa bestia poderosa y le doy un abrazo. Es un estúpido intento de hacer disminuir un dolor que durará toda la vida, pero cuando oigo que se ríe ligeramente y acepta mi gesto sosteniéndome con fuerza con su brazo libre, creo que al menos lo he conseguido durante un minuto.

—Ya basta por ahora —dice recuperando su tono autoritario.

Me aparto de él y veo a Miller a unos metros de distancia, de pie junto a Gregory. Mi mejor amigo parece estar en trance, y Miller está extrañamente relajado después de lo que acaba de ver. Tiene puestos unos pants grises, una camiseta negra y unos tenis. Se me hace raro verlo así, pero después de la masacre de sus máscaras, supongo que no le queda más remedio. Entonces me llama la atención la bolsa deportiva que lleva en la mano, y me permito un segundo para procesar un momento los pasaportes y las palabras de William.

—Váyanse —dice él indicando la puerta con la cabeza—. Mi chofer está estacionado en la esquina. Salgan por la puerta del segundo piso y usad la escalera de incendios. —Miller no se pone en acción, de modo que William prosigue—: Hart, ya hemos hablado sobre esto.

Miro a Miller con confusión y veo que está furibundo. La mandíbula que se esconde bajo su barba incipiente se tensa.

—Acabaré con todos ellos —promete con una voz cargada de violencia.

Trago saliva.

—Olivia. —William pronuncia mi nombre con sobriedad. Es un recordatorio. Miller me mira y, al hacerlo, toma conciencia de la situación—. Sácala de este puto desastre hasta que averigüemos qué está pasando. No la sigas arrastrando por el peligro, Hart. Control de daños. —El teléfono de William empieza a sonar de nuevo en su mano y maldice mientras contesta—. ¿Qué pasa? —pregunta mientras mira a Miller. No me gusta la expresión de cautela de su rostro—. Váyanse —dice con urgencia mientras sigue al teléfono.

Miller me agarra y me lleva hacia la puerta en un abrir y cerrar de ojos. William nos acompaña.

Estoy desorientada, confundida. Dejo que me saquen del apartamento sin tener ni la más mínima idea de adónde me llevan.

Llegamos rápido al pasillo, y Miller me guía hacia la escalera.

—¡No! —grita William.

Miller se detiene al instante y se da vuelta con los ojos abiertos como platos.

—Vienen por la escalera.

—¿Qué? —ruge Miller, y empieza a sudar de ansiedad—. ¡Mierda!

—Conocen tus debilidades, chico. —El tono de William es aciago, al igual que sus ojos.

—¿Qué está pasando? —pregunto soltándome. Mi mirada oscila entre Miller y William—. ¿Quiénes son *ellos*? —No me gusta la mirada de precaución que William lanza en dirección a Miller, aunque él no se da cuenta. Está empezando a temblar, como si hubiera visto un fantasma, y su piel se vuelve pálida ante mis ojos—. ¡Contéstenme! —grito.

Miller da un brinco y eleva sus brillantes ojos azules lentamente. Al ver la angustia reflejada en ellos me quedo sin aliento.

—Son los que tienen las llaves de mis cadenas —murmura con la frente empapada en sudor—. Los cabrones inmorales.

Un sollozo escapa de mis labios al asimilar lo que me está confesando.

—¡No!

Empiezo a sacudir la cabeza y mi ritmo cardíaco se dispara. No quiero preguntar. Parece verdaderamente asustado, y no sé si es porque ellos, quienesquiera que sean, vienen de camino, o porque están bloqueando su vía de escape y necesita sacarme de aquí. Mi intuición me dice que es más bien lo segundo, pero es precisamente esa opción la que me inquieta.

—¿Qué es lo que quieren?

Me preparo para la respuesta, haciendo una mueca de dolor al ver cómo se esfuerza por controlar los síntomas de un ataque de ira, y, cuando por fin habla, lo hace en un mero susurro.

—Presenté mi dimisión. —Me mira a los ojos mientras asimilo la gravedad de sus palabras.

Y entonces los ojos se me inundan de lágrimas.

—¿No nos dejarán en paz si nos quedamos? —pregunto con voz entrecortada.

Niega con la cabeza lentamente. El dolor invade su bello y perfecto rostro.

—Lo siento, preciosa mía. —Deja caer la bolsa al suelo y veo que el derrotismo se apodera de él—. Les pertenezco. Las consecuencias serán devastadoras si nos quedamos.

Mi cuerpo se echa a temblar ante la oscuridad de sus palabras. Me escuecen las mejillas cuando me seco la cara intentando encontrar mis fuerzas para reemplazar las que Miller ha perdido. Esto pinta mal, peor de lo que jamás había imaginado. Y pienso caer con él si es necesario. Tomo aliento a duras penas y me acerco hasta él. Recojo la bolsa del suelo y lo agarro de la mano temblorosa. Él se deja, pero en cuanto se da cuenta de hacia adónde nos dirigimos, se pone tenso y oigo su respiración agitada a causa del pánico. Se resiste y me dificulta que tire de él hacia donde necesito que vaya. Pero lo logramos.

Aprieto el botón del elevador y rezo en silencio para que esté cerca del último piso. Dirijo la vista a la puerta de la escalera cada dos por tres.

—¿Olivia?

Miro hacia un lado y veo que Gregory está junto a William. Parece perdido. Confundido. Estupefacto. Le sonrío para intentar aliviar su preocupación, pero sé que no lo consigo.

—Te llamaré —le prometo justo cuando las puertas se abren y Miller retrocede, tirando de mí con él—. Por favor, dile a la abuela que estoy bien.

Meto la bolsa en el elevador, me doy la vuelta y tomo la otra mano de Miller de manera que quedamos unidos por ambas. Entonces empiezo a retroceder lentamente, consciente de que nuestro tiempo se agota, pero más consciente todavía de que esto no es algo que pueda apresurar. Está mirando más allá de mi persona, hacia el habitáculo cerrado. Todo su cuerpo se agita con violencia y es en la intensidad de este momento cuando me pregunto cómo pude ser tan cruel todas esas veces que he utilizado esta fobia en su contra. Contengo las lágrimas provocadas por mi sentimiento de culpa y sigo retrocediendo hasta que nuestros brazos quedan estirados por completo y el espacio entre nuestros cuerpos es amplio.

—Miller —digo en voz baja, desesperada por hacer que se centre en mí en lugar de en el monstruo que ve a mis espaldas—. Mírame —le ruego—. Mírame a mí —insisto con voz temblorosa por mucho que intente mostrarme serena.

Siento un alivio tremendo cuando da un paso hacia adelante, pero entonces empieza a sacudir la cabeza con frenesí y da dos pasos hacia atrás. No para de tragar saliva, y tiene las manos cada vez más calientes. Las ondas de su precioso pelo pierden volumen con el peso del sudor que emana de su cuero cabelludo, de su frente y de prácticamente todo su cuerpo.

—No puedo —jadea tragando saliva—. No puedo hacerlo.

Miro a William y veo su preocupación mientras comprueba su teléfono y controla la escalera, y, al mirar a Gregory, veo algo que no había visto nunca en mi mejor amigo cuando Miller está presente. Compasión. Me muerdo el labio inferior cuando las lágrimas empiezan a descender por mis mejillas. Sollozo cuando sus ojos me alientan con la mirada. Entonces asiente. Es un gesto casi imperceptible, pero lo veo y lo entiendo. Me siento impotente. Necesito sacar a Miller de este edificio.

—Vete tú —dice él empujándome hacia el elevador—. Estaré bien. Vete.

—¡No! —grito—. ¡No, no vas a rendirte!

Me abalanzo sobre él y lo envuelvo con mis brazos, jurando en silencio que no lo abandonaré jamás. No me pasa desapercibido el hecho de que su tensión disminuye cuando lo abrazo.

«Lo que más me gusta.»

«Lo que más le gusta.»

«Lo que más nos gusta.»

Lo estrecho con fuerza, con los labios en su cuello y su rostro en mi pelo. Entonces me aparto y tiro de su mano con más fuerza, rogándole con la mirada que venga conmigo. Y lo hace. Da otro paso lento hacia adelante. Y después otro. Y otro. Y otro. Llega hasta el umbral. Yo estoy en el elevador. Está temblando y sigue tragando saliva y sudando sin parar.

Entonces oigo un fuerte sonido procedente de la escalera, seguido de una malsonante maldición de William. Siguiendo mi instinto, tiro de Miller hacia el elevador, pulso el botón del segundo piso y envuelvo su cuerpo agitado con los brazos, sumergiéndolo en «lo que más nos gusta».

El frenético ritmo de su corazón latiendo en su pecho debe de estar rozando límites peligrosos. Miro por encima de sus hombros hacia el pasillo mientras este desaparece lentamente conforme se van cerrando las puertas, y lo último que veo antes de quedarnos solos en el aterrador habitáculo es a William y a Gregory, observando en silencio cómo Miller y yo desaparecemos de su vista. Les sonrío a pesar de mi tristeza.

No me sorprendería nada que la fuerza con la que su corazón golpea mi pecho me dejara moretones. No cesa, por muy fuerte que lo abrace. Mis intentos por calmarlo son en vano. Sólo tengo que concentrarme en conservarlo de pie hasta que lleguemos al segundo piso, cosa que de momento está resultando sencilla. Se mantiene rígido mientras observo cómo van bajando los pisos en la pantalla digital. Cada número tarda siglos en cambiar. Es como si fuéramos a cámara lenta. Todo parece ir despacio.

Todo menos la respiración y el corazón de Miller.

Siento sus espasmos e intento apartarme, pero no voy a ninguna parte. No va a soltarme por nada del mundo, y de repente tengo miedo de la posibilidad de que no pueda sacarlo del elevador una vez que este se detenga.

—¿Miller? —musito en voz baja y calmada.

Es un vano intento de hacerle creer que estoy serena. Ni mucho menos. No responde, y vuelvo a mirar el indicador digital.

—Miller, ya casi hemos llegado —digo empujándolo para obligarlo a dar un paso atrás hasta que su espalda está contra las puertas.

La vibración del elevador cuando se detiene me hace dar un brinco, y Miller deja escapar un leve gemido y se pega a mí.

—Miller, ya hemos llegado.

Forcejeo contra su feroz resistencia y oigo cómo las puertas empiezan a abrirse. Es sólo en estos instantes cuando considero la posibilidad de que nos estén esperando al otro lado de estas, y el pánico me invade. Me pongo rígida. ¿Y si están ahí? ¿Qué haré? ¿Qué harán *ellos*? El patrón de mi respiración cambia e imita al de Miller mientras me asomo por encima de sus hombros. Empiezan a dolerme los pies de estar de puntillas.

Las puertas se abren del todo y no revelan nada más que un pasillo vacío. Intento escuchar para ver si oigo señales de vida.

Nada.

Empujo el peso muerto de Miller y no consigo moverlo. ¿Cómo se comportará cuando hayamos dejado este espacio? No tengo tiempo de convencerlo de que salga del elevador, por no hablar del edificio.

—Miller, por favor —le ruego tragándome el nudo de desesperación que tengo en la garganta—. Las puertas están abiertas.

Permanece inmóvil, pegado a mí, y unas lágrimas de pánico empiezan a inundar mis ojos.

—Miller —susurro con voz temblorosa y derrotada. No tardarán en bajar.

Dejo caer mi peso muerto entre sus brazos, pero entonces suena una melodía y las puertas empiezan a cerrarse de nuevo. No me da tiempo a gritarle a Miller que salga. De repente parece cobrar vida, seguramente al oír que las puertas se estaban cerrando. Me suelta al instante y sale apresuradamente como si alguien lo hubiese disparado desde un cañón. Contengo el aliento mientras lo observo. Está empapado, con el pelo pegado a la cabeza y los ojos cargados de temor. Y sigue temblando.

Sin saber qué otra cosa hacer, me agacho para recoger la bolsa y me dirijo a la salida del elevador, todo esto sin apartar la vista de él mientras mira a su alrededor y se familiariza con el entorno. Y es como si de repente las piezas de mi mundo hecho pedazos se unieran y me devolvieran la esperanza. La máscara se cae, llevándose consigo todo atisbo de temor, y Miller Hart regresa.

Me mira con ojos vacíos, ve la bolsa y, antes de que me dé cuenta, ya la está cargando él. Después reclama mi mano y salgo del elevador a la misma velocidad. Empieza a correr, forzando a mis pequeñas piernas a moverse a un ritmo vertiginoso para poder seguirlo, y se vuelve cada dos por tres para comprobar que estoy bien y que nadie nos está siguiendo.

—¿Estás bien? —pregunta sin mostrar ningún signo de esfuerzo.

A mí, en cambio, la adrenalina que me alimentaba me ha abandonado. Tal vez mi conciencia haya asimilado la resurrección de Miller y quiera aliviarme de la presión de llevar las riendas. No lo sé, pero el agotamiento se está apoderando de mí y de mis emociones y lucha por liberarse. Aunque no aquí. No puedo desmoronarme aquí. Asiento y sigo avanzando para no entorpecer nuestra huida. Con una expresión de ligera preocupación en su perfecto rostro, se echa la bolsa al hombro conforme nos acercamos a la salida de incendios y me suelta la mano para correr a toda velocidad hasta la puerta. La abre con un estrépito y la luz del día me ciega y me obliga a cerrar los ojos.

—Dame la mano, Olivia —me ordena con apremio.

Alargo el brazo y dejo que tire de mí por la salida de incendios hasta la calle lateral. Oímos un claxon y veo al chófer de William sujetando la puerta negra abierta. Sorteamos unos cuantos coches, furgonetas y taxis que nos pitan enfurecidos y corremos hacia el vehículo de William.

—Entra.

Miller le hace un breve gesto al chófer con la cabeza y sostiene la puerta en su lugar mientras me ladra esa orden y lanza la bolsa al interior. Sin perder ni un segundo, me deslizo hacia el asiento trasero. Él hace lo propio. El conductor arranca el coche a toda prisa, derrapa al incorporarse a la carretera, y su temeraria manera de conducir me alarma. Es un experto y sortea el tráfico con facilidad y calma.

Y entonces la gravedad de lo que acaba de acontecer me golpea como el peor de los tornados y me echo a llorar. Entierro el rostro en las manos y me desmorono. Demasiados pensamientos se agolpan en mi pobre mente agitada, algunos razonables, como que tengo que llamar a la abuela. ¿Qué pasará con ella? Y algunos menos razonables, como ¿dónde aprendió este hombre a conducir

472

tan bien? Y ¿necesita William a personas que sepan conducir de esta manera?

—Mi niña preciosa.

Su fuerte mano me agarra de la nuca y tira de mí hacia él, hasta que me recuesto sobre su regazo y me acoge entre sus brazos de forma que mi mejilla empapada queda enterrada en su pecho. Lloro sin cesar, de manera desconsolada, sin poder ni querer intentar evitarlo más. La última media hora ha acabado conmigo.

—No llores —susurra—. No llores, por favor.

Me agarro a la tela de la camiseta que cubre sus pectorales hasta que me duelen las manos y he llorado mares de lágrimas de confusión y de angustia.

—¿Adónde vamos?

—A alguna parte —responde, apartándome de su pecho para mirarme a los ojos—. A alguna parte donde podamos perdernos el uno en el otro sin interrupciones ni interferencias.

Apenas puedo verlo a través de la humedad que me nubla la visión, pero lo siento y lo oigo. Con eso me basta.

—¿Y mi abuela?

—Estará bien cuidada. No te preocupes por eso.

—¿Por quién? ¿Por William? —espeto, pensando en todas las desgracias que podrían pasar si William se asoma por casa de la abuela. ¡Carajo, lo asesinaría!

—Estará bien cuidada —repite él tajantemente.

—Pero la echaré de menos.

Levanta la mano, desliza los dedos entre mi pelo y me agarra de la nuca.

—No será por mucho tiempo, te lo prometo. Sólo el suficiente para que las cosas se calmen.

—Y ¿cuánto tiempo llevará eso? ¿Y si no se calman las cosas? ¿Le afectará esto a William? ¿Él los conoce? ¿Quién es esa gente? —Hago una pausa para respirar. Quiero escupir todas esas preguntas antes de que mi mente agotada desconecte y las olvide—.

No le harán daño a la abuela, ¿verdad? —Sofoco un grito cuando algo me viene a la mente de pronto—. ¡Gregory!

—Shhh —me tranquiliza como si no acabara de abandonar a mi mejor amigo en el apartamento de Miller cuando Dios sabe quiénes iban de camino—. Está con Anderson. Confía en mí, estará bien. Y tu abuela también.

Siento un alivio tremendo. Confío en él, pero no ha contestado a ninguna de mis preguntas.

—Habla conmigo —le ruego, sin tener que explicarme más.

Sus encantadores ojos azules intentan infundirme seguridad y eliminar mi desasosiego de manera desesperada. Y, curiosamente, funciona.

Asiente y vuelve a estrecharme entre sus brazos.

—Hasta que no me quede más aliento en los pulmones, Olivia Taylor.

Heathrow es un caos. No paro de darle vueltas a la cabeza, mi corazón late con fuerza y recorro con la vista todo el camino hasta la puerta de embarque. Mientras que yo estaba toda nerviosa al facturar y en el control de seguridad, Miller se mostraba completamente sereno, sin despegarse de mí, seguramente en un intento de ocultar mis temblores. No presté mucha atención a lo que ha sucedido desde que nos dejaron en la terminal 5. No sé adónde vamos ni durante cuánto tiempo. Llamé a mi abuela con la intención de soltarle algún cuento de que Miller me había preparado un viaje sorpresa, pero ha sido William quien ha contestado el teléfono. El corazón se me ha detenido en el pecho, y sólo ha vuelto a latir cuando la abuela se ha puesto al teléfono tan calmada. Hay algo que no he entendido, y sigo sin hacerlo, y es que me ha repetido un montón de veces lo mucho que me quiere antes de hacerme prometer que la llamaría cuando llegásemos allí adonde vamos.

Y todo eso nos lleva a este momento.

Estoy de pie ante la puerta de embarque, mirando la pantalla boquiabierta.

—¿A Nueva York? —exclamo con incredulidad, resistiendo la necesidad de frotarme los ojos para asegurarme de que no estoy teniendo visiones.

Miller no responde ante mi asombro y me guía hacia la señora que nos dejará pasar tras comprobar nuestros pasaportes y pases de abordar... otra vez. Me pongo tensa. Otra vez. Pero ella sonríe y nos invita a pasar.

—Serías una criminal pésima, Olivia —dice Miller muy serio.

Permito que mis músculos se relajen mientras me guía por el túnel hacia el avión.

—No quiero ser una criminal.

Me sonríe con ojos brillantes. Todos los signos de la criatura aterrada han desaparecido, y mi maniático y refinado Miller vuelve a mostrarse tan maravilloso como siempre. Realmente maravilloso. Suspiro exhalando de manera prolongada y relajada y apoyo la cabeza en su brazo. Levanto la vista y veo a la azafata exageradamente alegre que nos da la bienvenida. Me dan ganas de gruñir de exasperación cuando nos pide que le enseñemos los pasaportes y pases de abordar. Cualquiera diría que me habría acostumbrado después de los millones de veces que nos los han pedido desde que llegamos al aeropuerto. Pero no es así. Empiezo a temblar de nuevo mientras pasa las páginas y nos mira para comprobar que somos los de la fotografía. Fuerzo una sonrisa nerviosa, convencida de que se va a poner a gritar que son falsos y que va a llamar a seguridad. Pero no lo hace.

Comprueba nuestros pases de abordar y sonríe mientras se los devuelve a Miller.

—Primera clase es por aquí, señor. —Señala a la izquierda—. Llegan justo a tiempo. El comandante nos ha ordenado que cerremos las puertas.

Miller asiente levemente. Yo me vuelvo y veo cómo otra azafata cierra la puerta.

Y toda la sangre desaparece de mi cabeza cuando dirijo la vista hacia la puerta de embarque. Es una ilusión; tiene que serlo. La curiosidad se apodera de mí y doy unos pasos hacia adelante cuando la puerta que se cierra empieza a impedirme la visión, quiero acercarme lo máximos posible, parpadeo todo el tiempo, convencida de que es mi imaginación.

Entonces me detengo.

Me quedo anclada en el sitio con la mente en blanco y la sangre helada.

Me estoy viendo a mí misma.

Sí, definitivamente soy yo... dentro de diecinueve años.